U0097362

古典詩歌研究彙刊

第十一輯

龔鵬程 主編

第22冊

宋元「漁父」詞曲研究

黃文怡 著

國家圖書館出版品預行編目資料

宋元「漁父」詞曲研究／黃文怡 著 -- 初版 -- 新北市：花木
蘭文化出版社，2012〔民 101〕
目 6+312 面；17×24 公分
（古典詩歌研究彙刊 第十一輯；第 22 冊）
ISBN 978-986-254-740-3（精裝）
1. 宋詞 2. 詞論 3. 散曲 4. 曲評
820.91 101001401

ISBN-978-986-254-740-3

古典詩歌研究彙刊
第十一輯 第二二冊 ISBN：978-986-254-740-3

宋元「漁父」詞曲研究

作 者	黃文怡	
主 編	龔鵬程	
總 編 輯	杜潔祥	
出 版	花木蘭文化出版社	
發 行 所	花木蘭文化出版社	
發 行 人	高小娟	
聯 絡 地 址	新北市永和區中正路五九五號七樓	
	電話：02-2923-1455／傳眞：02-2923-1452	
網 址	http://www.huamulan.tw 信箱 sut81518@gmail.com	
印 刷	普羅文化出版廣告事業	
初 版	2012 年 3 月	
定 價	第十一輯 30 冊（精裝）新台幣 42,000 元	

宋元「漁父」詞曲研究

黃文怡 著

作者簡介

　　黃文怡，臺灣宜蘭人，一九七六年生。國立彰化師範大學國文學系學士、國立彰化師範大學國文研究所碩士。

　　曾獲中華民國大專青年第十五屆聯吟大會七絕組第一名、台中市國語文競賽中學教師組作文第一名、全國國語文競賽中學教師組作文第一名。

　　曾任國中、高職教師，現任教於國立台中第二高級中學、教育部國文學科中心教學資源研發推廣小組成員。曾發表「觀察的眼，體會的心──從『文學新聞報』談起」、「寫人傳神、敘事精要、狀物細膩──指考應考作文演練」、「小說教學──三國演義活動」等。

提　　要

　　近年來中文學界對於詞學的研究成果極為豐碩：無論是以傳統考據方式對詞家詞作加以考證、箋注、繫年；或是援引新興之西方文學理論方式對作品加以重新詮釋、架構，無論是在內容或是研究方法上，都為詞學研究開創出新的道路。相形之下，元代曲學（尤其是散曲）所得到的關注是相對低落的。

　　「漁父」，在中國文學創作中乃為源遠流長又極富有中國文化印記的特殊語碼；而宋代朝廷內的政爭以及元代草原文化的統治，乃為中國歷史中特殊的時代背景；在這兩個朝代的代表韻文文學－宋詞與元散曲，對漁父主題的謳歌仍然傳誦不絕，但卻同時受到文體特徵的制約並濡染上特殊的時代印記。因此，本文嘗試結合西方文論之「主題」概念，以及中國傳統文學所習用之「文學反應時代」的觀念來探討宋元兩代漁父詞曲作品，希冀對漁父詞曲內容主題加以分析，而後再從其形式及其表現風格，探討漁父詞曲在宋元兩代文人心中如何發酵、呈現何種美學情態、進而映照文士的精神世界。

目
次

第一章 緒 論

　　中國古典文學向來是以「詩」作爲韻文學之主軸，在詩歌系統之下，隨著時代聲情美感觀念的移易，變幻出諸多面貌。其中古風、律絕雖可吟詠諷誦，然仍本於言志傳統，音樂性並不十分強烈；直待於詞、曲體制之興，抒情的表現才逐漸凌駕於「詩言志」的表現。

　　近來學界對於詞曲的研究成果頗爲豐碩。詞學方面，台灣部分以黃文吉編輯的《詞學研究書目：1912～1992》所蒐羅之二千餘種詞學專書、萬餘篇詞學論文之研究類別分析，主要分爲詞學概述，詞史，詞體之起源、發展、體制、結構、內容、派別、藝術技巧、意境風格、作家、掌故……等，〔註1〕包羅面向極爲寬廣；大陸方面有《詞學通訊》之刊行、《詞學研究年鑑》與《宋代文學研究年鑑》之編纂，對於詞學的研究方法及研究廣度均有所開展。至於散曲方面，何貴初的〈元代散曲研究論著目的：1923～1988〉收有專書六十餘種、論文二百餘篇，〔註2〕將元代散曲研究面向區分成通論、體制格律、選注本、作家作品等，研究篇目雖然不少，但研究的廣度與深度比起詞來，稍嫌薄弱。

〔註 1〕黃文吉：《詞學研究書目：1912～1922》（台北：文津出版社，民國 82 年 4 月）。該書所集，包括中、台、港、澳、日、韓等文獻資料。

〔註 2〕何貴初：〈元代散曲研究論著目錄〉，《書目季刊》23 卷第 3 期，民國 78 年 12 月，頁 108～131。

　　歸結前賢之研究基礎，呈現各時代研究的主要態勢：由作家生平或作品的考證、箋注、繫年推衍至作品內容思想或形式之探究，進而從結構、技巧尋繹作品風格；除此之外，詞曲的合樂特徵，使研究範疇擴展至聲情、音律、調性。近來西方文學理論對中國傳統文學之研究開闢了新的研究方法，詞學方面有葉嘉瑩先生以接受美學觀點來研究傳統詩詞，自成體系，成果亦頗受推崇，然散曲研究基本上仍遵循傳統研究方法，鮮少突破。因此，本文嘗試結合西方文論之「主題」概念，與傳統「文學反應時代」的觀念來探討詞曲作品，試圖以中國傳統文人喜好之「漁父」主題爲探討範圍，對漁父詞曲之主題形成以及漁父作品對世局、人心的映照加以考索分析。

第一節　研究動機與研究目的

　　就人類文明的演進過程來看，莫不是由漁獵而農耕，而演進爲分工細密的工商社會。考察中國遠古社會之經濟形態，田獵、漁釣是原始人類的基本謀生能力，漁獵技術的精良與否，往往關係著生存的限度。爾後，隨著智識的開化、文化的成型，「以佃以漁」在中國文化中不再僅限於填飽肚子這等基本需求，而逐漸濡染上特殊的文化意涵與美學情態。

　　欲追索「漁」獵在中國文學作品中的特殊文學意涵乃至於文化意義，就不得不上溯至中國文化的整體思想系統。吾人可以從《周易・遯卦》中的「遯之時義大矣哉」〔註3〕以及《周易・蠱卦・上九》之「不事王侯，高尚其事」。〔註4〕而現今對於《易經》一書的解釋又可分爲「儒家易」與「道家易」兩大系統。儒家易首乾卦，即今日所見

〔註 3〕「遯」乃「退」也。〈遯卦・大象傳〉：「天下有山遯，君子以遠小人，不惡而嚴」、〈遯卦・九四爻〉亦曰：「好遯君子吉，小人否」；所言乃指君子見世風污下，隱遁不出，見機而退以修身之義。詳參《易經》十三經注疏本（台北市：藝文印書局，民國 62 年 5 月五版），頁 84。
〔註 4〕此句象徵蠱壞之事已成，不爲五侯操勞，而能潔身自守之義。同上註，頁 58。

之周易系統，重在說明天道流傳之精神；道家易則首坤卦，主在闡述人生的有限性。前者是崇高理想的生命內涵，後者則是主體性靈的煥現。這兩種生命觀，深深的籠罩了中國人的生命心靈，在文士與常民的處世態度上同樣地發酵。因此，在世界各國的文學作品中，能夠將「隱逸」作為主題的，並且在深度與廣度上發揮得淋漓盡致的，恐怕也僅止於中國文人了。

當吾人在閱讀先秦以下的文學作品時，很有趣的發現到，中國文人似乎將「漁父」的職業角色提升到一個高於現實的高層次心靈境界。例如：《莊子‧漁父篇》中的漁父是一個隱逸的智者，漢人黃憲〈遇漁〉裡的漁者是一個潔身自好的處士；唐人詩句中所出現的「漁舟逐水愛山春」（王維〈桃源行〉）、「世人哪得識深意，此翁取適非取魚」（岑參〈漁父詩〉）的漁父展現出逍遙自適的情趣；宋詞裡的「玉界瓊田三萬頃，著我扁舟一葉」、「微有雨，正無風，宜在五湖煙水中」（葛長庚〈漁父詞〉）般一派清閒瀟灑；元散曲裡頭「千古是非心，一夕漁樵話」（白樸〈慶東原〉）、「不識字煙波釣叟」（白樸〈沈醉東風〉）出現的「與世無爭」的形象；乃至於元劇曲中的《漁樵記》、明人小說《西遊記》第十回中「漁樵詩唱」的情節。這些作品在在顯現出「漁父」的人物形象已從職業角色的現實義轉化為文人作品中的文學義、文化義。

中國文人向來是將胸中塊壘寄情於筆墨，其政治處境、身世遭遇、人事歷練往往或隱或顯地反映在文學作品之中。而探索中國歷史，宋、元兩代的政治背景又極為特殊：一是北宋政爭的矛盾衝突，二是南宋偏安局勢的窘態，三是元代乃中國歷史中一個異民族統治的時代。在這種特殊的時空環境中產生以「漁父」為主題之文學作品，其思想內涵恐怕就不只限於字面上所描寫的「一派清閒」那樣單純了！既然「漁父」意象在中國詩文中不斷的被大量使用，那麼，「漁父」的人物典型起源為何？文人在選擇人物意象時僅止於一種典型的承襲，或是對漁鄉生活的真心嚮往，還是具有思想文化上的內蘊？從

「漁父」主題作品中衍伸的生命關照形態是否因時代因素，創作者的生命遭遇，而賦予不同的象徵意義？

因此，本篇論文便以宋詞以及元散曲中，與「漁父」主題相關之作品為研究對象，試圖從創作主題與人物典型確立的角度分析，探討「漁父」主題在中國文學中的起源與影響、論述「漁父」在歷代社會現實與文學中所處的地位、歸納宋元詞曲中漁父意象出現的時機、意義、與文人性格的關連性，從而顯發宋元漁父詞曲中漁父詞曲中的形式技巧、語言風格、美學情態以及文化意涵等面向。其次，透過形式、思想兩大主軸的比較，將宋元漁父詞曲與前代漁父文學〔註5〕之間作縱貫的歷史聯繫，並探討其創作成就。最末，以歷代詞曲選集中入選作品的思想主幹，試圖廓清宋元漁父詞曲的時代面貌與精神特色。

第二節　研究範圍與文獻探討

本篇論文以「宋詞」及「元散曲」中，以「漁父」為創作主題之作品為主。原因有二：其一、乃肇因於「一代有一代之文學」之故，進而擷取宋詞及元散曲之韻文為代表。至於其他朝代之詩文、戲劇，乃至唐五代詞僅列為考證源流及資料輔助說明之用，不做為本論文之研究對象。其二、為俾利比較詞曲不同體制之間，對於相同主題之創作，是否呈現不同之面向，因此元代詞作亦不列入探討範圍。〔註6〕本論文所使用之文本，以唐圭璋主編、王仲聞參訂、孔凡禮檢輯補校《全宋詞》（北京：中華書局，1999 年新一版），以及隋樹森主編之《全元散曲》（台北：漢京文化出版事業公司，民國 72 年 12 月初版）為根據。

本文將「漁父」視作「概念性創作主題」，準此原則所篩選之詞

〔註 5〕這裡以韻文為主，其他駢文、散文、戲曲、小說等為輔。

〔註 6〕本論文所探討之角度主要以文學、文化及時代精神為主要切入點，因此純然因文體體制而造成之漁父主題所呈現之不同面向作品雖有研究價值，亦暫不列入討論範疇。因此不以「元代漁父詞曲」為題。

曲作品，便不單僅止於在作品中出現「漁父」詞彙者，尚且包括作品
內容思想涉及「漁父」概念之語言、文化、藝術、角色性格等均列入
討論範疇。前賢在此範疇已有相當之研究成果。兩岸學者對「漁父詞」
之概念已有單篇論文發表，然多數集中在少數特定作品，以探討張志
和〈漁歌子〉為例，較重要者有以下數篇：

> 楊重明：〈漁父詞及其作者〉，《嘉興師專學報》，1981 年第 2 期，
> 頁 75。
>
> 艾蔭范：〈談張志和「漁夫」暗示性形象〉，《遼寧師大學報》，
> 1984 年第 4 期，頁 84～87。
>
> 苗　青：〈動人的漁隱生活畫面——張志和漁歌子五首評析〉，
> 《鄭州大學學報》，1988 年第 4 期，頁 74～79。
>
> 熊竹浣：〈張志和及其漁歌子考闕〉，《貴州大學學報》，1992 年
> 第 3 期，頁 38～43。
>
> 施蟄存：〈張志和及其漁父詞〉，《詞學》二輯，上海，華東師範
> 大學出版社，1993 年 10 月。
>
> 謝俐瑩：〈在詩律和詞律之間——〈漁歌子〉詞調分析〉，東吳中
> 文研究集刊第 2 期，民國 84 年 5 月，頁 91～108。
>
> 陳漢銘：〈張志和的漁父〉，國文天地第 11 卷第 10 期，民國 85
> 年 3 月，頁 64～66。
>
> 劉明宗：〈張志和漁歌子的逍遙世界〉，國教天地第 123 期，民國
> 86 年 9 月，頁 38～44。

上述論文主要著重在張志和〈漁歌子〉作品思想內容的探究，多
數觀點不脫謳歌該作品表現之逍遙境界，另外也有部分針對〈漁歌子〉
詞調之形成作詳細考述。除此之外，還有數篇期刊論文，對中國文學
裡的「漁父」現象提出論述，例如：

> 方延豪：〈漁父詞的研析〉，《中國文化復興月刊》第 12 卷第 11
> 期，民國 68 年 11 月，頁 58～61。

黃文吉:〈「漁父」在唐宋詞中的意義〉,台北:中央研究院中國
　　　文哲研究所籌備處主辦,《第一屆詞學國際研討會論文
　　　集》,1994 年,頁 139～156。

王熙元:〈從歷史淵源論元散曲中的漁樵鷗鷺〉,《中國學術年刊》
　　　第 16 期,民國 84 年 3 月,頁 139～157。

于翠玲:〈話說漁父形象〉,《文史知識》,1996 年 6 月,頁 107
　　　～110。

吳　曠:〈中國文人的漁父情結〉,《古今藝文》第 26 卷第 3 期,
　　　民國 89 年 5 月,頁 4～12。

王春庭:〈論漁樵〉,《漳州師院學報》,1998 年第 2 期,頁 28～
　　　35。

曹麗環:〈漁父‧園林及其隱逸的象徵〉,《學術交流》,1998 年
　　　第 6 期,頁 99～101。

倪正芳、唐湘叢:〈隱士與智者——中西文學漁父形象比較〉,《湖
　　　南工程學院學報》,第 11 卷第 1 期,2001 年 6 月,頁
　　　57～60。

　　在這幾篇論文中值得注意的是,方延豪先生首先使用了「漁父詞」之名,但方文對「漁父詞」並無明確之定義,亦僅錄幾首代表詞作稍作評析;于翠玲、曹麗環、倪正芳等人則從人物形象觀點來探討文學作品中的漁父,並進一步討論其象徵意涵。黃文吉之〈「漁父」在唐宋詞中的意義〉則是全面性的探討唐宋詞作裡的「漁父」在思想層面上代表哪些類別、反應何種精神,並針砭詞作中對漁父形象塑造之成功及缺失處;王熙元先生則對元代散曲中經常出現的幾種隱逸符碼作探討,雖不以「漁父詞」、「漁父散曲」名之,但論述之深度,實為前述諸篇所不及。另外,方外之士填詞風氣亦勝,針對唐宋宗教與漁父詞作之互涉,作系列探討者有以下諸篇:

　　蔡榮婷:〈唐代華亭德誠禪師〈撥棹歌〉初探〉,第五屆唐代文化

學術研討會論文集,(高雄,麗文文化事業股份有限公司,2001 年 9 月),頁 279～316。

蔡榮婷:〈唐宋時期禪宗漁父詞的流行〉,現代佛教學會 2002 年年會「佛教研究的傳承與創新」學術研討會會議論文,國立台灣師範大學主辦,2002 年 3 月 2～3 日。

蔡榮婷:〈唐代華亭德誠禪師《撥棹歌》所呈現的意涵〉,唐代文學與宗教研討會會議論文,香港浸會大學中國文學系主辦,2002 年 5 月 30 日。

周裕鍇:〈宋代禪宗漁父詞研究〉,中國俗文化國際學術研討會,四川大學中國俗文化研究所,樂山師範學院主辦。

蔡榮婷先生以華亭德誠禪師之作品為探討主體,考其源流、別其旨要、論其意涵,多有可觀:在〈唐代華亭德誠禪師〈撥棹歌〉初探〉一文中將禪門漁父詞的創作開山祖奠基於華亭德誠禪師(船子和尚),並將其與文人漁父詞之祖——張志和相提並論,且釐清禪門漁父詞之脈絡;〈唐代華亭德誠禪師《撥棹歌》所呈現的意涵〉一文先論述作者生平對創作漁父詞之影響,並以華亭德誠禪師與張志和所使用的語彙分析列表比較分析之,無論在研究方法與研究成果上對後學者均多有啟發。至於〈唐宋時期禪宗漁父詞之流衍〉則將禪宗漁父詞之研究時代延伸至宋代,就創作漁父詞之方外禪僧,依其生平紀要、活動年限、語彙詞頻的運用等加以剖析。周裕鍇先生則以「漁父詞」一詞的定義問題為動機,針對禪宗之於漁父詞之關連、類型、影響、表現作了極為詳實的探討。

至於學位論文方面,以「漁父詞」或「漁父」為探討主題者,付之闕如,唯以下數篇學位論文在部分章節對漁父詞曲偶有提及,茲錄於下:

尹壽榮:〈元散曲所反映之文人思想〉,政治大學中文研究所博士論文,民國 74 年。

簡隆全：〈元散曲隱逸思想研究〉，東海大學中文研究所碩士論
　　　　文，民國 84 年。

謝惠菁：〈宋代僧人詞研究〉，中興大學中文研究所碩士論文，民
　　　　國 87 年。

　　以上所引之學位論文，對於「漁父詞」多半以「隱逸」傳統之一
環稍加檢視，而非全面性之探討。

　　唐人張志和之〈漁歌子〉傳至東洋，其清逸逍遙之詞風亦深受日
人喜愛，影響日人填詞之濫觴，亦引起部分學者重視。唯因筆者語文
能力之限，僅就搜尋所得之篇目資料條列如後：〔註7〕

小林健志：《漁父詞》，志延舍文庫，1959。

村上哲見：〈漁父詞考〉，集刊東洋學 18，1967 年 10 月。

馬嶋春樹：〈漁歌子的形成——填詞作法札記〉，《斯文》66，1971
　　　　年 8 月。

幸田露伴：〈漁父詞作者〉，岩波書店（全集 15），1952 年。

　　總合上述研究文獻，足以證明「漁父詞」之研究已在學界引起相
當程度的矚目。除了對「漁父詞」作簡要整理外，多數論文著重在兩
個重點：其一，以張志和〈漁歌子〉為主要研究對象，針對其內容、
形式、影響均有所觸及；其次是以方外填作漁父詞為主要研究脈絡，
其成果亦蔚為大觀。然而，全面探索漁父詞者尚付之闕如，探討元代
散曲中的漁父現象也僅王熙元先生之〈元散曲中之漁樵鷗鷺〉乙篇而
已，可見在漁父詞及漁父散曲之範疇中尚有發展的空間。

第三節　研究方法與研究架構

　　本論文以文獻之歸納、分析、比較為主要之研究方法，從主題學
的角度切入，藉以掌握漁父詞曲的成形、發展與影響。以主題學作為

〔註 7〕以上摘自王水照、保刈佳昭編選：〈日本詞學文獻目錄索引：1868～
　　　1988〉，《日本學者中國詞學論文集：附錄》，頁 427～444。

中國文學的研究方法，並非新創，其初始多數偏向民間故事類型、主角、情節的流衍，〔註8〕至於以茲嘗試對詩文主題之成型者，唯王立先生所撰之《中國古代文學十大主題——原型與流變》一書而已，〔註9〕其中主要論述架構乃根植於「文學爲文化體系之一」的概念，將文學作品主題之孕育及發展，視同文人心理加以探索。其中所觸及之「主題」即是將具有共同創作「立意」之作品加以分類，形成「惜時、相思、出處、懷古、悲秋、春恨、遊仙、思鄉、黍離、生死」十大主題加以發視。〔註10〕

　　然本論文則欲倒反該書之思維方式，以「漁父」做爲中國文化中之重要文學象徵符碼，以「漁父」符碼爲主軸貫串在作品中所表現的意義加以探討。因此，首先針對漁父詞曲作主題學之流衍探究：在外緣上以類書爲探討線索，先行掌握歷代以「漁父」形象爲創作主題之詩文，並探討其與創作思想上之相關性；其次就內緣上研究漁父形象成爲詞曲主角的文化意蘊，分析比較漁父形象在詞曲中所表現的語言風格及美學效果。本文即欲站在縱貫時間的觀點，對「漁父」主題的源起、流衍繪出梗概。

　　其次，本論文所欲附帶探討之標的乃是文學與時代心靈之關係。文學果眞反映了作家個體乃至於社會群體之心態？假使是，又是如何反應？作家是基於何種心理選擇意念之象徵？又以哪些藝術技巧加以呈現、並產生何種效果？關於此，筆者試圖以作品內涵的「質」爲主，輔以量化方式分析說明，以具體呈現特定時空環境下，作者藉以抒情之傾向。

　　全文主要架構安排如下：

〔註8〕根據陳鵬翔之論述，以「主題學」之方法研究中國文學，以顧頡剛〈孟姜女故事的轉變〉首開先河。另外，鄭明娳〈孫行者與猿猴故事〉亦同。見陳著：《主題學理論與實踐》，頁232～249。

〔註9〕王立：《中國古代文學十大主題——原型與流變》（台北：文史哲出版社，民國83年7月初版）。

〔註10〕同上註，頁10。

　　第一章說明本論文之研究動機及目的、研究範圍與文獻探討、研究方法與研究架構。

　　第二章說明「漁父」主題之起源、演變及意義。分別就漁父形象在詩文中之溯源考察漁父典型的形成過程，以及中國文士有意識地選擇「漁父」作為文學主題所呈現的文化意涵與「漁父」在文學作品中的情態，進而探討漁父詞曲產生之背景。

　　第三章就宋代漁父詞，以「內容」為分類依據，區分宋代漁父詞的類型，並探討其意涵。

　　第四章從形式與風格的角度，歸納並分析宋代漁父詞常用的幾種詞調、探討漁父詞語言修辭的運用與效果、分析漁父詞的美感特徵，最後總結出宋代漁父詞的風格。

　　第五章就元代漁父散曲，以「內容」為分類依據，區分元代漁父散曲的類型，並探討其意義。

　　第六章從形式與風格的角度，歸納並分析元代漁父散曲所使用的宮調曲牌、整理漁父散曲常用的修辭方式並探討其效果、提出漁父散曲的美感特徵，最後總結漁父散曲的風格。

　　第七章則將宋元「漁父」詞曲就形式技巧、語言風格、美學效果及文化意涵四個方面加以比較，從歷代詞曲選集中以入選的頻率為標準提出漁父詞曲的名家名作，除銜接漁父詞曲之前承外，並探討其成就。

　　第八章針對整體研究成果作分析比較，總結全文。

第二章　「漁父」主題之起源、演變與意義

　　如何在浩瀚如煙海的中國古典文學作品中，盡可能全面地探索以「漁父」為主題創作之作品？若欲逐一搜索古籍，工程極為耗時費事；此外，本論文之申論重點著重宋詞及元代散曲兩部分，就時間的考量及側重的面向來說，僅止於完成「漁父」主題之溯源架構。因此筆者先縮小範圍，以現存的幾部重要類書，例如：《藝文類聚》、〔註1〕《太平御覽》、〔註2〕《淵鑑類涵》、〔註3〕《古今圖書集成》〔註4〕等書中，依其類部之劃分，加以檢索。經比對之後發現，凡《太平御覽》、《淵鑑類涵》、《藝文類聚》中劃歸於「漁」之分類所收之文，幾乎見於《古今圖書集成》一書中，〔註5〕職此之故，本章先以《古今圖書集成》之〈博物彙編‧藝術典‧漁部〉為主要範疇，參酌原典出處，探索「漁父」主題之起源、演變與意義。

　　《古今圖書集成》一書中，「漁部」歸入「博物彙編‧藝術典」〔註6〕之中，其分類編排依序為：彙考、藝文、記事、雜錄、外編五

〔註 1〕　〔唐〕歐陽詢奉敕撰：《藝文類聚》（台北：西南書局，民國 63 年初版）。
〔註 2〕　〔宋〕李昉撰：《太平御覽》（台北：台灣商務印書館，民國 75 年初版）。
〔註 3〕　〔清〕張英撰：《淵鑑類涵》（台北：新興書局，民國 71 年初版）。
〔註 4〕　〔清〕陳夢雷編：《古今圖書集成》（台北：鼎文書局，民國 66 年初版）。
〔註 5〕　詳見本論文篇末附錄一。
〔註 6〕　《古今圖書集成》為我國現存最大的一部類書，全書共計一萬卷，

大部分。其中彙考部分收錄有《三才圖會》之圖說二十二張；[註7]
藝文一類又區分爲散、韻（詩詞）兩部分。以下概略列出漁部中之分
類及其收錄篇數：

分　類	篇　目	數量（篇）	附　註
彙考	易經繫辭下傳等	11	另：圖22張
藝文一	屈原〈漁父〉等	11	
藝文二・詩詞	魏文帝〈釣竿行〉等	75	
紀事	《尸子》等	80	
雜錄	《詩經・召南》等	41	
外編	《列子・湯問》等	3	
總計		221	22

　　考察上述藝術典中的「漁部」，不難發現，除了在「彙考」部分
主要說明了「漁」業的起源、以漁爲官名的緣由、養魚捕魚的技巧、
方法、特殊工具以外，其它部分所記載的則是以「漁」之技藝爲基礎，
開展出來的相關神話、傳說、人物、歷史……等，其中有漁獵的原始
意義，也有對漁家生活的描繪，其中漁父（夫）形象的樣貌，或爲智
者、或爲隱者、或爲俠者，總是與吾人心目中的「漁家」有了相當程
度的差距。

　　本章的目的，以現存主要的幾部類書爲範圍，針對其中所收錄的
「漁父」形象，以「人物」典型的分類、文化特殊意涵的考察以及原

　　　總目錄四十卷。全書計有六個彙編、三十二典、五千七百四十八部。
　　　吾人考索「漁部」乃收於博物彙編之藝術典中。此類書之藝術典專
　　　指工藝、巧技等，與現今「藝術」（art）所指之文學、繪畫不相等同。
　　　又：《藝文類聚》中之「漁」劃於「產業部」之下、《太平御覽》將
　　　「漁」與「牧」歸入「資產部」、《淵鑑類涵》中之「漁釣」、「網罟」
　　　隸屬產業部。由是可知，諸部類書之編輯者對於「漁」之原始定義
　　　仍止於工具意義。至於引伸涵意，不過是將經史子集四部中以「漁」
　　　爲敘述主題之犖犖大者排比編次，以利檢索。
〔註7〕《古今圖書集成》所收「三才圖會」之圖說，均爲各種捕獵、漁釣
　　　水生生物之技巧、工具之圖說，極爲細緻詳盡。

型意象的展現三個角度，試圖建構出中國文化之中「漁父」形象的典型意義及引伸意蘊；並探討形成此種「漁父」主題形象的文化內涵。

第一節 「漁父」意象之溯源及典型之確立

「漁」字的原義爲「捕魚」。「漁」最開始是先民的謀生技能之一。《易經·繫辭下傳》：「做結繩而爲網罟，以佃以漁。」〔註8〕即清楚表明了先民結繩編網，於陸上田獵（佃）、水中漁獵（漁），藉以維持個人生命的存續。《禮記·月令季冬》所載：「是月也，命漁師始漁。天子親往，乃嘗魚，先薦寢廟。註：天子必親往視漁，明漁非常事，重之也。」〔註9〕說明了原始的社會形態之中，漁獵是一件極其重要的大事，天子依照一定的時節，親自宣布漁獵活動的開始，並且恭敬謹慎的將所捕獲的魚貨於宗廟中祭饗。其後，「漁」字又逐漸延伸其義爲「捕魚之人」。〔註10〕《周禮·天官》中，便將從事漁獵活動的人，依其執事，命其官名。〔註11〕再經過時代之推移，「漁人」、「漁父」遂成爲以「漁」爲業者的定名。

然而，在中國文化中另一個奇特的現象，大幅度地改造了「漁」的本義，連帶著將「漁父」從謀生技能的職業，轉化成具有特殊文學

〔註 8〕以下見於《古今圖書集成·藝術典第十四卷·漁部——彙考》，頁127。本篇引自《古今圖書集成》之引文，均出自清·陳夢雷所編《古今圖書集成·博物彙編·藝術典·漁部》（台北：鼎文書局）第42冊，頁 127～150。以下行間引文及獨立引文僅於註解標明典、部、卷、目錄項次及頁數，書名、編皆不贅述。

〔註 9〕見於〈漁部——彙考〉，頁127。

〔註10〕許慎《說文解字》的「漁」字與「䲖」字相通，作「搏魚」解，也就是「捕魚」的意思。段玉裁於「䲖」下注曰：「搏舊作捕，今正搏索持也。含漢人用搏字多如此。捕魚字古多作魚。……左傳公將如棠觀魚者。魚者，謂捕魚者也。」又：《漢語大辭典》（上海：上海辭書出版社。1986 年 11 月初版）對於「漁」字之解釋，原始意義仍爲「捕魚」，後引伸爲捕魚人的稱謂。

〔註11〕如鱉人、䲖人。詳見《古今圖書集成·藝術典第十四卷，漁部——彙考》，頁127。

意義之「意象」與文化意涵的人物「典型」。以下先以《古今圖書集成》一書為範圍，將其〈藝術典•漁部〉中所呈現出的漁父形象做一分類的工作。

一、《莊子》裡的漁父形象

　　《莊子•漁父》篇中的漁父，是中國古典文學中第一個具象描繪的漁父人物。他的外貌是「鬚眉交白，被髮揄袂」；他的行止是「行原以上，距陸而止，左手據膝，右手持頤，以聽曲終。」與孔子的對答是「真在內者，神動於外，是所以貴真也」、「禮者，世俗之所為也；真者，所以受於天也。自然不可易也，故聖人法天貴真，不拘於俗。」而孔子對於漁父的評價是「庶務失之者死，得之者生。為事逆之則敗，順之則成。故道之所在。聖人尊之。今漁父之於道，可謂有矣。吾敢不敬乎？」從外貌到行止以至於談吐，莊子整體塑造了一個完整的智者形象。從外貌判斷，這位漁父年事已高，則其閱歷自然廣闊；自行止看來，他緩步而行，從容不迫，聽曲以終的神態又彷彿若有所思；自其言語觀之，頗有莊子筆下至人、真人的神髓在其中，不拘於俗，據道自適，任真逍遙，彷彿是一個神仙化的人物。

　　相對於屈原〈漁父〉裡的作為濃烈儒家色彩的對立面，《莊子》裡的漁父形象則是變化多姿。《莊子》裡的漁父形象出現在〈外物〉、〈漁父〉、〈秋水〉三篇之中。〈外物〉篇中的漁父——任公子是一個「放長線，釣大魚」的漁獵者，他「得若魚離而臘之，自淛河以東，蒼梧以北，莫不厭若魚者。」，在驚濤駭浪之中，他安穩自若，顯然有備而來。而〈秋水〉篇中，莊子本人即是「釣於濮水」的漁父。面對楚王使大夫的莊子，「持竿不顧」，表現出一派清虛逍遙的風格。對莊子而言，享受魚釣之樂的自在，遠比名利祿位的束縛來得更重要，其所揭櫫而出的乃江海之士、避世之士一類帶有濃厚主體自覺意味、進而與現實環境脫鉤的漁父形象。

二、屈原〈漁父〉篇之漁父形象

　　追溯中國古典文學中的漁父形象，吾人最容易聯想到的莫過於與「形容枯槁，行吟澤畔」的屈原相對答的「漁父」。此中漁父相對於屈原的執著、積極於濟世；以莞爾而笑，鼓枻而去，歌滄浪之歌，悠遊自得的姿態，展現出另一種處世的態度。在楚辭中的這一個漁父形象，並沒有外貌形體上的描寫，而是通過屈原與漁父的言語對答，顯露出他對世情的特殊見解，通過兩者的對比，屈原〈漁父〉篇中的漁父，展現出異於傳統儒家精神的社會承擔。

　　天下之事，何必當仁不讓？屈原所述之「漁父」，頗有一種通透靈妙的形象寓意。王逸在《楚辭章句》中陳述：「漁父避世隱身，釣魚江濱，欣然自樂」，即是將漁父視爲一個避世的典型代表。如果更深刻地加以剖析：此處的漁父與屈原均是忠於主體精神的「自我」，唯其「自我」所代表的含意有所差別。屈原的自我包含對家國社會的直接承受以及責任之承擔；而漁父的自我更加重視的是對於「這一個」我的精神的安頓。因此當兩者在面對相同的社會處境時，選擇了不同的處事態度。屈原必須經過家國的整頓以達到自我理念的實踐，而有一「責任完了」的肯定；而漁父則通過洞見外在環境巨變之下唯一可以掌握的自我心靈，由是選擇自我內心的平靜安適。這是通過不同人格精神的內化所外顯在行爲上的選擇，彼此對環境的認識是相同的（均相信現實是污濁的），但以其所表現出來的態度兩異，恰同時暗示士人矛盾的出處心境。

　　是故，將屈原〈漁父〉篇中的漁父直接認爲「避世者」，似乎是偏向以儒家色彩的相對面來談。若去除掉屈原這種責任的「承擔」，此處的「漁父」就不是常人所認爲那樣投機的形象，反而顯現出一種既通達且善於明哲保身的氣象。

三、「漁隱者」的漁父形象

　　所謂的「漁隱者」，乃是以「漁」爲生存手段的隱士。同樣在《莊子・刻意》篇中提到：「山谷之士，非世之人」、「江海之士，避世之

士」。而其江海之士「就藪澤、處閒曠，釣魚閒處，與世無爭」，其實正是隱士的另一種代名詞。筆者在此將「漁隱者」與《莊子》中的漁父形象加以區分，另列一類。所持的理由在於，《莊子》中的漁父是一哲理形象的象徵，而「漁隱」則是確有其事的人物典型，故而一分爲二，另外處理。

中國的隱逸思想，最早出於易經中的「遯之時義大矣哉」以及「不事王侯，高尚其事」。而自魏晉以後，作爲「避世者」的漁父形象，遂逐漸引起了文士的青睞。藉由漁父的面具，或表達避世的傾向，或描述自得的意趣，或顯示孤高的人格，或發洩憂憤的牢騷，〔註12〕表面上的「漁隱」行爲是相同的，但是背後的動機卻是紛雜多樣的。以下，仍以《古今圖書集成・博物彙編・藝術典・漁部》爲範圍，將其中所展現的「漁隱者」區分爲以下若干小類。

（一）道家型的漁隱者──富春江畔的嚴光

如果說范蠡的漁隱是一既痛苦又睿智的決定，那麼嚴光的漁隱就是一種獨立人格精神的志趣選擇。《後漢書・嚴光傳》裡的嚴光「披羊裘、釣澤中」，〔註13〕旁人雖不知其名姓，但是光武帝一聽便知道是老同學嚴光。面對光武帝的再三徵召，嚴光的對應方式是「不屈」。如果從史家筆法加以探索，所謂「不屈」代表了幾種涵義：其一是不從其徵召，也就是對諫議大夫一職「不赴任」，採取消極抵抗的態度；其二是不聽任安排，也就是說諫議大夫一職與我嚴光無關，即便是光武帝眞正慕賢求才，於我的名聲、生活也毫無關涉。

從後人對嚴光的言語行徑的紀錄來看，嚴光的心態恐怕較接近於後者。他意料到光武帝必將尋訪，於是「變姓名，隱身不見」；〔註14〕只可惜這樣的隱姓埋名並沒有達到他自己的目的。因此他徹底的表達自己的態度，光武帝也因此成就其惜才的美名。嚴光的漁隱，不但表

〔註12〕 于翠玲：〈話說漁父形象〉，《文史知識》（1991 年 6 月），頁 107～111。
〔註13〕 《古今圖書集成・藝術典第十六卷，漁部記事》，頁 144。
〔註14〕 《古今圖書集成・藝術典第十六卷・漁部記事》，頁 144。

明了士人出處抉擇的絕對自由，也標舉出後世漁隱者「精神自主」的
形象，同時帶動了歷代隱逸傳之推崇隱者的書寫方式。

（二）儒家型的漁隱者

1. 直鉤以待的呂尚

在《古今圖書集成・漁部》紀事的〈齊太公世家〉、《竹書紀年》
中均記載了呂尚的事蹟。〈齊太公世家〉這樣記載著：

> 六韜呂尚坐茅以漁。文勞而問之。呂尚曰：魚求於餌，乃
> 牽其潛；人食於祿，乃服於君。故以餌取魚，魚可殺；以
> 祿取人，人可竭。以小鉤釣川，可以擒其魚，以中鉤釣國，
> 可以擒其萬國諸侯。〔註15〕

《竹書紀年》則云：

> 文王將畋，史編卜之曰：將大獲。非熊非羆，天遣大師以
> 佐昌臣。大祖史疇為禹卜畋得皋陶，其兆類此。至於磻溪
> 之水，呂尚釣於涯。王下趨拜望曰：望公七年乃今見光景
> 於斯。尚立變名，答曰：望釣得玉璜，其文要曰：姬受命，
> 昌來提撰，爾洛鈴報在齊。〔註16〕

吾人習以為常的民間傳說曰：「姜太公釣魚，離水三尺」，證之於史，
不可不謂別有居心。呂尚型的隱者，所持的基本信念是「以待」：等
待的是時、勢、人。唐人駱賓王在〈釣磯應詔文〉中所闡發的，正是
呂尚型漁隱者的信念：

> 且夫垂竿而事乎，太公之遺術也。形坐磻溪之石，兆應滋
> 水之潢。夫是如者，將以釣川耶？將以釣國耶？然後知古
> 之善釣者，其惟太公乎。……由此觀之，蹲會稽而沈摭者，
> 鮑肆之徒也；據滄溟而負鱉者，漁父之事也。斯並渺小之
> 所習，安知大丈夫之所釣哉？〔註17〕

這一類型的漁隱者，將漁父之事以「釣」的動作比喻，從實際生活面的

〔註15〕《古今圖書集成・藝術典第十六卷・漁部記事》，頁141。
〔註16〕《古今圖書集成・藝術典第十六卷・漁部記事》，頁141。
〔註17〕《古今圖書集成・藝術典第十四卷・漁部藝文一》，頁133。

活動擴展爲政治層面的樣態。柳宗元〈設漁者對智伯〉的寓意亦復如此：

> 聞古之漁有任公子者，其得益大，于是去而之海上。北浮
> 于碣石，求大鯨焉。臣之具，未及施，見大鯨驅群蛟，逐
> 肥魚於渤澥之尾，震動大海，簸掉巨島，一啜而食，若舟
> 者數十勇而未已，貪而不能止。北蹙于碣石槁焉，嚮之以
> 爲食者，反相與食之。臣亦徒手得焉，猶以爲小。聞古之
> 漁有太公者，其得益大釣而得文王，于是舍而來。〔註18〕

呂尚型的漁隱者，往往是將「漁隱」視爲一個韜光養晦的階段，他們
通常具有洞澈世局變化的能力，對於時事的見解亦常常是一針見血
的。唯其「有待」，保持了人的品格上的獨特性與高潔，因而可以歸
入「漁隱」一類。

2. 功成不居的范蠡

范蠡泛舟西湖，偕西子同遊歸隱的飄逸，相信在多數人的心目中
是浪漫愛情的象徵、功成不居的典範。但在《古今圖書集成·藝術典
·漁部》之中，范蠡這種漂泛湖海的歸隱形象不存，而是記載《范蠡
養魚經·九洲神守》之事。陶朱公養魚致富，無疑的爲後來的士人階
層退隱後的生活安排，開創出新的道路。但是范蠡之所以乘桴浮於江
湖，乃是他對於越王「可以共患難，不可以共逸樂」的先知卓見。范
蠡自號「鴟夷子皮」，意味他時時刻刻不忘以伍子胥之事爲借鑒。臥
榻之旁，豈容他人酣睡？職是之故，他不得不做出「隱逸」的決定，
謀求另外自身安頓，不受拘累的生活。這需要極大的智慧與堅定的勇
氣，但也從此穩固了范蠡功成不居的隱者形象。

（三）草莽俠義的漁隱者

對於在這一類的漁隱者，往往是經過傳說或者野史，將其義行流
傳下來。在這一類漁隱者身上，吾人通常可以窺見豪氣干雲的「俠」
氣。《古今圖書集成》當中《越絕書》、《吳越春秋》所記錄義助伍子

〔註18〕《古今圖書集成·藝術典第十四卷·漁部藝文一》，頁 133～134。

胥的「江上漁者」，便是此類典型：

> 伍子胥南奔吳。至江上見漁者，曰：「來渡我」。漁者知其
> 非常人也。欲往渡之，恐人知之，歌而往過之。……漁者
> 復歌往曰：「心中目施，子可渡河，何爲不出？」船到即載，
> 入船而伏，半江而仰。謂漁者而曰：「子之姓爲誰？還得報
> 子之厚德。」漁者曰：「縱荊邦之賊者，我也；報荊邦之愁
> 者，子也。兩而不仁，何問姓名？」爲子胥即解其劍以與
> 漁者，曰：「吾先人之劍，值百金，請以與子也。」漁者曰：
> 「吾聞荊平王有令曰，得伍子胥者購之千金。今吾不欲得
> 荊平王之千金，何以百金之劍爲？」漁者渡於斧之津，乃
> 發其簞飯，清其壺漿而食曰：「亟食而去，毋令追者及子也。」
> 子胥曰：「諾。」子胥食巳而去，顧謂魚者曰：「掩爾壺漿，
> 毋令之露。」漁者曰：「諾。」子胥行，即覆船，挾匕首自
> 刎而死江水之中，明無洩也。〔註19〕

江上漁者既以「義」助伍子胥渡河，供給飲食，不受贈劍，最後以死
明志。他一方面是伍子胥的救命恩人，另一方面又是不畏當局政權的
象徵，頗有以義行天下，死而無憾的意味在。

　　然這一類俠義形象的漁隱者，在中國歷代文學書寫裡，多半歸入
野史傳說一類，他們的「隱」通常是肇因於「避仇」，因此多半凸顯其
豪氣干雲的氣魄，在實際韻文創作中對此類型的援引是少之又少的。

第二節　「漁父」主題之文化意涵

　　筆者深信，具有相同文化背景與文學修養的作家們，在寫作、閱
讀的同時，往往取用相近的符號、形象表達出創作的意義。中國文人
更擅長的是：借他人酒杯，澆胸中塊壘。職此之故，在相同文化背景
的作家通常選擇相近或相同的文學意象符號。套用現代語言學家的觀
點，也就是在作家所選用的語言裡，必須含有足以令閱讀者深入挖掘

〔註19〕《古今圖書集成‧藝術典第十六卷‧漁部記事》，頁143。

的深層意義存在，此即所謂語言「深層的隱喻結構」。〔註20〕而這種語言的隱喻結構通常受到文化的制約作用，進而表現出「文化的語境」，在這種文化的語境裡，功利（現實）的目的往往是以淡化的方式退居次要地位，反倒是以「文化意涵」的呈現爲主。這種深層的文化意蘊，通常有待讀者加以解讀。

　　本段即根據上一段對於漁父形象的類分，試圖挖掘蘊含於「漁父」形象之中的特殊文化意義。

一、貴眞、自適與逍遙

　　《莊子》書中所記載的一類逍遙的漁父形象帶有幾分仙風道骨，飄然出塵的意味，成爲日後多數中國古典文學所經常取樣的漁父類型。例如：唐・儲光義〈漁父詞〉：

> 澤魚好鳴水，溪魚好上流。漁梁不得意，下渚潛垂鉤。亂荇時礙楫，新蘆復隱舟。靜言念終始，安坐看沈浮。素髮隨風揚，遠心與雲遊。逆浪還極浦，信潮下滄洲。非爲徇行役，所樂在行休。〔註21〕

「素髮隨風揚，遠心與雲遊。」、「非爲徇行役，所樂在行休。」這裡的漁父表現出不爲物役的逍遙，眞正達到了莊子「遊」的人生哲理境界。又如唐・常建〔註22〕的〈漁浦〉：

> 春至百草綠，陂澤聞倉鶊。別家投漁翁，今世滄浪情。漚苧爲緼袍，折麻爲長纓。榮譽失本眞，怪人浮此生。碧水

〔註20〕例如在中國文學中常見的植物意象「菊」，其隱喻結構可分解如下：

菊（能指1）　→　一種秋季開花多年生的草本植物，性耐寒【一級詞義系統】

（能指2）　→　清高、隱逸的人品或風格（所指2）【二級詞義系統】

詳見馮憲光、馬睿合著：《審美意識型態的文本分析・漢語文學文本的隱喻結構分析》，（成都：四川大學出版社，2001年11月初版），頁317～319。

〔註21〕《古今圖書集成・藝術典第十五卷・漁部藝文二》，頁136。

〔註22〕常建，唐人，西元727年與王昌齡爲同榜進士。

月自闊，安舟淨而平。扁舟與天際，獨往誰能名。〔註23〕
駕一葉扁舟，於天地間遨遊，這種「忘卻此生營營」的快樂與滿足，
是藉由心靈虛靜放空的狀態，廓清世間俗物的對自我紛擾不安，進而
達到一種超脫的境界。再如唐・岑參（715～770）的〈漁父〉詩：

竿頭釣絲長丈餘，鼓枻乘流無定居。
世人那得識深意，此翁取適非取魚。〔註24〕

「此翁取適非取魚」，一語道破了作者內心對於漁父的真心嚮往，其實
並不在於捕獲魚群的喜悅或者是獵得大魚的快感，重要的是駕一葉扁舟
於江河之上的「自適」，那種縱浪大化，無憂無懼的精神樣貌，才是漁
父之所以令人企慕的根本原因。或如唐・高適（702～765）的〈漁父歌〉：

曲岸深潭一山叟，駐眼看釣不移手。
世人欲得知姓名，良久問他不開口。
筍皮笠子荷葉衣，心無所營守釣磯。
料得孤舟無定止，日暮持竿何處歸。〔註25〕

此首詩中特別蘊含一種哲理意味，坐在深潭旁的山叟以一原始的裝
束，靜默無語的方式存在，從旁人眼中所見的他彷彿是「心無所營」，
但是最末兩句卻是作者忍不住跳出來，替漁父設想。孤舟無定止，持
竿何處歸？然而漁父之歸，無論何處，均有所安。

此外尚有以「反襯」方式書寫「釣名不釣魚」的漁父形象，可用
宋・葛長庚〈漁父詞〉五首為證：

雪色髭髮一老翁，時開短棹撥長空。
微有雨，正無風，宜在五湖煙水中。

遠山重疊水縈迂，水碧山青畫不如。
山水裡，有巖居，誰道儂家也釣魚。

洞庭湖上晚風生，風觸湖舟一夜橫。
蘭棹快，草衣輕，只釣鱸魚不釣名。

〔註23〕藝術典第十五卷漁部藝文二，頁136。
〔註24〕藝術典第十五卷漁部藝文二，頁136。
〔註25〕藝術典第十五卷漁部藝文二，頁136。

衡波棹子檝頭船，青草湖中欲暮天。

看白鳥，下平川，點破瀟湘萬里煙。

料理絲綸欲放船，江頭明月向人圓。

尊酒有，坐無氈，拋下漁竿蹈月眠。〔註26〕

葛長庚的這闋漁父詞是聯章體，五首相貫，表達一個思想主旨。每一首的前兩句都在描述漁父的生活情態。但是後三句卻是清楚表達自在逍遙的風姿與隨遇而安的瀟灑。呂尚藉垂釣而釣名（輔佐天下之功）在作者眼中看來，其實仍不如單純漁釣來得興味盎然。坐擁山水，乘舟而下，有酒有魚，人生至樂，莫過於此，尚夫復何求？

因此，莊子型的漁父形象，往往是跳脫塵俗的樊籠，忘卻此身所有的象徵。他們在面對不同的時局境地時，最常表現出來的莫過於「此心安處是吾鄉」的處世態度與道家齊一、逍遙的精神生命與「身心俱安」的心靈需求。

二、與世推移，不凝滯於物的智者

後代文學裡擷取自屈原〈漁父〉篇中的漁父形象，往往帶有「莞爾而笑，鼓枻而去，歌滄浪之歌」悠然遠去的特徵。例如：宋漁父〈答孫緬歌〉：

俄而漁父至，神韻瀟灑，垂綸長嘯，緬甚異之。褰裳涉水，與之論用世之道。漁父曰：「吾山海狂人，不達世務，未辨賤貧，無論榮貴。」乃歌云云，於是悠然鼓棹而去。

竹竿籊籊，河水悠悠，相忘爲樂，貪餌吞鉤。非夷非惠，聊以忘憂。〔註27〕

在這首歌中，漁父就是孫緬自己的化身，之所以值得欣羨，乃在於自我與塵世相忘爲樂的通達。

又如唐‧李頎的〈漁父歌〉：

〔註26〕藝術典第十五卷漁部藝文一，頁 139。《古今圖書集成》將葛長庚歸於唐人，誤，今逕改。

〔註27〕《古今圖書集成‧藝術典第十五卷漁部‧藝文二》，頁 135。

白首何老人，蓑笠蔽其身。避世常不仕，釣魚清江濱。
浦沙明濯足，山月靜垂綸。寓宿湍與瀨，行歌秋復春。
持竿湘岸竹，爇火蘆洲薪。綠水飯香稻，青荷包紫鱗。
於中還自樂，所欲全吾眞。而笑獨醒者，臨流多苦心。
〔註28〕

或是〔金〕李節〈漁父詞〉：

與世從誰話獨醒？短蓑清簑寄餘生。
半篙春水世塵遠，一笛晚風山雨晴。
犀乳滿船生事簡，魚蝦到市利源輕。
旁人莫怪機心少，曾與滄洲白鳥盟。〔註29〕

或是持竹以釣，歌唱終日，朝朝暮暮，隨遇而處。眞正達到「寵辱偕忘，樂以忘憂」的境界。這樣的漁父，是知足、安貧的典型。他們通常不大去計較實際物質收穫的（包括功名利祿、榮華富貴之追求），而能從自我身心之修爲做到「放下」的功夫；並且，這種「放下」並不是放棄對理想的追求，反而更是突顯出對於理想世界的企慕以及崇高人格原則的追求，而此抉擇需要相當的智慧。這種「天下無道則隱」的態度，突顯出儒家「道尊於勢」的尊位性，從而成爲爲儒家處世的另一種風範。

三、其它「以漁爲隱」的隱逸意涵

（一）釣魚不釣名

此類在後代詩文中以正、反兩重形象出現。前面說過：釣名不釣魚的隱者往往是有所堅持的「有待」者。但是在後世文人的眼中，這種「待」可以是一種慧眼識明君的堅持，也可以形成一種反襯作用。前者以陳陶〈閑居雜興〉爲代表：

一顧成周力有餘，白雲閑釣五溪魚。
中原莫道無鱗鳳，自是皇家結網疏。〔註30〕

〔註28〕《古今圖書集成・藝術典第十五卷・漁部藝文二》，頁136。
〔註29〕《古今圖書集成・藝術典第十五卷・漁部藝文二》，頁138。
〔註30〕藝術典第十五卷漁部藝文二，頁137。

滔滔之世中，絕對有英雄的存在，而眞正的英雄絕非等閒之輩，也不會急著強出頭。他們所在等待的是王侯身份的「知音」，以一飛沖天之姿，成就輔佐之名。這一類漁父形象的文化意涵在衰世、亂世特別容易被文人取樣，融入詩歌之中，例如：元・郭鈺〈漁詩〉：

> 子何爲漁碧海之秋？長虹爲綸月爲鉤，六鼇昂首相向愁。眼看海水不揚波，扁舟穩繫珊瑚柯。邂逅徐家兒與女，拔劍屠龍共君煮。煙淡淡，雨疏疏，人間彈鋏食無魚。吁嗟歸來乎，吾與爾漁。〔註31〕

亂世豈無豪傑？但當世局昏亂，國君無道，政治顢頇之時，呂尚形象的漁父對士人來說無異是一劑強心針。且看這首詩中的漁父形象，氣勢何等壯闊！

又比如〔金〕李孝光〈釣魚〉詩：

> 上山而笑兮，下而釣魚。豈如他人兮，唯富貴之求。三公執柄兮，念子之多才。將子歸輔兮誰繫駒？功成而三歸兮，從余遊。〔註32〕

在這首楚辭體的詩歌中，將目標之「有待」、「所求」，具體化落實爲對於自我「有才」之修養及要求，並且強調當目標達成之後，必須急流勇退：「功成三歸兮，從余遊」的保全智慧。這一首釣魚詩不論在形式、或是思想內涵，均跳脫前代作品對於「待」的聚焦，而更加完整的呈現當「輔佐」的目的完成後，返回本眞的「歸」。這樣的作品，不妨視爲儒家出處行爲的一個完整過程體現。

（二）識字的漁父

漁隱者的文化意涵並不單純地以「漁」爲唯一的行爲活動，更多的是以「漁」爲外在樣貌，而取其精神放曠的神情與精髓。唐人李德裕〈元眞子漁歌記〉的記載，正是最佳的註腳：

> 漁父賢而名隱，鴟夷智而功高，未若元眞隱而名彰，顯而

〔註31〕藝術典第十五卷漁部藝文二，頁138。
〔註32〕藝術典第十五卷漁部藝文二，頁139。

無事，不窮不達，其嚴光之比歟？〔註33〕

這一類的漁父，「漁獵」通常只是他們餘暇所從事的活動，並不以「漁」為謀生的手段。張志和是這一類漁隱者文化形象的最佳代表人物。他有名的〈漁父歌〉（即〈漁歌子〉）是這樣敘寫的：

西塞山前白鷺飛，桃花流水鱖魚肥。

清箬笠，綠蓑衣，斜風細雨不須歸。

釣台漁父褐為裘，兩兩三三舴艋舟。

能縱棹，慣乘流，長江白浪不曾憂。

雪溪灣裡釣漁翁，舴艋為家西復東。

江上雪，浦邊風，笑著荷衣不歎窮。

松江蟹舍主人歡，菰飯蓴羹亦共餐。

楓葉落，荻花乾，醉宿漁舟不覺寒。

青草湖中月正圓，巴陵漁父棹歌連。

釣車子，橛頭船，樂在風波不用仙。〔註34〕

對照李德裕的記載，張志和簡直是當代上至皇帝，下及文士百姓所欣羨的偶像。他的「漁隱」，在不即不離而又若即若離之間。他所歌詠的漁父似乎是江波之上的掌舵者，慣常與江風秋月同度；又似乎是把酒偕歡的名士，歌於江上，縱情放達；更是清癯瀟散的隱逸象徵，既合同山水而又不同於山水。這種似仙又有人味的漁父生活，遂成為「識字煙波釣叟」的典型。引發後人無窮的唱和與追隨。〔註35〕例如〔金〕密國公儔的〈漁父詞〉二首：

楊柳風前白板扉，荷花雨裡綠蓑衣。

紅稻美，錦鱗肥，漁笛閒拈月下吹。

釣得魚來臥看書，船頭穩置酒葫蘆。

煙際柳，雨中蒲，乞與人間作畫圖。〔註36〕

〔註33〕藝術典第十五卷漁部藝文一，頁133。

〔註34〕《古今圖書集成·藝術典第十五卷·漁部藝文二》，頁138。

〔註35〕最顯著的例子莫如黃庭堅的〈鷓鴣天〉漁父：「西塞山前白鷺飛，桃花流水鱖魚肥。朝廷尚覓元真子，何處如今更有詩。青箬笠，綠蓑衣，斜風細雨不須歸。人間底事風波險，一日風波十二時。」

〔註36〕《古今圖書集成·藝術典第十五卷·漁部藝文二》，頁138。

或是王冕的〈雪麓漁舟圖〉：

> 大山小山無寸青，長江萬里如明月，楚天不盡鳥飛絕，
> 老樹欲動風無聲。何人方舟順流下，草衣箬笠俱瀟灑。
> 蓬邊有兒能讀書，不是尋常釣魚者。元真子、陶朱翁，
> 避世逃名俱已矣，後來空自談高風。我視功名等塵垢。
> 何似忘言付杯酒。武陵豈必皆神仙，桃花流水人間有。
>
> 〔註37〕

在這些作家筆下的漁父，都帶有一定程度的文化修養，他們在精神上其實可以上通於《楚辭》、《莊子》，取其神而輕其形。

（三）不識字煙波釣叟

此類的「不識字」，包含兩層涵義。第一層是指完全不受文化薰陶的純粹漁家生活描寫，第二層則意指主觀上要忘卻文明的習染。先談前一類型。

唐人張籍〈夜宿漁家〉就是通過作者之眼，描寫以漁爲業的朋友之家居生活：

> 漁家在江口，潮水入柴扉。行客欲投宿，主人猶未歸。
> 竹深村路遠，月出釣船稀。向夕尋沙岸，春風動草衣。
>
> 〔註38〕

作者將以其居住地的概括性的描寫做爲漁家生活描述的主調。在這首詩中，幾乎感受不到漁人的生活作息與活動狀況，僅鋪陳出寧靜的漁家景況。但在揭傒斯〈漁父〉詩中，漁人工作時的景況以具象、鮮明的筆觸一一做細部的呈現：

> 夫前灑網如車輪，婦後搖櫓青衣裙。全家托命煙波裡，
> 扁舟爲屋鷗爲鄰。生男已解安貧賤，生女已得工炊爨。
> 天生網罟作田園，不教衣食看人面，男大還取漁家女，
> 女大還作漁家婦。朝朝骨肉在眼前，年年生計大江邊。
> 更願宮中減征賦，有錢估酒供醉眠。雖無餘羨無不足，

〔註37〕《古今圖書集成・藝術典第十五卷・漁部藝文二》，頁 139。
〔註38〕《古今圖書集成・藝術典第十五卷・漁部藝文二》，頁 137。

何用世上千鍾祿。歸來獨枕蓑衣睡。〔註39〕

在這首詩中眞實呈現出漁家生活的辛勞以及漁人樂天知命的性格,是中國古典文學中極爲少見的漁父生活浮世繪。

除此之外,更有作家意欲從主觀上忘卻文明習染,展現出掙脫文化、文字束縛的作品。例如:宋人張元幹〈漁家傲‧漁父〉

> 釣笠披雲青嶂曉,綠蓑雨細春江渺。白鳥飛來風滿棹,收綸了,漁童拍手樵青笑。　　明月太虛同一照,浮家泛宅忘昏曉。醉眼冷看城市鬧。煙波老,誰能認得眞煩惱。〔註40〕

下片中隨著煙波老去的漁父與上片中拍手慶賀豐收的漁童形成一組對比。老漁父必須在醉眼中方得逍遙,而這種逍遙是冷眼旁觀的產物,同時是經歷多少世俗挫折後的領悟。相對於漁童單純因收綸得魚而拍手歡笑,其中的人情落差,展現出後者極力擺脫文明束縛的痕跡。明人王世貞的〈鷓鴣天‧漁〉,同樣表現出相似的筆調:

> 蘋末風吹舴艋舟,蕩寒村酒雨三甌。蔚藍天起魚鱗皺,莟畫溪川燕尾流。　　無一事,不知愁,綠蓑衣墊臥船頭。相逢莫詫無魚賣,自是平生不用鈎。〔註41〕

上片全在寫景,下片才寫出心中的「眞意」:難道作者「無一事」?果眞「不知愁」?其實有多少煩愁怨懣,點滴在心頭,不過是「道不得也」,只好以「擺脫」作爲心理轉換的機制,從而重新獲取自得的心境。

第三節　「漁父」主題之美學情態

宗白華先生認爲:「中國的美學,竟是出發於人物品藻之學。」〔註42〕的確,在中國文化中,人物形象的外貌特徵,往往決定了人物的象徵意義。正因爲形象的「類似性」帶給中國人相近的感受,因此文學人物形象的塑造,通常是附帶某些特定意義。雖然因爲中國文化

〔註39〕《古今圖書集成‧藝術典第十五卷‧漁部藝文二》,頁138。
〔註40〕《古今圖書集成‧藝術典第十五卷‧漁部藝文二》,頁140。
〔註41〕《古今圖書集成‧藝術典第十五卷‧漁部藝文二》,頁140。
〔註42〕宗白華:《美學散步》,(台北:洪範書店,民國71年二版),頁61。

重神韻而輕形象的觀念影響，人物形象外顯特徵的描繪在相對之下不那麼鮮明深刻。但就中國文學中的「漁父」形象概略說來，主要突顯出以下下列兩種特徵：

一、漁父形象的塑造

（一）外　貌

1. 鬚眉交白，被髮揄袂

此一外貌特徵從《莊子》外篇〈漁父〉一文中而來。「鬚眉交白」突出其年齡，「被髮揄袂」則展示從容爽朗的精神狀態，儼然是一位親切、溫和的鄰居長者形象。

2. 青箬笠、綠蓑衣

借用外在的穿著打扮作為人物形象的塑造，其來有自。奇怪的是漁父的裝束與現實生活中之農夫的打扮，並沒有太大的差異性，經常是戴著斗笠穿著蓑衣，自張志和的〈漁歌子〉開始，斗笠遮陽，蓑衣擋水，已經成為中國文學漁父的標準配備，在詩詞之中更幾乎成為一種習用的套語，彷彿缺少這兩種裝束，就不足以稱為漁父。

（二）活　動

縱使文學中的漁父往往帶有隱逸的象徵，但是回歸到「漁」的本質性上來說，還是必須要有若干活動作為象徵的陪襯作用。

1. 飲酒、垂釣

就常理推想，隱者的活動大概是不同於常人的，即便是垂釣拋鉤，隱者的魚鉤或直鉤而不彎曲，或不設餌，即明白表示其「意不在此」（呂尚型的漁父便多半如此）。就算是設餌拋鉤，對於捕獲魚貨的數量大小，似乎也並不是那麼在意。通過這一點特徵，筆者認為可以作為據以探察其是為「隱逸象徵」的特色。例如明‧曹文晦〈螺溪釣艇〉一詩：

> 舊日溪源浸巨螺，一竿來此老漁蓑。
> 遠尋短棹輕舟興，高唱斜風細雨歌。

夜泊松潭明月近，晝眠花港綠陰多。

朝朝老瓦盆邊醉，冷看王孫細馬馱。〔註43〕

整首詩所表現出來的是對人生曠達理想的歸復。庸庸擾擾的人生，爭名奪利的追逐，對於洞澈世俗的人來說，無異是自尋煩惱，都不如一竿釣鉤，隨興而至來得輕鬆自得。又如金·密國公儔的〈漁父詞〉其二云：

釣得魚來臥看書，船頭穩置酒葫蘆。　　煙際柳、雨中蒲，

乞與人間作畫圖。〔註44〕

「釣魚」相對於「看書」、「飲酒」，並非維持經濟生活的主要條件，而是詩中主角藉由此三者相會交融所產生的「畫」般意境，突顯出詩人對逍遙生命的崇慕心態。他們所嚮往的人生境界是回歸自然本性的境界，漁鄉生活對他們而言，除了是復歸真我本性之外，更重要的是傳達出能捨的「老」境。這種「隱」，似乎可與老莊哲學中的「逍遙」相參看。

2. 駕扁舟、浮江海

自孔子言：「道不行，乘桴浮於海」之後，乘舟江海之上便成為瀟灑曠達的象徵。一葉扁舟漂流江海之上，正如浮生若粟一般的微渺，而也為其通過這種微渺，照見內心世界無限的廣闊與無垠。例如：唐人常建的〈漁浦〉：「碧水月自闊，安舟靜而平。扁舟與天際，獨往誰能名？」〔註45〕，亦或是元代耶律楚材的〈小溪詩〉：「小溪流水碧於油，終日忘機弄白鷗。兩岸桃花春色裡，可能容個釣魚舟。」〔註46〕以及明人徐世榮的〈明溪漁唱〉：「水鏡沙明風習習，放歌欸乃荻蘆洲。」。〔註47〕在這些詩作當中，「扁舟」被文人視為一個與客觀環境疏離的載體，他一方面帶領文人遠離現實的苦痛，另一方面更協助文人走向自我心靈的超脫。

〔註43〕《古今圖書集成·藝術典第十五卷·漁部藝文二》，頁139。
〔註44〕《古今圖書集成·藝術典第十五卷·漁部藝文二》，頁138。
〔註45〕《古今圖書集成·藝術典第十五卷·漁部藝文二》，頁136。
〔註46〕《古今圖書集成·藝術典第十五卷·漁部藝文二》，頁138。
〔註47〕《古今圖書集成·藝術典第十五卷·漁部藝文二》，頁139。

另外一個值得注意的現象是：文學人物形象的塑造，若成爲一種模式化的「套語」，在文學創作意義的層次上似乎顯得不那麼具有生命力。奇怪的是，漁父的這種「典型裝束」，在歷來詩文之中卻是習見的。這種情形不知該說是文人的創造性削弱，抑或是張志和形象塑造之成功？此外，對於描寫漁人生活之藝文作品，並不特意著重於外貌裝扮的描述，反倒突顯出謀生搏鬥的活動。例如元・周權〈漁翁〉詩：「轉棹收緡日未西，短蓬斜閣斷沙堤。賣魚買酒歸來晚，晚站蘆花雪滿溪。」〔註48〕或是〔明〕高啓的〈捕魚詞〉：「後網初沈前網起，夫婦生來業掏水。忽驚網重力難牽，打得長魚滿船喜。」〔註49〕由此可知，就其活動之描述，可以協助讀者分辨出該詩文中的漁父，究竟是寫實的捕漁郎，或是另有意義的文學象徵。

二、漁父形象的「語義意象」系統

在探討「漁父意象」一詞前，筆者先簡略地對「意象」於本文中的界義做一釐清與說明。文學創作中，「意象」多半帶有作家主觀的選擇意識以及特定的文化內涵。意象是一種符號，表達了特殊的意念。「漁父」，一個被歷朝文人所經常選用以表達對隱逸生活嚮往，在此即成爲「象徵型意象」。〔註50〕而中國文學中的審美經驗，往往透過神、情、氣、韻四個特徵表現出來。〔註51〕而這種抽象的特徵在人格上的煥現，落實到具體的語言文字之中，便是「用典」。中國傳統思想始終以儒道兩家爲主流價值。「得意則儒家、失意處道家」幾乎是中國文人習以爲常的信念。「漁父」的詩性象徵，雖然以隱逸文化

〔註48〕《古今圖書集成・藝術典第十五卷・漁部藝文二》，頁138。
〔註49〕《古今圖書集成・藝術典第十五卷・漁部藝文二》，頁139。
〔註50〕陳植鄂：《詩歌意象論》中將意象區分爲比喻型意象與象徵型意象。前者指在某個特定的語言環境中成爲某一事物的特稱；後者所指稱的意義則在同一個作者或不同作者的許多作品中都被不斷的重複著，成爲引出某種現成思路的固定語彙。見陳書頁141。
〔註51〕張法：《中西美學與文化精神》（北京：北京大學出版社，1994年6月第一版），頁201～212。

為主軸，但卻由儒道兩家各執一端，表現出不同的特性。筆者於此，就以《古今圖書集成・博物彙編・藝術典・漁部》，試圖建構出「漁父」在中國古典文學中的語義意象，自其成因、源流、變型加以探討。

克羅齊曾說，所有的形象都可以看作是象徵。理由在於：形象同意義之間的聯繫不可能是直接的，用語言構成的形象與意象當然也不例外。〔註52〕據此，在《古今圖書集成・博物彙編・藝術典・漁部藝文二》部份中，透過「漁父」形象之類分，其象徵意義之展現，可以粗分為兩大類。其一，是對於「漁」這一類職業活動實用義、工具義的行為敘述；另一個則是經由「人格」形象的內外塑造，完成了文學義、文化義的象徵意涵。

筆者在上一節已經約略論述，可以藉由詩詞中對於活動描述的選擇，概略區分文學家筆下的漁父形象。「漁父」典型在中國古典文學類型中，經由文學語言的性質改造，基本上已脫離了職業性、技能性的工具義。《古今圖書集成》一書之編者雖然仍將它歸類於技能、技術性的「藝術典」之中，但綜觀整個漁部，除「彙考」部分的的確確詳述各種捕捉、繁殖水生生物所運用的工具、方法，其他在藝文、記事、雜錄、外編乃至於選句中所收錄的篇章，絕大多數與技術性、工具性無關。基於《古今圖書集成》此種現象的呈現，筆者認為應當有足夠的理由相信：縱使《古今圖書集成》的編者基於「漁」的原始工具義將此部編入藝術典之中，然而其中所呈現的意蘊，應是遠超越於工具義而沾染上相當程度的文學色彩，進而使「漁父」的「這一個」人物形象，同時超越本身的職業稱謂，成為中國古典文學作品裡的一個特殊「原型意象」。〔註53〕以下將從微觀的角度，再細分其語義系

〔註52〕詳參俞建章、葉舒憲合著：《符號：語言與藝術》（上海：上海人民出版社，1998年4月第一版），頁147。

〔註53〕所謂的「原型」，筆者所指稱的是精神分析文學理論所稱之「原型」。在俞建章、葉舒憲合著：《符號：語言與藝術》第三章中提到：「套用皮亞傑的術語（我們）可以把這種意指特定觀念的意象稱為「前概念」（preconcept），也就是介於象徵符號和概念符號之

統與象徵意義所構成的「漁父」意象。

原始初民究竟如何看待「漁」的活動？在他們的心目中，對於能夠延續生命的「獵物」，多半帶有幾分崇拜與敬畏的心態；從而對於具有精湛技藝的捕獵者，產生崇敬與膜拜的心理。「漁」這一活動，象徵著人與不可知的神秘自然搏鬥後所獲得生命存續的依憑，〔註54〕具有此技藝者藉由與自然的抗爭，獲得相對的勝利，通常就成爲初民社會中的領袖人物。例如史書中便記載：

> 禹耕歷山，歷山之人皆讓畔；漁雷澤，雷澤上人皆讓居；
> 陶河濱，河濱器皆不苦窳。一年而所居成聚，二年成邑，
> 三年成都。〔註55〕

這種因超異於常人的「技能」所獲得的神聖地位，往往是初民「推舉」領袖的重要依據。「漁獵」這項技能同其他捕獵一般，代表了某一文化族群之所以能延續種族、繁衍後代的重要本領，也代表了此一文化族群優於其他部族的保證。

迨及「文化」意識開始形成的歷史時代，「漁」的技能優勢逐漸淡化，文士或學者僅擷取漁父「形象」上的某些符合自身思想邏輯、

間的過渡形式，用分析心理學和原型批評派的術語，則應稱爲「原型」（archetype）。」詳參葉書，（上海：上海人民出版社，1988年4月第一版），頁150。又：所謂的「原型意象」是指那些具有原型功能的意象。此處的「原型」是指一種「普遍的象徵」，「原型意象」是作爲這種普遍的象徵研究中一般原型的基本且是重要的元素。而這種象徵意義必須建立在詩文的「脈絡」（即：上下文之間語意的關連）之中。詳見李瑞騰先生〈說鏡——現代詩中一個原型意象的試探〉一文，收錄於《當代台灣文學評論大系‧新詩評論卷》，頁115～153。

〔註54〕原始人類經常用運用動物的殘骨、外殼、牙齒等等作爲符咒物。這是因爲史前人類尚未形成「神」的概念，能夠賜福給他們的不是全知能的上帝，而是他們要捕獵的對象。也就是說，這些「獵物」在某種程度上支配了原始人類的生死興衰。詳參俞建章、葉舒憲合著：《符號：語言與藝術》（上海：上海人民出版社，1988年4月第一版）第三章，頁83～85。

〔註55〕《史記‧五帝本紀》，瀧川龜太郎：《史記會注考證》（台北：洪氏出版社，民國72年學人版），頁33。

理想的特徵，進入文字及文學之中，而成爲某些特殊的思想意涵及文學意涵。在這種文學的轉化過程中，必然的牽涉到「選擇」的意義。筆者以爲，正是漁父悠遊於波浪之間，乘舟隨波旋起旋沒、飄渺無定的虛幻特質，以及拋鉤垂釣，居止靜穩定性的形象獲得了文人的青睞，而使漁父逐步幻化成隱逸的象徵；並使水鄉生涯成爲文人退隱心靈寄託之所在。在此暫且以現存最早以〈漁父〉爲篇名的文學作品爲「漁父原型意象」探索的起點。

（一）儒家隱的漁父意象原型

屈原〈漁父〉篇中的漁父對於政治的現實，最多僅止於「關心」的程度。他不同於屈原全副心力的投入，而以旁觀的冷靜態度處之。值得玩味的是，在這一篇中，漁父似乎是探知屈原心事的先知。他首先確認了屈原的來歷（子非三閭大夫與？），又在聽完屈原所發的牢騷之後提出忠告（世人皆濁，何不淈其泥而揚其波？衆人皆醉，何不餔其糟而歠其醨？）；見屈原不接受忠告而後「鼓枻而去，歌滄浪之歌」。與其說「漁父」是屈原行吟澤畔所遇見的隱者，不妨將「漁父與屈原」視爲屈原自身「現實我與理想我」的對話，或許更可以突顯出文「士」在出處之間、在言與不言之間的矛盾與掙扎。換句話說，此篇中的「漁父」乃是相對於屈原理想性格之執著，一方面可以劃入「現實我」的層次，另方面兼有拋棄一切塵世俗累的象徵。透過這一層分辨，於是可知在中國歷來文學作品中之所以屢屢因政治宦途上的失意，而借鑑於屈原漁父篇中的「漁父」的原因。至於爲何屈原選擇「漁父」來作爲現實我的典型象徵？眞正的答案恐怕得起屈原於沈江之中才能得知。但筆者在此推測與「楚」地的南方文化色彩，恐怕有一定程度上的關連。〔註56〕由屈原〈漁父〉篇中的漁父，奠定中國文士在「政治」

〔註56〕文心雕龍物色篇中曾言：「是以詩人感物，聯類不窮。流連萬象之際，沈吟視聽之區；寫氣圖貌，既隨物以宛轉；屬采附聲，亦與心而徘徊。」又說：「若乃山林皋壤，實文思之奧府，略語則闕，詳說則繁。然屈平所以能洞監風騷之情者，抑亦江山之助乎！」詳參劉勰撰，

思潮中明哲保身的理想典型，同時易爲儒家「天下有道則仕，無道則隱」的政治理想所吸納，「漁父」遂成爲「儒家隱」的意象原型。

儒家看待「隱逸」的角度，絕大多數取決於「道尊於勢」的程度。所謂「達則兼善天下，窮則獨善其身」。隱逸對於富有積極入世精神的儒家信仰者而言實在是一種不得不的選擇，同時也是使心靈暫時獲得安頓的權宜之法。〔註57〕儒家的「隱」，並非全然等同於屈原〈漁父〉篇中的漁父所謂「餔其醨、啜其糟、鼓其泥、揚其波」般的隨波逐流的提問，但卻在程度上相當符合於文末高歌「滄浪之水清兮，可以濯吾纓；滄浪之水濁兮，可以濯吾足」的通變。這種通變表現在處世態度的文學作品中，最具有代表性的典型便是「呂尙」與「范蠡」。呂尙的「以待」（至於磺溪之水，呂尙釣於涯。王下趨拜望曰：望公七年乃今見光景於斯。）〔註58〕終成以助文王王天下的大願，滿足了儒家積極入世的心願；范蠡的退隱，則是在儒家入世精神背後，自我生命完足之後的保生之道。此兩種「儒家隱」之漁父形象，從表面上看來是一進取（呂尙）、一退避（范蠡），但兩者在精神意蘊上所追求的，無非都是「清高」的人格典型。這種人格理想的追尋，不同於一般士人汲汲營營於仕進之途的任意趨附，而是執著於特定信念的價值取向。〔註59〕當此種取向無法在現實的期望中得到滿足，便轉化成文人筆端的抒發，換言之，「如果說『清』美人格在『舉世皆濁我獨清』

黃叔琳注：《文心雕龍注》（台北：台灣開明書店，民國82年5月臺十七版），卷十，頁1～3。足見自然風物對於作家選擇主題及創作筆法上應有一定程度之影響。又探察屈原作品中帶有強烈的楚地文化色彩。就其地理環境而言，南方亦多水鄉澤國，因此推測屈原取樣於「漁父」的應該受到地理風物之影響。

〔註57〕論語中記載許多孔子與隱者的對話，舉凡「鳥獸不可以與之同群」，在在表現出儒家對於隱者的「避世」的舉動有所微言。儒家在政治思想上始終堅信「當仁不讓」的性格，表現出「天下事捨我其誰」的積極承擔態度。他們所關心的是天下安頓之後的個人安頓，而非從「自我生命的完善」爲起點出發。

〔註58〕《古今圖書集成・藝術典第十六卷・漁部記事》，頁141。

〔註59〕此乃屈原之所以爲儒家類漁隱原型之由。

的價值層次上意味著道德上的自我完善，並每以幽獨自憐式的清高含納著憂鬱不平之氣，那麼，當它演化爲以『神清骨冷無由俗』爲特定內蘊時，就不能不意味著主體精神的絕對超脫了。」〔註60〕舉凡此類關於「人格理想」、「主體精神超脫」的思想內蘊，表現在文學主題與作品中，便成爲「儒家隱」的漁父意象原型。例如〔明〕劉基〈題太公釣渭圖〉詩所象徵的意涵：

> 璇室群酣夜，璜溪獨釣時。浮雲看富貴，流水澹鬚眉。
> 偶應非熊光，尊爲帝者師。軒裳如固有，千載起人思。
> 〔註61〕

假使呂尙所追求的是政治利益所帶來的富貴，何必偏偏等待文王的到來？「璇室群酣夜，璜溪獨釣時」襯托出呂尙不同於凡俗士子的修爲，「浮雲看富貴，流水澹鬚眉」表現出呂尙之所以堪稱爲一位政治家的襟抱，也正由於這等氣度，在漁父的形象上點染幾許政治理想典範的色彩，而爲文士所援用，作爲砥礪期許之榜樣。

（二）道家隱的漁父意象原型

「道家蓋原出於隱者」。〔註62〕道家的「隱逸」是對自我的本然回歸，與儒家隱逸思想不同的地方在於道家所要超越的，除了仕途、名利、權位等等外在文明羈累的有形拘束之外，更確切的說，道家哲學在思想上的目標要恢復在這些人爲拘束產生的根源之前的原始狀態，也就是原始的「混沌」狀態。〔註63〕而這種原始狀態表現歷史文

〔註60〕詳參韓經太著：《詩學美境與詩詞美境》（北京：北京語言文化大學出版社，2000 年 1 月第一版），頁 93～94。

〔註61〕《古今圖書集成・藝術典第十五卷・漁部藝文二》，頁 139。

〔註62〕馮友蘭：《中國哲學簡史》（台北：藍燈文化事業股份有限公司，民國 82 年 10 月再版），頁 44。

〔註63〕《莊子・應帝王》篇中有言：「南海之帝儵，北海之帝忽，中央之帝爲渾沌。儵與忽相遇於渾沌之地。渾沌待之甚善。儵與忽謀報渾沌之德，曰：人皆有七竅以視聽食息，此獨無有，嘗試鑿之。日鑿一竅，七日而渾沌死。」詳參〔周〕莊周著，〔晉〕郭象注：《莊子》，（台北：台灣中華書局，民國 82 年 6 月八版），卷三，頁 19～20。

明社會中便是「隱」——拋棄執著。外在加諸於個人身上的，對崇尚自適逍遙、順應自然本眞的道家來說，都是可以拋棄的。隨著官位、名望附加而來的並不是值得迷戀的權勢，反而是擺脫不掉的煩惱與物累。對他們而言，順應自然本性，能不顧外在眼光自在生活，的確是一種「神人」、「眞人」、「至人」境界的逍遙，這種悠遊於宇宙四方之中最極致的顛峰，也就是絕對精神自主的狀態。

　　既然道家看待隱逸與儒家的人生理想人格不盡相同，那麼表現在文學作品中的意象象徵又應該如何分辨？筆者認爲可以從字裡行間所表現出來的精神以及所選取的漁父典型加以辨別。鐘鼎山林，各有所好。道家歸隱思想對歷代文人，始終有一股強大的拉力，導引他們向心靈家園完成詩意的回歸。這恐怕不能以「得意時儒家，失意時道家」的觀點作截然的二分。在這種隱逸思潮的文化背後所蘊含的，恐怕是人類對於自我生命價值認同的過程。相對於西方人從分析、演繹、辯證等等科學過程中追求宇宙的眞理；中國人則藉由對自然生命的概念性追尋，從實際存在的的拋擲，回復到眞我的純粹性上；藉由不斷的澄清與放下，從而達到與天合一、與物同一的境界。外在環境的順逆與否只有催化的作用，並非必然的過程。筆者以爲，這恐怕才是隱逸思想在中國文學中足以成爲主題的緣由，同時也是道家思想滲透文學的一條路徑。由是產生的另一個問題是：道家何以如此湊巧地選擇了「漁父」做爲隱逸生活的基調人物？且回歸到《莊子》一書中來探討。

　　《莊子》外篇有一篇章即題名爲〈漁父〉。不同於屈原楚辭〈漁父〉篇利用抽象對話形式來勾勒漁父的神情，莊子則以相對寫實的手法表現出與孔子對答的「漁父」。如果從「漁獵」的工具功能義來看，《莊子》外篇中的漁父恐怕是不具有任何實用的技能性可言。莊子對漁父的具象描寫也並不在他的漁獵能力，而是「老」的形象，所謂「鬚

　　此爲莊子一書中極爲有名的神話故事。儵爲「有象」、忽爲「無形」、渾沌乃「自然」。全段旨在揭示文明未開化之前的混沌未明狀態，實爲人生本然的存在。

眉交白，被髮揄袂」。單就這點外貌，並不足以令人產生任何與「漁」有關的聯想；接下來所陳述的「行原以上，距陸而止」可以猜測到，這位老者大概是乘舟而來，故而推測其居處多在江畔水邊。承接而來的描述，就儼然清虛若神了：「左手據膝，右手持頤，以聽曲終」。這位老漁人是為樂聲所吸引而來以觀曲，並且陶醉於樂聲中。再接著深究此漁父與孔子一行之對話，可以推知莊子塑造的是一個概念性的人物，「漁父」不過是道的化身。筆者在此大膽的臆測，這約略與莊子齊物觀的用意相若。中國思想到了莊子的時代，可說是百家爭鳴的黃金時期。在這些機鋒盡出的辯論、言談，大多指向「國富民強」的目標。於是善於言辯者自然受到極大的注目。在此種風氣之下社會開始逐漸走向分工，「階級」概念於為產生。但就莊子本身的哲學思維來想，並無所謂大小、美醜、善惡等種種差別，採用何種人物形象，泰半都是「代言」性質。之所以選取了「漁父」的形象，不也就是著眼於其行舟江水，悠遊的生活面向，一派開散瀟灑的浪漫特徵。而這種形象美的特徵，不但是《莊子》一書的主旋律，也恰巧的同為文人所接受、喜好，據此奠定了「漁父」在中國文學隱逸主題中的要角地位。最明顯的一個例子莫過於陶潛的〈桃花源詩并記〉。武陵人之所以是「捕魚為業」，實非偶然的巧合。駕一葉扁舟，或逆流而上、或隨順而下，總在煙水飄渺間給予讀者仙境般的美麗想像，而這層想像，同時是文學抒情中的重要質素，自然受到文人的垂愛，百般眷戀於斯。因此，道家隱的漁父原型意象，呈現「瀟灑出塵」的特色。在後代詩文中，不論是宦途失意的文士，或是流落他鄉的文人，均容易趨近於這種瀟灑出塵的生命場域。考索《古今圖書集成・博物彙編・藝術典・漁部》中，對於「莊子」這種思想上的直接承襲，在文學作品中也有兩個主要的典型人物為代表，一個是漢代的嚴光，另一個則是唐代的張志和。無庸置疑，這兩個人物典型都是隱者，但實踐的途徑卻不盡相同：嚴光以切身力行實踐名世，張志和以間接歌頌漁人傳頌。唯其不同於儒家隱類型的漁父意象原型，主要在於志趣的追求。他們對於

朝廷的徵召，要不表現的興趣缺缺，要不便是直接隱遯於世。他們的所作所爲並非是矯情飾非，而是天性的自然流露。

後代文人（士）在創作文學作品，選擇文學主題時，對於「漁父」隱逸象徵之原型意象，大抵不外乎著眼於其精神形象，而趨近「生命開展」之路；至魏晉時期則以陶淵明〈桃花源記〉中之漁人作爲人間理想的追尋者；再至唐代張志和歌頌之漁父，則以細膩之筆法呈現與世情相反的人性安頓。以歷代漁父（漁人）形象的主體精神演變爲線索考察之，不難發現，「漁父」之所以爲「隱逸」的象徵，實即呼應人生「歸」的主旨問題：心安、身安都是人類回歸自我本體的象徵。因此，當文學家在選用漁父意象時，仍服從於其「隱逸」的象徵，雖多半不再考究其淵源，而直接在文學語言的運用上成爲典故的習用，但對於心靈探索的回歸卻是從未悖離的。

第四節　「漁父」詞曲產生的背景

透過以上幾個章節的辨析，不難發現，正是基於中國文人同時兼有政治家的文士性格，促使「漁父」在中國文學的作品之中主要呈現隱逸的象徵。漁父逍遙曠放的特質獲得文人的接受與喜愛，再加上文士將自身對於客觀環境的不滿昇華至自然生命中，消解內心的愁煩與困頓，進而從漁父的形象特質中獲得心靈家園的回歸及寄託。在中國古典文學作品中，雖不乏對其雄建、豪邁的生命樣貌有所描摩，但是關於漁家生活「如實」寫生的作品、寄託漁人爲生活搏鬥的勇氣、描繪眞實漁家生活景況的題材，的確在中國的文學作品中萎縮了。這不能不說是中國文學主題思想上的「偏愛」現象。

一、「漁父」詞的起源

欲進入到本文探討的文體重心——宋詞與元散曲之中的漁父主題，起源爲何？變化爲何？就不得不從詞曲中以「漁父」爲創作主體之作品直接探求。以下，先將「漁父詞」與「漁父散曲」大致劃分爲

兩大區塊，分別探討漁父詞、曲產生的背景。關於詞的起源，根據曾昭岷等人以詞體的「仿生學」的理解，將上限確定在隋代。〔註64〕而以此概念下所收編的詞作，當然也包括了敦煌詞之類的民間詞作在內。而本節所探討的詞作範疇，就是以全唐五代爲時代斷限，根據曾昭岷等人所編的《全唐五代詞》爲底本，先摘取其中以「漁父」爲主要描寫主題之詞作，以作爲全面探討「漁父」主題在詞作中的產生與嬗變之藍本。〔註65〕

（一）唐代的「漁父」詞

現存全唐五代詞作之中，張志和的〈漁父〉（又名〈漁歌〉、〈漁歌子〉）可謂首開其風。這五首聯章漁父詞，乃張志和於唐代宗大曆九年（774）謁顏眞卿所作，時張志和貶南浦、隱越州，故此五首聯章，可視爲張志和隱逸心志的表述。〔註66〕此五首〈漁父〉既是漁父詞之祖，筆者便不厭其煩，援引如下：

> 西塞山前白鷺飛。桃花流水鱖魚肥。
> 青箬笠，綠蓑衣。斜風細雨不須歸。
>
> 釣臺漁父褐爲裘。兩兩三三䑳蜢舟。
> 能縱棹，慣乘流。長江白浪不曾憂。
>
> 言溪灣裡釣魚翁。䑳蜢爲家西復東。
> 江上雪，浦邊風。反著荷衣不歎窮。

〔註64〕曾昭岷等人爲詞的起源下定義，說：「早期的詞乃是一種配合新興音樂曲調（隋唐燕樂曲調）的歌唱，並以穩定的辭樂配合方式（依調填詞的方式）創作出來的新型的歌辭文學品種。如果說長短句的形體特徵以及詩、樂、舞融爲一體的綜合藝術型態等，只是我們衡量早期詞作的基本條件，那麼「隋唐燕樂系統」和「依調填詞方式」則是我們探討「詞源」和判別「詞體」的兩個關鍵因素和必要條件。」詳參曾昭岷等編：《全唐五代詞》（北京：中華書局，1999年12月第一版）前言，頁11～12。

〔註65〕全唐五代詞中以「漁父」爲主題之作品一覽表，詳見本論文篇末附表二。

〔註66〕唐憲宗長慶三年（823）李德裕所撰之〈元眞子漁歌記〉中有載。詳參註釋35。

松江蟹舍主人歡。菰飯蓴羹亦共飯。

楓葉落，荻花乾。醉泊漁舟不覺寒。

青草湖中月正圓，巴陵漁父棹歌還。

釣車子，掘頭船。樂在風波不用仙。〔註67〕

透過這五首作品，可以發現，張志和所歌詠的乃是漁隱生活的自適逍遙。五首均透過「以景寓情」的方式，對漁隱生涯給予稱道。對於外在自然環境的四時變化，採取靜觀隨順的態度：風雨、浪濤、風雪對作者來說都是自然中的本然，而隱於漁的作者本身之所以樂，無非是採取一種與自然四時同順的心態，於是使耳聽爲樂，目遇成色，哪有不快樂悠遊的道理？除此之外，作者的精神生活被高度凸顯，這種凸顯是藉由物質生活的貧乏所襯托出來的：「褐爲裘」、「反著荷衣不歎窮」，都是在強調「不憂貧」的達觀，也因爲這種標舉隨遇而安的快樂，使得張志和的〈漁父〉詞蒙上了濃厚的文人色彩，漁父在此是隱的象徵，是道的化身，更是逍遙境界的標竿，也無怪乎此作一出，便有十五首和作追擬唱和。在這些追擬唱和的作品中大致可分爲三種類型：一是追隨張作，傳達出瀟灑出塵的悠閒隱逸意味，如：

極浦遙看兩岸花。碧波微影弄晴霞。

孤艇小，信橫斜。那個汀洲不是家。〔註68〕

舴艋爲家無姓名。葫蘆中有甕頭清。

香稻飯，紫蓴羹。破浪穿雲樂性靈。〔註69〕

或是用反襯手法來寫對於名利追逐的厭棄，如：

洞庭湖水晚風生。風觸湖心一葉橫。

蘭棹快，草衣輕。只釣鱸魚不釣名。〔註70〕

偶得香餌得長鱘。魚大船輕力不任。

〔註67〕曾昭岷等編：《全唐五代詞》，（北京：中華書局，1999 年 12 月第一版），上冊，頁 24～26。以下所引之唐五代詞，俱出於此書，僅標明書名、冊數、頁碼，不再標注出版資料。

〔註68〕《全唐五代詞》，上冊，頁 30。

〔註69〕《全唐五代詞》，上冊，頁 31。

〔註70〕《全唐五代詞》，上冊，頁 30。

隨遠近，共浮沈。事事從輕不要深。〔註71〕

再是另創蹊徑，直寫漁人的真實活動，如：

釣得紅鮮劈水開。錦鱗如畫逐鉤來。

從棹尾，且穿腮。不管前溪一夜雷。〔註72〕

但仔細探求，不難發現在這些和作之中，因為作者的身份，導致大半沾染上濃厚的文人詞的色彩，泰半使用隱喻、象徵方式來傳達對於水波生涯的嚮往，又因追擬之故，多半描寫活動的空間感乃停留在「江上漁父」，可見得張志和不但是漁父詞的開山祖，在內容、景物，乃至於時空場域都豎立一個「範本」形式的漁父高懸於茲。此外，尚有張松齡（張志和之兄）亦有和作〈漁父〉（樂在風波釣是閒），不過內容對於張志和煙波釣叟式的終生歸隱，並不全然表示認同，對於張志和乃採「立足於人世間」式的呼喚。

唐代漁父詞的另一類型，作者的身份是「僧」，以船子和尚為代表。在船子和尚的本事中記載他以「泛舟度日」，也就是說以「擺渡」作為謀生的手段及工具。這一類的漁父詞在行為、思想內容上，都有所象徵寄託，他不同於一般漁父的水波生涯、綸鉤魚蝦，也非對隱逸生活多所嚮往（出家為僧與隱逸在行為活動場域中的相近性也極高），而是在目的的取徑上有所不同。僧人多半以「舟」表示人生在世的漂流與孤寂感，以「渡」的活動作為弘揚佛法的管道。船子和尚現存漁父詞共計十八首。根據《五燈會元》的記載，船子和尚曾經自題三絕：（千尺絲綸直下垂）、（二十年來江上游）、（三十餘年坐釣臺），以名度化他人之心堅定不移；又曾於松澤西畔留辭三首：（一葉虛舟一葉竿）、（一任孤舟正又斜）、（愚迷未識主人翁），展現出「我已得法」的快樂悠閒自在，以及欲渡他人、遍求不得的惋惜。另外又有訴紅塵多事，應修佛法的勸導，如：（莫學他家釣魚船）、（別人只看採芙蓉）。要言之，船子和尚的〈漁父〉詞均是藉著「釣」、「渡」等等具體的形象來書寫求法之樂及弘法之事，以至

〔註71〕《全唐五代詞》，上冊，頁31。
〔註72〕《全唐五代詞》，上冊，頁28。

於得法後的自由。嚴格說來，船子和尚的漁父詞中所描寫「漁父」多半是披簑戴笠操舟航的船夫，顯然也不著重在於綸釣的技巧本事，而是透過具象化的行為，達到佛教哲理弘揚的目的。

　　唐代漁父詞除了以上書寫隱逸生活的瀟灑出塵、閒適恬退之作以及以弘法為主的僧人漁父詞之外，尚有幾個支脈，這些作品不以〈漁父〉名調，然以「漁父」為主要描寫客體，在此亦一併論述。首先是在各卷曲子詞中所收編的民間詞，茲以〈浣溪沙〉三首為例：

> 浪打輕舡雨打篷，遙看篷下有漁翁。莎笠不收舡不繫，任西東。　　即問漁翁何所有？一壺清酒一竿風。山月與鷗長作伴，在五湖中。

> 倦卻詩書上釣舡，身披簑笠執魚竿。棹向碧波深處去，復幾重灘。　　不是從前為釣客，蓋緣時世厭良賢。所以將身嚴藪下，不朝天。

> 雲掩茅庭書滿床，冰川松竹自清涼。幽境不曾凡客到，豈尋常。　　出入每交猿閉戶，迴來還伴鶴歸裝。夜至碧溪垂釣處，月如霜。〔註73〕

這三首各自獨立。第一首暗用范蠡之事，第二首表現出厭倦功名，意欲逃遁，第三首敘寫漁隱的幽靜，雖是出於民間文人之手，但是並沒有民間詞慣用的尖新語言、嘻謔筆鋒，反倒是摻雜了幾許仙風道骨、不入凡俗的形象意味在其中。

　　其次，有文人創作的詞作。如：元結〈欸乃曲〉五首聯章，以順敘方式，依序書寫船行入山、船過平陽、船入雲山、見自適漁翁、讚歎高人常駐之地的船行見聞。這組聯章詞思想的哲理性比起其他詞作是大大的降低了，但是在寫景描物的筆觸上，卻頗有民間白俚的意味。再如顧況的〈漁父詞〉，雖僅存三句：「新婦磯邊月明。女兒浦口潮平。沙頭鷺宿魚驚」，但在寫景技巧上可謂元人馬致遠〈天淨沙・秋思〉之先導，以數個景物推疊出漁鄉水畔的相思之情，可惜因不知

〔註73〕《全唐五代詞》，下冊，頁842～843。

此闋作品原貌究竟止於如此？或是僅存斷句殘言？無法全幅看出其思想情貌。此外，顧況這首〈漁父詞〉在用語上亦與北宋蘇軾、黃庭堅「恨其曲度不傳」而擬作〈漁歌子〉之語序相似。

最末，就是柳宗元所做之〈阿那曲〉。這闋詞描寫作者觀看漁人在水上自在去的情景，遂生欽羨之情，也是著重於描寫漁鄉環境優美，漁鄉生涯逍遙無拘的佳作。

經過上述探討可知，終其有唐一代的漁父詞，創作者蓋分為文士與僧人二類。文士詞在內容主軸上大致以歸隱閒適生活的嚮往為主軸，藉由對青山綠水的景色描寫，融入對退隱生活寧靜恬淡的幾番思念，就文學主題的掌握來說，大致上並沒有脫離山水主題的範疇，並且，在語言風格上鮮少表現出豪邁的氣度，即便是對漁人心境的率真有所濡染，但仍然慣以清言麗句表現出文士特殊風雅的「閒」情，也因此除了景境如實的描寫之外，或多或少沾染上幾分仙境飄渺虛無的氣氛。在僧人詞方面，「文字」不過是勸誘的工具，因此釋家的漁父詞習用了佛說講經的形象化語言為喻，透過漁家的「釣」、船夫的「喻」，完成度化眾人的積極責任。從思想性上來說，釋家的漁父詞倒是沒有太多佛法的說喻，而以勸誘眾生「迷途知返，唯佛是岸」為主。

（二）五代的「漁父」詞

現今學界探討五代詞人，大致是以「詞人集團」為歸類依準。其中，以西蜀地區填詞作家集團的花間詞人為主軸，旁及二李、二晏。而「漁父」這一類用字清麗、風格閒適的主題在五代詞人的手中，究竟產生了哪些變化？無疑是一個值得關注的問題。五代時期以漁父為詞作主題的詞人並不多，作品也不如書寫「遞葉葉之花牋」多，但是仍有其主題價值。首先是李夢符的兩首〈漁父引〉。根據《詩話總龜》所記載，他應該是一位狂放派的隱士。〔註74〕兩首詞分別描寫江灣景

〔註74〕《詩話總龜》（台北：廣文書局，民國 62 年初版）前集卷四四引《郡閣雅談》記載：「李夢符，不知何許人。……與布衣飲酒，狂吟放逸。嘗以釣竿懸一魚向市肆踏〈漁父引〉，賣其詞，好事者爭買，得錢便

致之優美（村寺鐘聲渡遠灘）以及漁鄉生涯的放逸（漁弟漁兄喜到來）。因為作者個性的特出，使其作品雖一雅一俗，卻別具風味。

其次，以花間詞人之身分而創作漁父詞者，分別有歐陽炯、和凝、薛昭蘊、顧敻、閻選、李珣、孫光憲等人。尋繹詞作的思想內容與風格，大致可分為三種類別：一是閒適寧靜的水邊景色，如：歐陽炯的〈西江月〉（水映長江秋水）、和凝的〈漁父〉（白芷汀寒立鷺鷥）、薛昭蘊的〈浣溪沙〉（紅蓼渡頭秋正雨），這些描寫水邊景色的詞作雖比起其他的花間詞在用語方面要恬淡許多，但是仍然不免帶幾分香豔的氣味。再者是寫隱逸生活的嚮往，以顧敻及閻選作為代表。顧敻的〈漁歌子〉：

> 曉風清，幽沼綠。倚欄凝望珍禽浴。畫簾垂，翠屏曲，滿袖荷香馥郁。　　好懷，堪遇目。身閒心靜平生足。酒盃深，光影促，名利無心較逐。

上片仍以麗筆寫淡景，但在下片卻將筆鋒一轉，寫出大好光陰荏苒，無意追逐名利的心聲。閻選的〈定風波〉則是從景致的鋪排開始，便沾上閒適的氛圍，在用詞上相對的也比較平淡自然。另外，李珣是花間詞人中最多以漁父為主題的創作者，分別有〈南鄉子〉三首、〈漁父〉三首以及〈定風波〉二首，總計七首。李珣所創造的漁父詞中，〈南鄉子〉三首主要以實筆寫漁鄉景致，表達出曠達閒適的悠然意味，〈漁父〉三首的避世之情，溢於言詞；比較特出的是兩首〈定風波〉（志在煙霞慕隱淪）、（十載逍遙物外居）明顯表現出求道超脫避世之渴慕。另外孫光憲的兩首〈漁歌子〉採用借景抒「曠」，利用淺白的語詞傳達出不關風月的特殊風格，也是值得加以留意的。歸結之，花間詞人在創作漁父詞的同時，不免沾染上幾分香豔濃麗的語言習氣，但是值得肯定的是在以「漁父」為主題的花間詞作中，也有不少擺脫濃麗的豔詞面目，幻化出清新恬淡的隱逸風味。更值得注意的是，花間詞人相對於唐代詞作，在詞調的選擇上顯現出較多的變化，

入酒家。……查考取狀，答曰：「插花飲酒何妨事，樵唱漁歌不礙時。」遂不敢復問。或把冰入水，及出，身上氣如蒸。」。

也提供吾人對於詞牌調性歸屬的認知。

　　除上述作品之外，還有呂巖所作的漁父詞共計十八首。這十八首作品在內容上主要是寫求道修煉的諸多階段，僅取「漁父詞」一詞牌之形式，在內容上與「漁父」並無所關連。

二、「漁父」散曲的起源

　　對放散曲的起源，多數學者採取文體演化的觀點，咸認爲曲是詞體發展之餘緒，是民間唱曲形式的遺脈。〔註75〕假使純粹從詞曲「合樂」的特徵來探討，詞曲這兩種文體的確有著密不可分的關係。楊棟便說：

　　　關於散曲的性質，說穿了，就是金元以降的流行歌曲，……
　　　也不妨說是古代白話詩。〔註76〕

因此，這裡所要探討的與其說是「漁父散曲的起源」，不如將其認定爲「漁父主題的韻文創作在元代的興起」更爲適切。正如本論文在緒論便已揭櫫的，欲協同文化學及社會學觀點來看待宋元兩代代表文體中特定主題所蘊含意義的異同，要考察元代漁父散曲的起源，並不是僅僅將最早以「散曲」之元代新興文學體式來創作漁父主題之作品那般絕對。若以「創作年代」來探討，那麼現存《全元散曲》中最早出現「漁父」一詞的當是盍西村創作之〈越調·小桃紅〉（落花飛絮舞晴沙）一曲。〔註77〕這一散曲題爲「金堤風柳」，乃其創作之「臨川八景」系列作品之一。因此，在內容上以景致的描寫爲主，漁叟只是

〔註75〕如羅錦堂在《中國散曲史》論及散曲的起源，認爲肇因有五，分別是：詞的衰落、詞調的轉變、詞句的語體化、諸宮調的興起以及外來音樂的影響，便是從詞曲一脈相承的文體轉化觀來加以論斷。參見羅著《中國散曲史》（台北：中國文化大學出版社，民國72年8月新一版），頁6～19。又如：李昌集在論及散曲形式時，雖然析分爲南、北曲來探討其淵源及形成，然而無論從曲牌、形式上來看，都與詞體有著密不可分的關係。參見李著《中國古代散曲史》（上海：華東師範大學出版社，1991年8月第一版），頁33、74、75。

〔註76〕楊棟：《中國散曲學史研究》（北京：高等教育出版社，1988年10月第一版），頁2。

〔註77〕見隋樹森編：《全元散曲》，上冊，頁53。

眼前眾景的點綴之一，尚且看不出「漁父」此一獨立形象的刻畫。值得注意的是盍西村另外兩首題作「雜詠」的小令：

> 淡煙微雨鎖橫塘。且看無風浪。一葉輕舟任飄蕩。芰荷香。
> 漁歌雖美休高唱。些兒晚涼。金沙灘上。多有睡鴛鴦。
> 綠楊堤畔蓼花洲。可愛溪山秀。煙水茫茫晚涼後。捕魚舟。
> 衝開萬頃玻璃皺。亂雲不收。殘霞粧就。一片洞庭秋。〔註78〕

這兩首散曲明顯是藉景起興的作品。前一首帶有冷眼旁觀世事的味道，忘情世間，隨波逐流。後一首雖然是描述漁人生涯，但是仍然偏重在景致的描繪，僅止於對漁人賦予文學想像而不及文化特殊意涵的包涵。既給予於文學的想像力，又賦予傳統「漁父」典型意義的散曲作品，其實在盍西村的〈雙調‧快活年〉中可以窺見：

> 閒來乘興訪漁樵。尋林泉故交。開懷暢飲兩三瓢。只顧身
> 安樂。笑了還重笑。沈醉倒。〔註79〕

這一首小令中的「漁樵」，已經明顯帶有傳統漁父主題文學作品的「不俗」意味，在這裡「漁樵」是隱士，他們不同於現實生活中必須相互競爭的對象，自在地悠遊於林間水畔，笑看世事，無所拘掛。

若要從題為「漁父」的散曲作品來溯源，那麼白樸〈雙調‧沈醉東風‧漁夫〉（黃蘆岸白蘋渡口）實是漁父散曲之先驅。如果將詞曲相並比，白樸的漁父曲在散曲中的地位，相當於張志和〈漁歌子〉在漁父詞中的影響力。他樹立了漁父散曲中以「景」為鋪排襯托的創作方式，也沿襲了「不識字煙波釣叟」的隱逸情懷，將漁父散曲在語言遣字、風格提升至較「雅」的途徑上去。黃蘆岸、紅蓼灘就猶如青箬笠、綠蓑衣在漁父詞中一樣，成為漁父散曲中習用的套語，在此後無論是飽讀詩書，促成散曲雅化的作家，或是一般民間唱作的創作者，都習慣使用這樣場景意象來為曲中意境安排。更值得注意的是，在白樸的這一首作品中，並沒有強烈的憤世情緒在燃燒，而是以超越現實

〔註78〕同上註，頁55。
〔註79〕同上註，頁56。

的清高之姿，以俯瞰的角度將漁夫的生命地位大幅提昇，即便是不識字，然而其生命的崇高與貴「真」的自尊，仍是無法抹煞的。

　　比較漁父主題在詞、曲兩種文體上的起源，不難發現這兩種文體在思想內涵上同樣承襲了歷代漁父主題作品的「隱逸」、「清高」與「不流俗」等特徵，但是在描述對象的選擇上，卻有主從輕重的分別。詞作所著重的對象較集中在「人物」的形象刻畫，因此以較細膩工筆的方式來刻畫表示作者內心的思想情調；散曲則是比較偏向於客觀描寫，因此選擇用較粗疏寬闊的方式對心性做直抒式的表白。正因為這樣表現方式，使得漁父詞曲在思想主軸上雖無多大差異，卻在字裡行間顯透出不同的生命情調。

第三章 宋代「漁父」詞的類型及其意涵

　　經由上述章節分別對於「漁父」主題在中國文學中的起源及演變的初步探討，以及瞭解漁父詞曲的起源之後，本章將就宋代「漁父詞」作一深入的分析與探究。本章的目的有三：首先，針對《全宋詞》〔註1〕中的漁父詞儘可能作全面性的作品蒐羅；其次，針對《全宋詞》中的漁父詞，以思想主題爲依據，完成主題性質的歸類；最後，針對各類型的漁父詞，就其代表性，擇要加以分述、評析與鑑賞。欲完成以上三個研究目的，首先必須對於「漁父詞」加以定義。本文中所言之「漁父詞」，係指：「在詞作中以『漁父』爲主要創作客體者。」在此定義之下，排除了僅僅於詞題或詞作中單一出現「漁父」一詞或其相關象徵物（例如：釣叟、綸竿……之類）；而將藉由「漁父」之概念傳達各種象徵意義且於詞作內容中占一定比重者劃入討論範疇。而對於詞作中縱使提及「漁父」或其相關物之詞彙，然例屬眾多景物描繪之一的作品，不予列入探討範疇。〔註2〕

〔註1〕本章所引用之全宋詞，係以唐圭璋編、王仲聞參訂、孔凡禮補輯之《全宋詞》五冊爲底本，（北京：中華書局，1999年1月新一版）。以下所引，僅標明冊數及頁碼。

〔註2〕本文之所以如此定義，目的在於使定義與思想性質的分類符合同樣

再者，本章對於「漁父詞」之分類標準，乃以作品內容之「思想性」為依據，然而思想的劃分，或有非純然絕對之處，亦不易截然一分為二，因此若有部分作品的思想主題跨越兩支類者，以思想之偏側性較為強烈者為主。

根據上述定義，筆者首先以元智大學「唐宋詞史資料庫——唐宋詞檢索系統」（http://cls.almin.yuz.edu.tw/content.htm）輸入關鍵字詞，諸如：漁父、扁舟、青箬笠……等加以檢索出初步的作品。其次，逐頁閱讀《全宋詞》中符合定義之作品，並與檢索統所得之作品相互配合參看，並加以增刪補充。如此總計《全宋詞》中符合上述定義的漁父詞共五百二十四闋，﹝註3﹞填詞作者合計一百七十人，選用調名一百二十一種。在創作數量方面，由多至寡依次為：張炎（32 首），吳潛（18 首），陸游（17 首），蒲壽宬（16 首），趙構（15 首），朱敦儒（12 首），張掄（11 首），蘇軾（11 首），劉克莊（10 首）以及李彭（10 首）。在此五百二十四闋作品之中，共可大分為五大類：﹝註4﹞其一、是對於漁父生

的標準。又因中國文學作品，直接客觀描述之成分寡，而藉物以抒懷之作眾，再加以「詞」之作品多以抒詞人心境之幽微為主，故本定義著重在「以『形』之描摹抒文思之懷」。因此，柳永〈夜半樂〉：「凍雲黯淡天氣，扁舟一葉，乘興離江渚。渡萬壑千巖，越溪深處。怒濤漸息，樵風乍起，更聞商旅相呼。片帆高舉。泛畫鷁、翩翩過南浦。　望中酒斾閃閃，一簇煙村，數行霜樹。殘日下，漁人鳴榔歸去。敗荷零落，衰楊掩映，岸邊兩兩三三，浣紗游女。避行客、含羞笑相語。　到此因念，繡閣輕拋，浪萍難駐。嘆後約丁寧靜何據。慘離懷，空恨歲晚歸期阻。凝淚眼、杳杳神京路。斷鴻聲遠長天暮。」雖提及漁人行徑、江邊景致，然就其思想主題而論，實為羈旅行役之作。又如：史達祖〈桃源憶故人・賦桃花〉：「明霞烘透春機杼。春在明霞多處。我是有詩漁父。一夢秦天古。　柳枝巷陌深朱戶。墻外風流一樹。十五年來凝佇。彈盡胭脂雨。」詞中雖云「我是有詩漁父」，然係借用〈桃花源記〉漁人循溪得桃花源之典，並無思想上的指謂，故詞作之例，如上述二者，本文均不克採納為探討範疇。

﹝註 3﹞《全宋詞》中所輯出之漁父詞，詳參本文最末之附表三：「宋代漁父詞」一覽表。

﹝註 4﹞此五類作品之比重，詳參本章最末所附分析圖表一：「宋代漁父詞主

活的描摹，凡是觸及漁家職業綸釣生涯、漁鄉景致、水畔生活、江上活動者概歸屬此類之下。其二、是藉由描寫漁父生涯，傳達文人、文士對隱逸生活之嚮往；或謳歌古來漁隱典型人物、或表現生命遭受困阨之後的「隱逸」嚮往，並總結出宋代文人特殊「漁父家風」的詞作主題。這一類型的漁父詞，就數量的呈現上是最大宗的。其三，乃藉由漁父生涯逍遙自在的生命情調寄寓個人對歲月年華流逝的吟詠及喟嘆，此類作品中的「漁父」，通常是對比的「參照標的」，在宋代漁父詞中所佔的比重亦不少。其四、是藉漁父來宣揚佛道思想。這一類的漁父詞早在唐五代便有釋德誠（船子和尚）作爲先聲，宋代僧人亦在此基礎下創作漁父詞。而比起唐、五代的此類作品，宋代宣揚佛道思想的漁父詞的作者身份多樣化，在家居士參與創作的篇章開始出現，並且因宋代道教思想對民間的浸潤逐漸加深，藉漁父詞來描寫道教修練過程、仙境的探求等等作品亦逐漸萌芽。除去以上四類思想主題之作品外，或有隸屬於樂舞歌曲的大曲形式，因其連綿其他篇章，成爲樂舞型式的作品，品類特殊；或藉漁人來吟詠哲理的作品；或有斷簡殘編，字詞缺漏，不易辨認思想主旨者，均歸入「其他」類加以附加說明。

　　再者，本章亦欲針對各類型之漁父詞擇要加以評析與鑑賞。而在各類型裡所選擇用以評析鑑賞的作品，分爲「質」與「量」兩大標準加以選擇。首先，以統計學「大數法則」之概念推斷，大量創作某一主題之作品的作家，較有可能產生優秀作品，因此，先就「量」的方面，針對該類型創作數量總數最多作家之作品爲優先考量；又因創作者於各種類型作品的創作量不一，原則上採該類型之作品達「五首」以上者爲優先考量，並輔以「質」的標竿，選擇代表性作品爲評析對象，進行評析鑑賞。其次，在詞史創作中佔有重要關鍵地位之名家大家的作品，亦列入選評的基準考量；再容或有部分名不見經傳的作者，然而就漁父詞之創作作品極具有創新性，創作手法特殊、獨標風格者，亦將列入選評標

類型數百分比例圖」。

準之中。然因本文篇幅有限，對於總數高達五百二十四闋之漁父詞必然無法做出完整詳盡的評賞，若有遺珠之憾則將留待下一章，對宋代漁父詞之形成與風格加以探討時，再作全面的分析評述。

　　文學作品主要乃由「內容」與「形式」兩大主軸所構成，而「詞」這種文體所要表達的特別是「要眇宜修」的幽微情感。但內容往往容易受到主題選擇的牽制，而使作品思想呈現某一側面比例上的偏重，於焉產生不同的樣貌。詞中所記之事，不外乎事、理、情三者，而「漁父詞」簡而言之，就是藉著「漁父」此一人物形象作為作者傳達思想的載體、抒發情感的中介，來表現創作家作為一位「文人」或「文士」的心靈寄託。〔註5〕徐信義先生曾對詞的鑑賞提出幾個標準：以雅正論詞的內容、以清空說詞的修辭、以寄託名詞的言外之意、以境界論詞所呈現出來的全體情態；〔註6〕周汝昌先生亦對詞的欣賞要點，總結出「重視詞的音調聲律，深明詞的『組織法則』的獨特性」（用字的虛實與詞性變化等等）、「『境界』的藝術理論」以及「歷史、掌故的運用」等原則。〔註7〕綜合兩位學者之意見，以下各節對於作品的評賞，將採用兩個面向加以剖析：

〔註5〕在中國的文學作品中，「文人」與「文士」的稱呼有相異之處，亦有相同點。本來文人與文士在上古時期的文學觀念中是相通的，殆及六朝以下，「純文學」的觀念興起，對於載道、明道之文與純粹書寫情感之文有所區別。因本章的文體對象是「詞」，「詞」原初乃是為歌舞宴席助興之用，例如：歐陽炯於《花間集序》中便明白指出：「則有綺筵公子，繡幌佳人，遞葉葉之花牋，文抽麗錦；舉纖纖之玉手，拍按香檀。不無清絕之辭，用助嬌嬈之態。」然而隨著詞體的演進，在內容上亦開拓了迥異於花間形式，以詩為詞、以文為詞之作品。因此，本文對於學界所謂「婉約」、「豪放」等詞風不擬作截然劃分，純粹就創作者身份，區分出「文人之詞」與「文士之詞」兩大類。所謂「文人之詞」係指能文善寫的文學家，不具官宦身份；而「文士之詞」乃指創作者具有「士」的仕進為宦身分。

〔註6〕徐信義：〈詞的評鑑標準〉，收入《詞學發微》（台北：華正書局，民國74年7月初版），頁203～222。

〔註7〕〈唐宋詞鑑集成・序〉，收於唐圭璋等撰：《唐宋詞鑑賞集成》上冊（台北：五南圖書出版公司，2001年12月初版），頁1～7。

第一、在文辭字句方面：

主要在探求詞心意蘊及其呈現方式，大致包含兩個次層面：一是修辭、鍊字、煉句之運用；一是作品所託喻的作家心理乃至於社會、歷史背景的反應。

第二、就作品整體呈現而論：

目的在探求文辭字句運用的效果以及該首詞作對於後世相同主題作品之創作影響。

又因上述兩面向在作品中所產生的效果乃相輔相成，故於實際作品的分析過程中，並不採用截然二分方式來鑑賞，而以綜合評賞的方式進行。

第一節　漁父生活的描摹

在「漁父生活的描摹」之下，因應描寫對象的差異，又分為兩個類型：一是漁家活動的描繪：以「人」為主要描寫的客體，就實際的漁家生活、江上綸釣生涯、漁民的日常生活狀態加以敘述；另一類則是漁鄉景致的摹寫：著眼在「環境」，對於水鄉澤國、煙霧飄渺的景致作詩意的著墨。

一、漁家活動的描繪

漁家活動的描寫，是以漁村生活的「人」為主要描寫對象，除了外型上的刻畫，更多的是藉由行為活動產生感興，從而象徵詞人心目中的特出意涵。在宋代漁父詞作裡，多半脫離了純粹客觀描寫的創作模式，而以詞人主觀的介入引發出特殊幽微的情感為主。因此，對漁家活動的描寫泰半是帶有思想上的超脫意識。

洪适的〈漁家傲引〉，在內容上其實是一首以「一年」為時間單位，完整敘寫漁家在各個不同時節所從事的活動，內容所觸及的層面較一般的漁父詞為廣，風格清新可人，頗有代表性。茲摘錄其中三首為證：

> 正月東風初解凍。漁人撒網波紋動。不識雕梁並綺棟。扁

舟重。眠鷗浴雁相迎送。　　溪北畫橋彎蹲踝。溪南古岸
添青莎。長把漁線尋酒甕。春一夢。起來拈笛成三弄。(《全
宋詞》第二冊，頁1775)

上半闋描寫春初融雪之後，漁人江上灑網的活動；下半闋則將描寫焦
點由漁父擴寫爲漁父身處清溪景致上的總體形象。整闋詞傳達出漁人
灑網，靜俟魚貨的一份寧靜意味。

六月長江無暑氣。怒濤漱壑侵沙嘴。颭颭輕舟隨浪起。何
不畏。從來慣作風波計。　　別漵藕花舒錦綺。採蓮三五
誰家子。問我買魚相調戲。飄芰制。笑聲咭咭花香裡。(《全
宋詞》第二冊，頁1775)

上半闋寫六月江水豐沛、水漲船高，漁人浮舟江上的驚險鏡頭；下半
闋則配合時令徵候，描繪漁郎與採蓮女於芰荷叢中相互唱和的情態。
整闋詞雖是抒寫暑熱時節，然而因爲江上漁郎的率眞舉動以及採蓮小
女之天眞可愛，爲詞作增添幾許舒緩的凉意，並富有江南曲清新活潑
的民歌意味。

九月蘆香霜旦旦。丹楓落盡吳江岸。長瀨黃昏張蟹斷。燈
火亂。圓沙驚起行行雁。　　半夜繫船橋北岸。三杯睡著
無人喚。睡覺只疑橋不見。風已變。纜繩吹斷船頭轉。(《全
宋詞》第二冊，頁1775)

上片敘寫漁人在秋天張羅蟹斷捕蟹的情況，藉由魚貨的轉變，傳達出
季節感；下片則寫漁釣歸來，漁人攬舟暫歇的閒情逸致。整闋詞表現
出秋涼時節，人事慵閑的特殊況味。

　　洪适之作，雖然歷寫時節不同，但就其漁父詞的整體創作風格而
言，善用外在景物的襯托，表現出描繪主體──「漁人」活動的精神
樣貌。故而在詞作中的漁父活動，傳神之處多而實描之處寡。又其多
用對比，用淡筆寫漁人活動之勞力。例如：「漁人撒網波紋動。不識
雕梁並綺棟。扁舟重。」，寫出漁人生活壓力的辛苦與沈重，中間插
入一句「不識雕梁並綺棟」產生對比的反差，反而加強的漁家的辛勞。
又如：「颭颭輕舟隨浪起。何不畏。從來慣作風波計。」先以「輕舟

隨浪起」點出江上風波，又繼以「從來慣作風波計」強化漁人隨風逐浪的生活面，並襯托出漁人爲了餬口，必須與險惡江浪搏鬥的現實。因此，雖是描寫漁人生活，但是在深婉的用語上不乏清字麗句，整體風格雋永脫俗，不落粗豪。

　　漁父詞的描寫客體，並不單單只限於男性漁釣的種種片段，對於漁村女子的心態書寫，同時爲詞體內容選擇上，「狹深」性質之文體特徵，與幽婉的美學訴求所涵攝，傳達出另一種特殊的情味。薛師石〈漁父詞・其二〉就是一例：

> 鄰家船上小姑兒。相問如何是別離。雙墜髻。一灣眉。愛
> 看紅鱗比目魚。(《全宋詞》第四冊，頁 2990)

這闋詞主要是藉由漁家女子的行爲活動來描寫相思離情。早自詩經、樂府，中國的詩人便極爲擅長運用種種形象比喻來對抽象思維形具化，所選擇的無論是行爲特質或是器物特質，在作家所欲傳達的概念上多半有「神似」的巧妙與巧合。或者是諧音，或許是形貌，都有極精微的相似處來引發讀者之聯想。薛師石的這一闋詞主要在寫水波女子的相思煩憂，藉由特殊地理形勢觸目所及之物：「愛看紅鱗比目魚」表現出女子心中企求與情郎偕行終老的渴望。一方面藉由「愛看」兩字表現出心中的掛念；再方面又藉筆寫出女子專注卻又出神的情貌。諸如此般筆法，豐富主要情感的象喻性，也保有情意抒發的委婉深摯。

　　上述對漁鄉活動的描寫，在思想上有其引伸意涵，遣詞用句也多半清麗明暢，即便是敘寫風波生活，也極少帶給讀者豪邁粗獷的感受。除此之外，尚有描寫漁家活動，但是卻明顯帶有文人氣息的詞作。茲舉朱敦儒〈好事近・漁父詞〉爲例：

> 搖首出紅塵，醒醉更無時節。活計綠蓑青笠，慣披霜衝雪。
> 　　晚來風定釣絲閑，上下是新月。千里水天一色，看孤
> 鴻明滅。(《全宋詞》第二冊，頁 1105)

上片活脫脫是一個老漁父的形象塑造，在裝束上承襲張志和所塑造的

綠蓑青笠以及柳宗元所吟詠的寒江釣者；在此種文士漁父的顯徵外貌下所從事的行爲是「出塵」的，不但忘卻人世間的牽絆，更忘卻了四時節序的替換。下片接續上片所塑造的文士漁父，充分表露文人寄情漁鄉的心態，他們對漁家活動的描繪，既無獵捕活動的生命力，也無漁鄉鄰里相處的樸實淡然，而是心境上的自由與閒適。因此在情景的鋪排上以靜（定、閑、水天一色）輔動（孤鴻明滅），襯托出心境上的超凡。在朱詞中的漁父，既有具體的形象塑造，又有精神上的「幽人」〔註8〕氣味，在筆觸的虛實之間，將悠悠渺渺的水上漁者，寫得通靈活現卻又不失人間味。

　　綜上所述，在描繪漁家活動的作品中，以輕書淡筆的重點性描繪取代粗豪的力筆傳神，在作品的總體呈現上，不離「幽婉」〔註9〕一途。

二、漁鄉景致的摹寫

　　漁父詞中關於漁鄉景致的摹寫，指的是詞作之描寫主體在物、在環境。在創作主題的呈現上，客觀環境往往是藉以襯托主觀情志的要素之一，往往心僅止於幫襯作用，稱不上是創作的主元素。但是在對漁父詞的閱讀過程中，饒有興味的發現，有部分詞作不見「人」的主觀情志介入，而仍可藉由「景」的純然客觀描寫，表達出詞情中的畫境以及恬淡意味。以下亦選錄幾首說明之。

　　首先是趙構的〈漁父詞〉。趙構即宋高宗。在宋代大量創製漁父詞的作者中亦榜上有名。在其十五首漁父詞中，多半是對漁父生活的描摹，因其長於宮苑之中，故所創制之漁父詞的思想情感不免帶有飄然出塵的離俗況味，但正也因爲這層特殊的身世背景，在趙構所創作的漁父

〔註8〕「後片具有一種象徵意義，那風平浪靜的江景，顯然是詞人『澄懷』的反映；那『縹渺孤鴻影』，也是一個自由出沒於江上的幽人的寫照。」詳見《唐宋詞鑑賞辭典》，中冊，頁1332。

〔註9〕此處所言之「幽婉」乃相對於直筆白描之「粗豪」而言，主要指其寫景述情之功力。

詞作中，有不同於一般文人的「雅」的格調。﹝註10﹞茲舉其中一首爲證：

> 無數孤浦間藕花。棹歌輕舉酌流霞。隨家好，轉山斜。也
> 有孤村兩三家。（《全宋詞》第二冊，頁1671）

整闋詞用運用視覺焦點轉換的方式，富有層次感的鋪排出水上、遠山、水畔三個主要場景，並且善用水畔場景之代表物——孤浦、藕花，先行安置主角的位置，而後以主場景作爲感官的據點，隨其耳所聽之棹歌、目所及之流霞，拓展出詞的總體境界，在此境界之中，同時兼有高處之遠山與遠處之孤村，見雜相比，鋪陳出一幅濃厚的畫境。詞作中的人物乃全然隱身於詩境之中，但詞中所寫又一一透過此一隱沒不見的主角傳達給讀者，誠爲主客合一、情景交融的佳作。郭熙在《林泉高致·山林訓》中曾就描繪山水之視覺角度，提出高遠、平遠、深遠之「三遠法」；﹝註11﹞藉由視角之俯仰透視，表現出繪畫圖卷的景深。若將畫論比附詩論，尤其以模山描水的作品來說，趙構這闋詞作，乃是藉由視角之變幻，成功地營造出空間的立體感。

　　其次，再引蒲壽宬〈漁父詞〉爲例。蒲作異於趙作，採用第三人稱的視角作爲「人在境外」的陳述方式。且先看作品：

> 琉璃爲地水精天。一葉漁舟浪滿顛。風肅肅，露娟娟。家
> 在蘆花何處邊。（《全宋詞》第五冊，頁4177）

首句寫水鄉一片清澄景致，運用所選擇意象的「透明」特質來寫水之澄淨，再用「肅肅」寫風之鋒利感與「娟娟」水露形成剛柔相濟之反差對比，形成漁鄉生活雖居至柔的水波之上，然而隱匿的風波卻是瞬息萬變般兇險。末句「家在蘆花何處邊」實際點出了水波生涯漂泊不

﹝註10﹞所謂「雅」，在第四章探討形式風格中有所陳述，茲不贅。

﹝註11﹞郭熙：《林泉高致·山水訓》：「山有三遠。自山下而仰山顛，謂之高遠；自山前窺山後，謂之深遠；自近山而至遠山，謂之平遠。高遠之色清明，深遠之色重晦，平遠之色有明有晦。高遠之勢突兀，深遠之意重疊，平遠之意沖融而縹渺。其人物之在三遠也，高遠者明瞭，深遠者細碎，平遠者沖澹。明瞭者不短，細碎者不長，沖澹者不大，此三遠也。」見景印文淵閣《四庫全書·集部·藝術類》（台北：台灣商務印書館，民國74年），頁812～578。

定的特質，帶有些許無奈的意味於其中。蒲作雖採用客觀描寫的方式，但是因其在用字上之精心選擇，例如：「一葉」扁舟浪「滿顛」寫漁舟在江浪浮沈中之微渺；以「肅肅」對比「娟娟」淡化水波洶湧的澎湃感，同時運用多重感官的複雜知覺，強化水波生活的豐富性。

或許是受到唐代柳宗元「孤舟蓑笠翁，獨釣寒江雪」的創作影響，在宋代漁父詞中對於「江景」與「雪景」的描寫，自然形成漁鄉景致的重要一環。

在江景的書寫方面，先看張炎〈浪淘沙‧秋江〉：

> 萬里一飛蓬。吟老丹楓。潮生潮落海門東。三兩點鷗沙外月，閒意誰同。　一色與天通。絕去塵紅。漁歌忽斷荻花風。煙水自流心不競，長笛霜空。（《全宋詞》第五冊，頁4432）

就如詞題所示，詞作在描寫秋天江上的風光，對「江」之著墨多，對季節的提點則是一筆帶過。首句以「飛蓬」一語雙關，既說舟行江上如飛蓬，又寓此身飄零亦飛蓬。因其強烈個人情感的滲透，故而使筆調顯然偏向「人事」的感慨，即便是秋江風景，亦以「吟老丹楓」表現出強而濃厚的衰敗凋殘之嘆。上片句句寫愁，字字含怨，覽觀江景的當下，其實寄託作者深沈的痛楚。下片以江景與天地和為一色為開端，乍看之下稍有氣象開闊、格局恢弘的徵兆，但卻接連使用「斷」、「空」，使辭意再度陷入對於現實局勢的不安與悲哀之中。

次看吳禮之〈風入松‧江景〉：

> 蘋汀蓼岸荻花洲。占斷清秋。五湖景物供心眼，幾曾有、一點閒愁。夢裡翩翩蝴蝶，覺來葉葉漁舟。　謝郎隨分總優遊。信任沈浮。恬然雲水無貪吝，笑腰纏、騎鶴揚州。只恐丹青妙筆，寫傳難盡風流。（《全宋詞》第四冊，頁2932）

這闋詞也以江景為題，唯在景物描寫上，先將空間感自岸邊尋常景象擴張至「五湖」遼闊境域，而後再藉由實體空間的廣漠映照心中感懷的莫名閒愁，接下去筆鋒一轉，暗用莊周夢蝶一事，藉由「夢」的超脫，抖落心中莫名的愁緒。

再看汪莘〈行香子‧臘八日與洪仲簡溪行，其夜雪作〉：

> 野店殘冬。綠酒春濃。念如今，此意誰同。溪光不盡。山翠無窮。有幾枝梅，幾竿竹，幾株松。　　籃舉乘興，薄暮疏鐘。望孤村、斜日匆匆。夜窗雪陣，曉枕雲峰。便擁漁蓑，頂漁笠，作漁翁。（《全宋詞》第三冊，頁2826）

上片以雪景開頭，但突出的不盡然是皚皚的白雪景致，而以幾種「傲霜雪而不凋」的植物，暗喻賞此雪景人物之品格高潔。下片則從景物移至活動，再移至景物，將雪中漁父不畏霜寒、不顧流俗的傲岸性格加以著墨。

第二節　隱逸生活的嚮往

　　文士的出處問題，向來是詩歌文學主要謳歌的主題，這是由於儒者兼濟天下之胸次理想與現實情境矛盾衝突所自然展現的結果。若要論及「生命歷程受挫」何以導向退隱之念，歷來學者對此均有詳盡論述。在這一類漁隱的作品中，扁舟的逍遙、鷗鳥的自在，乃至於張翰的蓴鱸之思，在在都符合了文士尋求恬淡生活的認同及價值取向。除此之外，生命的受挫並不單單僅止於仕進為宦之無門或遭讒而得之貶謫，在內容向度的涵攝面上，泛指對於自我生命的理想與現實的衝突面、超脫面，就以此論點來看，漁隱生活對文人、文士心靈的鬱悶與創傷，往往產生奇異的吸引力，彷彿泛舟而去，便能滌除胸中難吐之氣。又因為張志和的確奠定了漁隱的典範，同時昇華了生命情調上的悲憤不平，因此本節將從宋代漁父詞裡的隱逸嚮往，以思想動機為區分標準，分三個層面加以分析。

一、追隨漁隱典範

　　「古來賢哲，多隱於漁」（劉克莊〈木蘭花慢〉）的詞句，充分道盡中國文學中文人心理倒影中的漁父形象，多數借鑑於古代的歷史人物。在第二章關於漁父類型的分析中，大略歸納出幾種漁隱的典範人

物，不論是真正拋卻一切生命執著的道家漁隱，亦或是意圖有待的儒家漁隱，在宋代漁父詞作中，都有其唱和者。以下先就《全宋詞》中統計出「追隨漁隱典範」的漁父詞共五十七首，針對詞作中所揭櫫的典範對象，作一簡要比例分析如下：

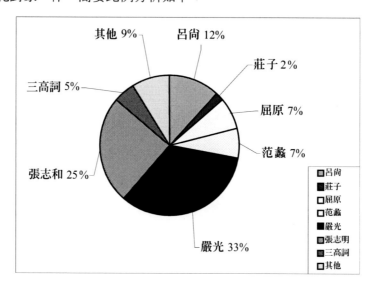

由上列圓餅圖中可以看到，宋代隱逸一類的漁父詞所謳歌的對象，以嚴光爲多，次爲對漁父之祖──張志和追擬，再其次則是隱逸待時的呂尚。值得注意的是，在宋人吟詠漁父的隱逸類作品當中，以道家型的漁隱人物典型爲主軸，在這一類道家漁隱的詞作當中，時代最先的《莊子》在創作比例上反而居末，〔註12〕而突出了對嚴光的歌頌；另外不同於前代的是以歌詠「三高祠」、〔註13〕綜合論及歷代漁隱的詞作。在儒家漁隱的典型上，以追隨呂尚的風氣爲多，〔註14〕這

〔註12〕在《莊子》一書中的漁父典型少有單用的情形出現，多半與其他類型的漁父形象同時出現，或形成正襯，或作爲對比。

〔註13〕「三高」指詠三位以隱逸著名之高士的詞作，詳見本章頁63之說明。

〔註14〕這類作品，並不見得完全贊同呂尚待時而動的智慧，也有藉以感嘆功名虛無的作品。但是筆者認爲從作家創作時對於人物選擇的歸

不妨視爲探查宋代漁父詞作中文士心態的一個線索。

（一）適志隨興披羊裘──嚴光

　　宋人喜好謳歌嚴光、詠懷嚴陵，明人甚且將宋人此類詞作合編爲一部《釣台集》。〔註15〕光武中興與嚴光歸隱在宋代文士的眼中看來，是值得欣羨的一段佳話；君臣之間的眞誠相待，不強求官亦不勉爲官的豁達大度，是令宋代文士心神嚮往的。即便是擅作翻案文章的宋代詞人，提及嚴光，在不忘讚賞其不慕功名的態度之外，也間接肯定漢光武的寬厚襟懷。例如蘇軾的〈行香子・過七里灘〉：

> 一葉舟輕。雙槳鴻驚。水天清、影湛波平。魚翻藻鑑，鷺點煙汀。過沙溪急，霜溪冷，月溪明。　　重重似畫，曲曲如屏。算當年、虛老嚴陵。君臣一夢，今古虛名。但遠山長、雲山亂，曉山青。（《全宋詞》第一冊，頁391）

蘇軾這闋詞，乃於熙寧六年癸丑（1073A.D.）過嚴陵瀨所作。〔註16〕詞作的主體部分在刻畫行經七里灘所見之景，並且即景抒情，透過漢光武帝與嚴光之間的良性互動，表達出蘇軾對於君臣相得的期待。上片寫七里灘的風光優美；船行其間，只覺水光天色，無處不美：上片寫水，尤以末句寫溪之筆別出心裁：沙急、霜冷、月明，舟行所及的觀感，都收攝在「溪」上；下片則轉而寫山：山之高遠、雲之撩亂、曉霧之映照，在在都以細微的筆觸將七里灘旁的「無聲詩與有聲畫」〔註17〕淡淡皴寫；並且在景致的抒寫中，插入個人的感懷，以「虛老、君臣夢、虛名」展現對嚴光高潔精神的嚮往。東坡時年三十八歲，正當欲展鴻圖之志的壯年，但在詞中仍有感於韶光遷易，不免對人事有

趨，同時可以作爲思想傾慕指向的標的，故直接將此兩類作品劃歸一類來探討。

〔註15〕〔明〕楊束撰有《釣台集》（台南：莊嚴文化事業公司，1985年初版）。

〔註16〕王文誥《蘇文忠公詩編注集成總案・卷九》：「熙寧六年癸丑二月，作山村詩；自新城放棹桐廬，過嚴陵瀨，作行香子。」

〔註17〕〔清〕劉嗣綰〈過桐廬江〉詩：「一曲青山一扇屏，一灣流水一張琴。無聲詩與有聲畫。要在桐廬江上尋。」

所感嘆。因此，在這闋詞中對嚴光不慕榮利的吟詠，在山水景物不變的境域下，還是有極大的認同感。

此外，南宋理學夫子朱熹亦曾作〈水調歌頭〉，對嚴光之事，有所感發：

> 不見嚴夫子，寂寞富春山。空餘千丈危石，高插暮雲端。想像羊裘披了，一笑兩忘身世，來把釣魚竿。不似林間翮，飛倦始知還。　中興主，功業就，鬢毛斑。驅馳一世豪傑，相與濟時艱。獨委狂奴心事，不羨癡兒鼎足，放去任疏頑，爽氣動心斗，千古照林巒。（《全宋詞》第三冊，頁2167）

上片極力讚揚嚴光的高瞻遠矚，比起那些要在人生途中遭受困逆之後才興歸隱之思的人，嚴光是自知而明智的。〔註18〕前四句著重在寫景，並且獨具雙眼地將鏡頭對焦在「富春山」，營造出超拔的氣勢。後五句則將嚴光的高隱與凡俗人不得志的歸隱相較，正因為嚴光對自我志趣的執著，使他漁隱的態度是發自內心的愉悅，也因此顯得出純真而天然的「笑」。下片則特別針對君臣之間的關係陳述個人意見，大有適志而行，恣意可為的情態。那些飛倦知還的林鳥，在壯志高飛時確實左右國家的局勢，但是功成名就之後反思自我，不免有為人作嫁的遺憾。因此，歷史上從來不乏志業英雄，而適志自足的狂士也從未缺席，故結句顯然是對嚴光「適志」的自知與執著，心嚮往之。

（二）喜同玄真唱漁歌——張志和

宋人對於漁父詞之祖——張志和的擬作、和作亦不在少數。部分是直接援用張志和之名句，較著名有蘇軾唱和追擬之作〈浣溪沙·西塞山前白鷺飛〉、〔註19〕黃庭堅〈鷓鴣天·新婦磯邊秋月明〉〔註20〕以及徐俯〈鷓鴣天·西塞山前白鷺飛〉等作，但這些追擬之作，因襲

〔註18〕《高士傳·嚴光》傳末有贊云：「吁嗟子陵，少與龍潛。飛騰天位，書玉連連。北軍親就，內榻同眠。富春之濱，客至皎懸。」將嚴光堅持於「隱」的任命態度是頗為推崇的。

〔註19〕又與黃庭堅詞互見。

〔註20〕又與徐俯詞互見。

用張志和之詞句，在創新性上難免有所不足。而真正值得加以注意的是，對於張志和創製之〈漁父〉詞在思想主題上所顯現的欣慕之情與對逍遙漁家的欣羨之意。如徐俯的〈浣溪沙〉：

> 七澤三湘碧草連，洞庭江漢水如天。朝廷若覓元真子，不在雲邊則酒邊。　　明月棹，夕陽船，鱸魚恰似鏡中懸。
> 絲綸釣餌都收卻，八字山前聽雨眠。(《全宋詞》第二冊，頁 964)

上片以寫景為起，以江漢作為元真子的總體生命場域，再將此生命場域之範疇縮小限制於「雲邊」（取其逍遙天地之廣闊無垠）與「酒邊」（取其忘情世事之任真超脫）。下片則自雲邊之景——明月夕陽相伴以及飲酒之態——聽雨眠，來揭露身為不問世事之漁父的賞心樂事。詞作中的漁父可說是完全超離了人煙，即便是把竿垂釣的形式都可以完全卻除。足證這類詞作中的漁父已褪去凡俗漁人的現實色彩，代之以超脫出塵的象徵意味。

又如楊冠卿的〈霜天曉角〉：

> 漁舟簇簇。西塞山前宿。流水落紅香遠，春江漲、葡萄綠。
> 　　蘄竹。奏新曲。驚回幽夢獨。卻把漁竿遠去，騎鯨背，釣璜玉。(《全宋詞》第三冊，頁 2404)

「擬作」除了曲盡其意的詮釋功能以及對典範的尊崇外，至為重要的是「故曲新生」——也就是在古典的基礎上給予當代意蘊的翻新。在這一類追隨擬和的漁父詞裡，有以文句之肩隨為要者，亦有思想之同調共鳴，但無論是內容或詞調形式上，張志和的〈漁歌子〉都在「漁父詞」之主題創作上，形成特殊的風尚。

（三）扁舟浮泛煙波裡——范蠡、莊子、三高祠

宋代詞人在對隱逸人物的嚮往層面，除了接續范蠡泛舟五湖的明哲保身之道、莊子遨遊天地之間的精神獨立，還別開一類以「三高祠堂」為感發主題的作品。先以楊炎正〈水調歌頭〉來看范蠡的漁隱形象在宋詞中是如何被呈現：

> 買得一航月，醉臥出長安。平堤千里過盡，楊柳綠陰間，

依舊曉鶯啼處，認得南徐風物，客夢恍驚殘。重到舊游所，
如把圖畫看。　　英雄事，千古意，一憑欄。惜今老矣，
無復健筆寫江山。天上人間知己，賴有使星郎宿，照映此
塵寰。準擬五湖去，爲乞釣魚竿。（《全宋詞》第三冊，頁 2722）

在大多數的宋代漁父詞中，范蠡的形象往往化約爲「泛舟五湖」之類
的字眼。楊作也不例外。上片寫遠離京城的權力中心，表現出淡然無
謂的態度，離開了仕宦的舞台，所見到的「南徐風物」俱是圖畫一般
的可人；然物境如畫，心境凋殘，下片對於現實環境的失望，只能以
老衰來告慰自己。從來英雄難覓暮年好景，君王事業已就，英雄從此
失路，過往只能成雲煙，從前的盟誓，到頭來只是一場空，能「準擬
五湖」，其實已是對老臣莫大的恩惠。這闋詞中顯露出英雄失路的悲
涼，對於自己不受見用的景況，以泛舟五湖作爲下台階，對於缺乏青
睞的壯士來說，毋寧是一種煎熬般的責罰。范蠡是功成而不居，養魚
以頤天年，在宋代漁父詞中對范蠡的正面形象多數爲表示認同的作
品，如朱熹的〈水調歌頭・富貴有餘樂〉：「何似鴟夷子，散髮弄扁舟」、
「致身千乘卿相，歸把釣魚鉤」（《全宋詞》第三冊，頁 2465）以及
劉清夫的〈水調歌頭・殘臘捲愁去〉：「選甚范侯高爵，遮莫陶公巨產，
爭似五湖舟」；（《全宋詞》第四冊，頁 3435）但也有失路英雄「功不
成」而無所居，只得浮泛五湖以遣懷的作品，例如上引之詞作。總體
而言仍是取其浮泛歸隱的形象特質。

　　在對《莊子》一書中的漁隱者形象有所擷取的，大多是取其精神
上的逍遙放誕，並且經常有同時與其他漁隱形象對舉的情況發生，例
如葉夢得〈水調歌頭・渺渺楚天闊〉（《全宋詞》第二冊，頁 991）將
莊子與姜尚的行事並舉、辛棄疾的〈賀新郎・濮上看垂釣〉將嚴光與
莊子並列，這些作品中的道家型漁隱者帶有幾分藐視塵俗的意味，通
常也呈現莊子諧謔的語言特質。下以語言風格與主題精神較貼合的劉
克莊〈木蘭花慢〉（漁父詞）爲例：

海濱蓑笠叟，駝背曲、鶴形臞。定不是凡人，古來賢哲，

多隱於漁。任公子、龍伯氏，思量來島大上鉤魚。又說巨
鰲吞餌，牽翻員嶠壺。　　磻溪老子雪眉須。肘後有丹書。
被西伯載歸，營丘茅土，牧野檀車。世間久無是事，問苔
磯、癡坐待誰歟。只怕先生渴睡，釣竿拂著珊瑚。(《全宋詞》
第四冊，頁3327)

在這闋詞上片所描述的漁父形象，有幾分仙風道骨，所行動的場域，
又不同於漁父詞中慣常描寫的江濱川上，而是「海濱」，這就為上片
下半段的漁父面貌預作鋪寫；作者所要描寫的是「任公子」、〔註21〕
「龍伯氏」〔註22〕一類具有神技的不凡漁父，他們能翻雲覆浪，自由
地穿梭海上。然而「鶴形臞」與任公子、龍伯氏等人物形象刻畫產生
矛盾，作者描述的主角分明是一位「賢哲」，卻將之比擬作具有神技
之漁父，因此讓讀者產生形貌聯想上的趣味。下片筆鋒一轉，卻將海
濱蓑笠叟的真面目直筆而書，這位漁隱賢哲其實是將自己比況為直鉤
以待的姜尚，無奈「世間久無是事」，經年累月的等待，恐怕只是一
廂情願的痴傻愚頑。因此，在劉詞中首先肯定漁隱者的不凡，但是在
思想上的偏側，卻是對莊子一類漁隱者的精神逍遙之不凡多所稱許，
而對姜尚待時而動的行跡不凡不表認同；並且，在語言誇大、對比的
角度上，汲取莊子寓言式的謬悠之言、無端涯之詞的精神，將漁父的
形象活靈活現地描繪出來。

　　此外，宋代漁父詞不同於前代的作品，乃在漁隱者的形象上，
擷取歷朝的漁隱遺事，鎔鑄出一個新的典型——詠三高。三高祠在
江蘇吳縣東方，為宋時所建，祠堂所祀為春秋越國的范蠡、晉朝的
張翰以及唐代陸龜蒙三位高士。在這三位高士中，范蠡的浮泛五湖
是功成名就士子歸宿的心靈嚮往，張翰的蓴鱸之思有不勉為官的恬
然天性，陸龜蒙乃唐代隱逸的高士，〔註23〕然三者俱以隱逸之高潔

〔註21〕任公子，見於《莊子·外物》。
〔註22〕龍伯氏，見於《列子·湯問》。
〔註23〕陸龜蒙，字魯望，置園宅於顧渚山下，常成舟設蓬席，齋數書茶筆
　　　　床釣句，放遊於江湖間，時謂之「江湖散人」、「天隨之」、「甫里先

與急流勇退之慧見，得到宋代文人的崇敬。袁去華〈水調歌頭〉便是據此起興以詠隱逸之情：

> 天下最奇處，綠水照朱樓。三高仙去，白頭千古想風流。跨海情虹垂飲，極目滄波無際，落日去漁舟。蘋末西風起，橘柚洞庭秋。　　記當年，攜長劍，覓封侯。而今憔悴長安，客里嘆淹留。回首洪崖西畔，隨分生涯可老，卒歲不知愁。做個終焉際，誰羨五湖游。（《全宋詞》第三冊，頁1934）

上片寫登樓所見之景，在廣闊的洞庭湖水邊，遙想三位高士的行止，只覺飄渺如仙，無限追慕；下片先寫個人流連官場幾度甘休的遲疑心境，而後將心靈跳脫當下的處境，歸結出唯有「隨分」的豁達，方可脫離現實愁苦的枷鎖。一旦心境轉換，范蠡的泛湖終老，也就不如原先所認為的可望而不可及。袁作裡將心境轉換作為情感昇華的關鍵，在作品中跳開了以往漁父詞「心嚮往之」的想像階段，而展現出「戮力為之」的行動力。

（四）賢主明君猶可待──呂尚、屈原

歷代士人無論是著眼於功名利祿的誘惑，或是輔佐國君的襟抱，在他們的心目中始終具有「兼濟天下」、當仁不讓的認知。因此，在宋代漁父詞裡即便是對隱逸生活多表讚賞，而沒有將儒家漁隱的隱之時者忘卻，以呂尚、屈原為主要範型的儒家隱者，在宋代漁父詞中亦是不可輕忽的一環。例如韓淲〈醉桃源‧和昌甫〉：

> 固窮齋裡語吾生。言之必可行。扶疏夏木既啼鶯。更逢魚計成。　　多雅尚，少時情。滄浪漁父纓。高歌寧與俗爭鳴。朱弦疏越聲。（《全宋詞》第四冊，頁2903）

《論語‧衛靈公》有云：「君子固窮，小人窮斯濫矣！」韓淲在與友人唱和的詞作中，極度看重自我的節操，自許君子修德。因為是思想之詠懷，所以不以景致的描寫起句，而以君子重然諾、有所為的原則

生」。後以高士召，不至。詳見《新唐書》（台北：台灣商務印書館，民國73年初版）卷196，列傳121，〈隱逸‧陸龜蒙〉篇，頁5613。

下筆。下片便環繞著屈原〈漁父〉篇的對答開拓，〈漁父〉篇中的漁父是「多雅尚，少時情」的，因此可以不問流俗是非，高歌鼓枻而去，但身爲一位砥礪節操，欲再造淳厚風俗的儒士，怎能因時勢的改易便隨波逐流？因此作者雖對屈原沈江的悲壯難免悵惘而寄予同情，但是對「德不孤，必有鄰」的理念仍採擇善固執的態度。從這闋詞中可以看出一位書生對於理想堅定不移的執著，以及對於家園孜孜矻矻燃燒熱情，盡己之力的毅力。

　　此外，姜尚直鉤以待，達輔佐之志的漁隱形象也深植在士人心裡。而比起前代歌詠姜尚輔君的功業成就，宋代漁父詞的姜尚，不大強調「直鉤」的奇行，而以韜略的「奇謀」爲著力點。例如俞國寶〈臨江仙〉：

> 落落江湖三島，才高懶住清都。手攜黃石一編書。醉眠華鼉月，閑釣渭川魚。　　見說玉階三尺地，思君來講唐虞。夜來南極一星孤。不知天子夢，曾到傅巖無。（《全宋詞》第五冊，頁5047）

這一闋詞以張良、呂尚、傅說三位輔臣之典故加以開展詞旨。這三者均是歷史上著名的輔臣，而其共同特出之人格特質則爲「智」：張良以智稱病告老，遂得安享天年、呂尚以智得到君主賞識、建立功業，傅說以智協佐武丁造就殷商之繁盛。其中呂尚的在詞中的形象除了「智」的面向外，還突顯其「閑」：或許正是這份恬然自得才引起君王的特別眷戀罷！

二、生命遭受困挫而生退隱之念

　　除了上述藉由對歷代漁隱人物典型的欣慕之情，表露出對隱逸生活的嚮往之外，宋代漁父詞中也有一部份是在遭受生命的困頓、痛厄，而興起「不如歸去」的退隱念頭。在這些詞作中的漁隱形象不復以上節所述的典型形象出現，但在字詞之間仍然披露出作者對於湖海生涯的嚮往，並且往往並不單以「漁隱」爲詞作中唯一的隱逸內涵，而是或多或少地雜取各種退隱的生命情態爲象徵意義。例如周紫芝以一系

列模擬張志和〈漁歌子〉詞牌之漁父詞的作品，茲錄一首加以說明。

> 人間何物是窮通。終向煙波作釣翁。江不動，月橫空。漫
> 郎船過小回中。（《全宋詞》第二冊，頁1158）

整闋詞的中心思想已極爲明確，首句勸慰將人間的窮通一併放下，其實正是闡述自我忘卻塵世間的價值標準。而價值標準的訂定與規範，原本就是人爲的。職是，經種種他人或外在的加諸於我之規範中掙脫出來，尋求自我肯定，故而寫景句的「江不動，月橫空」，亦可表現出不如歸去的沈澱感。本來江水是不捨晝夜的流逝，但在作者眼中卻是定默的「不動」；又加諸於相對江水空間的沈靜，時間思維的流動顯得分外迅疾，然而即便是時空彼此動靜交錯，釣翁獨立自主的形象相形之下帶有精神獨立的凜凜之風，據此個體精神的獨立性，不但是心靈安頓的關鍵，而且是以靈活、靈通的方式在掌握自己。

又如劉克莊的〈滿江紅〉：

> 落日登樓，誰管領、倦遊狂客。待喚起、滄浪漁父，隔江
> 吹笛。看水看山身尚健，憂時憂雨頭先白。對暮雲、不見
> 美人來，遙天碧。　　山中鶴，應相憶。沙上鷺，渾相識。
> 想石田茅屋，草深三尺。空有鬢如潘騎省，斷無面見陶彭
> 澤。便倒顚、海水浣衣塵，難前滌。（《全宋詞》第四冊，頁3333）

上片明顯的運用屈原〈漁父〉以及《離騷》香草美人之托喻意涵，所書寫者不外是對於太平世的渴求以及對明主的盼望。作者在此先將心境比附屈子，表明自己縱使已是身心俱疲之「倦遊狂客」，但憂朝政、愁國事的耿耿正義依舊未變。但日復一日的等待只是換得希望一再地落空，因此以一「倦」字爲下片的歸隱意圖作鋪墊。下片的筆鋒一轉，改向尋求山中鶴與沙上鷺的陪伴，這是倦遊之後急急尋求歸屬的象徵，也是感慨時局，不如歸去的悲鳴。

再如趙師俠的〈鷓鴣天〉：

> 風定江流似鏡平。斜陽天外掛微明。雲歸遠岫千山暝，霧
> 映疏林一抹橫。　　漁火細，釣絲輕。黃塵撲撲漫爭榮。
> 何時了卻人間事，泛宅浮家過此生。（《全宋詞》第三冊，頁2682）

上片寫江村景致的優美靜謐，所運用的筆調極軟、極輕：風「定」、江「平」、「微明」、千山「暝」、「疏」林，因而造成景象鋪排的疏淡美及留白美。下片首二句點出歸隱漁鄉之後生活的平實閑淡，對漁鄉特有景物仍用「細」、「輕」，絲毫不見漁人生活的力度與勁道，反倒呈現出慵軟懶適的情調。全闋詞用字強度最重在「黃塵撲撲漫爭榮」一句，又因是「漫」，更加凸顯塵世間熙熙攘攘、毫無目標方向的忙亂，對應這等不知為何而忙的生活，水鄉生活的愜意似乎是更值得投身進入的。

此類詞作多半在首句或過片轉折處表現出對現狀的不滿與厭棄，接續以人生何必相爭、求田問舍以告老還鄉等為連結，而終以伴隨歸隱山林的企慕作結。

三、自然風光的召喚

自然風光之宜人麗景，對多愁易感之詩人原本即具有強大的吸引力，無論是對歷來恬淡思想的形成或是引退觀念的牽引都構成助力。因此在對漁隱生活嚮往中，可歸因於自然風光之召喚的作品，亦不在少數。更值得注意的是，宋詞中因為受到自然水景的吸引，產生對漁隱生活的眷戀，並進而引伸出「漁父家風」之特殊主題品類。王兆鵬先生便曾對宋南渡詞人的創作主題，做出如下的歸納：

> 南渡詞人也標舉了一個與北宋「京洛氣味」相對的美學範疇，即「漁父家風」或「山家風味」。「京洛氣味」與「漁父家風」代表著南渡北宋兩種不同的生活態度和審美趣味，也標誌著不同的創作環境。〔註24〕

王水照先生亦曾經剖析宋人詞作而發以下之語：

> 宋人雖有不少詞並不以漁父生活為題材主幹，只是表達一種歸隱的願望，但也常常愛道漁父語。……但是我們認為最優秀的還是那些自成一家的，以漁父生活為主幹的作品。〔註25〕

〔註24〕王兆鵬：《宋南渡詞人群體研究》，（台北：文津出版社，民國81年3月初版），頁237。

〔註25〕王水照主編：《宋代文學通論》，（高雄：復文圖書出版社，2000年6

概括論之，此類作品顯然是宋人精神意識與美感訴求相匯聚而後投射之具體成品，表現在詞中的是特有的曠、放、閑、達的特殊姿態，更是宋代漁父詞不同於前代之作的秀異之處。

　　北宋的徐積便曾接連運用〈漁歌子〉之詞調形式，加以改易詞調名稱的方式，填作五首漁父詞，在其每一闋漁父詞所加註的詞牌名稱，其實就代指了詞作中的主題。他的〈漁父樂〉道：「水曲山隈四五家，夕陽煙火隔蘆花。漁唱歇，醉眠斜。綸竿蓑笠是生涯。」充滿了對水波生涯的雅好與嚮往，點點漁舟、隱隱漁唱，頗有皇帝老子莫奈我何的瀟灑感受。又如〈誰學得〉：「飽即高歌醉即眠。只知頭白不知年。江繞屋，水隨船。買得風光不著錢。」詞作當中帶有六朝名士曠、放的狂逸特徵，「只知白頭不知年」就是樂以忘憂的明證。屋外有江，船邊繞水，煙水風光，本是天予，又何待外求？

　　另外，張掄的〈朝中措〉一詞暗用《列子》盟鷗的典故，表現出天然忘機的生命情調：

> 吳松江影漾清輝。山遠翠光微。楊柳風輕日永，桃花浪暖魚肥。　　東來西往，隨情任性，本自無機。何事沙邊鷗鷺，一聲欸乃驚飛。（《全宋詞》第二冊，頁 1837）

上片不免俗的寫景，並且化用了漁父詞之祖——張志和的寫景名句「桃花流水鱖魚肥」為「桃花浪暖魚肥」，僅以一「暖」字，便烘托出江風習習，薰人易醉的吳松江美景。下片寫舟行生涯的漂流不定，但這種漂泊感儼然成為任性自主的最佳註腳，它有助於除卻塵世之憂擾。在這等閑靜的江邊也唯有船行櫓槳的欸乃聲響，適足以成為人煙點綴的證明。在張掄的詞作中，將水波生涯的寧靜面目與人性純真的相近處結合統一為其所運用的方式是「和合」而非「加成」。因為是心領神會的和合，所以人與自然之間的界限輕易地泯除了，並且間接傳達出宋代文人對於「美」的價值傾向。〔註26〕

　　　月初版），頁 461～462。

〔註26〕關於宋代漁父詞中的美學情態，將於下一章中專節詳細論述，於此

　　宋朝南渡之際的詞家陸游，亦曾創製大量以漁父爲主題的作品，在〈鷓鴣天〉這闋詞中，帶有歸復自然的純眞心態：

> 懶向靑門學種瓜。只將釣竿送年華。雙雙新燕飛春岸，片片輕鷗落晚沙。　　歌縹緲，櫓嘔哑。酒如清露鮓如花。逢人問道歸何處，笑指船兒此是家。（《全宋詞》第三冊，頁2049）

上片寫春日水畔景致，藉由一飛一落的動態情狀，交織出水畔的生機。下片則連用四個比喻，具體描寫生活閒適之感：歌、櫓、酒、鮓，所選用的四個形象即鮮活又不落俗套。結尾兩句點出「我」的主體之最終歸宿在「船家」，亦同時對心靈做出「笑」的最終表態，顯然是肯定水波生涯的。

　　無論是「漁父家風」或是「山家風味」，與北宋「京洛味」甚濃的詞作相較之下，透過場景的變化使得詞作風格更傾向於疏淡。或許是經歷了戰亂的流離與摧殘，在作家心中對於現實的虛無有了深刻的體認，在這種創作心理改變之下所信手拈來的，是透過當前景物的引發，而投射出以山水之親近悅慕作爲心靈避難所的作品。

　　在這一類的詞作中，表現出宋代漁父詞裡對於漁父主題作品複雜多變的繼承與開拓。在對歷代漁父詞的主題繼承方面，貫串其中的是唐代張志和首開其祖的文人歸隱精神，再加上前代以「漁父」爲文學主題作品的幾種歷史典型之積累，因此在宋代漁父詞的文人色彩偏向明顯濃厚，對於「漁父」主題在創作的文學義、政治義、社會義等都以較多數的比例壓倒漁父生活描寫的工具義。然而主題相類的文學作品生命之所以得以流傳，也在於能從舊題中翻見新意；從宋代以歸隱於漁的詞作中可見，文人同時在這個向度上有所突破。因推崇文士氣節格調而新立「三高祠事」的感興對象、因雅好水波生涯而特別衍生出「漁父家風」的創作主題都顯現出宋代漁隱詞作的新貌。然而，受到宋人喜好化用前人詩句的習慣影響，宋代漁隱詞作在詞藻的運用方面也不免沾染此風，諸如「桃花浪暖魚肥」點取張志和〈漁歌子〉的

僅先作論點之提出。

「桃花流水鱖魚肥」、「滄浪漁父纓」化用屈原〈漁父〉之「滄浪之水清兮，可以濯吾纓」等，造成在漁隱的漁父形象塑造上趨於面貌相近的現象。因此，在以「隱逸生活的嚮往」爲作品主題的漁父詞中，是以主題的創新與詞彙的襲用兩相交雜的情形。

第三節　歲月年華的流逝

自宋玉以悲秋爲題，爲文賦之，後代文人對歲月流逝的敏感度是朝著正向增長的。而越是動亂不安的年代，對於人生如寄的感慨通常也就越深；另一方面，由於知識份子的理性思維活躍以及積極立功以垂範後世的使命感，促使他們力圖開創新局，因此時常感到生命的有限性而不斷以之鞭策自我。所以，在宋代漁父詞中也有與寄歲月年華流逝的作品。此類漁父詞中所援用的典故、形象、動作，大部分只作爲思想衍生之幫襯作用；並且，此類漁父所傳達的意境及思想偏側較前二種更形複雜，並不單純止於「閒」的境界嚮往。更因其富有「千古是非心，一夕漁樵話」的感悟，在用字遣詞以及整體風格上，經常表現出特有的滄桑與悲涼感受。

傳統文人往往並不滿足於個體生命的自足，而是將理想胸次儘可能的放大，大到與天地一樣廣闊；但是，受到「天」、「道」等等的影響，又常對於「天」存有敬愼恐懼之情。個人的抱負或許可以無限宏遠，但是人力的命定限制卻又時常侵擾人心，提醒人心對天的謙虛。因此，相映於宇宙的無限渺茫的時空象限，人力的微不足道往往就在比較中顯而易見。無論是儒家精神對於天的敬畏，所謂：「天何言哉，四時行焉，百物生焉，天何言哉？」或是道家泯生死、齊萬物的特殊觀點，中國人極早便知道：在自然力量的籠罩之下，人力的命定，鮮有討價還價的空間。因此，在詞作中也經常以隱遁、逃世等象徵，來抒發個人生命限制的感嘆，或是憂嘆、或是超脫，總是不免帶有生命無常的遺憾感。無論是從個體作爲省思的起點，回顧生平的點滴，乃至於擴及點數古今歷史

的成敗，「漁父」也容易成為一個象喻的介質，分述如下。

一、老大無成，身世飄零

此類詞作大都在結尾盡情抒發「不如歸去」之懷，但不同於第二節所陳述的那些對於歸隱情懷的欣慕，在心態上比較帶有否定情緒與悲苦色彩。這一類詞中對漁隱顯然不全從「放下」、「割捨」作歸趨，而是帶著作者主觀意識上的抑憤與不甘心。正因為創作者在思想上這一層差異，導致了詞作的生命情調與風格大相逕庭，因此別立一類，單獨論之。

首以葉夢得的〈虞美人〉為例：

> 梅花落盡桃花小。春事餘多少。新亭風景尚依然。白髮故人相遇，且流連。　　山應在層林外。悵望花前醉。半天煙霧尚連空。喚取扁舟歸去、與君同。（《全宋詞》第二冊，頁1006）

上片寫春日與故人相遇之情，因久別重逢，故而眷戀於斯，不忍離去。原本在傷春情緒下所想念的「當時景」，對照此刻此身孤危的白髮蒼蒼，雀躍之情也為大環境的悲苦所沖淡。下片將當前目下之景延伸為遠處理想之景：故人來處為何？在層層林外；我既無力獨自擺脫眼前的愁困，不如偕同故人前往林深野溪處，或許藉同友伴的引領，對現實悲苦有所超脫，進而得到內心的寬慰。

再看朱敦儒的〈好事近〉：

> 失卻故山雲，索手指空為客。蓴菜鱸魚留我，住鴛鴦湖側。　　偶然添酒舊葫蘆，小醉度朝夕。吹笛月波樓下，有何人相識。（《全宋詞》第二冊，頁1107）

上片寫家破國亡的悲哀，書空咄咄的激越，舉目無親、異鄉為客的憤懣，唯有江景美色聊以解憂。但是這樣的「解憂」，並不如想像中的逍遙愉悅，下片便就這種漸進理解的過程，而使結句落入悲戚的情境中。

朱敦儒的本性雖然豪邁不羈，卓犖英群，不肯受到世俗官宦等種種有形的拘束，但是面對殘山賸水之半壁江山，仍然不免調寄感慨，但是他在感慨之中僅止於從容面對的承受，不如稼軒等人的剴切激越，這是因為「天性」使然，朱敦儒所關注的焦點，大部分仍舊是落

在自主性上。

又如范成大的〈惜分飛〉：

> 易散浮雲難再聚。遮莫相隨百步。誰喚行人去，石湖煙浪
> 漁樵侶。　　重別西樓腸斷否。多少淒風苦雨。休夢江南
> 路，路長夢短無尋處。（《全宋詞》第三冊，頁 2092）

上片寫人生飛蓬，到處西東，不如心向漁村，行旅隨風。下片寫故人
再度相逢，已經歲月風霜折磨，故而引發萬事皆苦，歡事難期，即便
是清波浩渺的思歸路，也難有著力之處。這闋詞雖是寫行旅之作，但
是對於此身何處可託，此託又竟幾時，只有不斷的疑問。

二、藉漁父抒發懷古興亡之情

即景興懷是文人慣用的手法，他們往往是欲將心中不吐不快之情
感，藉由眼前所見之景來披露思想指向。宋代是中國歷來對於文士最優
容寬縱的朝廷，在這種重文治的治國原則傾向下，國勢自無法比肩漢
唐，但是這些享有優厚境遇的文人士子，對於家國的責任感卻是責無旁
貸的挑起。他們面對外在異族的覬覦與威脅，並不以軟弱屈辱態度求
和，而以積極建樹的態度面對，表現出中國知識份子特有的節操。南渡
之際，地方紛起的義士如此，朝廷直言急諫的忠臣如此；南宋告急、覆
亡之時，文士們面對凋零的山河，更不禁發抒故國江山易主的悲鳴。因
此，在易姓之際，思想指謂偏向興亡之情的詠懷性漁父詞作，遠比承平
之日來的量多而質精。以下所引之詞作，都明顯帶有這類思想。

例如史達祖的〈八歸〉：

> 固陵江上，暮雲急，一葉打頭風雨。催送春江船上水，笑
> 指□山歸去。靴帽叢中，漁樵席上，總是安行處。惟餘舊
> 話，為公今日拈取。　　見說家近岷山，翠雲平楚，萬古
> 青如故。要把平生三萬軸，喚取山靈吩咐。蘆阜嵩高，睢
> 陽岳麓，會與岷為伍。及時須作，鬢邊應未遲暮。（《全宋詞》
> 第四冊，頁 3050）

上片自船行江上即景起興，無論是興亡成敗的功業事蹟，或是漁樵生

涯的自適無爭，到頭來都是聊資後人助興閒談的稗史。下片藉由江畔
連綿青山，雄偉矗立的形象來襯托作者高懷壯逸的胸次，詞中主角的
雄姿英發，卻僅餘得管領山靈，雖也是威風凜凜，但總帶有一絲惆悵。
史作中的漁父，並不是逍遙出世的形象代表，而是同於滾滾塵世中的
眾生相，對於無力回天的局勢，除了默然接受，又能如何？因此「避
亂世則處山林」成為維護生命的首要法則，人事代變，黎民何辜？唯
有江山不老，容我安身棲處。

　　再如魏了翁〈滿江紅〉：

　　　　逢著公卿，誰不道、人才難得。須認取、天根一點，幾曾
　　　　休息。未問人間多少士，一門男子頭頭立。只其間、如許
　　　　廣文君，誰人識。　　冠蓋會，漁樵席。豪氣度，清標格。
　　　　要安排穩當，講帷詞披。蜀泮堂堂元不惡，猶嫌偏惠天西
　　　　壁。囑公卿、著眼看乾坤，搜人物。(《全宋詞》第四冊，頁 3076)

上片寫明主應具慧眼，猶如當年唐玄宗拔擢鄭虔一般，能自貧寒布衣中
識人才。〔註27〕下片著重在「安排」兩字的經營，英傑不問出身，無論
是冠蓋後代或漁樵分說，唯其才幹，任人得所方為是。全詞藉由對黎民
眾生的搜尋剔羅，以取人才，表現出對人傑的渴望與對自我的期許。

　　又如劉辰翁〈摸魚兒〉：

　　　　醒復醒、行吟澤畔，焉能忍此終古。招魂過海楓林暝，招得
　　　　魂歸無處。朝又暮。但依舊，禁街人靜咚咚鼓。畫船沈雨。
　　　　聽欸乃漁歌。興亡事遠，咽咽未成句。　　君且住。能歌吾
　　　　不如汝。悠悠鼓枻而去。滄洲攬結芳成艾，喚作張三李五。
　　　　羌自苦。更閒卻，玉堂端帖多多許。無人自語。把畫扇鸞邊，
　　　　香羅雪底，題作午年午。(《全宋詞》第五冊，頁 4112)

上片用屈子行吟澤畔之典，形象生動地寫出千年悲憤之哽咽語。並藉
由後代知音的相應，體會骨鯁正直的忠心。下片則延續上片的情節安

〔註27〕《新唐書‧鄭虔傳》記載：玄宗愛鄭虔才，為之置廣文館，以之為
　　　　博士。杜甫曾作詩賦此事，〈醉時歌〉云：「諸公袞袞登臺省，廣文
　　　　先生官獨冷。甲第紛紛厭梁肉，廣文先生飯不足。」

－75－

排，表現對於屈子執著於世的思想爲依歸。作者在此不免化身爲屈原，對於向他頻頻勸解的漁父一一提出反詰：「能歌吾不如汝」、「喚作張三李五」，一再表現出疾沒世而名不彰的心態；接續著再翻轉一層，從漁父的角度反躬省身：「羌自苦」、「更閑卻」，又是對於人世不忍終苦的依戀。整闋詞透過屈原〈漁父〉中鮮明的形象思想對比，一再重複內心的矛盾與疑問，而這種反反覆覆的詰難質疑，通貫在士人心中的掙扎卻是從來無解。因此，每逢午年午，除了緬懷，似乎還在文士心中燃起餘留的熱情灰燼。

三、個人小我相應於宇宙浩瀚的感嘆

個體對應於宇宙，有如扁舟對應于江海，都是一小一大的相對性，從這種對比性質的相似處出發，能夠輕易地使讀者產生類比聯想。例如吳潛的〈摸魚兒〉：

> 滿園林，綠肥紅瘦，休休春事無幾。杜鵑喚起三更夢，窗外露澄風細。渾不寐。但目看、一簾夜月移花未。推衾自起。念歲月如流，容顏不駐，鏡裡留無計。　　人間事。休說貴賤貧富。天公常把人戲。蕭裴曹郭今何在，空有舊聞千紙。君漫試。屬青史榮名，到底三無二。浮生似寄。爭似得江湖，煙簑雨笠，不被蝸繩繫。（《全宋詞》第四冊，頁 3477）

以及〈青玉案〉：

> 人生南北如歧路。惆悵方回斷腸句。四野碧雲秋日暮。葦汀蘆岸，落霞殘照，時有鷗來去。　　一杯渺渺懷今古。萬事悠悠付寒暑。清箸綠簑便野處。有山堪採，有溪堪釣，歸計聊如許。（《全宋詞》第四冊，頁 3479）

〈摸魚兒〉上片借豐美之春景寫作者傷春之情，所描繪者，不過是於花間詞風裡對於青春容貌消逝之驚恐；但是下片將人力與天作一相對性的比較，作者欲訴說者乃是生命旅途的安排，並非全然掌握在自己的手中，歷史的淘洗有如最嚴厲的守門人，即便存留青史一筆，這等「榮名」竟是虛幻不實的。這裡對於「浮生似寄，寄於何處」的驚慌，

利用「江湖煙雨」與「城裡景色」的疏離相對舉，並且運用了「舟行」的漂流意象，傳達出個體生命不耐久存的虛無感。〈青玉案〉則利用賀方回的「斷腸句」起興，先寫秋日蕭瑟寂寥之景；下片則藉由時空流逝的無情與自然景物的不變，傳達出鄉居野處的悠容，在字句中隱含「有花堪折直須折」的筆調，顯出生命受制於時空的無奈與人生如夢的悲哀，整題詞作的氣勢並非昂揚向上，卻是幽微沉落的。

再如張孝祥〈浣溪沙〉：

> 已是人間不繫舟。此心元自不驚鷗。臥看駭浪與天浮。
>
> 　對月只應頻舉酒，臨風何必更搔頭。暝煙多處是神州。
>
> （《全宋詞》第三冊，頁 2200）

上片寫出對於動盪世局、不安人生所採取的靜默態度，無論外在環境如何變化，如「舟行」的驚駭，作者都以謹守內心的平靜為護身符，以「此心元自不驚鷗」適性的本來面目來爭取心靈平靜的底線。下片寄託了浮游於江，隨處而安的意義。其內心對於世局動盪仍是耿耿於懷的，否則又怎會舉酒屬月，臨風搔頭？表象上的「萬事不關心」其實寄寓了對於國事、家事的不忍割捨卻又必須割捨的拋擲。

第四節　佛道思想的宣揚

早在唐五代詞中，便有船子和尚以漁父生涯為喻，創作一系列〈撥棹歌〉藉以宣揚佛法。〔註28〕在一般的觀念中，佛道中人遠俗離情，追求清修無為的生活，即便是藉諸文字以抒懷，多半偏向哲理之思，理應與抒寫情感的「詞」有一段距離。然則從詞史發展的歷程來看，卻不盡然如此。吳熊和先生在《唐宋詞通論》中對於任訥集錄之敦煌曲共計五百四十五闋詞作主題內容進行分類後，統計出佛教思想之作品共計二百九十八首，道教作品二首，佛道思想之作品約佔敦煌詞整體創作數量的百分之五十五；〔註29〕足見佛道思想的作品在詞體發展

〔註28〕詳參第二章「漁父詞曲的起源」一節之敘述，茲不贅。

〔註29〕吳熊和：《唐宋詞通論》，（杭州：浙江古籍出版社，1989 年 3 月第二

早期佔有一定的比重。這種現象反映出兩種詞體發展的過程：就內容方面來說，現存所見之敦煌詞，大部分帶有濃厚的民歌性質，自然反映出民間生活的樣態，無論是民間的日常活動，或是民俗信仰、宗教儀式均成為詞作取材的主要對象。隋唐五代之際，佛教思想雖曾遭受打擊，然其在民間活躍的程度卻是不爭的事實，因此藉由各類文體表達佛教思想的現象亦屢見不鮮；〔註30〕其次從文體特徵來看，眾所周知的是，詞在挖掘人心思想情感的深度上，的確是中國各式韻文體例之冠。史雙元先生因此認為「在長於表現內心性這一個契合點上，宋詞遠離儒家而更接近佛道。」〔註31〕

再將探討範圍縮小至「漁父詞」的主題創作類別來看，「漁父」形象之所以為佛道中心所共同喜愛，一方面是其逍遙出塵、不慕榮利的樣態為佛道中人所喜愛；再方面是其垂釣撒網的象喻性與宣揚佛道之教義相近，〔註32〕因此頗為僧人道士喜好，並進而成為宋詞作品中的一項特色。以下將分別自佛道思想兩方面探討宋代漁父詞在這方面的面貌。

一、僧人弘法

宋代以僧人身份從事詞的創作者，在作者的整體比例上並不算多。但是因其特殊的思想指向，卻使得這些作品在全宋詞中突出其特

版），頁164。

〔註30〕既有文體例如詩歌、辭賦一類也有以佛教思想為創作主題之作品，另外諸如彈詞、寶卷、變文，均屬受到佛教文化習染之下產生的新興文學產物。詞在當時雖是緣起於民間的新文體，但在思想上卻不能免俗地受到當時社會思潮與宗教信仰的洗禮。

〔註31〕史雙元：《宋詞與佛道思想》（北京：今日中國出版社，1992年11月第一版），頁29。

〔註32〕可旻〈漁家傲〉詞前有序，云：「我家漁父，不比泛常。……披忍辱之蓑衣，遮無明之煙雨。慈悲帆掛，方便風吹。撐波若之扁舟，游死生之苦海。誓山月白，覺海風情。釣汨沒之眾生，歸涅槃之籃籠。如斯旨趣，即是平生。」這詞前序題，將人生喻為煙海風波，將佛法喻為拯救無明眾生之標竿。以這一類模式創作之漁父詞，適為宣揚佛教思想漁父詞之最佳註腳。可旻〈漁家傲〉詞引自《全宋詞》第四冊，頁3113。

殊性，雖然是以「漁父」之形象或其活動爲描寫對象，但是在字句詞
彙裡或多或少沾染上特殊的佛教語彙。法號淨端的安閒和尙創作的
〈漁家傲〉便是明顯的例子：

> 七寶池中堪下釣，八功德水煙波渺。池底金沙齊布了。羨
> 魚鳥。周迴旋繞爲階道。　　白鶴孔雀鸚鵡噪。彌陀接引
> 毫光照。不是修行何得到。一般好。西方淨土無煩惱。
> 一隻孤舟巡海岸。盤陀石上垂鉤線。釣得錦鱗鮮又健。堪
> 愛羨。龍王見了將珠換。　　釣罷歸來蓮苑看。滿堂盡是
> 眞羅漢。便熱名香三五片，梵□獻。原來佛不奪眾生願。(《全
> 宋詞》第二冊，頁 820～821)

承襲了船子和尙的漁父詞，藉漁父之垂釣灑網等等行爲爲喻，說法並
弘揚教義。可以從其場景敘述是沾染佛國色彩的七寶地、八功德水、
池底金沙，明顯背離現實生活的水鄉澤國的敘述中得之。淨端本人不
但創作多首漁父詞，甚至在圓寂前亦歌〈漁父〉而終，〔註33〕可謂宋
代喜吟漁之僧人代表。在他的漁父詞中觸目所見的，均是佛法之光
明象喻，甚且將佛國淨土比喻爲海底龍宮，極盡描寫之能以作爲對俗
眾的吸引力。這些作品在景物的鋪排一反青山麗水之淡雅訴求，而以
精緻甚且不切實際的碧麗環境爲描寫主力；在人物形象的刻畫上，不
見尋常的蓑衣裝束，而以行動的單點放大代之。雖然與習見隱逸瀟灑
之漁父家風風格不盡相同，但其所追求之脫俗生命的嚮往卻是一致的。

　　另外，著名詩僧惠洪的〈漁父詞〉也頗具特色：

（藥山）

> 野鶴精神雲格調。逼人氣韻霜天曉。松下殘經看未了。當
> 斜照。蒼煙風撼流泉繞。　　閭閻眞情徒照耀。光無滲漏
> 方靈妙。活計現成誰管紹。孤峰表。一聲月下聞清嘯。

（船子）

> 萬疊空青春杳杳。一蓑煙雨吳江曉。醉眼忽醒驚白鳥。拍

〔註33〕淨端圓寂時，乃歌〈漁父〉數聲趺坐而化。詳參唐圭璋編《全宋詞》
　　　　第二冊，頁 820，淨端作者下所附小傳。

手笑。清波不犯魚吞釣。　　津渡有僧求法要。一橈爲汝除玄妙。已去回頭知不峭。猶迷照。漁舟性懆都翻了。(《全宋詞》第二冊，頁 919～921)

惠洪是以漁父詞的形式，寫諸位佛教高僧之修行過程與得道境界的愉悅高明。在這一系列的漁父詞中他僅抓住諸位高僧的修行經歷與人格氣質，並且反映在內容思想的指謂上，除了船子和尚的事蹟，多半沒有借物（漁父形象）說喻的情形。

在這些僧人創作的漁父詞中，無論是在行爲活動或是人物形象的描寫，呈現出兩種主要的情調旋律：一類是認爲佛法廣漠如海，以極盡鋪排佛國之富麗爲能事，以爲弘法之用；另一類則是遵循傳統漁父詞對於清淨無爲的渴慕，將逍遙無爭的特色表現出來；其中後者以禪宗僧侶作爲主要創作者。此與禪宗所追求的生命發展路徑，特別突出其對生命價值的追尋以及面對困頓時的翻轉，這與中國文化中對個人心靈追尋的基調原則上是合拍的，不過在創作的元素中針對其宗教內涵加以強化、更替。再者，在這些僧人所創作的漁父詞中所使用的詞牌相形之下較爲單一，大致上僅有〈漁父詞〉與〈漁家傲〉兩種詞牌。究其因除了詞牌名與詞作內容可以相配之外，更因爲這兩種詞調表現出來的聲情，特別適合抒發此類情感所致。〔註34〕

二、道士修練求仙

中國人的宗教思想，歷來都與外來文化交雜融合，從來不曾有過單一宗教勢力獨霸一方的朝代出現。起源於中土的道教歷經南北朝到隋唐間的興衰，到宋代無論是在民間或朝廷，均有逐漸復興的氣象產生。〔註35〕另一方面，道教在創立之初便尊奉老子爲「祖師」，因此在道教觀念中也參雜部分道家的思想意趣。道教與道家在逍遙精神上

〔註34〕關於漁父詞所用之詞牌與其聲情關係的探討，詳見第四章第一節之探討，此處不另贅述。

〔註35〕宋太宗在汴京、蘇州等地廣建道觀，並曾多次召見道士陳摶，賜號「希夷先生」，眞宗、徽宗對於提倡道教，不遺餘力。

的契合，造就了在漁父詞中的以修練成仙之避世思想的道教漁父詞。以下舉葛長庚與夏元鼎兩人的詞作爲證。

葛長庚又名白玉蟾，他是道教南宗的開創者，活動年代在南宋初年。根據其弟子彭耜所撰之〈海瓊玉蟾先生事實〉一文所示，葛長庚乃高門之後，頗有名譽，然而因任使殺人，遂改裝道士，浪遊江南，甚且根據民間傳說杜撰出「南宗五祖」的道統。大概因爲對人世滄桑有所感慨，在其〈水調歌頭〉中對於人世的痛苦如此描寫：

吃了幾辛苦，學得這些兒。蓬頭赤腳、街頭巷尾打無爲。都沒蓑衣笠子，多少風煙雨雪，便是活阿鼻。一具骷髏骨，忍盡萬千飢。　　頭不梳，面不洗，且憨痴。自家屋裡，黃金滿地有誰知。這裡一聲慚愧，那裡一聲調數，滿面笑嘻嘻。白鶴青雲上，記取這般時。(《全宋詞》第四冊，頁 3281)

上片藉由潦倒的漁父形象，比喻人生實如煉獄，當及早修道，以求解脫。下片則表述修道必經的試煉。在葛長庚的詞中沒有字詞修飾，而以平白的語言寫平凡人受挫時的遭遇。詞中表現出不同於文人詞作清逸曠放，而把不得志時的落魄形象與人情冷暖一併描述，因而更顯出境遇高下的落差。

夏元鼎，博極群書，屢試不第。寶慶中爲小校武官，棄官入道。〔註 36〕曾作〈水調歌頭〉：

我有一竿竹，偏會取根源。從來汲水桔槔，直挈上西天。不許常人著手，管定竿頭先折，提桶落寒泉。撥得機頭轉，北斗向南看。　　仗回風，乘偃月，匆波瀾。麻姑此日，西北見張騫。選佛妙高峰頂，飲罷醍醐似醉，獨坐玩嬋娟。水湛月明處，太極更無前。(《全宋詞》第四冊，頁 3450)

這闋詞與前述之佛教漁父詞在寫作手法上的「譬喻」、「比附」方式極爲類似，都將竿頭直指理、道的源頭，並且對於「道」的境界一貫地以「妙不可言」的精神領略描繪，以達到指引眾生復歸道心的目的。

〔註 36〕見唐圭璋編《全宋詞》第四冊夏元鼎之作者小傳，頁 3447。

唯其對於得道境界的描寫，明顯地不同於佛國世界之琉璃炫目，而以中土謙和沖靜之美爲訴求。

此外，另有汪莘〈水調歌頭·欲覓存心法〉表現出特定的哲理玄思。雖然汪莘的身份不屬於方外道士，然以其詞作內容旨趣與本節所述相近，附記於此：

> 欲覓存心法，當自盡心求。此心盡處，豁地知性與天侔。行盡武陵溪路，忽見桃源洞口，漁子捨船舟。輸與逃秦侶，絕境幾春秋。　　舉全體，既盡得，要斂收。勿忘勿助之際，玄牝一絲頭。君看天高地下，中有鳶飛魚躍，妙用正周流。可與知者道，莫語俗人休。(《全宋詞》第三冊，頁 2824)

上片寫出盡心盡性以合天，對於理想境界不假外求的內省力，下片則尋求身安心寬，需靜觀後方可得，唯有反躬自照澄明之心，才可得到眞正的智慧。整闋詞表現出「身在此中而心安住」的特殊境界，不同於一般漁父詞透過感官所及之冥想境界的逍遙，而將心境全幅貼近到對客觀環境的直觀承受上，有別於詞作風格的情意深婉，而顯現出特別的哲理趣味。

第五節　其　他

除了上述對宋代漁父詞的幾種主要分類之外，因爲詞的音樂文學特性及其特殊的文學樂舞結合了藝術型態，以及宋人在詞體中特別創製的隱括創作方式，使漁父詞的面貌多所翻新。

一、樂舞姿態的形容

史浩曾創作一系列爲水上風光的大型樂舞歌詞，計有〈太清舞〉、〈采蓮舞〉、〈漁父舞〉等，主要的創作形式是透過固定的詞調格式，間雜舞蹈動作之旁白輔助說明，配合舞作歌曲前的題序提示表演概況，恍若唐代樂舞形式之遺形。因其體制極爲龐大，不便完整引述，茲以〈漁父舞〉中幾種富有代表性的詞作段落加以說明。

斜風細雨都不管，柔藍軟綠煙隄畔。鷗鷺忘機爲主伴。
無鷗絆。等閒莫許金章換。
……
濟步還渠漁父子。生涯只在煙波裡。練靜忽然風又起。
贏得底。吹來別浦看桃李。
……
莫惜清尊長在手。聖朝化洽民康阜。說與漁家知得否。
齊稽首。太平天子無疆壽。（《全宋詞》第二冊，頁 1633）

（斜風細雨都不管）主要在描寫漁父生涯的不受拘管，天性自得；（濟步還渠漁父子）則以漁家生涯的描繪爲焦點，最終以（莫惜清尊長在手）對百姓處於太平盛世，生活富庶安康，歸結出對聖明天子政績之肯定與崇愛。

　　在這幾組大型歌舞詞作中，對於人物細微動作的描寫，頗具巧思；又在樂舞型態之順序多半是固定的：首以環境描寫、次及人物之間的對答情態、最末以太平盛世、漁家歡樂的歌頌作結。在思想層次的推演上，並沒有特殊的價值，也非因循傳統漁父詞的主題架構，但其對藝術型態的保存上，是難得的資料。詞原本是爲樂填作、合樂可唱的文學，並且詞體的興起主要便是源於燕樂的傳入，因此「詞」的本來面目，就是以資傳唱、品類特殊的文學。可惜的是詞譜詞樂的亡佚，造成今日詞的「案頭文學」現象，僅能從其遣詞用字的修辭及思想性來加以評賞，而今大型樂舞的體製，雖然在音樂部分仍舊短少，但是配合著組詞當中穿雜解釋性質的補充語言，可以協助吾人對於宋代留存的「大曲」〔註37〕形式有深一層的認知。

〔註37〕《全宋詞》所收錄，史浩所作之系列以〈某某舞〉爲詞牌之作品，均採自《彊村叢書》本《鄮峰眞隱大曲》卷二，詳參《全宋詞》第二冊，頁 1634。又其〈漁父舞〉一組詞，在詞中補充動作說明部分，均表明調寄〈漁家傲〉。例如：「念了，齊唱〈漁家傲〉。舞，戴笠子。」、「唱了，后行吹〈漁家傲〉，舞，舞了，念詩：喜見同陰垂匝地。瓊珠簌簌隨風絮。輕絲圓影兩相宜，好景儂家披得去。念了，齊唱漁家傲。舞，披蓑衣。」以上足以證明這類舞詞可能

二、檃括、缺漏字過多而無法探討的作品

宋人在文學作品的創作上，喜好點化歷來名家作者的文章字句，因此無論是創作詩歌有所謂的「江西詩法」，以為點鐵成金如靈丹一粒；在詞作中也有「檃括」一體的形式。在漁父詞中，被檃括最多的是蘇軾的〈赤壁賦〉。在其賦作中有謂：「侶魚蝦而友麋鹿」、「駕一葉之扁舟，凌萬頃之茫然」。這類原本即富有詩意的文字，被詞家援用入詞，以主題不變、文體改易的方式在漁父詞中擠上一席之位。例如曹冠的〈哨遍‧壬戌孟秋〉詞前有序曰：「東坡採歸去來詞作哨遍，音調高古。雙溪居士檃括〈赤壁賦〉，被之聲歌聊寫達觀之懷，寓超然之興云。」（全宋詞第二冊，頁 1995）通篇詞作，究其主題意旨，不出東坡舊作。

最後還須附帶一提的是，還有一些應是以漁父為主要描寫客體的詞作，因時代久遠而缺漏字過多，難以判讀其思想指謂，例如：董義的〈望江南‧縹緲煙中漁父槳〉、〔註38〕張掄的〈朝中措〉（午陰多處□□□）、〔註39〕以至於張炎多首〈漁歌子〉，如：〈漁歌子〉（□□□□□子同，更無人識老漁翁）、〈漁歌子〉（□□□□□求魚，釣不得魚還自如），〔註40〕但是確實可知其詞作內容是以詠漁父為主，他日若輯佚完備，當可周備宋代漁父詞之全貌。

總括宋代漁父詞內容之探討，不但有各個詞人自身獨立生命的反省與投射，甚且還概括了整體時代精神與社會政治情勢的投射。當這些文士在野之時、入宦之際，「漁父」形象往往是他們入世襟抱宣洩乃至遣憂的對象；當遭受命運的困蹇，乃至無力回天的家國蕭耗時，

是大曲形製的遺形。又：史浩的三部與漁父相關的樂舞詞作中，除〈太清舞〉在詞作與詞作之間的說明，表明歌以〈太清歌〉，其餘均歌〈漁家傲〉，亦可知當時漁父之樂舞詞作，以〈漁家傲〉為主。

〔註38〕《全宋詞》第一冊，頁 479。
〔註39〕《全宋詞》第三冊，頁 1837。
〔註40〕《全宋詞》第五冊，頁 4451。

「漁父」又成爲他們思索出世生命的超脫及依歸，其中蘊含的不只是文人單純吟詠取材的對象，還有對於歷來文化累積漁父形象的復歸；除了傳統儒道思想的洗禮之外，也注入當時繁盛一時的佛教思想。故當他們選擇「漁父」作爲文學主題的當下，也就宣示其心靈世界在此一形象下的倒影。

第四章　宋代「漁父」詞的形式與風格

　　《文心雕龍‧風骨》有云：「是以怊悵述情，必始乎風；沈吟鋪辭，莫先於骨。故辭之待骨，如體之樹骸；情之含風，猶形之包氣。結言端直，則文骨成焉；意氣駿爽，則文風清焉。」〔註1〕用以說明文學作品的風格取決於其所運用之文辭；又於《文心雕龍》之〈情采〉、〈鎔裁〉兩篇中提出形文、聲文、情文之「三情」以及文體、典故、修辭的「三準」作爲評析文學作品優劣的標準。據此可知，文學作品主要由兩大部分所組織而成：主題思想的內容，以及藉以表現思想內容的形式，兩者綜而合之所塑造的，便是文學作品的風格。

　　「詞」，作爲有宋一代的文體代表而言，其總體詞史之走向，在主題思想方面，呈現由早期的應歌之作逐漸轉向抒懷寫志的詩化之詞脈絡，在形式風格方面，則隨順著宋代所新興的雅俗之辨走向律化、賦化的典麗一途。〔註2〕漁父詞在主體思想的呈現上，一開始就呈現以「寫懷」爲初始的文人詞面貌，容或有少數樂舞曲制之作，但總歸

〔註1〕〔梁〕劉勰著，范文瀾注：《文心雕龍注》（台北：台灣開明書店，民國82年5月台17版），卷六，頁12～13。

〔註2〕據葉嘉瑩先生所言：詞的發展在宋代主要形成兩大主軸，即是在詞的主題上開拓詞境，以蘇、辛爲代表的「詩化之詞」，以及在音律文字上下功夫，以周、姜爲代表的「賦化之詞」。詳參葉嘉瑩著：《中國詞學的現代觀》（台北：大安出版社，1999年7月第二版），頁11～12。

是偏向「詩化之詞」一途的，這在前章已有明白的呈現。而以此思想主題爲創作指歸的詞人，究竟採用何種形式來架構出單一主題的骨幹？又如何使此形式與內容相配，造就出何種風格？是本章所要探討的首要問題。因此，針對「詞」的音樂文學特性，以宋代漁父詞所選用詞調及其聲情表現爲探討漁父詞形式的觸角。除此之外，詞既然作爲宋代文學的代表，必然反應當代文學家對於「美」的傾向與取捨，又因爲在創作主題選擇上的接近，也必然可以藉茲窺見同時代文人的文化觀念與文人心理。故本章所欲探討的另一個層面，便是以單一主題作爲思考的出發點，從而探究其作品中所展現同時代文人的美學情態，以及宋代總體文化意涵在漁父詞中產生出何種樣貌的投射。

第一節　宋代「漁父」詞使用詞調統計及分析

「詞調」，是宋詞與音樂耦合的重要標誌。雖然經過時空環境的變遷，大多數的詞樂已經亡佚不存，「詞」也從宋代合樂的歌詞形式轉變爲今日案頭文章的詩歌韻文形式。但若考其本源，詞調名稱的初始形態與詞作內容實是相符的。朱彝尊在《詞綜‧發凡》便言：

> 花間體製，調即是題，如〈女冠子〉即詠女道士，〈河瀆神〉則爲送神曲，〈虞美人〉則詠虞姬是也。〔註3〕

王易同意上述說法，在《詞曲史》亦云：

> 唐詞多緣題所賦；〈臨江仙〉則言水仙；〈女冠子〉則述道情；〈河瀆神〉則詠祠廟；〈巫山一段雲〉則狀巫峽。其後則即本詞取句命名：如後唐莊宗之〈一葉落〉、〈如夢令〉，韋莊之〈天仙子〉，歐陽炯之〈木蘭花〉、〈江城子〉，毛文錫之〈西溪子〉等。更後則兩宋詞家自度新曲，隨手立名；如白石之〈暗香〉、〈疏影〉，夢窗之〈高山流水〉。再後則按前人譜調填詞耳。故調名之立，未必可盡尋其源。〔註4〕

〔註3〕朱彝尊：《詞綜》（台北：世界書局，民國65年5月第四版），頁8。
〔註4〕王易：《詞曲史》（台北：廣文書局，民國77年8月五版），頁259。

諸如此類的論點，歸結起來一致同意詞調與詞題原本是密切相關的。
然而，隨著詞體形態的發展，尤其是文人詞大量創製以後，詞調與詞
作的內容、本事逐漸脫鉤，欲考詞調的起源，也就不能「依調索驥」。
但是因無論詞調的名稱如何，在探討詞調起源時必然會碰觸到一個問
題，即：「音樂」。或有從唐代大曲一類的樂舞形式轉變而成，如：〈水
調歌頭〉、〈齊天樂〉；或有採集民歌、樂府變化而成的，例如：〈竹枝〉、
〈長相思〉。詞調的選擇，往往是填詞的第一個步驟。這說明即便現
今詞調、樂譜雖早已亡佚，但從詞人「按譜協律」的習慣上來說，仍
舊得以窺知其所代表的「聲情」。所以，今人欲探索詞調之聲情，考
之詞調，唯有自其所隸屬之宮調、文情加以條析屢分。楊守齋《作詞
五要》已言：

> 第一要擇腔，腔不韻則勿作；第二要擇律，律不應樂則不
> 美；第三要填詞按譜，第四要隨律押韻。〔註5〕

吳梅在《詞學通論》中申述之：

> 唯境有悲歡，詞亦有哀樂。大抵商調、南呂諸詞，皆近悲
> 怨。正宮、高宮之詞，皆宜雄大。越調冷雋，小石風流，
> 各視題旨之若何，以為擇調張本。若送別用〈南浦〉、祝壽
> 用〈壽樓春〉，皆毫釐千里之謬。此擇調之大略也。〔註6〕

上述所云，皆不脫擇調必須與內容題旨相符之第一要義。王易綜合前人
所言，歸結出「宮律、詞調、聲響、文情，皆屬一貫。就作者言：則本
情以尋聲，因聲以擇調，由調以配律。就詞體言：則本律以立調，由調
而定聲，以聲而見情。今宋詞之宮調律譜，固無從悉知，然詞調之聲情，
尚可得而審別。」〔註7〕可知詞調的「聲情」，大致上可從所隸屬之宮
調、經常使用的韻部、及多數同調詞作之整體風格來探索。夏敬觀又言：

〔註5〕楊守齋：〈作詞五要〉，今附於《詞源》卷下。見唐圭璋：《詞話叢編》
　　　　（台北：新文豐出版公司，民國77年2月臺一版），第一冊，頁167
　　　　～268。

〔註6〕吳梅：《詞學通論》（台北：台灣商務印書館，民國58年臺二版），
　　　　頁42。

〔註7〕王易：《詞曲史》（台北：廣文書局，民國77年8月五版），頁267。

「各詞有各詞的腔調，名之曰『詞牌名』。古樂府謂之題。在一題中，無一定的體裁。詞謂之『牌名』。……律調自律調，腔調自腔調。律調是有一定的腔調是無一定的。」〔註8〕這樣的看法也說明了詞牌與音樂間的密切聯繫，並且說明同一詞調可能隸屬不同的宮調，在分辨上有其困難，又因本章所論及的詞作均具有相同的創作主題，在文情上基本上是相近的；第三章內容分類所見，其主題意旨之主軸，無外於閑適瀟灑、優遊從容、感慨豪壯三方面。因此唯一可以著力的部分，僅剩下各個詞調韻部之歸類。然唯恐單從此一方面加以分析有過度武斷之嫌，因此配合「句式」的型態加以探討。以下除了對宋代漁父詞中的詞調作歸納、統計之外，並且欲自漁父詞所常用的十四個詞調，從句式、韻部兩方面配合詞調作品，從而鉤勒出宋代漁父詞的主要聲情表現。

一、使用詞調的統計

宋代漁父詞所選用的詞調，凡 109 種。先將選用頻率超過十次以上者，依其選調次數之頻率由多至寡依次列表如下：〔註9〕

詞　調　名　稱	填　作　次　數	附　註
漁歌子	80	
水調歌頭	47	
念奴嬌	20	
賀新郎	19	
滿江紅	18	
朝中措	16	
漁家傲	16	重頭
好事近	16	
浣溪沙	14	

〔註8〕夏敬觀：《詞調溯源》（台北：台灣商務印書館，民國58年臺二版），頁5。

〔註9〕其餘仍有九十餘種詞調，因數量眾多，即便於文中列表仍嫌冗贅，請參酌本章最末詞調統計之附表說明。

滿庭芳	12	
沁園春	11	
鷓鴣天	11	
西江月	10	
摸魚兒	10	
漁 歌	10	重頭

　　上表所列的十五種詞調，共填作三百一十闋。雖然就詞調選用的比例僅佔全數詞調約 13%，〔註10〕然就詞作數量的比例已將近 59%，〔註11〕超過整體漁父詞作之半。因此以下將以上所列之十五種詞調，自其句式組構與押韻韻部兩個層面來探討宋代漁父詞呈現的主要聲情表現。

二、聲情的探討（以上述十五種的詞調爲分析本體）

（一）句　式

　　上述十五種詞調可以大分爲「單調」與「雙調」兩種形式。以下將先就此兩種形態爲分類基準，從而細部分析其句式的構成方式及對於詞調聲情的影響。鄭騫先生對於宋詞的句式，曾經有過以下的表述：

> 絕大多數的詞調都是由單式、雙式兩種句法組合而成。……單隻句式相配合的組織，造成了音律的和諧。尤其要注意的是：多數詞調的組成，都是雙式句比較多，單式句比較少。……這種雙多單少的配合方式，使詞的音律疏徐和緩，不近於立體而近於平面。這是構成陰柔美的條件之一。自然，詞的音律也有縱橫跌宕，近於立體不近於平面的，如水調歌頭、歸朝歡這兩個調子。他們之所以跌宕縱橫，正因爲其中句式單多雙少。〔註12〕

〔註10〕此 15 種詞調占總數 109 調之比例，約爲 13.76%。

〔註11〕此 15 種詞調所填作之詞作數量爲 310 闋，占總體漁父詞〈526 闋〉中之比例，約爲 58.93%。

〔註12〕鄭騫：〈詞曲的特質〉，收於鄭騫：《景午叢編・上集》（台北：台灣中華書局，民國 61 年 1 月初版），頁 54。

又說：

> 三五七言的謂之單式句，二四六言的謂之雙式句。一個調
> 子，單式句多了就快，雙式句多了就慢。〔註13〕

據此可以得知，詞在句式的伸縮性上，一改唐代以來齊言句法的定式，藉由長短不一的形態而有或婉媚、或剛勁的情感表態方式。而詞與音樂形式又有極大的相關性，爲配合音樂型式的樂曲節拍，句式的奇偶、長短應該足以影響擇調填詞的選擇性。雖然詞樂今已消亡，但是從「倚聲填詞」的角度來探察詞調的聲情，應該不失爲一條較明確的線索。以下將先自「句式」的角度作爲探討漁父詞聲情的出發點。

1. 「單調」型態的詞調句式：

所謂的「單調」型態，因其長短與詩歌相類，基本上可以歸爲詩歌形式的演化與變形，在此十四種詞調裡，僅有〈漁歌子〉與〈漁父〉兩種詞調，先行表列其句式如下：〔註14〕

詞調名稱	句　　式	主要的句式組構方式
漁歌子	7／7／3／3／7	純單式句
漁父	3／3／7／5	純單式句
漁歌	7／7／7／3／7	純單式句

〈漁歌子〉的創製者爲唐代的張志和，〔註15〕此一詞作不但在

〔註13〕鄭騫：〈再論詞調〉，收於鄭騫：《景午叢編·上集》（台北：台灣中華書局，民國 61 年 1 月初版），頁 97。

〔註14〕本表之句式分類，蓋以聞汝賢：《詞牌彙釋》（台北：聞汝賢自印本，民國 52 年 5 月臺一版）中所臚列詞調之格律記載爲基礎，再參酌龍沐勛著：《唐宋詞格律》（台北：里仁書局，民國 90 年 9 月初版）、夏敬觀著：《詞調溯源》（台北：三民書局，民國 62 年）、萬樹：《詞律》（台北：廣文書局，民國 60 年 9 月初版）、舒夢蘭：《白香詞譜》（台北：世界書局，民國 83 年 3 月十五版）歸納出較爲通行的句式。除標明上下片外，以阿拉伯數字表示每句的字數，若該句字數之通行體制有出入，則以括號標明於後；句中斷句則以（1,3）之逗號形式加以註明，以「／」表示每句間的區分，以反黑表示該句必須押韻。本章以下所列之句式圖表標記方法均相同，不再贅註。

〔註15〕《樂苑紀聞》記載：「張志和自稱煙波釣徒，嘗謁顏眞卿於湖州，以

思想主題上可推尊爲歷代漁父詞之祖，同時也是漁父詞詞調之祖，由
唐代教坊曲即存此調，至宋代仍爲漁父詞作選用詞調之首選，可知此
一詞調形式不但在唐代受到歡迎，也深刻地影響了後來的漁父詞。〈漁
歌子〉的基本格式是將七言絕句中的第三句破爲兩個三字句，因破壞
的七言絕句的齊言形式，反而增加句法變化的活潑性。吳梅便說：

> 此詞爲七絕之變。第三句作六字折腰句。……此〈漁歌子〉
> 既與七絕異，或就絕句變化歌之耳。〔註16〕

王力也從詩詞體例傳承變化的角度，以爲〈漁歌子〉乃是「由句句入
韻的七言詩變來」，〔註17〕而實則在詞體初興時，或採民間傳唱之曲
調，或改易原有律體形式，均不足爲奇。而〈漁歌子〉一調，即是這
種界乎詩詞之間的新文體。

吳梅又說：

> 至此詞音節，或早失傳。故東坡增句作〈浣溪沙〉，山谷增
> 句作〈鷓鴣天〉，不得不就原詞，以協他調矣。〔註18〕

這點不但證明〈漁歌子〉一調至宋代已失其音樂譜性，也就是不再適
合配樂歌唱；更重要的是將〈漁歌子〉的句式與其他另兩種詞調的相
近句式連結起來。《詞苑叢談》便如此記載：

> 東坡云：元眞子〈漁父詞〉極清麗，恨其曲度不傳，加數
> 語以〈浣溪沙〉歌之。山谷增句作〈鷓鴣天〉，亦借聲之法
> 也。〔註19〕

　　舴艋敝，請更之，願爲浮家泛宅，往來苕（雨言）間作〈漁歌子〉
　　詞云。」又《塡詞名解》曰：「張志和作〈漁父詞〉，即以名調。」
〔註16〕吳梅：《詞學通論》（台北：台灣商務印書館，民國58年臺二版）。
〔註17〕王力：《王力詞律學》：「似詩非詩的詞，讀起來是詩，唱起來是詞。
　　　　這是詩和詞的轉折點，由此增減一兩個字，就是眞正詞的開始。例
　　　　如：由句句入韻的七言詩變來：張志和的（漁歌子・西塞山前白鷺
　　　　飛）、由普通七絕變來：劉禹錫的（瀟湘神・湘水流）。」參見王力：
　　　　《王力詞律學》（太原：山西古籍出版社，2003年1月初版），頁10。
〔註18〕吳梅：《詞學通論》（台北：台灣商務印書館，民國58年臺二版），
　　　　頁51。
〔註19〕徐釚編著、王百里校箋：《詞苑叢談校箋》（台北：文史哲出版社，
　　　　民國78年6月臺一版），頁155。

《詞徵》也說：

> 《樂府雅詞》謂：是調，至宋時已不能歌，故黃魯直衍之
> 為〈鷓鴣天〉，蘇子瞻、徐師川復衍之為〈浣溪沙〉。五代
> 而後，惟孫荊臺體與張異；若和凝、李珣，歐陽炯、完顏
> 璹均仿張體，蓋由張始也。（仿張體詠漁父者亡慮十數家，此其
> 最著耳。）〔註20〕

由上述資料記載可以證明張志和所創製的〈漁歌子〉在唐代應是可以
合樂而唱的，唯其曲調於宋代已失傳，然而其思想內涵的獨特性仍然
深刻地影響後代的創作者，於是尋求句式相近的詞調仿擬填作之。以
下再將〈漁歌子〉之句式與〈浣溪沙〉、〈鷓鴣天〉表列比較：

詞調名稱	句　　式	主要的句式組構方式
漁歌子	7／7／3／3／7	單調，純單式句
浣溪沙	（上片）7／7／7	雙調，純單式句
	（下片）7／7／7	
鷓鴣天	（上片）7／7／7／7	雙調，單式句
	（下片）3／3／7／7／7	

從上表可以窺見在句式的組構方面，〈浣溪沙〉與〈鷓鴣天〉雖
並為雙調形態，但是其句式的基本構成方式與〈漁歌子〉一樣，同以
七字句為主幹，而且三者間的基本形態均與七言絕句的形式極為接
近。故而可知〈漁歌子〉最初之合樂模式至少在節拍的配合上與〈浣
溪沙〉、〈鷓鴣天〉應該是相似的，無怪宋人亦喜以此兩個相近的詞調
來與張志和之作加以唱和。

〈漁歌〉一調，據《詞律拾遺》記載，為宋人戴復古首創，〔註21〕
但是蘇軾已有三首與此句式相符的漁父詞出現，因此仍有待其它資料的

〔註20〕唐圭璋：《詞話叢編》（台北：新文豐出版社，民國77年2月臺一版），
第五冊，頁4147。

〔註21〕徐本立：《詞律拾遺》，見萬樹：《詞律》（台北：廣文書局，民國60
年9月初版）。

輔證以考此一詞調之起源。若將〈漁父〉與〈漁歌子〉兩個詞調句式相
比較，可以發現〈漁父〉詞調大致是截取〈漁歌子〉後半部的句式加以
變化而成，其句式不但較〈漁歌子〉爲短小，句法夾雜了三字句、五字
句、七字句，其錯落變化較〈漁歌子〉更爲活潑，吟詠起來也饒有民歌
風味。

　　總結以上兩個以「單調」形態填製漁父詞作的詞調，可以顯現「漁
父詞」在創作的初始已有合其本義的詞牌──〈漁歌子〉，且比一詞
牌在歷代填作以「漁父」爲主題的詞作時，毫無例外的均符合詞調創
製之本事，也是眾多作家在填作漁父詞時的首選詞調。至於宋代文
人，雖有心創製與漁唱民歌形式近似的新詞調，但無論在創作的接受
度或是民間傳唱的普遍性上，均遠遠落後於〈漁歌子〉此一詞調。

2.「雙調」形態的詞調句式

　　在宋代漁父詞的創作作品中，除了以上兩種「單調」的詞調形式
外，更多的是以「雙調」形態加以填作。雙調形態的詞調，一方面因
其字數增加，可以容納的情感能量獲得增加；一方面因爲句數間的變
化具有攤破的伸縮空間，進而使得情感的開展起伏得到更爲自由的空
間。以下仍然先羅列出各詞調的句式，再進一步加以比較探究。

詞調名稱	句　　　式	主要的句式組構方式
水調歌頭	（上片）5／5／6（4）／5（7）／6／6／5／5／6 （下片）3／3／3／6（4）／5（7）／6／6／5／5／5	單式句爲主
念奴嬌	（上片）4／5／4／7／6／4／4／5／4／6 （下片）6／4／5／7／6／4／4／5／4／6	雙式句爲主
賀新郎	（上片）5／4／4／7／6／3／4／7／8／3／3 （下片）7／4／4／7／6／3／4／7／8／3／3	單／雙式句比例相近
滿江紅	（上片）4／3／4／3／4／4／7／7／3／5／3 （下片）3／3／3／3／5／4／6／7／3／5／3	單式句爲主

浣溪沙	（上片）7／7／7	純為單式句
	（下片）7／7／7	
朝中措	（上片）7／5／7／6	雙式句為主
	（下片）4／4／4／6／6	
漁家傲	（上片）7／7／7／3／7	純為單式句
	（下片）7／7／7／3／7	
好事近	（上片）5／7／7／5	單式句為主
	（下片）7／6／6／5	
滿庭芳	（上片）4／4／6／4／5／6／3／4／3／4／5	雙式句為主
	（下片）2／3／4／4／5／4／6／3／4／3／4／5	
沁園春	（上片）4／4／4／5（1,4）／4／4／4／4／7／3／5／4	雙式句為主
	（下片）6／8／5（1,4）／4／4／4／4／7／3／5／4	
西江月	（上片）6／6／7／6	雙式句為主「重頭」形式
	（下片）6／6／7／6	
鷓鴣天	（上片）7／7／7／7	純單式句
	（下片）3／3／7／7／7	
摸魚兒	（上片）3／4／6／7／7／3／3／7／4／5／4／5	單式句為主
	（下片）3／6／7／6／3／3／7／4／5／4／5	

　　綜合整體宋代漁父詞所選用的詞調句式，可以概分為三大類：一類是純粹單式句所構成的詞調，如〈浣溪沙〉、〈漁家傲〉；或是以單式句為主所構成的詞調，如〈水調歌頭〉、〈滿江紅〉、〈好事近〉、〈漁歌〉。再一類是以雙式句為主要句式的詞調，例如〈念奴嬌〉、〈滿庭芳〉、〈沁園春〉、〈西江月〉，另外一類則是單、雙式句相雜的詞調，如：〈賀新郎〉。以上三種句式分類，無論單調或雙調形式，都是以「單式句」組態多於「雙式句」組態，因此從句式的角度配合漁父詞創作主題或嚮往隱逸、或感懷身世等看來，所表現出來趨近豪放爽朗的風格是一致的。

（二）用　韻

詞是音樂文學之代表文體，因此遠比傳統的韻文更加重視合樂後的協調性。雖然詞是源於民間吟哦唱誦，但即便是到了文人手中，為使詞易於配樂而唱，仍然講究用韻的技巧。吳梅便曾說過：

> 詞之有韻，所以諧節奏、調起畢也。是以多取同音，弗畔宮律，吐字開閉，吟域蒙嚴。古昔作者，嚴於律度，尋聲按譜，不逾分寸。其時詞韻，初無專書，而操觚者出入陰陽，動中竅奧，蓋深知韻理，方詣此境，非可望諸後人也。
>
> 〔註22〕

此段話正言明詞之用韻，初期泰半以隨口押韻的方式，來達到與音樂相協的效果；愈到詞體發展的後期，隨著詞的音樂性日趨亡佚，文人在創作詞時便採用他們所習以為常的「詩韻」來達到音韻頓挫，節奏變化的效果。北宋之前並沒有專門的詞韻書籍，詞人們在填作詞時，多半以其鄉音方言，參酌詩韻而成。而欲察填詞用韻與聲情之間的關係，主要可從兩個角度探察：一是自其使用的韻部，藉茲探其聲情美；二是其韻腳的寬嚴，藉以觀其聲律美。

1. 韻部之選擇

韻有其聲，故在填詞之時若能選擇與欲發抒情感相配之韻，則更能適切表現出情感的強度，此適為「聲情」表現的方式之一。況周頤於《蕙風詞話》已言：

> 作詠事詠物詞，必先選韻。選韻未審，雖有絕佳之意，恰合之典，欲用而不能。用其不必用，不甚合者以就韻，乃至涉尖新，近牽強，損風格，其弊與強和人韻者同。〔註23〕

況周頤所言雖僅及「詠事詠物」，然無論詞作著重於感時、抒情或詠事詠物，只要是與作者心志情懷有所相關，大抵仍須在選韻上下功

〔註22〕吳梅：《詞學通論》（台北：台灣商務印書館，民國58年12月臺二版），頁15。

〔註23〕唐圭璋編：《詞話叢編》（台北：新文豐出版公司，1988年2月臺一版），第五冊，頁4417。

夫。如上所述，宋人填詞並無專門詞韻韻書可查，而是以文人所習用之詩韻爲本，雜用方音語調而成，因此填詞之用韻方法主要仍沿用詩韻之同韻相押的方式。唯其初期，用韻不甚嚴格，隨口協韻的狀況多有所見；北宋以前「上去通押」乃一般填詞之常態，即便到了文人手中，還是多半採用「平、入獨押，上去通押，細分平仄」的押韻方法。以下仍先就前述所及之十四種常用詞調，以清代戈載所著之《詞林正韻》一書之韻部編目爲序，依「平韻格」、「仄韻格」及「平仄通押格」〔註24〕將其使用韻部列出如下：

韻部格式	詞調	一	二	三	四	五	六	七	八	九	十	十一	十二	十三	十四	十五	十六	十七	十八	十九	合計	備註
平韻格	漁歌子	8	3	8	7	3	8	18	0	5	3	9	5	0	3	0	0	0	0	0	80	
	水調歌頭	3	7	3	2	0	3	7	1	2	1	2	14	1	0	0	0	0	0	0	46	越部一闋
	朝中措	1	0	2	1	0	0	2	0	2	2	1	3	0	0	0	0	0	0	0	16	缺字兩闋
平韻格	浣溪沙	0	1	4	0	1	0	3	0	1	0	1	3	0	0	0	0	0	0	0	14	缺字兩闋
	滿庭芳	1	0	0	0	0	0	3	0	0	2	0	2	2	1	0	0	0	0	0	12	
	沁園春	1	0	0	0	3	0	3	1	0	0	1	2	0	0	0	0	0	0	0	11	
	鷓鴣天	1	0	4	0	0	0	1	0	1	1	2	1	0	0	0	0	0	0	0	11	
仄韻格〔註25〕	念奴嬌	0	1	4	3	1	0	1	1	0	0	0	0	0	0	2	2	3	1	0	20	缺字一闋
	賀新郎	0	0	4	9	0	0	0	1	0	1	0	3	0	0	1	0	0	0	0	19	
	滿江紅	0	0	3	2	0	0	0	0	0	0	0	0	1	0	3	1	8	0	0	18	
	漁家傲	0	1	3	0	0	0	3	6	1	0	0	0	0	0	1	0	1	0	0	16	
	好事近	0	0	0	1	0	0	0	0	1	3	0	0	0	0	0	0	7	1	0	14	缺字一闋
	摸魚兒	0	0	2	6	0	0	0	0	0	0	0	2	0	0	0	0	0	0	0	10	
	漁歌	0	0	0	0	0	0	0	4	2	4	0	0	0	0	0	0	0	0	0	10	
平仄通押	西江月	2	0	0	1	0	0	0	0	0	2	2	0	1	0	0	0	0	0	0	10	跨部一闋

〔註24〕宋代漁父詞所常用的十五種詞調中，「平韻格」凡十四調；「仄韻格」亦十四調；「平仄通押」形式則僅〈西江月〉一調，詳參附表。

〔註25〕此處之仄韻格，乃上去通押，不再細分上聲韻及去聲韻部。

　　依戈載之《詞林正韻》所分之韻部，凡歸入十五部（屋、沃、燭）、六部（覺、藥、鐸），十七部（質、術、櫛、陌、麥、昔、職、德、緝），十八部（勿、迄、月、沒、曷、末、黠、牽、屑、薛、葉、帖），十九部（合、盍、業、洽、狎、乏）五部之韻字，均爲純入聲韻，自然爲仄韻格之詞調所獨用；其餘一至十四部，均分平、上、去三聲。爲使探討分析更趨於精密詳盡，再將上表所列之韻部，依其用韻方式，細分如下：

押韻方式＼韻部	一	二	三	四	五	六	七	八	九	十	十一	十二	十三	十四	十五	十六	十七	十八	合計	備註
平韻	15	11	21	10	7	14	30	1	13	7	16	30	1	4						越部一闋缺字四闋
仄韻		2	16	21	1		9	12	4	8	2	6			7	3	19	3		缺字兩闋
平仄通押	2			1				2	2			1								跨部一闋
合計	17	13	37	32	8	14	39	13	17	17	20	36	2	4	7	3	19	3	301	301

　　由此細部表可知，以「平韻格」爲押韻形式的七種詞調中，以平聲第七部（元、寒、桓、刪、山、先、仙）及第十二部（尤、侯、幽）之韻腳使用最爲頻繁；採「仄韻格」爲押韻形式的詞調則以第四部（語、噳、姥、御、遇、暮、屋）及第三部（紙、旨、止、尾、薺、賄、貫、至、志、未、霽、祭、太（之半）、隊、廢）之韻字爲多；而平仄通押形式之詞調，在用韻上較爲平均。整體而論，則以第七部、第三部以及第十二部所使用的頻率最高。

　　周濟曾言：

　　　　東眞韻寬平，支先韻細膩，魚歌韻纏綿，蕭尤韻感慨，各
　　　　具聲響，莫草草亂用。〔註26〕

〔註26〕周濟：〈宋四家詞選目錄序論〉，收於唐圭璋編：《詞話叢編》（台北：新文豐出版公司，民國77年2月臺一版），第二冊，頁1645。

王易在《詞曲史》中對於各韻部之聲情更加以細分如下：

> 韻與文情關係至切：平韻和暢，上去韻纏綿，入韻迫切，
> 此四聲之別也；東董寬宏，江講爽朗，支紙縝密，魚語幽
> 咽，佳蟹開展，眞軫凝重，元阮清新，蕭篠飄灑，歌哿端
> 莊，馮馬放縱，庚梗振屬，尤有盤旋，侵寢沈靜，覃感蕭
> 瑟，屋沃突兀，覺藥活潑，盾術急驟，勿月跳脫，合盍頓
> 落，此韻部之別也。此雖未必切定，然韻近者情亦相近，
> 其大較可審辨得之。〔註27〕

上述兩者對於韻部聲情之看法，並不完全一致，雖然均認同東鍾韻聲
情表現爲寬厚宏亮、支微韻之聲情表現乃細膩細密，但對魚語韻的看
法便有所差異（周濟以爲是「纏綿」；王易則認爲是「幽咽」），以此
標準與宋代漁父詞常用之韻部相比對，所表現出來聲情與其主題表現
大致上是相符。宋代漁父詞作最大宗主要表現出對漁家生涯逍遙的慕
求與渴望，故以「退隱閒適」一類爲最大宗，〔註28〕理應以第七部之
「元阮」韻爲主要韻部之選擇，就總體使用韻部的分佈比例上來說是
相互吻合的；此外對於現實無奈因而衍生出特有的失落感，則交付由
第十二部（尤有）以呈現出「盤旋」感慨之情。而第三部（支紙）乃
與漁父詞之祖——張志和所作之用韻相同，除了創作上的和韻、次韻
作用外，更容易表現出鎔鑄萬景，編派一象的效果。再從現代語音學
對於韻腳的分析來看，總體使用韻部較多的第三部（支紙——收 i
尾）、第四部（魚語——收 u 尾）、第六部（眞軫——收 n 尾）、第十
二部（尤有——收 ou 尾）、第十七部（質——收短 i 音），多半屬於
撮口呼與齊齒呼，在吟唱誦唸時，表現出來的風格比較偏向委婉含蓄。

　　值得注意的是，無論是以押平聲韻格的第十二部、仄聲韻時的第
四部、第十七部，乃至於不論平仄韻格時的第三部、第六部、第十二
部，其聲情表現都偏向幽微情感的抒發，而不以開闊縱逸的聲情（如

〔註27〕王易：《詞曲史》（台北：廣文書局，民國 77 年 8 月五版），頁 283。
〔註28〕參見第三章之「宋代漁父詞創作主題比例圖」圖示說明。

第一部之「東鍾」韻、第五部之「佳蟹」韻、第十部之「馮馬」韻）或清曠灑脫的聲情（如：第八部之「蕭篠」韻）表現，在這一點或許恰巧與詞體特殊幽微的審美情調相互映照。

2. 押韻位置的疏密

　　近體詩歌之押韻位置通常是固定不變的，一般來說是採用隔句相押的方式。但是詞則不同，各個詞調的押韻位置多數是奇偶相間、疏密不定的。隨著押韻位置的變化，使得詞比詩更有利於製造音節靈活、節奏錯落，藉以達到音韻流轉的聲律效果。張夢機在討論辨識詞調聲情的蹊徑時曾言：

> 據詞中宮調之性質、句度之參差，與夫語調之疾徐輕重、協韻之疏密清濁，比類而推求之，則曲中所表之聲情，必猶可睹。〔註29〕

楊海明亦認為：

> 句句押韻的詞篇，因其韻位密集，故能引起一種緊促的聽覺享受，收到特別美聽的效果。而另外一種韻位比較稀疏的作品，則又能引起另一種風格搖曳，悠遠不迫的聲律感受。〔註30〕

這說明了押韻位置的疏密有利於辨清該詞調在音律風格上的表現，韻腳越趨於密集，音響節奏就自然趨向於急迫高昂；韻腳間隔越疏密，音響節奏便往清朗悠揚的一方傾斜。假使以「隔句用韻」為押韻疏密的標準值，配合韻位疏密的程度與押韻的平仄相互參照，則宋代漁父詞經常選用的詞調例如：〈水調歌頭〉、〈念奴嬌〉、〈賀新郎〉、〈滿江紅〉、〈朝中措〉、〈滿庭芳〉、〈沁園春〉、〈西江月〉之類均屬韻位疏緩之屬，必須句句用韻者僅有〈漁家傲〉一調。此種「疏韻」聲律安排的方式，即使該詞調之聲情屬於激越高昂之屬，重以使用短促深沈的

〔註29〕張夢機：《詞律探原》（台北：文史哲出版社，民國70年11月初版），頁183。

〔註30〕楊海明：《唐宋詞美學》（南京：江蘇教育出版社，1998年6月初版），頁190。

仄韻部，也能濟其憚緩沈重之情，進而表現出的昂揚悠遠的風格。

第二節　「漁父」詞的語言修辭

　　陳廷焯在《白雨齋詞話》云：「詩中不可作詞語，詞中不妨有詩語，而斷不可作一曲語，溫、韋、姜、史復起，不能易吾言也。」〔註31〕這說明了詩詞曲雖同屬韻文範疇，然因其所追求的「美」的風格各異其趣，在鍛字練句上所使用的修辭技巧及偏側性便大相逕庭。詞因發展於倚紅偎翠的歌舞宴樂場合，自然偏向於香婉軟媚之途，鄭騫便曾對照詞曲之間風格殊異之處，認爲詞是「翩翩佳公子」；〔註32〕葉嘉瑩對此有進一步的剖析，而將詞的「特美」，歸諸於「深遠曲折耐人尋繹之意蘊爲美」，並且以爲此詞之特美實質上一則歸於形式之錯綜，再則導於內容選擇傾向，三則起於「託喻」特質之作用，四則孕育於文士性情學養之涵詠。〔註33〕無論是就詞體起源的環境說、詞作主題的選擇，詞的這種「特美」，理應與其修辭用字的技巧脫離不了關係。本節將從「修辭學」的角度出發，探討宋代漁父詞之「特美」。

　　凡文學作品，必有其不同於日常語言表達的敘述方式。而「修辭學」正是「研究如何調整語文表意的方式，設計語文優美的形式，使精確而生動地表現出說者和作者的意象，期能引起讀者共鳴的一種藝術。」〔註34〕然而隨著語言表述方式的增衍刪修、文體既有形式的規範或限制，文學作品在「表意」及「達情」的方式上不但有所差異、甚且有其特別「偏好」的修辭形式，廣爲所用。在中國傳統詩歌型態

〔註31〕陳廷焯：《白雨齋詞話》，收於唐圭璋《詞話叢編》（台北：新文豐出版社，民國77年2月臺一版），第四冊，頁3904。

〔註32〕鄭騫：〈詞曲的特質〉，收於鄭騫：《景午叢編·上集》（台北：台灣中華書局，民國61年1月初版），頁54。

〔註33〕葉嘉瑩：《中國詞學現代觀》（台北：大安出版社，民國88年二版），頁7～12。

〔註34〕黃慶萱：《修辭學》（台北：三民書局，民國75年12月增訂初版），頁9。

中，基於「言志」、「抒情」兩大目的觀的制約作用，往往以同義語詞之代換、引伸、聯想、轉化等方式來表達作者欲發之情志；又爲求體勢所形成之奇特性、新奇感，而採用一些特殊的形式設計，這兩者都關涉到「調整語意」及「設計形式」的需求。詞，作爲音樂及文學相生的代表，除了照應了文學作品自身的內蘊外，對形式美的追求自是遠超出一般詩歌的講究。宋代漁父詞作在主題的選擇上有其一致性，但創作漁父詞的眾多作者在其表現方式，以及形式設計上是否有其特殊的偏好，從而造成漁父詞的風格樣貌，是本節所要探討的重心。

　　修辭學的本質是「客觀的存在」，〔註35〕也就是對既存的現象作客觀的觀察及陳述，因此本節將採「形式美的造就」以及「意義的表述」雙軌並重方式，以歸納法舉其犖犖大者加以陳述。〔註36〕而無論是形式美或是意義的表述，基本上都離不開「語文表達效果」的提升，而有關於這一範疇的論述，就歸因於修辭學探討的基礎模式——修辭格。因此，本節亦以修辭格作爲基本分類的框架，再斟酌輔以修辭心理、語言美學等觀念作爲參照系，以求印證之全備。

　　前述兩章，分別在探討「漁父」主題形成脈絡及分析宋代漁父詞作內容時，已特別將「用典」一類單獨提出，考索「漁父」一詞在中國傳統詩歌型態的文化內蘊；因此，本節於「意義之表述」對此不再贅述。以下先以「形式」爲切入點作初步的探討。

一、形式美的造就——對偶修辭的運用

　　中國文字由於單音單義及字型孤立特徵，在書寫安排上，較容易

〔註35〕王希杰：《修辭學通論》（南京：南京大學出版社，1996 年 6 月第一版），頁 35。

〔註36〕修辭技巧的分類，或自詞格、或從表現風格，林林總總，不一而足。本論文對於修辭技法的探討，因篇幅之限制，無法全面概括。因此乃據葉嘉瑩對詞的流別，分爲蘇辛一派之「詩化之詞」與周邦彥一派之「賦化之詞」一說，從而將中國古典詩歌中常見的「託物象徵」、與「鋪敘言志」兩個方面作爲探討的主軸，希冀能將漁父詞涵容於「詞」的「特美」部分，加以顯露出來。

就形式上作整齊段落式的裁切與設計。復重以中國文化對於「美」的要求首重於對襯所產生的和諧感，因此，「對偶」就成爲傳統韻文設計中，形式美的典範。

　　對偶，關涉到詩詞形式美的創造。修辭學者對於對偶的定義在眾多辭格定義中的差異性是最小的。例如，譚永詳於《漢語修辭學》中論及對偶，說：

> 上下字數相等，結構相同或相似，富於整齊、對稱的均衡
> 美。〔註37〕

黃慶萱在《修辭學》中也說：

> 語文中上下兩句，字數相等，句法相似，平仄相對的，就
> 叫「對偶」。〔註38〕

此外，在《文心雕龍・麗辭》提到：「造化賦形，支體必雙；神理爲用，事不孤立。夫心生文辭，運裁百慮，高下相須，自然成對。」〔註39〕劉知幾於《史通・敘事》也說：「其我文也，大抵編字不只，錘句皆上，修短取均，奇偶相配。故應以一言蔽之者輒足爲二言，應以三言成文者必分爲四句。」這些都說明了「偶句」爲人類閱讀心理帶來相對穩定的效果。這種結論不唯今人以心理美學角度分析所致，古人亦已明此理。將語文作奇偶對襯排列的方式，在修辭心理上或源出於接近聯想、或來自對比聯想；而中國文學經過長時間的時代積累，在「對偶」一項早已從單純的詞性、平仄相對，逐漸發展成龐大的對偶體系。〔註40〕一般的詩句因其字數整齊，平仄固定，對偶處多有限制規定，而詞雖然在句型上長短參差，但其平仄、音律仍然受到嚴格的限制，因此還是不離「奇偶相成」的基本對偶

〔註37〕譚永祥：《漢語修辭學》。

〔註38〕黃慶萱：《修辭學》（台北：三民書局，民國75年12月增訂一版），頁447。

〔註39〕劉勰：《文心雕龍》（台北：開明書店，民國82年5月臺17版）。

〔註40〕「對偶」在《文心雕龍》提出言對、事對、正對、反對四種；然日僧遍照金剛於《文鏡秘府論》有專卷「論對」，羅列29種對：今人黃慶萱則從句型分類別爲句中對、單句對、複句對、長對四種。

規律，不過在「鼎足對」之比例，較詩爲多罷了。因此，本段僅就「鼎足對」的句法規律性在漁父詞中的對偶現象作概述，探討重點則從「接近聯想」、「對比聯想」的修辭心理及效果作歸納分析。

（一）源於「接近聯想」的對偶現象

接近聯想所造成的對偶句，雖然在對象的指稱上有所不同，但是藉由經驗法則，連綿成章。在文學中能造成接近聯想的經驗法則，或純出於眞實時空景物安排的相近，如：

◎漁唱歌，醉眠斜／深浪裡，亂雲邊（徐積〈漁父樂〉，第一冊，頁 276）

◎西塞山前白鷺飛，散花洲外片帆微（蘇軾〈浣溪沙〉，第一冊，頁 405）

◎雙雙新燕飛春岸，片片輕鷗落晚沙（陸游〈鷓鴣天〉，第三冊，頁 2049）

這些都是以工筆對仗齊整的方式，交織出和諧掩映的景色之美。此外，也有出於虛實景物交錯的接近聯想，例如：

◎冉冉中秋過，蕭蕭兩鬢華。……方士三山路，漁人一葉家（蘇軾〈南歌子〉，第一冊，頁 378）

◎凌雲不隔三山路，破浪聊憑萬里舟（葉夢得〈鷓鴣天〉第二冊，頁 1008）

◎結社竹林詩老，卜鄰江上漁家（陳三聘〈浣溪沙〉，第三冊，頁 2607）

◎盤谷居成，輞川圖就，便從鷗鷺尋盟（盧祖臯〈滿庭芳〉，第四冊，頁 3099）

◎誰不羨，商山橘樂，湄水漁竿（丁無悔〈滿庭芳〉，第五冊，頁 5077）

由方士求道之隱聯想到漁人得樂之隱，由凌雲入山聯想到逐浪扁舟，由盤谷居對輞川圖的山林之樂，這些都透過對偶方式，對作者心生嚮往的生活境界產生強化作用；此外以「結社竹林」之文士風雅對上「卜鄰江上」的漁家風情、從商山四皓的高隱之情對上湄水漁竿的閒適之

態，這些性質上的接近聯想，產生突顯詞旨的效果，除了形式工整的美之外，還在語境上造成增強的效果。

另外，還有一類對偶句，出自於思想情感的文化經驗，為對偶句平添幾分欣賞的縱深：

◎蠅頭利祿，蝸角功名，畢竟成何事。……拋擲雲泉，狎玩塵土，壯節等閒消。（柳永〈鳳歸雲〉，第一冊，頁 57）

◎文章何在，功名漫與，空嘆流年。（李之儀〈朝中措〉，第一冊，頁 447）

◎種竹梅松為老伴，養龜猿鶴助清娛（吳潛〈望江南〉，第四冊，頁 3487）

用蠅頭對蝸角以寓其「小」，復重以拋擲、狎玩來加重其輕忽的神情，將敘述主角沈鬱神情以淡筆稍解；以文章對功名，則表達作者兩者俱不可得的失望；以長青長壽的生物相對，延伸出歸隱保生的修養觀，這些是透過文化經驗的相近所形成的對偶。

在這一類以接近聯想為出發點而作出對偶句式的漁父詞中，大半是以「景物」的描寫為主，透過對偶的描寫，景物顯得更為鮮明細緻，容易具體呈現「如畫」的欣賞作用；餘下少部分以文化經驗所形成的對偶，因其今昔交錯、古今相攝，所以容易造成突顯情境的作用。

（二）源於「對比聯想」的對偶現象

漁父詞中的對比聯想，大致可以分為單純對比的對偶及故作反語的對偶；前者是經過作者無意的對舉而成，後者是透過作者有意的比較而生。先看第一種單純對比的對偶之例：

◎漁人西塞曲，商女後庭花（晁端禮〈臨江仙〉，第一冊，頁 555）

◎死諡醉伯，生封詩侯（劉克莊〈轉調二郎神〉，第四冊，頁 3330）

◎波渺渺，興悠悠，意休休。（張掄〈訴衷情〉，第三冊，頁 1841）

◎扁舟又向瀟灘去，危檣卻繫江頭樹（趙師俠〈菩薩蠻〉，第三冊，頁 2685）

晁作直接用詞樂的〈西塞曲〉對〈後庭花〉，這兩者俱有不問人間世

的借代特徵，但前者為有意為之的「放」、後者卻是無心知之的「忘」，產生了突兀的對比效果。劉作先將生死相對，但無論生命狀態為何，都以精神逍遙一以貫之，在詞義上是和諧相應的；張作則以虛實之感作鼎足對，「波渺渺」與「興悠悠」在性態上相近、「興悠悠」又與「意休休」相違，透過「興」的催化作用，把「心高意遠」之意產生回環反覆的立體感。

其次，來看幾首有作者巧心安排的對偶句：

◎黃帽豈如青蒻笠，羊裘何似綠蓑衣 （徐俯〈浣溪沙〉，第一冊，頁 963）

◎髮白猶敧旅枕，溪深未掛煙莎 （周紫芝〈西江月〉，第二冊，頁 1136）

◎不羨腰間金印，卻愛吾廬高枕，無事閉柴門 （張元幹〈水調歌頭〉，第二冊，頁 1398）

◎漁樵不小，公侯不大 （李流謙〈殢人嬌〉，第三冊，頁 1926）

◎鐘鼎無心時節異，山林有味單瓢足 （李洪〈滿江紅〉，第三冊，頁 2156）

◎短棹擬攜西子，長吟時吊湘靈 （黃機〈西江月〉，第四冊，頁 3243）

在這些例子中可以明顯的看出，作者刻意地以對偶方式來處理情感上的落差，造成句型齊整、句義錯落的反差。黃帽對羊裘、腰間金印對吾廬高枕、鐘鼎對山林、漁樵對公侯、西子對湘靈，這些都將「無慾」與「名利」放在句義表述的兩極，而作者志趣的追求則透過句中使用動詞或形容對象的褒揚或貶抑來暗示。

以對比聯想為修辭基礎的對偶句，幾乎都觸及「情」的表現，並經常以反語相對、意有所指的方式，使文意趨於定向所指的穩定表述。由上述例證得知，詞在形式表現雖是長短錯落，漁父詞雖以書寫清遠曠放的內涵為主，但在合於格律的前提下，對偶仍為詞人慣用的表現手法。唯其值得注意的是，在使用對偶來創作漁父詞的詞家，不以鍊字的工對為主，反而在鍊意的表現較為突出，這似乎可以作為對

漁父詞偏向詩化言志的傾向作註腳。

二、意義的表述——借代、象徵的運用

　　從題材選用的觀點來看，漁父詞基本上應該屬於「同義」的概念範疇，也就是說，與「漁父」概念相關的語詞進入詞作內涵時，產生了藉由文化意蘊積累的相近聯想。無論站在作家創作、或是讀者解碼的角度，「漁父」這一概念意義所傳遞的語義訊息應當有其一致性。但是即使所傳達的概念意義相同近似，在使用的介質——「語言」上，卻不可避免地有所差異。王希杰先生在《修辭學通論》中將同義手段區分為四個界域：語言世界、物理世界、文化世界、心理世界，透過這四個四域，構成語言在文字意義及語法意義變化上的豐富性。〔註41〕這四種同義，正關係著語言文義的聯想，歸之於修辭格，可以「借代」及「象徵」概括之。以下便分從借代修辭及象徵修辭對漁父詞作歸納。

（一）「借代」修辭在漁父詞中的運用及效果

　　所謂借代，是指「在談話或行文中，放棄通常使用的本名或語句不用，而另找其他的名稱或語句來代替」。〔註 42〕從語言的達意功能來看，借代可以概分為「以事物特質的部分代替全體」以及「以具體代替抽象」兩大類；前者造成語文詮釋效果的異質化，使解釋語碼的過程產生新奇感；後者有助於概念思想的具象化，從而加深解碼過程的可理解性。恰當地使用借代，往往使文學重獲新意，但若字字句句均從借代，便容易形成隱晦不明，乃至於陳腔濫調的反效果了。因此，

〔註41〕王希杰：《修辭學通論》（南京：南京大學出版社，1996 年 6 月第一版），頁 257～307。其所謂語言世界的同義指固定的詞組、成語，物理世界的同義則意味著以不同的語言符號指稱相同的物理現象（如：以珍珠指雨點、以烏雲指黑髮），文化世界的同義則牽涉到語境的適應問題，（如：以鴛鴦、連理枝、比翼鳥同為愛情的表徵，但卻需配合文意語境作適當選擇），至於心理同義則專指在心理上引起相同的聯想。

〔註42〕黃慶萱：《修辭學》（台北：三民書局，民國 75 年 12 月增訂一版），頁 251。

王國維先生在《人間詞話》中反對詞用借代，有云：

> 詞忌用代字，美成〈解語花〉之桂華流瓦，境界極妙，惜
> 以桂華兩字代月耳。夢窗以下，則用代字更多，其所以然
> 者，非意不足，則語不妙也。蓋意足則不暇代，語妙則不
> 必代，此少游之「小樓連苑，繡轂雕鞍」所以爲東坡所譏
> 也。〔註43〕

沈義父指作詞時一味追求字面的委婉、精巧、含蓄，而將心力專用於
此，以致造成有麗辭而無深（新）意的反效果。詞，之所以有其幽婉
的語言美感特色，詞家於字面的追求所下的功夫，仍是不能輕忽。因
此沈義父在論及詞作鍊字的功夫上說：

> 要求字面，當看溫飛卿、李長吉、李商隱及唐人諸家詩句
> 中字面，好而不俗者採摘用之。〔註44〕

此話不但說明，從優秀詞家作品中尋求新創字義的可能，還將字詞典
範的追求，向前追溯至借鑑唐人高處。若從沈氏「好而不俗」的觀點，
落實到對漁父詞的借代用字情形，在有助於塑造「漁人」形象爲前提
下，可以歸納出以下幾個較突出的現象：

1.源出於「人」的借代

這裡「源出於人」的借代方式，通常是帶有該借代人物的特殊性
格情趣於其中。除開前章已論及追隨「漁隱典範」的幾種人物類型外，
還有幾首詞作以「清雅疏淡」的名士風度作爲詞義內蘊的發顯，從而
表現出一種雍容大度的氣象；並且更因爲漁父生活場域的條件限制，
這些人物借代亦脫離不了「水」的基本意象。例如：

> ◎好是漁人，披得一蓑歸去，江上晚來堪畫。……幽雅，
> 乘興最宜訪戴，泛小棹、越溪瀟灑。（柳永〈望遠行〉，第一
> 冊，頁54）

〔註43〕王國維：《人間詞話》，收於唐圭璋編：《詞話叢編》（台北：新文豐
　　　　出版社，民國77年2月臺一版），第五冊。

〔註44〕沈義父：《樂府指述》收於唐珪璋編：《詞話叢編》（台北：新文豐出
　　　　版社，民國77年2月臺一版），第一冊，頁3279。

◎卻笑<u>東山太傅</u>，幾曾夢見蓑衣。（張掄〈朝中措・漁父十首〉，
第三冊，頁 1837）

◎清夜月明人訪<u>戴</u>，玉山頂上玉舟移。一蓑漁畫更能奇。（程
大昌〈浣溪沙〉，第三冊，頁 1973）

◎夜來采石渡頭眠。月下相逢<u>李謫仙</u>。（薛師石〈漁父詞〉，第
四冊，頁 2991）

◎為狂吟醉舞，無失<u>晉人風雅</u>。（史達祖〈賀新郎〉，第四冊，
頁 3003）

◎夜雪何時訪<u>戴</u>，梅花下、同款柴扃。（盧祖皋〈滿庭芳〉，第
四冊，頁 3099）

這詞中，或以王子猷訪戴、盡興而歸的事件，鋪陳出漁人不與世俗的
風雅側面；或意欲與李白對吟、傳達出逍遙出塵的想望；亦或是以追
魏晉、嘲謝安等指代方式，企圖提升詞作裡對漁父形象描述的理想化。
從這些例證裡不難發現，在宋代詞人的眼中，漁父不單純是逃避現實
的避風港，更甚而成為高隱唱和的好對象。這些對話者所借代的人物
形象所從事的活動雖多為披蓑泛舟，但呈現出之共同特徵，是非「靜」
即「醉」：正因為「靜」，足以使漁父之「默語」傳達出無限的想像空
間，而這一類虛室留白的潛性語意，也正巧與漁父詞經常傳遞的無爭、
不求、自得等概念相符應；而「醉」所印刻在中國文學印象中的語義
特徵，也傳達出掙脫既有成規束縛、與天地自然同化的聯想。中國文
人在日常言行的既有形象多半是拘謹的，但只要生而為人，必定不可
免俗地遭受生命的挑戰。而當這些文人志士遭受到生命不可解的挫敗
時，便從其最熟悉的領域取材。於為，漁父詞的創作，在與詞作中人
物對話者的選擇，往往有意突顯出疏與放的人格特質。從中這些作者
不但獲得心靈上的認同與慰藉，同時增加自我生命的韌性與強度。

2. 源出於「物色」的借代

漁父詞中最常見的「物」，無非是以「箬笠、蓑衣」來指稱漁父。
而這一類以「物具」借代指稱的方式又可細分為三種。一類是單純物

類的借代，例如：

◎無限滄浪好景，蓑笠下、且寄餘生。（晁端禮〈滿庭芳〉，第
　一冊，頁 543）

◎披蓑乘遠興，頂笠過溪沙。（李彭〈臨江仙〉，第二冊，頁 846）

◎以分江湖寄此生，長蓑短笠任陰晴。（朱熹〈鷓鴣天〉，第三
　冊，頁 2164）

◎到底軒裳，不如蓑笠，久矣心相與。（王自中〈念奴嬌〉，第
　三冊，頁 2235）

◎一蓑一笠，得意何必美封留。（趙善括〈水調歌頭〉，第三冊，
　頁 2564）

◎海濱蓑笠叟，駝背曲，鶴形臞。（劉克莊〈木蘭花慢〉，第四
　冊，頁 3327）

◎蓑笠具，畫圖同。鐵笛聲長曲未終。（王諶〈漁父詞〉，第四
　冊，頁 3743）

◎拼醉飲。盡頻酡。不負平生笠與蓑。（李彌遜〈魚歌子〉，第
　五冊，頁 5003）

這一類的詞作裡，「蓑笠」就是漁父的化身，或以單純的戴笠披蓑表
現厭倦紅塵世情，或以服色的對比映襯希求自在之情，更有將「蓑笠」
作為縱身圖畫一景的美好想像，蓑笠成為宣稱自我反璞歸真的最佳道
具，也是宣告脫離世俗的不二聯想。除了單純的蓑笠外，還有加上形
容色彩情境的借代指稱方式，例如：

◎水上微風細雨，青蓑黃篛裳衣。（蘇轍〈調嘯詞〉，第一冊，
　頁 459）

◎青篛笠前無限事，綠蓑衣底一時休。（黃庭堅〈浣溪沙〉，第
　一冊，頁 514）

◎黃帽豈如青篛笠，羊裘何似綠蓑衣。（徐俯〈浣溪沙〉，第二
　冊，頁 963）

◎綠蓑清弱，吾生自斷，終老汀洲。（張掄〈朝中措〉，第三冊，
　頁 1837）

◎紫綬金章朝路險，青蓑箬笠溟滄浩。（夏元鼎〈滿江紅〉，第

四冊，頁 3454）

◎一杯渺渺懷今古。萬事悠悠付寒暑。<u>青箬綠蓑</u>便野處。（吳
潛〈青玉案〉，第四冊，頁 3479）

這些詞語中的蓑衣蒻笠無一例外的染上青綠的色彩，這一方面承襲了
張志和〈漁歌子〉的傳統創作痕跡，再方面給予讀者文字轉化的聯想。
透過這一層色彩的渲染，「人」的色彩特徵在詞作中萎縮，代之而起
的是萬物和合的意義與和諧美。以夏元鼎將「紫綬金章」與「青蓑蒻
笠」對舉，更能顯見這層潛意義的特色。又除了爲蒻笠蓑衣著上山水
色彩之外，詞作中也經常以煙雨作爲陪襯的角色。例如：

◎且喜歸來無恙。一壺春釀。<u>雨蓑煙笠</u>傍漁磯，應不是，
封侯相？（陸游〈一落索〉，第三冊，頁 2067）

◎浮生似寄。爭似得江湖，<u>煙蓑雨笠</u>，不被蝸繩繫。（吳潛
〈摸魚兒〉，第四冊，頁 3477）

這裡的煙雨則產生兩種效果：一是將漁父生活環境予以特徵化，另一
是對漁父生活的煙波縹渺賦予流動漂泊的感受。唯以煙雨在漁父詞中
的借代指稱作用，並不如吾人聯想的風雨飄搖之景，反倒經常呈現出
甘受風雨的自得之情。除了蓑笠之外，單一裝扮的借代也在漁父詞中
產生塑造漁父的個性清、瀟的作用，例如：

◎<u>包巾隻襖</u>，單瓢隻笠自逍遙。（葛長庚〈水調歌頭〉，第四冊，
頁 3282）

◎菱葉飯，<u>蘆花衣</u>。酒酣載月忙呼歸。（孫銳〈漁父詞〉，第五
冊，頁 4325）

◎<u>幅巾短褐</u>，有些野逸，有些村拗。……苔磯上，堪垂釣。
（劉克莊〈水龍吟〉，第四冊，頁 3342）

這裡無論是頭上的巾帽、身上的短衣，汲水的湯瓢，都以「單」的形
容出現，這也意謂著漁父詞中的人物，在性格樣貌的塑造上絕大多數
是歸於離群索居一類，他們是徹底地拋擲了世俗的約束，追求自我的
歸復，並且是自得其樂，頗爲享受這類孤獨的況味。

透過上述兩種借代方式的具體陳述，吾人可以知道在宋代漁父詞

中的漁父形象之所以呈現出放曠的特質，與其借代對象所選擇的具體特質，有相當密切的關聯。雖僅從人物的部分特徵來指代全體，但是就因作者在有意無意間，選擇了事物形象的「服色」特徵、重塑文學人物的神色，使漁父的形象透過這一層積累產生固著化的效果，但又爲了配合詞作意蘊的差異，從既有借代物象加上特定形容語彙，再配合上下文的理解，小幅度地增加了人物形象的變化性。唯其萬變不離其宗，漁父詞中的漁父難以擺脫蓑笠的既定裝束，是使漁父形象失去生命力的可惜之處。再者，從「環境景色」來借代漁父生活的詞作內涵來歸納，又有具象及抽象兩種借代方式。所謂具象的環境描寫，或以帶有歷史遺跡特徵的地名來概括，例如：

◎青箬笠，<u>西塞山前</u>，自翻新曲。（葉夢得〈應天長〉，第二冊，頁996）

◎歸去來兮，苕溪深處，上有蒼翠峰。月橋煙墅，<u>家在五湖東</u>。（葛長庚〈滿庭霜〉，第三冊，頁1999）

◎重過<u>釣臺</u>路，風物故依然。……少擬期年政，行泛<u>五湖船</u>。（陳居正〈水調歌頭〉，第三冊，頁2155）

這一類借代，通常帶有特定歷史積累或文化聯想在內，所指稱的場景在詞作意涵中經常產生呼應的作用或者是映襯的效果。如葉夢德的〈應天長〉所述及的是中年歸隱、不受拘束之樂；葛長庚的〈滿庭霜〉則述其遠離官事，盡享清夢的歸隱之懷，並將自我與泛舟五湖之陶朱公相比；陳居正的〈水調歌頭〉則是追懷嚴光風範，藉以自期之作。在使用這一類環境地名指稱借代的詞作中，可以明顯看到作者濡慕典範的積極面與企圖心。

此外，還有以泛常所見的環境景色入詞，藉以鋪排漁人的生活場景，例如：

◎本是<u>白蘋洲</u>畔客，虎符臥鎮江城。（蘇庠〈臨江仙〉，第二冊，頁848）

◎休問六朝興廢事，<u>白蘋紅蓼</u>正凝愁。（李綱〈望江南〉，第二冊，頁1176）

◎紅蓼岸，白蘋洲。夜來秋。（陳亮〈訴衷情〉，第三冊，頁 2713）

◎蘆花輕泛微瀾。蓬窗獨自清閒。一覺遊仙好夢，任他竹
冷松寒。（連久道〈清平樂〉，第三冊，頁 2730）

◎孤篷歸路，吹得蘋花暮。（張輯〈難浦月‧瀟湘漁父〉，第四冊，
頁 3262）

◎百來洲，雲渺渺，水悠悠。水流雲散，於今幾度蓼花秋。
（葛長庚〈水調歌頭〉，第四冊，頁 3282）

這一類詞作如同青、綠的色彩意象，為詞作帶來圖像化的聯想。無論
水畔是蓊蓊鬱鬱的蘆荻，還是稀稀疏疏的蘋蓼，都為漁父詞作增添幾
分柔性美。再者，或以其居處停泊的歸宿廓清漁父生活場域，例如：

◎萬里浮雲煙波客，惟有滄浪孺子知（徐俯〈浣溪沙〉，第二
冊，頁 964）

◎水晶宮裡。有客閒遊戲。溪漾綠，山橫翠。柳紓陰不斷，
荷遞香能細。（吳潛〈千秋歲〉，第四冊，頁 3478）

◎歸去。歸去，家在煙波深處。（無名氏〈宴桃源〉，第五冊，
頁 4628）

這一類場景物色的借代沒有特定的指稱對象，採用「泛稱」的借代方
式。雖然無法給讀者帶來文化語義上的聯想作用，但卻在心理世界形
成「空」的境界感受。煙波不定的「動」的特質，將讀者的心理場域
的認識，賦予無限大的延伸效果。

　　總結上述借代修辭的運用，可以歸結出兩大重點：其一是借代修
辭對於漁父詞裡的漁父形象產生「特定指稱」的語義固著現象，使得
蓑笠成為了漁父詞中人物形象的不二聯想、其二是環境的指稱借代提
供了作者揮灑筆力的自由，並且讓讀者在詮解文義時，獲得不受現實
時空約束的想像空間，此兩者相互配合下，完成了漁父詞的在漁父形
象塑造上的主體自由精神，以及漁父活動場域的清曠特質。

（二）「象徵」修辭在漁父詞中的運用及效果

　　黃慶萱在《修辭學》一書中對「象徵」作了如下的定義：

　　任何一種抽象的觀念、情感、與看不見的事物，不直接予

以指明，而由於理性的關連、社會的約定，從而透過某種
意象的媒介，間接加以陳述的表達方式，我們名之為「象
徵」。〔註45〕

又以常敬武對「象徵詞語」探討所做出的結論認為：

象徵詞語是通過客觀事物的特點來象徵主觀心理。……主
要通過借物喻義或借聲取義來表達象徵意義。……漢語象
徵詞語的象徵意義往往透過客觀事物自身所具有的習性特
徵，而後根據事物間的相互聯繫而構成聯想意義，……因
此，漢語的象徵詞語的象徵意義就被賦予深厚的文化含
意。〔註46〕

準此上述兩種對象徵的定義，詩文中的象徵與作者選用的意象產生了
緊密的關係。作家正是以意象符號在社會聯想與文化心理的雙重制約
作用下，使得讀者在閱讀的當下對文句的結構及意涵產生突破其字面
解釋的會意。這使得文學意義擺脫了世俗物質文化與社會制度的限
制。以作家個別作品來分析，可以根據其好用的象徵物推知該作家創
作時習用的思維模式或心理特徵，以整體時代之主題性作品觀之，象
徵物的選擇反應了同時代人相近的心理需求、價值觀乃至於審美趣
味。本論文以相同主題性質之文學作品為探討對象，便可從象徵物的
選擇之趨同或趨異，對該主題作品群所表現的時代精神，作出較為客
觀的理解。

　　在宋代漁父詞中，欲以個別作家好用的象徵作全面性的分析，茲
事體大，恐非本節所能負荷，因此將舉其中較有代表性的共同象徵物
之代表──「鷗鷺」與「煙波」，從其運用之舉證及效果，加以探討。

　　根據黃慶萱的分類，象徵分為結構象徵、人物象徵及事物象徵三
種。〔註47〕此三種象徵內涵裡，除了「結構象徵」較適於分析小說戲

〔註45〕黃慶萱：《修辭學》（台北：三民書局，民國75年12月增訂一版），
　　　　頁337。
〔註46〕常敬武：《漢語詞彙與文化》（北京：北京大學出版社，1995年8月
　　　　第一版），頁123。
〔註47〕黃慶萱：《修辭學》（台北：三民書局，民國75年12月增訂一版），

曲外，人物象徵及事物象徵在詩詞中都是廣爲應用的方法。而人物象徵在第三章第二節中，將茲視爲「典範的追隨」，已作詳細的說明，〔註48〕不擬再作贅述。因此，本段將專從「事物象徵」的立場對漁父詞作中常出現的事物象徵義作探討。

漁父詞中事物象徵，與「意象語」的作用有一致性。它可能是透過單一意象表達作家賦予作品的精神生命，也可能是透過幾個意象詞語所構成的意象群來完成景色環境的描摹。茲舉例如下：

1. 單一意象的事物象徵

漁父詞裡最常出現的單一象徵事物是「鷗鷺」。沙鷗白鷺之所以廣爲漁父詞的創作者所喜用，除了生物活動環境與描寫對象相合之外，其文化意義也佔有重要的取決地位。《列子》中所記載的鷗鳥，以其慧黠的靈性洞徹人心的眞僞，無疑地向自以爲聰明的人類做出反擊，從此，鷗鳥成爲文人在厭棄世俗爾虞我詐之際尋求友伴的不二人想。漁父詞中把鷗鷺視同爲「人」，而且具有單純、天眞、無憂的性格特徵。例如：

◎鷗鷺侶，猿鶴伴，爲吾謀。（吳潛〈水調歌頭〉，第四冊，頁3521）

◎一葉扁舟漾廣津，無心鷗鳥遠來人。（李彌遜〈魚歌子〉，第五冊，頁5002）

而且，只要「鷗鷺」出現，以其活動的姿態點綴靜水湖光，在劃破景物鋪排的規律感之後，隨之而來的是又驚又喜的情緒。因此，鷗鷺往往象徵豁達正向的生命態度。例如：

◎短髮瀟瀟，笑與沙鷗語。（張輯〈南浦月〉，第四冊，頁3262）

◎把方略評梅，工夫課柳，精神伴鶴，談笑盟鷗。（李曾伯〈沁園春〉，第四冊，頁3548）

◎應笑煞，舊鷗鷺。（史達祖〈賀新郎〉，第四冊，頁3002）

頁351～357。

〔註48〕詳參第三章第二節之申述。

這些詞作中都將鷗鳥視爲可同親同笑的友伴，鷗鷺在此以其遨翔天際之姿成爲「逍遙不爭」的象徵物，自能不與世俗之牽，笑看人間世。此外，鷗鷺以其步履姿態的閒適從容，以及點足煙波的悠遊輕盈，成爲閒散隱居步調的代言者，例如：

　　◎白鷗容我作同盟，占取兩湖清影。（黃機〈西江月〉，第四冊，
　　　頁 3243）

　　◎與沙鷗、共結新盟，伴我醉眠醒酌。（陳允平〈瑞鶴仙〉，第
　　　五冊，頁 3961）

　　◎休唱採蓮雙槳曲，老卻鷗朋鷺侶。（仇遠〈金縷曲〉，第五冊，
　　　頁 4298）

　　◎銀甖春回，金山曉鐘，夢聞鷗鷺。（陳德武〈水龍吟〉，第五
　　　冊，頁 4379）

　　◎看野水涵波，隔柳橫孤艇。眠鷗未醒。（張炎〈摸魚子〉，第
　　　五冊，頁 4389）

　　◎斜照散，遠雲昏。白鷺飛來老樹根。（張炎〈漁歌子〉，第五
　　　冊，頁 4452）

　　◎青嶂更無榮辱到，白頭終沒利名牽。蘆花深處伴鷗眠。（無
　　　名氏〈浣溪沙〉，第五冊，頁 4632）

這些詞作中的鷗鷺雖然經常呈現出「老」態，但終究祇是形態上的輕緩，作者所擷取的重點，往往是以「眠」、「夢」、「閒」的具象敘述補足其「老」的精神，從而呼喚出其「清高性格」的形象象徵。

　　另外，還有一類呈現出傳呼鷗鷺的放達精神，例如：

　　◎猛拍欄杆呼鷗鷺，道他年，我亦垂綸手。（盧祖皋〈賀新郎〉，
　　　第四冊，頁 3103）

　　◎便一葦漁航，撐煙載雨，歸去伴寒鷺。（蔣捷〈摸魚子〉，第
　　　五冊，頁 4361）

這一類詞作中的鷗鷺，比較具有提振的效用，也呈現作者同天地、齊萬物的心靈側面。

　　鷗鷺，雖是水濱常見的生物，但與漁人實際生活，未必如詩詞中

所呈現的密切。溪河中的漁蝦、秋蟹、水湄的蓴菜水草，對詩人來說是偏於生活的實用面，對於表達內心情志起不了助力；而鷗鷺，以其親於人又離於人的能動性，為詞人創作帶來距離的美感，再加上其羽毛的素樸、身姿的清癯，自在遨遊的本性，在在與清雅空靈的意境神態與淡靜無爭的觀念情趣指向相符，自然成為漁父詞作象徵物的首選。

2. 「意象群」的象徵事物

這裡所指的「意象群」，是以不同的意象語經過作者有機的結合，在作品中產生統一象徵義的「詞組」。在中國詩歌中，經常出現以堆疊數個景致或物色來營造特殊象徵意涵的情況，例如：「細草微風岸，危檣獨葉舟」、「一川煙草、滿城風絮、梅子黃時雨」、「枯藤老樹昏鴉、小橋流水人家、古道西風瘦馬」。在這些意象群的詞組中，彼此之間缺乏緊密的關連性，但是透過作者有意的安排，便營造出或喜或悲、或驚或愁，種種帶有情感意味的場景。這一類意象群的象徵，無法透過白俗的語言翻譯，指出情緒的傾向，但卻透過一種類似電影蒙太奇的手法，利用既隱晦又帶有暗示意義的數組詞組，營造出「意境」。漁父，以其職業生活場域，基本上不離於「水」，又因水的「無定相」特性，一方面象徵「能容」、「無拘」，再加上風的吹送、煙雨之助，往往就容易產生飄然遠去的聯想，例如：

◎幸有五湖煙浪，一船風月，會須歸去老漁樵。（柳永〈鳳歸雲〉，第一冊，頁 57）

◎七里溪邊，鷗鷺源畔，一蓑煙雨。（葛立方〈水龍吟〉，第二冊，頁 1938）

◎辦雙槳孤帆，雲月和煙雨。（林正大〈括摸魚兒〉，第三冊，頁 3146）

◎最相宜，嵐煙水月，霧雲菲雨。（吳潛〈賀新郎〉，第四冊，頁 3495）

◎天上月，水中天，夜夜煙波得意眠。（王誾〈漁父詞〉，第四冊，頁 3743）

◎一船<u>明月</u>，一棹<u>清風</u>，換了封侯。（張掄〈朝中措・漁父〉，
第三冊，頁 1841）

◎輕舟八尺，低蓬三扇，占斷<u>蘋洲煙雨</u>。（陸游〈鵲鶴仙〉，第
三冊，頁 2064）

◎一竿<u>風月</u>，一蓑<u>煙雨</u>，家在釣臺西住。（陸游〈鵲鶴仙〉，第
三冊，頁 2065）

在這些詞句中，瀰漫著一片煙雨濛濛的氛圍，把人的歸隱透過景物的
伴襯，在虛幻中而帶有一絲惆悵的美感，這可說是詞家對於在不離人
事環境下對「離塵」的造境，透過了水、煙、雨、霧，世間一切都顯
得不那麼清晰，也就無須費心計較如許。

其次，水與風的「不定」特質對照於現實生命的起伏不定，經常
寓有「人事變遷」的象徵意義，在漁父詞中可能以「風」、「風波」、「風
雨」、「煙雨」或「煙波」來表義。例如：

◎明日下扁舟，<u>滄波莫浪游</u>。（葉夢得〈菩薩蠻〉，第二冊，頁
1013）

◎<u>雨斷翻新浪</u>，<u>山暝擁雲歸</u>。……搔首<u>煙波</u>上，老去任乾
坤。（張元幹〈水調歌頭〉，第二冊，頁 1398）

◎人在<u>空江煙浪</u>裡，葉舟輕似浮甌。此心無怨也無憂。（劉
學箕〈臨江仙〉，第三冊，頁 3129）

◎念耕煙釣雪，已成活計，一任<u>風波</u>自惡。（陳允平〈瑞鶴仙〉，
第五冊，頁 3961）

◎欲趁桃花流水去，又卻怕、<u>風波</u>惡（張炎〈南樓令〉，第五
冊，頁 4436）

這些詞句中的煙波、風波，除了配合上下文所能解讀到物理世界的字
面意之外，其實是對人際間多所暗示，人生恰似浮舟於水，際遇的變
化與命運的安排，往往是超常的，置身於這樣的景況，有的詞家要人
做好準備（滄波莫浪游），但更多的是隨順（搔首煙波、一任風波），
這不能說是宿命觀的影響，其中蘊含的是如水柔軟，形塑自在的智慧。

在這些漁父詞作中，無論是以單一物象、或是以意象群的鋪陳來

照射出詞家心靈，基本上都不悖離漁父詞作的典型基調——隱。並且，在這些詞作的思想基調中賦予濃淡不一的智慧形象及自在象徵。如果沒有這些象徵的存在，漁父詞作很難脫離粗獷雄豪的漁家本色，而晉升至文人寫意的意境營造；漁父詞的思想情境恐怕也僅落於「遷客騷人思」，無法營造出壯闊縹緲的氣象，乃至於抒發蒼茫一粟的感嘆。由是，象徵法對漁父詞的創作效果，正在於文人境界提升以及美感的塑造。

第三節　「漁父詞」的美感特徵

　　文學脫離不了眞、善與美。文學的眞，在反應特定時代環境或特殊個人經驗；文學的善牽涉到文學作品的風格，其實正關乎題材的選擇與文化積累的映照；文學的美，在追求文學創作過程的內（神）外（形）之間，適當的配合，使言不僅達意，更能產生意在言外的特殊韻味。此三者相互和合，以成「風格」。中國文學在此三者的追求上雖容有偏側，但極少獨取其一的現象。西方文藝學家亞伯拉姆斯也曾試圖從全知的角度，架構文學批評〔註49〕的四大面向：世界、作品、作者、讀者，這四者的中心均指向人類的文化及歷史，通過彼此關係的互涉，才能完足文學作品的眞善美。這些觀點，證明了文學不可能停留在純粹美的藝術距離，也絕無直露地書寫現實的可能。而中國文學創作者的文士身份，使得文學思想，向來習於承載著文人生命、社會價值、生命態度等於其中，〔註50〕往往使文化意識及時代精神烙印的痕跡特別地深刻，總此以覽，便不難歸結出某一特定時空下，文學創作的審美傾向。

　　此外，在承認「一代有一代之文學」的前提下，某幾類特定的文

〔註49〕此處之「批評」，實乃爲文學理解之「方法論」。

〔註50〕正所謂「文以載道」、「文以明道」。吾人雖力圖在傳統詩文中尋找備受文學批評者所肯定的純文學，是難上加難。雖晚明偶有「發抒性靈」的文學理論提出，但這裡所謂的性靈，仍不離作者置身生命的反思。因此，文學作品離不開作者的生命歷程、也離不開世局價值觀的影響。

體不單指出該時代的文體發展潮流，還因其創作數量之「大」，提供了該時代對於「文體美」的時尚追求。這種「代表性」其實也反映了文人創作及讀者接受，雙方面地認同。其次，再於單一文體的範疇中，選擇相近的素材，重加個人特殊的社會經驗及文化美感，形成特殊題旨的文學主題創作，也由於創作量的累積，提供探討「趨同」（認同）之創作心理的途徑，亦即近來流行稱呼之「文人心曲」。

是故，文學的真善美，乃凌駕於文學之形式、內容分析之上，以相對較高而宏觀的方式來俯瞰文學。它與形式內容等具體的部分相輔相成，得以較完足地架構起文學的全貌。本節同樣以宋代漁父詞為探討範本，就其文體特徵與主體配合的審美追求先作探討，再綜合上述兩節之形式，對宋代漁父詞的風格作總結性的論述。

審美情態，一般取決於兩方面：首要是創作者的審美自覺、其次則是欣賞者的審美共鳴。漁父，本是職業稱謂，經過時代積累，在文學主題中昇華為特定人格的象徵，本節首要探討的並非重述前面章節所謂致是之由，而從反向方式操作，究論某幾項關鍵字詞與上下文句配襯所達到的美感效果，以及與時代、文體審美精神相契的程度。

一、追求主體精神自由的人格美

漁父詞在人格精神的取向上偏於「智」的展現與「自由」的追求。從漁父詞作者創作的時間斷代，配合詞史的發展過程，並考慮宋代社會政治發展的整體走向，幾乎可以斷定漁父詞的創作絕非以空泛的囈語，於形式內容上作無意的模仿。先從詞史發展過程與漁父詞創作者創作時期來探討。

根據楊海明先生於《唐宋詞史》一書之劃分，刪除其所言之「青黃不接時期」，〔註51〕悉分為北宋前期、北宋後期、南宋前期、宋末時

〔註51〕《唐宋詞史》一書以宋初至真宗前期為詞作發展之「青黃不接」期，此階段之詞雖有佳作，然仍承襲花間，少有開創，未有特定之風格，對後世詞作於內容、表現手法上亦無甚太大之影響。本文承此觀點，重以漁父詞於此期並無太多代表性作品，約略有晏殊等人之創作數

期四個階段。以漁父詞的創作人次及作品量相對照，得出以下對照表：

政治分期 \ 詞史分期 / 創作數量分析		創作人次	代表作家	作品數量
青黃不接時期	北宋前期（開國～仁宗康定年間）政爭：無		晏殊	
北宋前期		蘇軾等13人	蘇軾、黃庭堅、晁補之、徐積、謝逸、賀鑄	43
北宋後期	北宋後期（仁宗慶曆年間～北宋滅亡）政爭：新舊黨爭	謝逸等28人	朱敦儒、葉夢得、向子諲、張元幹、李綱、李彌遜、蘇庠、徐俯、周紫芝	88
南宋前期	南宋前期（高宗南渡～孝宗隆興年間）政爭：和戰之爭	趙構等42人	汪莘、韓淲、薛師石、嚴仁、張輯、葛長庚、辛棄疾、陸游	134
	南宋中期（孝宗乾道～理宗紹定）政爭：和戰之爭			
南宋後期	南宋後期（理宗端平～南宋滅亡，遺民詞）危機：外患交逼	張鎡等82人〔註52〕	劉克莊、吳潛、李曾伯、方岳、陳允平、周密、張炎、仇遠	249

從上表可以得知，漁父詞的創作數量，隨著詞體的發展，與日遽增，幾乎每一時期的創作量都比前一期呈現倍數成長，而在創作者的身份別方面，除了皇帝、佛僧、道士之外，塡作者幾乎都是身處官場的文士，絕無白丁。但這些文士創作漁父詞究竟與自身遭遇所引發的感嘆較多，抑或與家國之思的悲憤之鳴相關？上表從宋代政治環境的變動，對照漁父詞創作的作者群及數量，試圖分析之。

在此一部份的分析過程，先設定影響文士創作心態的變因爲

首，故存而不論。

〔註52〕這一時期有作者不詳者創作漁父詞16首，在作者部分以「無名氏」計爲一人次。

經：在北宋主要導因於內政理念的相左，在南宋則肇源於邊政防禦觀念的相異；再以各分期創作漁父詞之名家為緯，以交叉比對環境對漁父詞創作的質量是否有密切的關連？顯而易見的是，文士創作漁父詞，隨著社會政局變遷的白熱化，在創作的「量」方面呈現正增加，然則這或許與詞作創製的文體繁興現象有關。因此，再從主要創作漁父詞的名家，就其經歷之仕宦運途、身世遭遇來考察。兩變項交叉比對之下，產生一個值得注意的現象：這些擅寫漁父詞的詞家，幾乎在各時期的都隸屬於政爭下弱勢的一方。〔註53〕這意味著漁父詞的創作，就作者的心理背景來看，不但與時代環境密切相關，更重要的是與個人生命遭遇頓挫的反擊與提振有緊密的關係。這一現象加強吾人對漁父詞作的創作效果，實以「主體價值」之療癒與「自由人格」的追求為主，外在環境的影響基本上不過加強創作的「觸發」作用。換言之，在詩人的主觀情志上早已隱含進退有據的藍圖，當客觀環境無法提供主觀情志適當的回饋時，向內在自我隱遁的模式就會在字句間不自覺地流露，而當此創作主體對客觀環境的負面刺激超越主觀情志能忍受的負荷量時，連篇累牘的漁父詞便容易源源而生。然而這並無關於作者平素的修為，反而與其潛意識中受文化積澱影響、業已定型的反應模式有關；這也就是為創作漁父詞的「文士」身份提供合理之解釋。

　　當這些文士對於現實生命頓挫的反擊力遠不及客觀環境的阻力之當下，為求心靈的寧適與形貌的安頓，免不了投入對個人生命無所傷害的自然懷抱之中。在宋代大量的漁父詞作中，以謳歌漁隱佔最大宗，同時、在謳歌漁隱一類的典範人物又以煙波釣徒——張志和與嚴光共佔二分之一強的比例。〔註54〕這些說明了文士創作心態無論是有意為之或無意捻引，的的確確是朝向主體精神的自由方向靠攏。這裡

〔註53〕例如：蘇、黃二人同為舊黨勢力，連年遭貶；李綱主戰犯上、稼軒主戰而落職，幾乎喜吟漁父詞作者，大有發抒內心志向抑鬱不得志的傾向。
〔註54〕參看本文第三章所做之分析，茲不贅。

的人格美不是豪放狂誕，而是有節度精神提振。詞作中試圖從心理向度的嚮往之情，爲自我情緒做出合理化的詮釋。例如：「漁翁欸乃，卻驚鷗鷺，飛起澄波面。　　班荆對飲垂楊岸，枝上鶯歌如解勸。山映斜陽霞綺散。醉吟乘興；愛月歸來晚」（葛郯〈青玉案〉，第三冊，頁 1997）、「蓑笠漁船；琴書作客；清夜尊罍倒，未須歸去，片蟾初上林表」（陳三聘〈念奴嬌〉，第三冊，頁 2613），亦或是「欸乃一聲歸去；對床拿茶竈；寄傲幽情。雨笠風蓑，古意漫說玄眞。」（張炎〈聲聲慢・賦漁隱〉，第五冊，頁 4397）在這些詞作中所看到的，文人從事的活動，仍是他們所熟習的吟詩、醉酒、琴書、對床，對於漁家撒網、補網、垂釣、乘舟則極少關注。顯見漁父詞作中多半擷取自由精神的「神貌」，少著墨於自由精神的活動；所述之事多爲文人風雅，少觸及現實人生。除了文學與現實原本的差距外，更多的生命經驗在心靈活動的層面上本有相異，致使漁父詞呈現追求自由的人格美傾向。這可說是漁父詞的遺珠之憾，但更可以創作心理追求的層面不同，所造成的自然差異，更貼近實際。

二、「清」、「逸」的審美傾向

　　審美精神的創造，有賴作者的美感創造及讀者的心神領會。過度偏向於其中一方，作品的美感都無法具足完滿地呈現。詞作的美感特質，在歷來文評家的眼光中，無論從用字的選擇、整體風格的評價，始終是趨向含蓄溫婉、內縮蘊藉的審美需求。陳廷焯在《白雨齋詞話》中就曾說：

　　　詩中不可作詞語，詞中不妨有詩語，而斷不可作一曲語。
　　　溫、韋、姜、史復起，不能易吾言也。〔註55〕

此外，近人夏紹堯也說：

　　　詞中字面要高雅而不可鄙俗，要自然而不可生硬。若只顧

―――――――――――――――

〔註55〕陳廷焯：《白雨齋詞話》唐珪璋編：《詞話叢編》（台北：新文豐出版社，民國 77 年 2 月臺一版），第四冊，頁 3904。

到高雅而失之自然，終是索然寡味，此詞之所以難於運筆
也。〔註56〕

這些都是從語言文字的選用來談詞的趨「雅」傾向。正由於詞體的表，
是建立在其特殊的「雅」的品味上。那麼，除了字詞的選用，在結構
佈局上是否也有其特殊的審美意蘊？葉嘉瑩以此來述及詞體的美學
特質乃「樹立於花間『富含引人聯想的多層意蘊為美』的一種美學特
質」，〔註57〕概括來說，無論詞體展現出婉約或豪放的特質，在詞作
裡使用的字面中，所透顯出來的象徵意義，提供讀者馳騁無限豐富的
託喻聯想之符號義域，〔註58〕就是詞之所以不同於詩的「特美」，也
就是吾人藉以評價一闋詞之優劣的判斷標準。第二節已提示過「象徵」
修辭在漁父詞中的運用頻率及表現效果，準此，本節將探究，這些主
要以象徵方式傳達作者思想情感的漁父詞，表現出何種審美風向。

　　從藝術的心理結構來分析，可以劃分為三個層次。分別是：感官
運作的「感覺」層次、意識與潛意識運作的「經驗」層次以及綜合感
覺經驗的整體昇華之「審美直覺」層次。〔註59〕這三種層次之間不能
遽分優劣，在常人心理作用應當是並行不悖的。然而，在探究藝術的
美感經驗時，不能只停留在感官的近距離接觸，而必須將感官層次透
過轉化作用提升到美感的階段。這種心理的昇華作用，多半是直覺

〔註56〕夏紹堯：《詞學漫談》（台北：作者自印木，民國70年初版），頁73。

〔註57〕葉嘉瑩：《詞學新詮》（台北：桂冠圖書公司，民國89年初版），頁
148。

〔註58〕葉嘉瑩引用法人 Julia Kristevan 所著《解析符號學及其影響》，提示
出詩歌文本中，符號的符示及象徵關係在讀者心理產生的不同影
響。所謂的「符示關係」，意味符號的能指及所指關係間沒有固定的
限制，兩者之間產生不斷運作的生發（productivity）意義，並形成
作者與作品、讀者互相融變（transformer）的場所；象徵關係則是有
心的託喻，能指與所指之間產生被限定的作用關係。詳參葉著：《詞
學新詮》（台北：桂冠圖書公司，民國89年初版），頁140。套用上
述論述漁父詞中的「漁父」亦同時兼有符示及象徵關係，前者促成
主題思想的變異性，後者則強化漁父性格塑造的典範化。

〔註59〕參考劉再復：《性格組合論・下冊》（台北：新地出版社，民國77年
初版），頁57～58。

的、頓悟的，所造成的審美經驗也是短暫而璀璨的。從詩歌創作的過程來看，直覺感官承受的形象是作品的骨幹，如果缺乏形象的刻畫及塑造，就無法完成作品意境的呈現及追求。但是，假使全副專注於形象的刻畫及環境的描述，那麼又顯得太過於入世而失落回味，咀嚼及想像的空間。於是乎，衡量對創作的對象物描述設色的輕重，實取決於作家創作的審美框架。當作者以連續不斷的物色，以實筆詳加描述，必然呈現濃豔厚重的美感密度；反之，假使作者以虛實交錯的方式作跳躍式的臨摹，自然產生沖淡清曠的美感跨度。以下，從虛實交錯的表現方式及色彩運用的效果，將漁父詞偏於「清」、「逸」的審美追求作總結歸納之論述。

（一）好「清」──審美情志與人格傾向的交揉

審美價值的論述，多半以相對的價值評斷作爲參照標準。相對於凝重的就是清遠，與之相近的人格描述是「清高」。什麼叫做「清」？在「清」的美感範疇中，虛的描述應多於實，落實在作品的語言描述方面，精神的描述要多於形貌的著墨，在音韻及字義的選擇上均偏向高昂之域。除此之外，「清」也經常表現在題材選擇的超越凡俗，進一步突顯超離塵世喧囂之上的特殊感受。宋代漁父詞，多數設定以隱逸爲宗的主題思想，重以描述漁父家風，與現實漁家生活相違，既滿足了「超凡」的市井繁華，也完成了「不拘紅塵」的脫俗取向，就題材的選擇方面，已合於「清」的要求。其次，在語言表現的方式上，無論敘景、抒情，多半以虛筆映照方式來對比出作者的意念指歸。例如寫景方面：

> 水曲山隈四五家，夕陽煙火隔蘆花。（徐積〈漁父樂〉第一冊，頁276）

> 十里橫塘過雨，荷香細、蘋末風清。眞如畫，殘霞淡日，偏向柳稍明。（晁端禮〈滿庭芳〉第一冊，頁543）

> 浪靜西溪澄似練，片帆高掛乘風便。始向波心通一線。（淨端〈漁家傲〉第二冊，頁820）

> 一脈分溪淺綠，樹枝釣岸敧紅。小船橫繫碧蘆叢。似我江
> 湖春夢。(李石〈西江月〉，第二冊，頁 1684)

> 吳淞江影漾清輝，山遠翠光微。楊柳風輕日永，桃花浪暖
> 魚肥。(張掄〈朝中措〉第三冊，頁 1836)

> 解鞍將憩息，細徑疏籬，竹隱兩三家。山肴野蔬，竟素樸、
> 都沒浮華。(楊澤民〈渡江雲〉第四冊，頁 3801)

> 仙骨清無暑。愛蘭橈、撐入鴛波，錦雲深處。(仇連〈金縷曲〉
> 第五冊，頁 4298)

無論是描寫水濱人家的聚落稀疏，還是描寫湖光水色的清細殘淡，甚或描寫季節時間的清輝、殘霞、無暑，這些漁父詞的作者，下筆時多半力求輕盈，以點染方式潑畫出情境場景，自然得其「清」。又如抒情方面：

> 漁父醒，春江舞。夢斷落花飛絮。(蘇軾〈漁父〉第一冊，頁
> 426)

> 吳檣越櫓，都是利名人，空擾擾，知多少，只見朱顏老。(周
> 銖〈驀山溪〉第二冊，頁 1015)

> 風靜雲收天似掃。夢移身在三山島。浮世功名何日了。從
> 醉倒。柁樓紅日千巖小。(周紫芝〈漁家傲〉第二冊，頁 1143)

> 一笑閒身游物外，來訪扁舟消息。天上今宵，人間此地，
> 我是風前客。(范成大〈念奴嬌〉第三冊，頁 2091)

> 蓬瀛。歸計早。下帆坐閱，濤浪堪驚。愛閒身長占，風澹
> 波平。(盧祖皋〈卜算子〉第四冊，頁 3099)

> 誰對紫薇閣下，我對白蘋洲畔，朝市與山林。不用一錢買，
> 風月短長吟。(張炎〈水調歌頭〉第五冊，頁 4438)

詞中人物對於俗世的體悟，非夢即空；面對紅塵的態度，不笑吟即閒遊，他們總是將詞中人的情緒盡量淡化，賦予這些人悠遊仙化的性格

特徵。因此，在漁父詞中以「清」爲主軸的審美情調，實在跟詞中賦詠的隱逸情志習習相關，它呈現出世的襟抱，在取象取境的角度尚無一不向枯淡偏折，也因此特別容易以一幅清靈飄動的畫面，烙印至讀者的腦海裡。再者，審美的感受本是超越現實感官經驗之上的體驗過程，是「對個體生命感性存在的超越，對自我人格體驗的一種高峰體驗」。〔註 60〕因此在美感經驗的體會過程中，超脫現世的藩籬進而追求天人合一的性靈感受恰巧是審美的至樂，於焉，漁父詞以追求物我兩忘、離形合神的思想主體也與之相符應。這種的技與道雙方面的合拍，也同時使得漁父詞作善於揮灑清麗的色調。

（二）尚「逸」──審美精神與時代思想文化的互滲

時代風格其蘊藏的文化意向，往往藉由作品或文體特徵顯現出來。逸，本來是指生活形態與精神境界，代表與現實分割、脫離的生活態度。在中國傳統思想上是歸屬於道家的。〔註 61〕而「逸」一旦進入藝術領域，也就指其「離開現實」的表現。假使把「清」當作是設色的顏料，那麼「逸」就是色彩彰顯的「平淡古遠」的效果。這種效果必須有相當的領悟力來輔助，往往同時包含了對歷史文化的深刻體悟，若非多讀書、多窮理，凡夫俗子恐怕望塵莫及。中國歷來的評論家都爲逸韻古淡給予高度的評價。例如司空圖在《詩品‧絢麗》提到「濃盡必枯，淡者屢深」、清人薛雪於《一瓢詩話》提出「古人詩到平淡處，令人吟噴不盡。是陶熔氣質，消盡渣滓，造峰極頂事也。」宋人范溫於《潛溪詩眼》更直述詩之韻味在於「行於簡淡之中，而有深遠無窮之意。」這些論述，基本上都將審美鑑賞的結論，導向於文化積澱之後的精華──復返天性。

雖然上述論述僅止於對詩歌的欣賞，但套用在善寫文士情志的宋

〔註 60〕楊恩寰：《審美心理學》（台北：五南圖書出版事業公司，民國 82 年初版），頁 130。

〔註 61〕徐復觀先生曾說：莊子的哲學，是逸的哲學。參見徐著：《中國藝術精神》（台北：台灣學生書局，民國 65 年五版），頁 317。

代漁父詞作上，也頗見其精要。在漁父詞中經常使用關鍵性的片言隻語，營造出幽雅的意境及瀟灑的風度。這體現宋代文化中屬於「淡」的美感特徵，也反應宋代文士在思想上雜揉儒釋道的影子。

在此所言的宋型文化，根據現今學界的公論，一致指向內縮的精神省察，含蓄與內斂是主要的時代精神。〔註62〕表現在文體的發展上，詞體的「特美」在其含蓄蘊藉自是無庸贅述的定論，漁父詞隸屬其中，不能自外於斯。值得探論的是儒釋道三教的理想人格，在宋代漁父詞裡都能尋覓到蹤跡。這裡不擬以詞中指謂的人格典範者爲區分依據，而以整體詞作中表現的性格舉證說明。儒家思想的人格典範在行爲表象上以「中庸沖和」爲尚，追求的是身、心、神、意的氣定神閒。儒家的聖人面貌展現的雍容氣度正是沖和氣象的具體表現，在漁父詞中有陸游〈洞庭春色〉：「且釣竿漁艇，筆床茶灶，閒聽荷雨，一洗衣塵。」（第三冊，頁2060）、葛郯〈青玉案〉：「漁翁欸乃，卻驚鷗鷺，飛起澄波面。……枝上鶯歌如解勸。山映斜陽霞綺散。醉吟乘興，錦囊詩滿，愛月歸來晚。」（第三冊，頁1997）均表現出儒生幽居尚雅的風範。道家則以體無來表現至樂。〔註63〕道教全眞派在宋代也以內丹清修盛極一時，兩者相和，產生適性而爲的仙化理想人格，在漁父詞中也有表現，諸如：張炎的〈瑤臺聚八仙〉：「浮宅泛家更好，度孤蒲影裡，濯足吹簫。坐閱千帆，空竟萬里波濤。」（第五冊，頁4395）、吳潛的〈摸魚兒〉：「人間事。休說賤貧富貴。天公長把人戲。……數青史榮名，到底三無二。浮生似寄。」（第四冊，頁3477）均把適

〔註62〕劉尊明先生在其《唐五代詞的文化觀照》一書便提出：「所謂宋型文化，則是一種相對封閉，相對內傾，色調淡雅的文化類型。」參看劉著：《唐五代詞的文化觀照》（台北：文津出版社，民國83年初版），頁19～22。除了文學外（宋詩似茶的平淡特徵、宋詞含蓄的美感形象），在宋代工藝品也起淡雅設色爲時尚，如宋代官窯的釉色（雨過天青色），形式等俱是如此。

〔註63〕老子以無、妙來詮釋「大美」，莊子以心齋、坐忘的解雕形象來描繪「逍遙」，都是站在實存的對立面來體會超塵的快感。

性作爲處世的最高準則，忘懷名利窮通，直求精神逍遙。至於佛教追求平實、儉樸的生活方式，以擺脫執著的虛空觀念爲俗世的紛擾提供離遁的途徑，在漁父詞裡的表現除去僧人帶有宣道思想的詞作之外，更多的是習染佛道思想的文士在琢磨佛道兩教虛靜離俗的方式後產生的隱逸曠達詞作，〔註64〕例如：李彭的〈漁歌〉：「寶覺禪河波浩浩。五湖衲子來求寶。忽豎拳頭宜速道。茫然討。難逃背觸君須到。」（第二冊，頁847）、張繼先的〈望江南〉：「風浩浩，錦陰石屏華。濯鼎上方敲翠竹，轆轤西去碎丹砂。休問樂津涯。」（第二冊，頁987）、黃裳〈瑤池月〉：「這些子，名利休問。況是物、都歸幻境。須臾百年夢，去來無定。」（第一冊，頁492）都在詞作中表現出主體意識的遠離塵囂。舉凡上述所引出的這些漁父詞作，除了特殊的思想典型指歸外，更多的是在思想上已呈現三教融合的互滲現象，實在難以區別何者爲儒，何爲佛道，唯其總體呈現出來淡而有味、復返自然的清逸品韻，在對照宋代文化價值時，仍具有參考價值，同時，也爲宋詞的特美，添上深雋的一筆。

第四節　「漁父」詞的總體風格──趨雅避俗的主體自覺映照

「風格」一詞的含義，有三種不同的角度，分別是語文的、美學的以及語言學的。〔註65〕此種劃分乃純就文學創作的「形式」方面來探究；此外，若自文學創作的心理動力來探討，時代背景、地域環境、社會風尚、文化狀況等因素就必須善加斟酌，因而產生時代風格、地域風格等類別。本章前述第一、二節著重在漁父詞的外在形式美（聲

〔註64〕黃文吉於《宋南渡詞人》提到：「宋代的宗教以佛道爲最盛，佛道思想對詞人的影響也最深。……南渡詞人在受到挫折後常常表現曠達的思想，就是佛道的影響。」參見黃著：《宋南渡詞人》（台北：台灣學生書局，民國74年初版），頁25～26。
〔註65〕張德明：《語言風格學》（瀋陽：東北師範大學，1989年第一版），第一章。

律音韻及修辭方式），第三節觸及時代環境及文化趨向的影響，因此本節的重點在於歸納上述所稱，總結宋代漁父詞的風格呈現。

傳統文論所觸及的「風格」就是「品」。「品」的追求，是歷代審美價值的指標。它總結一個時代的人，在行為模式上的傾向，這裡指稱的審美價值，因此帶有強烈的時代色彩。「品」，是社會氣度的總結、是文學活動的指標、更是特定文體代興的根源。職是之故，風格，在題材的選擇上是時代審美精神的倒影，同一主題所顯發的，是相同群類主題義蘊的外顯；另一方面強化文體的特殊性，相同文體的特殊風格滿足了該時代創作者的審美需求。

無論宋代社會或文論所關注的焦點，基本上是集中在「雅」的討論。〔註66〕那麼，怎樣的價值叫做「雅」？什麼風格可稱之為「雅」？同樣的，雅是建立在與俗的對立面來看的。如果說俗是屬於大眾的、具有常民的普遍性，那麼雅就是小眾的、具有特定品味的侷限。詞，起於歌舞之際，長於庶民之手，源出於「俗」，廣受庶民喜愛，然而到了文人之手，經由意象的轉化、語言的改善，新生出另一種「雅詞」的格調。吟詠的內容主題不再限於花間月下，文士所欣賞意會的也跳脫原有的字面意義而提升至其引伸託喻的內涵。漁父詞在這一方面，實在是以世俗的主題延伸至文人心靈故鄉的形貌，獲得韻致之「雅」的第一步。

此外，在使用的語言方面，雅的內涵集中在「樸拙」的特性。〔註67〕漁父詞的語言之所以能展現「樸拙」之美，主要還是在其虛實掩映的用字方式。在場景鋪排上多以原本的姿態呈現，不費力雕琢；在典故的運用上雖不在少數，但絕少連篇累句。敘述技巧上較遠離「情」的直接訴說，也不著重於精心構築物象，反而經常以留

〔註66〕例如江西詩派所提倡的反俗倡雅，黃庭堅於〈書嵇叔夜詩與姪木夏〉
　　　　提到：「士生於世，可以百為，唯不可俗，俗便不可醫。」蘇軾亦曾
　　　　吟道：「士俗不可醫。」這些都俱現宋代文人對於「俗」的排斥，相
　　　　對來說，也就是對雅的歸附。
〔註67〕孫克強：《雅俗之辨》（北京：新華書局，1997 年 2 月第一版），頁
　　　　158。

白的方式，造成情景相會的停頓處，促使漁父詞的整體風格不至於陷入綺麗的紛雜格式中，而經常產生情感翻騰、跌宕多姿的錯落韻味。

再以作者與讀者交會的雙重角度來看，漁父詞的創作大多是主體精神價值的重現。詞中絕少爲他人作嫁的痕跡，也鮮有應對酬酢的作品，經常表現出來的若非對現實情境的反激，即是對主體價值的反思。這些漁父詞的作者在創作態度上多半是嚴正的。在漁父詞中的「笑」，往往意在解除心事、脫去塵累的勸解，絕少調笑戲謔、輕浮以對。﹝註68﹞這使得漁父詞雖在形式上的創新有所不足，但卻眞實地反映出作者內心隸屬於正統的價值觀，這種主體自覺精神的展現，恰巧符合「雅」所要求的規範。另外，從接受者詮釋的角度來看，在傳統文化原型的暗示作用下，「漁父」印入讀者腦海的形象雖也幾近定型，但是在反覆咀嚼諸多作者經營的內容，其實正展現在面對各種人生困境時，以悠遊從容、無懼無憂、安然自適的自處模式。

法國風格學家布封說：「風格就是人。」總結上述漁父詞的風格來看，「風格就是人格。」宋代漁父詞以其先天文化所生，延續「漁父」主題的原型理想性格，加以特定語言的妝點，更加完足其「隱」的生活情境及「雅」的精神訴求。

﹝註68﹞ 孫克強認爲：「俗文藝俗在喪失自我。優秀的俗文藝在俗的形式中透露出雅意在照顧受眾的同時，又有主體精神的表現。」見孫著：《雅俗之辨》（北京：新華書局，1997 年 2 月第一版），頁 60～61。

第五章　元代「漁父」散曲的類型

　　如同第三章所述，元代以「漁父」作爲創作主題的曲作亦不在少數。本章即以隋樹森所編之《全元散曲》爲探討的主要範疇。本章的目的主要有三：首先，對於現存散曲中以「漁父」爲創作主體者作盡可能全面性的蒐羅；其次，依其創作思想的差異加以分類；最後就元代各類漁父散曲中選擇具有代表性的作品加以鑑賞評析。散曲與詞最大的差異，除了形式上的增襯字數之外，還在語言選用上所具備俚俗平淺的特徵。這種直白的語言特徵使筆者在對元代「漁父散曲」下定義時，除了以「漁父」之相關活動作爲創作主體的作品之外，還包括了以「漁父活動」爲喻，衍生出相關意涵的作品；又因爲元代散曲中，「漁樵」並稱同時出現而帶有相當程度哲理意味的作品比例數量亦夥，因此一併將這類作品併入討論範疇。

　　根據以上的定義，筆者以隋樹森所編之《全元散曲》爲本，總計符合上述定義的散曲作品（包含小令及套數）共計 252 首，其中包括小令 221 首、散套 30 首以及殘曲 1 首；在作者部分，曲家姓名可考者計 57 人（另有無名氏創作者 24 人次）；選用的宮調曲牌於「套數」支類下使用了九種宮調、十六種曲牌，於「小令」支類下則涵蓋了九種宮調、二百二十三種曲牌。在曲家的創作量上，依其創作數量超過十首以上作品，依序爲張可久（40 首）、喬吉（26 首）、盧摯（11 首）、

馬致遠（11首）、張養浩（10首）。

在此252首曲作之中，依其創作思想主題大致可以劃分爲四類：

其一、是即景興懷的詠歎：

在這一類作品中，無論是漁父樵叟，多半是曲作中的要角，或化身爲隱士、或自況爲歷史評述者、或引前朝著名之漁父典型加以嘲戲，大多不脫對於現存時空與歷史之慨嘆。因此，這類作品中的漁父在言談之間泰半有「爲他人道」的價值評論意味

其二、是對漁鄉村居的描繪：

此類曲作幾乎清一色在描繪漁村鄉居的「景」多而「人」少，並且在各類寫景之作中亦偏重於清麗水波、朦朧煙霧的伴襯，遂進而衍生出「樂閑」的生命情調。這一類散曲作品中主要發揚了歷代漁父主題創作的「逍遙」面，堪可稱爲漁父創作的傳統典型承繼。

其三、是四時節令的點綴：

元曲的內容包羅萬象，無一不可入曲。〔註1〕其中，時序替換、季節流轉，一方面引領作家對於節序替換產生深刻而獨特的感受，再方面呈現元代曲家出入時空的意會。而「漁父形象」在這類作品中，便經常形成一對照的意象，穿插在四時節序的變化之中，形成一種獨特的人物流動感。

最後，還有部分作品乃或隱括前人詩賦、或藉「垂釣」以喻男女之情，因其所佔比重不高，附入「其它」一類加以探討。

再者，本章的另一個重點是對於元代漁父散曲則其精要，加以評析與鑑賞。在這一部份，筆者仍依第三章所列之選評標準，〔註2〕從質量雙方面下手，先進行作品之選擇。原則上以該類主題創作「五首」

〔註1〕曾永義先生在〈詩詞曲的分野〉一文中曾說：「曲之好處則在寫景之美、狀物之精，描寫人生動態、社會情事，能盡態極妍，形容畢肖。也就是說，曲是唯一能自由自在的表現各色各樣內容的韻文學。」收錄於《詩詞曲的研究》（台北：文化復興委員會，民國80年初版），頁301。

〔註2〕請參酌本論文第三章，頁49之論述說明，茲不贅述。

以上輔以「質」的標準爲優先考量；其次，在以曲史上具有重要關鍵
地位之名家或大家之作品爲先；再者有部分引領後代曲家追隨唱和之
曲作，因其影響深遠，亦列入該類主題之評賞範疇。而對於曲作的評
賞，必須有一標準可循，方足以衡定高下。散曲在其外在形式所呈現
的樣貌上，與詞極其相近，〔註3〕然從題材、語言、襯字、聲韻等諸
方面，仍可再作細究，以辨其特徵。本章所述，主要關涉到其內容的
評析，理應從其題材及語言加以探究，至於散曲的襯字與聲韻，與其
風格形成有較密切的關連，因此筆者將其列入下一章再加以探討。在
前文已述及元曲的題材是包羅萬象，又因爲本章所論及者既屬同一題
材之主題式創作，故不擬將「題材」列入討論範疇。唯其語言及章法，
實爲散曲作品形成之筋骨脈絡，因此以下對各類型的元代漁父散曲的
鑑賞評價，將以語言爲主要的著力點，輔以章法，以作爲對散曲作品
評價論斷的標準。在散曲與詞所使用的語言差異上，前人多已點出，
如明人王驥德在《曲律》卷四中提到：

> 詩與詞，不得以諧語方言入，而曲則爲吾意之欲至，口之
> 欲宣，縱橫出入，無之而無不可也。〔註4〕

清人徐大椿亦云：

> （曲）與詩詞各別，取直而不取曲，取俚而不取文，取顯
> 而不取隱。〔註5〕

任中敏在《散曲概論·作法》中也曾提到：

> 詞與曲之所說者，其途徑與態度各異。曲以說得急切透闢，
> 極情盡致爲尚，不但不寬弛、不含蓄，且多衝口而出。若
> 不能待用者，用意則全然暴露於詞面。用比興者，並所比

〔註3〕詩與詞的分野，除句式的錯落之外，還可從合樂的特徵加以分辨；
　　　 而詞、曲之間既因其句式皆參差不齊，又因其皆可合樂，故在外在
　　　 形式上是相近的。

〔註4〕王驥德：《曲律》卷四收于楊家駱主編：《歷代詩史長編二輯》（台北：
　　　 鼎文書局民國63年2月初版）。

〔註5〕徐大椿：《樂府傳聲》，收於楊家駱主編：《歷代詩史長編二輯》（台
　　　 北：鼎文書局，民國63年2月初版）。

興，亦說明無隱。此其態度爲迫切、爲坦率，可謂恰與詩
餘相反也。〔註6〕

這些都說明曲的語言特徵是自然而不避淺白的。因此王國維先生對元
代戲曲的評價所言：「元曲之佳處何在？一言以蔽之，曰自然而已矣。」
〔註7〕套用在元代散曲中，亦可同類相比。這是因爲一方面它來自民
間，自然呈現通俗的庶民趣味，再者也因其語言的口語化，在中國傳
統韻文中形成「天然少雕飾」的特殊風格。〔註8〕這說明散曲在語言
使用上的彈性，提供了其內容涵蓋面更廣的承受力。因此，在評析散
曲作品的過程中可以確認的是無論豪放或清麗的散曲作品，「自然」
的語言風格必然是主要的鑑賞基準。那麼究竟何種標準足以承擔「自
然」的語言特徵呢？元人周德清在〈作詞十法〉中針對「造語」一項
提出可作「樂府語、經史語、天下通語」，不可作「俗語、蠻語、譃
語、磕語、市語、天下方語、書生語、譏誚語、全句語、拘肆語、雙
聲疊韻語」，〔註9〕但若純以周氏所言來衡量元代散曲，足十之七八大
概都犯其「不可作」之弊。這是因爲周氏所云仍然不脫傳統士人創作
的藩籬，以雅正的文學創作觀點爲曲的創作立標準。筆者認爲，凡是
能適切表達作者眞情性的語言，大可歸入「自然」一格，因此只要不
妨礙作者情志的展露，即便是嘲謔方語、成語俗典，只要其雖俗而不
直露、雖雅而不矯作；都不失爲散曲自然的情味特徵，也足以突顯散

〔註6〕任中敏《散曲概論・卷二・作法》，收於《散曲叢刊》第四冊（台北：
台灣中華書局，民國73年6月臺三版）。
〔註7〕王國維：《宋元戲曲考》（台北：藝文印書館，民國85年初版四刷）。
〔註8〕鄭騫：〈詞曲的特質〉一文中說明「曲」是「加入若干後起的新字及
方言俗語」（見鄭騫：《從詩到曲》，台北：中國文化雜誌社，民國60
年3月再版），頁62。又王安祈也說：「散曲之寫作技巧，是能運用
各方面的語彙，不假雕飾的將情景生動而自然地呈現出來。而散曲
的語言，則是以『明白通俗、機趣橫生』爲特質。」（見王安祈：〈散
曲的語言藝術〉，收錄於《詩詞曲的研究》）（台北：文化復興委員會，
民國80年初版），頁428。
〔註9〕周德清：〈作詞十法〉收於任中敏：《散曲叢刊》（台北：台灣中華書
局，民國76年6月臺三版）。

曲的寫意情貌。以下將元代漁父散曲的四種主要類型就上述論及的方法，作一扼要的掃瞄及評賞。

第一節　即景興懷的詠歎

　　延續歷來漁父主題作品之主軸，絕大多數的「漁」是隱者的化身，是心靈恬適境界的投射。而在元代特殊的家國背景中，這一類吟哦亦經常反覆上演著。無論是對大我歷史境遇的吟詠，或是對於小我生命安頓的渴望，都是經常出現的主題曲碼。其中或是對現實紅塵俗世的厭倦，於焉欲縱浪大化；或是有感於時空移易，遂指數歷來漁家作心靈上的孺慕及比附；或是礙於現實對自我志向抱負的蹉跎，於是對景垂淚、頹然有感，其中無一不蘊富著漂零者的心靈沈石，也同時透射出對現實一副冷眼旁觀的態度。

一、對紅塵俗世的厭棄

　　人之所以對現實失望，除了世途的作弄、人情的坎坷之外，還包括一類對「現實」的逃避心理。元代的文人作家，在中原本位的民族情節影響下，原已帶有總有幾分隔閡及不安，重加以其傳統濟世的高標準投入到全然未知異族社會的統治中，更易有「時不我與」之嘆。元代初期，因社會變動不安，傳統儒士屢有「被俘為奴」的事實，〔註10〕因此現實環境仕這一些文人心靈上因為承受相當的威脅不安所造成的壓迫感，往往更勝於具體形體上可能遭受的危難，因而衍生出避禍世局的逃遁心態。而終其有元一代，除了延祐開科取士，三年一科、共計七次以外，一直要到至正元年以降二十於年後才復行科舉，且每歲所舉僅七十八人。〔註11〕蕭啟慶先生在〈元代儒戶──儒士地位演進史上的一章〉就曾提到：

　　　　比起前代來，儒士入仕的主要問題，不在於機會的量的問

───────────────

〔註10〕見《元史》卷一二五〈高智耀傳〉、卷一四六〈耶律楚材傳〉所載。

〔註11〕詳參《元史》卷八十一〈選舉志〉。

題，而在於職位的質。無論由吏進或由學官進，大多數的
士人都必須永沈下僚，位居人下，這是元代士人沮喪的主
要原因。〔註12〕

王明蓀在其《元代的士人與政治》一書中也以量化方式呈現元代漢人
位在三品以上的官職雖比西域、蒙古爲多，〔註13〕但最高統治仍以蒙
古與色目兩類人爲主。這種位階及比例上的懸殊差異，形成元代許多
儒士情願隱居山林，選擇以退爲安的生活方式。

（一）士人「不遇」的心態投射

士人的不遇，可因其接受的狀態區分爲主動及被動的不遇二種。
所謂主動的不遇，乃是士人在廓清現實環境，自認主我意識沒有足以
置喙的可能，因此選擇主動地與現實抽離，保全自我任眞的精神價
值；而被動的不遇則是在經歷多重現實的磨難之後所抒發出來，對於
自我生命價值形成蜷縮的消極狀態。無論屬於何者，在這一類曲作中
除可嗅得「生不逢時」的哀鳴之外，比較特殊的是將這種哀鳴故作反
語，一方面力圖精神力量的提振，再方面將現實功名的「利」以情來
瓜代，故而雖是「哀鳴」，卻得以從現實落差的距離產生了對現實回
擊的力度，並進而產生對比的美感。例如胡祗遹〈雙調・沈醉東風〉：

> 漁得魚心滿意足，樵得樵眉笑眼舒。一箇罷了釣竿。一個
> 收入斤斧。林泉下偶然相遇。是兩箇不識字漁樵士大夫。
> 他兩箇笑加加的談今論古。（上冊，頁69）

曲中的「漁樵」是「不識字的士大夫」，在此敘述上的映襯效果，恰

〔註12〕蕭啓慶：《元代史新探》（台北：新文豐出版社，民國72年初版），
頁1。

〔註13〕王明蓀考述元代三品以上官員的種族分配如下：

種族	蒙古	西域	漢人	女眞	契丹	渤海	高麗	大理
人數	226	188	409	16	14	2	5	4
百分比	26.2	21.8	47.3	1.9	1.6	0.2	0.6	0.4

詳參王明蓀：《元代的士人與政治：元代的政治結構及其士人》（台
北：台灣學生書局，民國81年初版），頁93。

好使其「不遇」，或者說「不願出仕」的身份曝顯，且不論曲中人士
主動或被動地選擇，總歸是形成超離社會制度規範的身份，正因為其
與現實的「無涉」，故可以用客觀的態度來「談今論古」，並且對許多
歷史的沈痛及不安便能一笑置之。這是對紅塵抽離的態度，也適為對
獨立自我追尋的表徵。再如馬致遠的〈雙調‧清江引〉（野興）所道：

> 綠蓑衣紫羅袍誰是主。兩件兒都無濟。便作釣魚人。也在
> 風波裡。則不如尋箇穩便處閑坐地。

馬致遠本是個抑鬱不得志的文人，〔註14〕這一曲題為〈野興〉的作品
徹底地將他對現實的厭棄作明白的陳述及說明：他不但要徹底離開「紫
羅袍」的功名榮顯，還要拋棄「綠蓑衣」模樣上造作的閒適。因江濱
水岸的風波與世情上的風波，兩者俱對主體獨立的精神意識造成矛盾
及衝突。因此即便是漁樵生涯，也非全然「穩便」，唯有徹底拋卻世事
才是主體精神自由的絕對解放。否則空披一件綠蓑衣，這般形體上的
假自由實則對自我仍是一樣的磨難。又如張養浩的〈越調‧寨兒令〉：

> 自掛冠。歷長安。共白雲往來山水間。名不相干。利不相
> 關。天地一身閑。綠陽隄黃鳥綿蠻。紅蓼灘白鷺翩翩。儘
> 紅塵千萬丈。飛不到釣魚灘。只一竿。釣出水中仙。

張氏此作明顯表現出掛冠求去之後，對水波生涯的嚮往。劈頭便寫掛
冠長安後的心境逍遙。掛冠，乃是作者主動拋棄功名的牽絆，但是這
裡的「拋棄」無形中表現出對現實的倦怠感。因為「黃鳥綿蠻、白鷺
翩翩」都「飛不到釣魚灘」，他不但拋棄現實中的人為因素，更滌除
自然景物介入自我心靈的可能。這裡連無關心機的「物」都到不了作
者心靈虛設的釣魚灘，更足以證明作者追求的何嘗不是絕對而徹底的
「逃」？因此當作者將自我演繹為外在物境的絕緣體，慕求一釣得仙
時所呈現出了卻紅塵愁苦的不遇心態是顯而易見的。而有別於張養浩

〔註14〕馬致遠早年於大都，有意仕途，但始終未獲一官半職。元滅宋後，
於江淮一帶供職，然亦多有因頓之思，遂退隱。詳參《錄鬼簿》、徐
沁君：《元曲四大名劇選：馬致遠小傳》所述。

曲中所呈現的疏離感，張可久的〈雙調‧沈醉東風〉（幽居）倒是呈現出幾分「物情」的況味：

> 笑白髮猶纏利鎖。喜紅塵不到漁蓑。八詠詩。三閭些。收拾下晚春工課。茅舍疏籬小過活。有情分沙鷗伴我。(上冊，頁803)

張可久的這首曲作，主要從「中介」的角度來書寫幽居生活，因此整體瀰漫著偏於「喜」的主調旋律。曲中的主角不與現實社會作徹底的隔絕，對於世情仍然抱有部分參與感，但絕對排除開紅塵中的是非紛擾。這裡呈現的是理想的企盼與現實保眞所尋求到的平衡點。因此當心中「猶纏利鎖」之時，便以安於現狀之「紅塵不到漁蓑」來加以勸慰，因此也只能一笑解憂。再環顧四周，有沙鷗相伴、古人相友，何嘗不能使自我心滿意足呢？因此，心中不遇的塊壘，便獲得逐漸融逝的傾向了！

除了對於自我精神生命的「不遇」有所感悟之外，還有部分作品援引史實上的漁樵人物，或加以述評、或引爲知音同好。例如李伯瞻的〈雙調‧殿前歡〉（省悟）說道：

> 醉醺醺。無何鄉裏好潛身。閑愁人上消磨盡。爛熳天眞。賢愚有幾人。君休問。親曾見漁樵論。風流伯倫。憔悴靈均。(下冊，頁1291)

李作乃「藉酒一吐心中事」類型的漁父散曲。他透過「漁樵論」來細數歷史上的功過是非。在這首曲中的漁樵儼然是一位史家評論者。在此漁樵泰半成爲勸慰士人仕途不順遂的知音，或者是文人創作出來與本初眞我相互砥礪孺慕的投影。當文人遭遇到生命中的不順遂時，便自然潛身進入這些或眞或幻的漁樵身影之中，藉以堪慰心中欷噓徘徊的靈魂，在這類筆觸下的漁父身影，自然不會是瀟灑出塵的形象，故而在這首曲中出現的漁父是憔悴的失意文人代表──屈原；並因此更濃厚地沾染悲涼無奈的情調。另外還有一類亦屬避世心態，但是對於是否必然隱於漁樵提出質疑，加以反省的作品，例如無名氏的〈仙呂‧遊四門〉：

前程萬古相傳。今日果如然。燈波名利雖榮顯。何日是歸
年。天。杜宇悃熬煎。(下冊，頁1667)

此作中的「不遇」，實則是對藉由漁樵身份加以沽名釣譽者的諷刺及
還擊。選擇漁隱理應是一條徹底遺卻世俗的「不歸路」，但作者對部
分有心人以茲爲「終南捷徑」提出不以爲然的看法。隱於煙波乍看之
下是逍遙無拘的，但面對現實的挑戰，實非一般士子所能直接承受。
不遇的文人以「漁樵」爲立身行道的方便法門時，往往將煙波生活加
以美化，孰知水上人家的辛苦，誠如戴表元所謂「隱漁樵，我不能披
蓑戴笠操舟行」的生活苦，才是造成作者感嘆「何日是歸年」、「杜宇
悃熬煎」的眞實抒感。

(二)「避禍」觀念的導引

就人類心理的防衛機轉而言，當人遭受到強烈挫折的當下，除了
積極的情緒昇華作用之外，就是消極的逃避行爲。積極的情緒昇華雖
然可以活化內心的積鬱不安，進而將內心提昇至高層次的寧靜，但卻
需要較長的時間來作心理適應之調適，而消極的逃避雖然未能直指問
題核心加以解決，但是卻能令當事者在迅速抽離造成傷害的環境下將
當事者的衝擊性減輕到最低的程度。在元代漁父散曲中有部分作品明
顯呈現出對現實短暫的抽離及逃避傾向，在行文字句中透露出對現實
局勢的不信任並以「離世」作爲幾乎是唯一選擇的解圍方式。試看陳
草庵的〈中呂‧山坡羊〉：

風波實怕。唇舌休掛。鶴長鳧短天生下。勸漁家。共樵家。
從今莫講賢愚話。得道多助失道寡。賢，也在他。愚，也
在他。(上冊，頁145)

陳作將人世風波的險惡清楚而明白的寫在首句，衝口而出的言論或街
巷鄰里的閒談不知何時會成爲他人構陷爲禍的話柄，因此無論說賢道
愚，世事的本然或許就僅止於此，唯有將精神內縮於自我，才是得到
平安的自保之道。因此他人賢愚只歸他，這種惴惴不安的疑懼心理實
在是避禍心理的最深悲哀。又如喬吉〈中呂‧滿庭芳〉(漁父詞)所言：

扁舟棹短。名休掛齒。身不屬官。船頭酒醒妻兒喚。笑語
團圞。錦畫圖芹香水暖。玉爲屏雪急風酸。清江畔。閒愁
不管。天地一壺寬。(上冊，頁580)

喬作所言恰是傳統漁父主題的代表形態。名利、官位之所以不到頭，
實則是喚醒了內心對精神獨立的渴慕；與其置身在名利官權的爭奪，
還遠比不上妻兒親狎呢語的笑語和樂。且不管外在風波險惡，最終總
有一個避風波的和暖港灣在守護內心的寧靜與安適，而一旦內心得到
暫時的快慰，又何需計較居處屋室的形體寬窄？於焉乃云：「天地一
壺寬」。這裡現顯出來的是對紛擾爭亂現實的「避」，希望從狹隘窘迫
的扁舟、酒壺裡頭，追尋自我存在的價值感。睡臥扁舟、醉臥湖畔，
其實是遠離人群的表徵，但這種「放下」、「避世」的徵象，反倒成爲
這些失意文人自我價值追尋的崇高目標。

在這一類曲作之中，多半有濃厚的「不遇」情緒及深沈的悲鬱情
節，雖在作品中雜有幾許「瀟灑語」，但在曲家作品的終結畢竟是選擇
了退縮與抽離的文意展現，這不妨視爲作家深層心靈的滌淨作用，必須
仰賴這樣的經歷過程，才得以自困阨的現實中獲得救贖般的精神超脫。

二、對時空移易的感懷

所謂的即景興懷，泰半是作者在內心已積蓄相當的情感思想能
量，而後在特定景物的觸發之下將胸次中積蓄已久的情緒做一次性的宣
洩及抒發，也因此在這一類作品中往往帶有強烈的個人情感色彩；又因
爲是個體在特定的時空景物觸發下一吐其積聚已久的情感力度，因此往
往在詠歎世局之詞時要比抒個人之感形成更大的共鳴。雖然詠歎歷史興
亡的作品容易鋪陳出大時空的歷史面向，但一些自抒身世之悲的作品也
有可觀之處，因其反應了當時代的眾生的眾多側面，積聚成一股猶如稜
鏡折射的作用力，亦有助於還原當時代文人心曲的整體原貌。

（一）懷古興亡之作

這一類作品中所使用的語言，經常引用大量的歷史典故，尤其好

以漁父形象的人物典範座位相互依託映襯的對象。或直接題作漁父、
或題作懷古，但大抵不脫對於歷史代序的不堪回首多所感嘆。最著名
的首推白樸的〈雙調・慶東原〉（漁父）：

> 忘憂草。含笑花。勸君聞早冠宜掛。哪裡也能言陸賈。哪
> 裡也良謀子牙。哪裡也豪氣張華。千古是非心。一夕漁樵
> 話。（上冊，頁201）

白樸的身世在元代曲家中是較為特殊的，除了他出身書香世家之外，
其父白華因遭逢動亂將其寄予元好問門下，受其薰陶教養之影響，在
他筆下流露出的曲文往往較其它曲家更具有詩的韻味，並且較少憤世
嫉俗的語言，而多流露出對世情溫婉的勸慰態度。故其吟詠漁父，以
「忘憂」、「含笑」等情感詞語雙關的象徵物加以起興著墨，表明名利
的爭奪最終是如煙似幻的。而後從儒生、策士、文士各選擇一位主要
的代表人物：與漢武對策萬言的陸賈、運周武帷幄的姜尚以及文章累
牘的張華，這些人物在歷經時間的篩汰之後，亦不過是漁樵以茲閒談
的話頭。後人對此曲的評價極高，或云：「嘆世勸世之作，反應作者
在當時歷史條件下的一種選擇」、〔註15〕或謂其表現出「對功名的淡
薄之情」，〔註16〕倒不如說是作者透徹觀察世事之不可預知之「變」
的特質，進而做出掛冠的志趣抉擇。

　　此外，元散曲中有許多以「懷古」為題的漁父作品，或因作者身
處江濱水邊而隨之起興，或因該地之歷史地理隱含相關典故，在數量
上亦大有可觀。例如馮子振〈正宮・鸚鵡曲〉（赤壁懷古）：

> 茅蘆諸葛親曾住。早賺出抱膝梁父。笑談間漢鼎三分。不
> 記得南陽耕雨。〔么〕嘆西風捲盡豪華。往事大江東去。徹
> 如今話說漁樵。算也是英雄了處。（上冊，頁345）

赤壁一戰實為奠定三國鼎立的重要戰役，而身逢此役的三國時期重要

〔註15〕吳新雷、楊棟主編：《元散曲經典》（上海：上海書店出版社，1991
　　　年1月第一版），頁60。

〔註16〕陳緒萬、尚永亮主編：《元曲觀止》（西安：陝西人民教育出版社，
　　　1998年2月第一版），頁108。

謀臣——諸葛孔明作爲興懷詠歎的人物主角。而此作與其它懷之作的不同之處乃在於雖然對諸葛亮出師未捷深感報憾同情之意，卻在哀悼之餘透露出對英雄知音的相惜之感，〔註17〕把古來英雄與今日漁樵相提並論，乍看之下彷彿甚爲唐突，然而卻給諸葛英雄形象之外另一種鄉居鄰里的親切感，而這種深植民心的形象，才是諸葛配稱「英雄」流傳的眞正意義。這種寫法在歷來懷古人物的比並作用上，的確有相當特出之處。另外，李愛山的〈雙調•壽陽曲〉以「懷古」爲題，又有另一種情調展現：

> 項羽爭雄霸。劉邦起戰伐。白奪成四百年漢朝天下。世衰
> 也漢家屬了晉家。則落得漁樵人一場閒話。（下冊，頁1186）

李愛山之作以一「白」字涵蓋作者對於朝代代換、不堪一顧之感，〔註18〕彷彿在訴說著即使帝王的韜略權謀再怎樣縝密，也敵不過天壽年歲的限制，而朝代之興也好、衰也罷，總如過眼雲煙，到頭來仍是空夢一場，不過在凡俗人的遙想當年中獲得迴響罷了。在馮作與李作之中，不約而同地將漁樵作爲冷眼看歷史煙雲的旁觀者，在這些鄉里野老的口中訴說的是一場彷彿與現實全然無涉的過去，而在這些作家筆下的歷史，幾乎無關於文化的積累、經濟的進展、農耕的豐饒，而將焦點全數聚集在帝王權臣的政治「爭奪」上。這同時意味著元代這些文士把傳統歷史感懷的結果，全數收束到「漁樵」的言談中，彷彿漁樵是唯一無所爭奪的旁觀者。再如無名氏的〈越調•憑欄人〉：

> 風燭功名魚上竿。石火光陰船下灘。萬鍾奪命舟。得全忠
> 孝難。（下冊，頁1738）

〔註17〕《元曲觀止》評此曲爲：「對英雄豪傑多所嘆惜之意。」見陳緒萬、尚永亮主編：《元曲觀止》（西安：陝西人民教育出版社，1998年2月第一版），頁176。

〔註18〕《元曲觀止》評價此曲曰：「與其說是懷古，不如說是嘲古。……雖有看破世塵的消極，更隱含對現實政治的否定與嘲弄。」詳參陳緒萬、尚永亮主編：《元曲觀止》（西安：陝西人民教育出版社，1998年2月第一版），頁429～430。

這首曲中將功名視爲可遇而不可求的獵物，而將追索功名的時光喻爲迅疾不返的水流。以流動不居如水之光陰來追求未知的功名，恰如險灘行舟一般危險。因而最末句對此以臨風燭殘年卻仍對功名眷戀不忘者一記棒喝作用。

除去這種將漁樵視爲不好爭奪的旁觀者清的角色形象之外，還有一類是將漁樵視爲掙脫世俗眼光框架的超然者。茲引王舉之的〈雙調‧折桂令〉（讀史有感）爲例：

> 北邙山多少英雄。青史南柯。白骨西風。八陣圖成。六韜書在。百戰塵空。輔漢室功成臥龍。釣磻溪兆入飛熊。世事秋蓬。唯有漁樵。跳出樊籠。（下冊，頁1321）

王作雖然也將歷史的存在視若浮雲塵埃、南柯一夢，將世事當作如花秋夢，但與其它類型詠懷史作不同的在其結語：「唯有漁樵，跳出藩籠。」這些古往今來的英雄，到頭來都變成白骨一場，何以世上功名事業如許，均無力自行掙脫束縛，而唯有漁樵者能遂此願？這裡明顯可以見到歷來的漁樵類型人物已然成爲「不問世事」的類型人物，遁於林泉之際成爲復返自然的象徵，這種「離塵」的過程被簡化並美化爲成仙的歷程，並進而爲作者援引進入曲文之中。

在此類的漁父散曲作品中極少見到如同漁父詞作中將姜尚一類的人物視爲模仿對象，而絕大多數以徹底失了功名、看透歷史興衰的否定性思想內容佔多數比例。與其說是元曲作家的文士身份弱化，倒不如說是在歷經現實的衝擊後尋求「苟活」的消極避世心態之投射。當現實的努力不可得的同時，唯有「放下」才是寬慰內心衝突的解藥。就因爲並非人人均能自行獲得精神的解脫，因此往往希冀從歷史興衰的規律中，求到與自我志趣合理化之方式，這也正是何以懷古興亡的漁父散曲作品，經常發顯出退縮筆調的理由之一。

（二）自感身世之作

除了面對歷史大時空的興亡而有時光不待、人事已非的感嘆之外，還有一些曲作是針對個人身世有所感發的作品；雖然同以「避」

爲曲中的主旋律，但其容攝的主題思想與上述歷史感懷仍具有差異性。在這些作品中未必以「漁父」題，作爲表述對象，但對歷來幾種漁隱典型的相關人物多有觸及，故亦列入探討。例如白樸的〈仙呂•寄生草〉（飲）：〔註19〕

> 長醉後方何礙，不醒時有甚思。糟醃兩箇功名字。醅渰千
> 古興亡事。麴埋萬丈虹蜺志。不達時皆笑屈原非。但知音
> 盡說陶潛是。（上冊，頁193）

白樸這首曲作雖題名爲「飲」，似乎是將人生視爲醉夢一場，但所感懷的仍是自我志趣不得伸展的抑鬱，但在最後兩句提點出一執拗一寬慰的典型人物，在遭逢挫折時，會笑屈原之「非」，無寧說是笑其不願同流「餔其醨、歠其糟」的執著之傻，也同時在勸喻自我不達時應有「放」的智慧；又除了對陶淵明斗酒醉飲引爲我之「知音」，其實不正是認同歸隱的安頓？屈原之耿介不顧流俗，陶潛的解綬歸田、復返自然，在他們的文章中處處見之，這些對於元代文人來說，恰如同是仕與隱的光譜之兩極，而當他們必須面對自我生命價值感的立足點之時，仍在此光譜中猶疑徘徊，究竟何是何非，不過是自我認知的定位。又如馬致遠的〈雙調•蟾宮曲〉（嘆世）所感發：

> 東籬半世蹉跎。竹裡遊亭。小宇婆娑。有箇池塘。醒時漁
> 笛。醉後漁歌。嚴子陵他應笑我。孟光臺我待學他。笑我
> 如何。倒大江湖。也避風波。（上冊，頁242）

馬作雖題爲「嘆世」，其實爲自嘆身世淒涼之作。全曲的主旨無非抒其身世之感。半世所蹉跎者雖未曾明述，但可以擬想的是爲求溫飽徘徊在仕位之間的愁悶，到頭來仍不如歸於田野，安於自我的小宇宙，因此才萌生「蹉跎」之感。最末以倒大江湖的縱身入世，隨世浮沈作爲躲避人間風波之法，彷彿是看透了世情的毅然決然，但卻參雜多少佯狂無奈的悲哀於其中！因此復核於曲中前段所希求的「婆娑小

〔註19〕本首散曲題爲「飲」，理應在描述作者醉飲的景況及心情；唯因末句以「不達時皆笑屈原非，但知音盡說陶潛是」亦觸及中國漁父形象的兩個重要典型人物，因此列入討論之。

宇」，在池塘中醒臥、醉歌，主要在心境的不同，當然僅能得其隱之「形」而無其隱之「神」，無怪乎要舉「只愛清閒不要名」的嚴光來自嘲，笑我猶豫不決的不灑脫。

　　再有一類以代言筆法描述個人身世之感的作品。在這類曲作中，「漁父」或是相互唱和的對象、或以漁家飄零江湖自況。這些曲作裡對於家國離亂之感的色彩比較淡薄，而比較專注於描寫「我」的身世寂寥。例如白樸的〈小石調・惱煞人〉：

　　（么篇）故人杳杳。長江風送。聽胡笳歷歷聲韻聒。一輪
　　皓月朗。幾處鳴榔。時復唱和漁歌。轉無那。沙汀蓼岸。
　　一點漁燈相照。寂寞古渡停畫舸。雙聲無語淚珠落。呼僕
　　隸指撥水手。在意扶花。（上冊，頁205）

這是一首散套的么篇。在此散套中大亦是敘寫歌女自傷身世淒涼，而在夜晚漁鄉鳴唱及撥棹水聲中，倍顯出自我的孤單寂寥。歌女的心境好比是停泊在各個港灣的船，在心境上是到處為家，無所依恃，唯一在意的是自我裝扮與擺飾的美妍，因為這才是足堪吸引他人的地方。

　　在元代異族統治的時代氛圍中，不但使得傳統自覺性較強的士人，陷入前所未有的身份不確定的迷失感之中，更容易使他們陷入指數歷史往事演變規律之不堪回首，從而加深個體虛幻迷惘的悲涼感受。這是在元代漁父散曲中最常見的心情映照。

第二節　漁鄉村居的描繪

　　在諸多漁父散曲中，必然存在著一些以漁鄉生活作為描寫對象的作品；而且藉由元曲「俚俗」的語言特質，往往比尋常所見的漁父詞更真切地反映出漁鄉生活的樣貌。在這些散曲作品中，或描景、或述情、或有情景交會的感發，但總體來說，大致不脫「樂」的思想主題特質。因此，就算是寫漁市交易的熙來攘往，也帶有幾許的古樸真情；更不用提對漁村人物的真摯描繪，也進而引發曲家對漁村生活閒樂的追求。以下就以這三點作為描繪「漁鄉村居」之細目綱領，分別例舉

幾首來體味其中的情味。

一、煙波水畔的景致描摹

　　漁鄉脫離不了煙波水畔的氣靄氤氳，而元曲又善於以較寫實的方式來寫景。在這一類漁父散曲的作品中，因作者屬「置身事外」的旁觀者，因此多半是採用寫真式的筆法來描述漁鄉生涯，偶爾摻雜一點作者意識的樂情、趣味在其中。例如鮮于必仁的〈中呂‧普天樂〉（山市晴嵐）：

> 似屏圍。如圖畫。依依村市。簇簇人家。小橋流水間。古木疏煙下。霧斂晴峰銅鉦掛。鬧腥風爭買魚蝦。塵飛亂沙。雲開斷霞。網曬枯槎。（上冊，頁391）

鮮于必仁曲作中的村居生涯以漁市為寫作背景。村世所在地是遠離塵囂的山邊，有小橋流水的恬靜山村，而這樣尋常的恬靜圖畫卻為一「鬧」字所頓開，這裡的爭、鬧起因俱由「爭買魚蝦」一事而起，儼然將魚鮮跳躍、街市叫賣的情形躍然於字裡行間，而最後收束於市集邊上的買賣熱絡氣氛與漁家收網曬網的恬靜相比，全曲不見人物的主體出現，透過「動作」來襯出漁鄉市集的繁忙景象；又透過一靜一動的對比景象映襯，把山間漁市的「樂」──百姓爭買之樂、魚貨豐收之樂──都加以突顯出來。又如曾瑞的〈中呂‧喜春來〉（江村即事）：

> 女兒收網臨江哆。稚子垂鉤靠岸沙。笛聲驚雁出蒹葭。清淡煞。衰柳纜漁槎。（上冊，頁491）

曾作之題，業已清楚地標明江村生活的主題，而且更貼近真實的漁家生活。「女兒收網臨江哆」寫出漁家兒女忍受水濱冰寒的刻苦；「稚子垂鉤靠岸沙」則寫出靠水吃飯的天生本能，這種與自然環境搏鬥，以辛勞與勤奮獲取溫飽的，才是較接近日常真實的漁家生涯。而在這類勞動力的映襯下所書寫的景物也少了文人浪漫想像美化後的「枯澹」，而代之以在生活中奮鬥的痕跡。

　　上述兩曲代表了漁家的寫實，曲家以客觀的眼光將現實的「真」以文學的筆觸記錄下來。此外，與上述真實貼近漁家生活樣貌之曲作

相反的，是一些帶有文人美好想像的「漁樂」之作，這些作品同樣以文學的筆為漁村做紀錄，所不同的是它們擷取漁家生活中「美」的部分，因此雜揉了文人想像的意趣在其中。先取張可久的散套〈正宮・端正好〉（漁樂）其中一段為例：

> 釣艇小苫寒波。蓑笠軟遮風雨。打魚人活計蕭疏。儂家鸚鵡洲邊住。對江景真堪趣。
>
> （滾繡珠）黃蘆岸似錦鋪。白蘋渡如雪模。暮雲閒或轉或舒。日已無，月漸出。映蟾光滿川修竹。助風聲兩岸黃蘆。收綸罷釣尋歸路。酒美魚鮮樂有餘。此樂誰知。
>
> （倘秀才）睡時節把扁舟來纜住。覺來也又流在蘆花淺處。蕩蕩悠悠無所拘。市朝遠。故人疏。有樵夫作伴侶。……（上冊，頁986～987）

分明是風波來、雨雪去的惡劣天候，但在張可久筆下卻是值得玩味的「趣」，緊接著化用了白無咎的〈鸚鵡曲〉之句，將打魚人的「活計蕭疏」以「衰景殘觀」來欣賞，這是文人觀察小大對比下的興味。下一曲將江邊的黃蘆岸、白蘋渡、岸邊修竹之景，以日月變化、光影移易的美景，加上耽醉於美酒魚鮮的文人風華，豈非快意人生？再復加以扁舟隨流而止，既遠離擁擾的市朝，又盡情享受來去的無所束縛，這更是灑脫文人所渴慕的「快哉一樂」！在這種文人情調下，將思想的觸角完全延伸至與自然同化之樂中，在使用的語彙上偏向明快一途，也無怪乎堪稱「漁樂」。而湯式的〈雙調・沈醉東風〉（江村即事）又是另一風格的文人之樂：

> 抱甕汲清泉灌圃。扶犁傍淺渚開渠。□□起辣風。綠橘流酸霧。好風光最宜秋暮。有客攜樽到隱居。活釣得鱸魚旋煮。（下冊，頁1579）

湯作帶有三分的寫實，但無論灌溉引水、或是扶犁耕作，都以疏淡之筆帶過而將心境的描寫放在「好風光」的享受之上。等待故人來訪，釣得鮮魚肥美，都是隱居林泉之際的樂事。這樣的描寫，有半分清閒、半分快活，亦以「樂」為曲中思想之主調。

二、漁鄉純樸眞摯情意映照

除去上述以景之物象鋪排作爲主要曲作架構的描繪之外，還有將主題著眼於漁鄉村居者的「情」的曲作。這些曲作通常透過幾個或幾組具有代表性的舉止活動來反應曲中人物的容貌情態，進而映照出純眞的情感特質。茲先舉張養浩的〈雙調‧折桂令〉（通州巡舟）爲例：

> 呼童解纜開船。見綠樹青天。兩岸迴旋。攲枕蓬窗。覺風波只在頭邊。桂櫂斜搖開翠煙。竹彈斜界破平川。老子狂顚。高詠詩篇。行過沙頭。驚得些白鳥翩翩。（上冊，頁426）

在本曲中的主角是一個胸襟開闊的人物，他所展現的形象語彙是豪曠的，用「呼」、用「高詠」來表現其豪情的一面。而船行水上不似尋常所見的扁舟流止，而是以迅速的速度搖櫓行船，但曲中人物對於此卻能享受其中，在一片風波迴旋中盡享「浩浩乎憑虛御風」的快意與逍遙，這種「行在風波不畏險」的氣度及膽識，的確得帶有幾分狂傲的個性才能安然悠遊其中。最後在結尾以「驚」之情緒性字眼收束，更加把這位船客的「豪」，爽辣而不掩飾地表現出來。這在寫水上人家那種馳騁於天地之間的眞切感，描寫地甚爲酣暢淋漓。而這僅是描寫「舟行者」的活動，尚有幾首直接以「漁」作爲描寫對象的作品，也帶有這種豪情意味。例如喬吉的〈中呂‧滿庭芳〉（漁父詞）：

> 綸竿送老。酒籝綠蟻。蟹擘紅膏。興來自把船兒棹。萬頃雲濤。風月養吾生老饕。江湖歌楚客離騷。溪童道。蓑衣是草。不換錦宮袍。（上冊，頁581）

喬作的這一曲先探例舉方式將漁父的食、住、行等以最具代表性的事物鋪陳：籝酒紅膏蟹、棹船風波釣、捲雲濤之風月、歌離騷之楚客，雖然是簡便的快樂、無奇的生活，但心中所得之自在逍遙，卻是千金難換。〔註20〕因此不必再尋尋覓覓去追求那可望而不可得的華麗宮

〔註20〕喬吉所作，有一系列二十首題爲「漁父詞」之散曲小令，且均選用「滿庭芳」一曲牌填作。其主體思想大致相近。《元曲觀止》便提到：「（喬作）二十首漁父詞，都是借漁父生活表現自己對功名的厭棄和對恬靜安舒的漁家生活的嚮往。」見陳緒萬、尚永亮主編：《元曲觀

袍，這裡的真情，不是強求，卻足以令人安老於斯了。再如趙顯宏的〈中呂・滿庭芳〉（漁）：

> 江天晚霞。舟橫野渡。網曬汀沙。一家老幼無牽掛。恣意喧嘩。新糯酒香橙藕芽。錦鱗魚紫蟹紅蝦。杯盤罷。爭些醉煞。和月宿蘆花。（下冊，頁1179）

趙作從寫景起筆，但一寫到「人物」，即以恣意喧嘩的鄉里口吻來表現這漁家人的坦率及不拘，原本因向晚時節而暫時呈現停頓狀態的物象，霎時也跟著靈動了起來。而造成漁家喧嘩的緣由，乃因「食」而起，在杯盤交錯之下，一日的辛勞就以滿桌佳餚來慰勞，在酒足飯飽之際，還往蘆花叢中宿。這幅圖像，恍如「日出而作，日落而息。帝力於我何有哉！」的翻版，除了用「真」、「快」等字形容曲中人之情，倒不知要用什麼字眼來描述了？

三、樂閑逍遙的生命慕求

　　對於漁鄉村居的描繪，除了偏向於境外之「景」與人事之「情」外，中國古典詩歌常見所謂「情景交融」的曲作，也佔有一席之地。在這一類漁父散曲中，經常在無意間傳達出作者主觀的情志趨向，而且鮮有脫開「漁樂閑情」式的生活以及渴慕生命逍遙的「深層意義」〔註21〕存在。以這一類型的漁父散曲作為觀察歷來「漁父」意象的典型特質時，可以發現到無論採用的文體形製如何變化，在以漁父作為意象的作品中，幾乎毫無例外地，存在著根深蒂固的「樂閑」的生命渴慕情調；歷來詩人的大腦彷彿被定型化了一般，使得單純的意象昇化其範疇而成為

　　　止》（西安，陝西人民教育出版社，1998年2月第一版），頁257。

〔註21〕袁行霈先生在〈中國古典詩歌的多義性〉一文中提到中國古典詩歌之饒富韻味，乃在於其字句背後的多義性，造成無窮的聯想與想像，並進而歸類區分成雙關義、情韻義、象徵義、深層義、言外義等五大類別。而所謂的「深層義」多半具有含蓄不露的情感特徵，或者在自然景物寄寓深意、或沾上哲理意味。收錄於《中國的詩歌藝術研究》（台北：五南圖書出版公司，民國78年5月台灣初版），頁1～24。

「意境」的典型，[註22] 而無論時空如何改變，都讓文人一再歌詠此類主題而不倦；對讀者而言，當看到類似相近主題的作品時，也會自然生發出相應的情感聯想，元代散曲中這項作品自不在少數，最受後人激賞傳誦的莫過於白樸的〈雙調・沈醉東風〉（漁）：

> 黃蘆岸白蘋渡口。綠楊堤紅蓼灘頭。雖無刎頸交。卻有忘機友。點秋江白鷺沙鷗。傲殺人間萬戶侯。不識字煙波釣叟。（上冊，頁 200）

白樸以一連串色彩鮮明的物象，作為景物的鋪襯。在如畫的景致中再帶出人物，並且用烘托的方式把相交遊的「忘機」作為提點曲文的重心，最後再以「傲」字突顯出其遺世獨立的形象。作者從第三句起，利用幾種懸殊的對比，將曲中漁夫的曠達寫得極為超凡，也把曲中漁夫的生命格局予以擴大，因而贏得「筆調瀟灑超脫、意境清曠俊逸」[註23] 的評價。另有雲龕子的〈中呂・迎仙客〉，以更為淺白的語句，書寫對漁父家風的嚮往：

> 沒機關。沒做作。日月任催催不老。逆行船。撥翻棹。誰知這箇。清淨家風好。（下冊，頁 1883）

這一曲中的漁父彷彿是仙人的化身，而這位仙人了無仙術、更不擅算計，也因此獲得生命全真的保證，並獲得凡俗人的心理認同。

如果說白樸〈雙調・沈醉東風〉（漁夫）中的漁夫是出塵的超脫，

〔註22〕所謂意象，主要是指「物象」經過詩人構思而沾染上其主觀色彩的過程；而意境卻是「詩人的主觀色彩，是以主觀感染了客觀，統一了客觀，達到意與境的交融。……移情入境，這境不過是達情的媒介。」意境與意象的不同，主要在讀者反應上的差異。當讀者對一境物產生了熟稔，嚮往甚至超越的感受時，便是「意境」產生的初始。詳參袁行霈：〈中國古典詩歌的意象〉及〈中國古典詩歌的意境〉二文。俱收錄於《中國的古典詩歌藝術研究》（台北：五南圖書出版公司，民國78年5月台灣初版），頁25～72。以本文所論之「漁父」來說，本來不過是人類社會活動的一項「意象」物，但經由歷代作家的創思及作品的積累，「漁父」於文學作品中不再單純為社會活動之一的指稱，而兼有引領讀者進入精神境界的聯想產生，故而可謂之「境界」。

〔註23〕吳新雷、楊棟主編：《元散曲經典》（上海：上海書店出版社，1991年1月第一版），頁59。

那麼馮子振的〈正宮‧鸚鵡曲〉（漁夫）就是入世的瀟灑：

> 沙鷗灘鷺禍依住。鎮日坐釣叟綸父。趁斜陽曬網收竿。又
> 是南風催雨。（么）綠楊隄忘繫孤樁。白浪打將船去。想明
> 朝月落潮平。在掩映蘆花淺處。（上冊，頁 343）

前段所寫的漁父其實有幾分為生活奔忙的寫實色彩，而後半段從其
「忘繫孤樁」的舉動，真為迷糊度日的憨態漁父，而為浪打去的船隻，
不從其船身殘破來設筆，而自其擱在「掩映蘆花淺處」，讓讀者不得
不為其心胸之開闊而會心微笑。這裡的漁父不就是你我日常糊塗的寫
照？但從這般自嘲的迷糊中，也同時為糾結的心念提供開解的途徑。

再有以漁隱為閒的恬靜訴求之作。在這些作品中的漁父不僅沒有
同類之友，連忘機鷗鳥也一併息止交遊，只同大化為伍，一徑往孤獨
中求得超絕獨立的神態。例如徐再思的〈越調‧天淨沙〉（漁父）：

> 忘形雨笠煙蓑。知心牧唱樵歌。明月清風共我。閒人三箇。
> 從他今古消磨。（下冊，頁 1045）

在甜齋的這首漁父曲中，彷彿天地之間的一切有情事物均告消融，獨
留明月、清風與我相友，這不但是拋擲人際關係的連結，更利用空間
存在的壓縮，把漁父的精神逼向孤絕的境界；從而將「我」的存在感
以「消磨」兩字陳述，當天時已盡之日，也自然縱身復歸無礙的宇宙
之中。在這一曲裡明顯可以感受到甜齋對於個體存在的價值以「徹忘」
的態度面對，其中有寓含《莊子》齊萬物、一死生的哲思。又如孫周
卿的〈雙調‧蟾宮曲〉（漁父）所寫的逍遙形象：

> 浪花中一葉扁舟。到處行窩。天也難留。去歲蘭江。今年
> 湘浦。後日巴丘。青箬笠白蘋渡口。綠蓑衣紅蓼灘頭。不
> 解閒愁。自號無憂。兩岸蘆花一覺齁齁。（下冊，頁 1062）

前半段將漁人四處為家的漂流感以自然應對的方式面對。這些逐水而
居，與魚為鄰的生活是身為漁家的必然。因此說是「天也難留」。在中
國傳統安土重遷觀念下來看這樣四處為家的生活，就必然帶有極大的不
安定感。但對曲中的漁父來說，無論到哪裡的河濱江畔，都不過是謀求
溫飽的生活方式罷了，何曾想到「飄零」的不安定？因此，也只能以順

勢而爲的如常心境加以面對。既以知其「遷動」乃是平常，當然對未知的生活無憂亦無懼，何來閒愁之有？在遍地蘆花叢中，仍能安睡入夢。這一〈蟾宮曲〉中的漁父，雖非人情練達的象徵，但倒有安於現實的平凡安泰，看在日日爲未知將來愁煩勞苦者的眼中，實在是欣羨的很！

　　無論是出塵的超脫也好、入世的瀟灑也罷；或以精神超絕於現實爲目標、或將隨遇而安當作處世典範，終歸是認爲隱於漁家乃生命逍遙的同義詞，如貫石屏的散套——〈仙呂·村裏迓鼓〉（隱逸）所表述：

> 我向這水邊林下。蓋一座竹籬茅舍。閑時節觀山玩水。悶來和漁樵閒話。我將這綠柳栽。黃菊種。山林如畫。悶來時看翠山。觀綠水。指落花。呀。鎖住我這心猿意馬。
>
> （元和令）將柴門掩落霞。明月向杖頭掛。我則見青山影裏釣魚槎。慢騰騰閒瀟灑。悶來獨自對天涯。溫村醪飲興加。
>
> （上馬嬌）魚旋拿。柴旋打。無事掩荊笆。醉時節臥在葫蘆架。咱。睡起時節旋去烹茶。……

這曲中的隱於水邊林下，倒不見得全然是因爲對世局的動盪不安有所感懷才做出「隱」的決定。雖然說曲中主角一開始是「心猿意馬」地在爲未來作抉擇，然而天然美景比起喧囂紅塵，具有更強大的吸引力，而是曲中人甘於「鎖」在綠水落花叢中，而水邊林下無憂的生活，過起來倒也不厭煩，甚至還帶有幾份誘引紅塵中人的意味存在。由此觀之，漁父主題的作品之所以經常在有意無意間顯露出「樂閒」的瀟灑及逍遙，天然美景的「江山之助」，其實對這些心思恬退者有相當強烈的號召，也無怪成爲漁父詞曲中不可缺的主旋律了。

第三節　四時節序的點綴

　　文學是入世人生的返照。縱使是寫作超然高蹈隱逸精神之作，也脫離不了個體主我與現象界的交涉。而人處於世，總免不了在面對浩茫蒼冥時產生敬畏感、又在時間的流逝裡萌生自我微渺的感受。《文心雕龍·物色》所云：「若乃山林皋壤，實文思之奧府，略語則闕，詳說則

繁。然屈平所以能洞監風騷之情者，抑亦江山之助乎？」〔註24〕這裡已明氣候及節序對作家的創思有一定的影響力。而自宋玉賦悲秋以來，中國文人喜好以四時代序來對應、借喻自我生命的起落，已然成爲一項文學傳統的課題。無論是春陽夏雨、秋風冬雪，文人總能取擷出該季節中符應自我心境的代表景物來抒懷。這一類的典型作品，理應以能代表四季花鳥草木爲描繪重點，進而引領出文人心曲。但以本章所定義之漁父散曲中，這些曲作多半將漁父作爲曲中人的映襯物，或者將漁父形象或活動作爲曲中點綴而已。雖有部分曲作在描述比例上有反客（漁父活動項）爲主（節令代表物）的現象。但比起前兩大類來，相對呈現較低的比例。故在本節除多景之外，〔註25〕僅各略舉一二，以徵其實。

一、春　景

　　春季，是生機勃發的季節。歷多雪冰融，春寒料峭，大地頗有大夢方醒之姿。而在這樣春和景明的時節，漁樵置身其中，原本當是視其爲自然而無所顧視，卻也自然化爲行走山林的文人雅士。例如張養浩的〈中呂・朝天曲〉（春）：

> 遠村。近村。煙靄都遮盡。陰陰林樹曉未分。時聽黃鸝韻。
> 竹杖芒鞋。行穿花徑。約漁樵共賞春。日新。又新。是老
> 子山林興。（上冊，頁429）

這曲中所寫應當是花草盛放的仲春時節，在清晨煙霧籠罩的山頭，有黃鸝啼唱，聲聲傳韻，有春花夾徑，繽紛映目，這樣的春日美景，因氣候趨暖，總是一日比一日展現出更鮮妍的景態。當文人雅士瀏覽其中，燃起「山林興」的當下，還不忘將置身其中的漁樵拉來與之同賞。這恰如清人薛雪所言，對於景物的觀賞角度，有時要「置身其中」，有時要「站立在一旁」，因賞春的視角各異，環境所見，便成全幅風光。這一首曲

〔註24〕〔梁〕劉勰著，范文瀾注：《文心雕龍卷十・物色》（台北：開明書店，民國87年5月台17版）。

〔註25〕冬景的漁父形象曲作，比起其它三個季節要來得高，因此多選數首以見其貌。而冬景之作比例較高的原因，將在該段落詳加說明，茲不贅。

中的作者本乃置身其外，因流連此景，故而將置身其中的漁樵加以抽離，邀其共賞，在還原天然春色之際，同時倍增美景共享之樂。

「悲秋傷春」在歷寫四季的主題思想上幾乎已成爲固定的模式。悲秋所言，多爲感傷物之衰敗寥落、傷春所記則泰半爲對影自憐之詞。前者與景致之蕭瑟相對應，後者則與環境之紛繁相對襯。但春意並不全然生機盎然，尤値初春雪落之交，心情也隨其乍暖還寒而百轉千折，屢見寂寥。無名氏的散套〈南呂‧一枝花〉（春雪）便以閨女傷春的眼光，爲春日雪景中的事物穿戴上寂寥的色彩：

> ……
>
> （梁州第七）耽擱了閨女西園鬥草。誤了你富貴郎南陌東郊。只見白茫茫卻前村道。那裡也遊蜂採蕊。那裡也紫燕尋巢。那裡也鶯鶯恰恰。那裡也蝶翅飄飄。灑歌樓酒力微消。望江天萬里瓊瑤。恰便似銀砌就枯木寒鴉。玉琢就冰枝凍雀。紛粧成野杏山桃。淺橋。塡了。負薪樵子歸巖嶠。漁翁冷怎垂釣。古寺裏山僧煮茗淪。對景寂寥。……（下冊，頁 1807～1808）

曲中先陳春雪阻道，但候人不至之女子見白茫茫之雪景，也只能怨聲嘆道。原想著春光蝶戀蜂嬌的一片良辰，卻爲春雪所礙，只落得獨飲酒以消憂。這場春雪又冰封了生物的活動，鳥不鳴、花不放、人不行。這一曲中的漁翁形象，顯得懶散而無神，實在是因爲它濡染上曲中人「寂寥」的心境使然。

二、夏 景

元曲中寫夏日暢汗淋漓，浮瓜沈李的作品極多。而夏日景中總免不了水波瀲灩，因此逐水而居的漁翁自然容易成爲其中的襯景。再加上盛夏溽暑的氣候在冷熱對應之下，往往使人帶有幾分情緒上的癲狂，所以容易表現出「放」的風格特質。以下舉帶過苗兩首來印證。先看馬謙齋的〈中呂‧快活三過朝天子四邊靜〉（夏）：

> 恰簾前社燕忙。正枝頭楚梅黃。當空畏日熾炎光。楊柳陰迷

深巷。　　北堂。草堂。人在羲皇上。亭台瀟灑近池塘。睡
足思新釀。竹影橫斜。荷香飄蕩。一襟滿意涼。醉鄉。豔粧。
水調誰家唱。　　紅塵千丈。豈羨功名紙半張。漁樵閑訪。
先生豪放。詩狂酒狂。志不在凌煙上。(上冊，頁749)

曲中第一段先鋪設夏日場景，以對比方式將外頭「熾炎光」與深巷中
的「楊柳陰」相提，將空間移轉到日焰罕至的人家。這人家中的主人，
不但避開炎焰曝曬，也避開人情風波，坐擁荷塘、高歌水調，直追羲
皇雍雅之樂。最後再點出此中高人，尋常與漁樵相訪，壯志只在詩酒
上。這一曲中的漁樵以隱者之恣，作為與曲中高士的正襯，把煙波水
景的清麗浪漫沖淡許多，以快活豪情代之而起。

　　馬謙齋曲中的漁樵是曲文主角的「正襯人物」；另外還有以「文
人漁父」之形象作為夏景裡的第一要角，就如顧德潤的〈南呂・罵玉
郎過感皇恩採茶歌〉(夏日)所書：

啣泥燕子穿簾幕。早池塘貼新荷槐隄柳鳴蟬和。扇影羅。
巾岸葛。花盈座。　　暑氣無多。雨聲初過。倚東床。開
北牖。夢南柯。燈前恣舞。醉後狂歌。書慵注。琴倦撫。
劍休磨。　　掛青簑。釣滄波。世塵不到小行窩。笑擁青
蛾嬌無那。年來放我且婆娑。(下冊，頁1069)

這首曲亦不例外地從寫景入手，作者選取最具「消暑」效果的代表物
著手，鋪排出一片清爽的景致。而在這般景象之下，溽熱的暑氣再也
難上心頭，但閒撒慵懶的情緒卻是久久不復。暑熱之際，不宜注書、
撫琴、磨劍，這些有為的形跡只會引來心思煩躁，只適合泛舟滄波上，
頤養快意之樂。這曲中人物雖是個兼職漁父，但他以婆娑四海的精神
境界，把盛夏燥熱轉為清涼世界，也把漁父無憂無求的個性顯揚出來。

三、秋　景

　　漁父的形象在文學作品中要不是搏鬥風浪的勇士，就是一派悠閒
瀟灑的雅士形貌。在描寫四時節序替換的季節曲作中，秋色景致與這
兩種形象似乎有較遙遠的距離。雖然秋季是蟹黃膏美的時節，但是曲

作中多偏向賞菊之逸。因此在元散曲中的這類作品僅有張可久〈雙調・殿前歡〉（秋日湖上）一首，茲錄於下，聊備一格：

> 倚吟篷，障西風十里錦芙蓉。照滄浪似入桃源洞。欠箇漁翁。冰泉瀉翠箇玉液浮銀甕。羅袖擎金鳳。團香弄粉。泛綠依紅。（上冊，頁787）

這是描寫浮舟湖上，遊賞秋景的曲作。曲中以桃源故事之典爲例，設想自己欲入桃源美境，獨缺漁人領路。曲中的漁翁，並無象徵作用，只不過是點綴性的人物。

四、冬　景

自唐人柳宗元作〈江雪〉，把獨釣漁翁寫的既傳神又動人之後，那孤舟縮笠、獨釣寒江的老漁翁，耿傲孤絕的形象就已深植人心。因此在元漁父散曲以四季爲序的作品中，也以搭配冬景的描述質、量較爲可觀。冬日江水冰封、雪花飛飄，照理來說是漁家休養生息的季節。況且冬日水凍，假使眞有漁家行舟江海之上，所映入詩人眼簾的應當是點（漁翁、舟船）對面（雪天、凍江）的巨幅落差呈現出張力的美。先以描述歲晚冬寒的蘇彥的散套〈越調・鬥鵪鶉〉（冬景）爲例：

> 地冷天寒。陰風亂刮。歲久冬深。嚴霜遍灑。夜永更長。寒浸臥榻。夢不成。愁轉加。杳杳冥冥。瀟瀟灑灑。
>
> （紫花兒序）早是我衣服破碎。鋪蓋單薄。凍得我手腳酸麻。冷彎做一塊。聽鼓打三（手過）。天那。幾時捱的雞兒叫更兒盡點兒煞。曉鐘打罷。巴到天明。　　地波查。
>
> （禿廝兒）這天晴不得一時半霎。寒凜冽走石飛沙。陰雲黯淡閉日華。布四野。滿長空。天涯。
>
> ⋯⋯
>
> （紫花兒序）這雪袁安難臥。蒙正回窯。買臣還家。退之不愛。浩然休誇。眞佳。江上漁翁罷了釣槎。便休提晚來堪畫。休強呵映雪讀書。且免了這掃雪烹茶。
>
> ⋯⋯（上冊，頁648～649）

此套一開始便把寒天的惡劣風候描述出來，在這樣惡劣的天候中，尋常人都要「夢不成、愁轉加」的。而這曲中人所遭逢的景況更是無比淒涼，禦寒物的不足，使他得彎縮手腳捱過一個又一個的凍夜；等到天明、往外望見的仍是走石狂沙，當然陷入了似乎是永無止盡的灰暗感受中。於是仰望天涯，是在只能蜷縮如斯以度雪天，就算是好賞雪雅興之習的幾位名士之流，恐怕也禁不住這般風雪折騰，連風裡來雪裡去的漁翁都得停釣返家，足見這煙杳白雪的寒氣實在逼人甚亟！這一散套中的漁翁是停泊釣槎的，也是比較接近現實的描述。此外還有專門述及雪天江釣的曲作，以其活動爲著墨重點，將漁翁於雪江上的身形美表現出來，例如徐再思的〈中呂・普天樂〉（吳江八景──雪灘晚釣）：

> 水痕收。平沙凍。千山落日。一線西風。箬帽偏。冰蓑重。
> 待遇當年非熊夢。古溪邊老了漁翁。得魚貫柳。呼童喚酒。
> 醉倚孤蓬。（下冊，頁 1040）

這首小令前四句把冰封的過程各以動態及用數上的誇飾，簡潔的點出來，彷彿是在一夕之間便有江湖凝凍，先帶領讀者進入冷凝的世界。緊接著以著帽蓑的裝扮將焦點直接帶到漁翁身上，在雪灘上有漁翁執釣，佝僂的身軀掩飾不了他的魚釣雄心。這樣的執著果然帶來獲鱗之喜，燒一壺好酒相配，不就是寒天樂事？這一曲中的老漁翁，在寒天中更見其挺身無謂的拗勁，頗有剛勁潑辣的美感情操。這裡的漁翁在個性上帶有「執拗」的氣質，然而也有另一類見機而動的隨適情懷。例如無名氏的〈雙調・壽陽曲〉（江天暮雪）：

> 彤雲布。瑞雪飄。愛垂釣老翁堪笑。子猷凍將回去了。寒
> 江怎生獨釣。（下冊，頁 1748）

這一曲對寒江獨釣者抱著著癡人傻行的觀望，在寒天雪布的江上實在是不宜獨釣，對垂釣老翁提出「堪笑」的質疑。但曲中可愛之處，正在其「不勉於人」的筆調，不以價值判準的觀念強加在個體獨立的選擇之上，這或可說是曲中貼近人性的表現之一。

第四節　其　它

　　除上述三種觸及漁父形貌或思想表徵的類型曲作外，元初道士邱
處機以雪山論道博得太祖青睞，全真、太一、真大、正一、玄教等五
大教派，終其有元一代，勢力均興盛不墜，並對文人的創作思想形成
增益作用。〔註26〕這種情形也反映在漁父散曲之中。此外隱括集句的
形態在散曲體制中仍遭沿用，除了文字上的純粹隱括之作外，也有合
畫之曲作。另外再有以漁人撒網垂釣之活動為喻，把男女悅慕的過程
生動地描摩下來。以下分別列舉曲作之一二，以見其兆。

一、尋仙訪道

　　往山林中尋仙訪道，是人對有限的生命作無限追索的努力痕跡。
其中又可概分為「文人言道」及「道士言道」兩類；前者多半富蘊遊
仙氣味，後者摻有得道悅樂之感。文人求道以張可久的〈中呂・紅繡
鞋〉（仙居）為例說明之：

　　　　有客樽前談笑。無心江上漁樵。小壺新醞注仙瓢。梅花和
　　　　月種。松葉帶霜燒。本清閒忙到了。（上冊，頁893）

這裡所談述的仙居，思想上是超脫的仙界，然身處的境遇卻是真實的
人世。而唯以心念之轉，將目之所即、形之所遇撤除有意而為的心意，
那麼人間瞬成仙境，其飄然清閒之樂，也不過似漁樵賞松梅、飲新醪。
這是文人想像的仙境，多少帶有避俗的氣味。道士求仙之作，在此援
引雲龕子的〈中呂・迎仙客〉為例：

　　　　混元珠。無價寶。赤水溪邊收拾了。色渾渾。光皎皎。手
　　　　中握定。占斷人間俏。（下冊，頁1883）

此曲中的「混元珠」乃是得道珍寶，它具有預知未來的功能，還需有
道心者方得。文人求仙與道士求道之作兩者存著實用性上的差異，

〔註26〕詳參袁冀：〈元代玄教僧侶交遊唱和考〉（中華文化復興月刊第六卷
　　　　第十一期）袁冀：〈元代玄教宮觀教區考〉（中華文化復興月刊第七
　　　　卷第一期）、以及詹石窗：《南宋金元的道教》（上海：上海古籍出版
　　　　社，1989年初版）。

比較起來，仍以文人求仙較具有文學想像的浪漫氣味。

二、隱括集句

　　以相同主題創作的文學作品，必然有所謂「典範」的產生。這一類典範或在思想層面翻新出奇、或因麗詞佳句引人入勝，故除了傳誦之廣遠外，往往在後代會產生以「模擬」形式的集句或隱括創作，而元代漁父散曲的隱括之作，大半是出於創作心理的「同情共感」，〔註27〕並且元人詩畫並陳的作法，〔註28〕在漁父散曲中也獲得印證。例如喬吉的〈雙調・沈醉東風〉（題扇頭隱括古詩）：

　　　　萬樹枯林凍折。千山高鳥飛絕。兔徑迷。人蹤滅。載梨雪小
　　　　舟一葉。蓑笠漁翁耐冷的別，獨釣寒江暮雪。（上冊，頁596）

此小令隱括柳宗元之〈江雪〉，除點化原有詩句加以伸張句義外，還分別於第一、三、五句增添己意。整首曲看起來在語言使用上產生口語化的效應，整體主旨架構還是與原詩相同的，並不因增添句義，而翻轉出新的思想面貌。筆者認爲這恐怕是見扇面畫作的信手題筆，未必有太深奧的擬作意圖，不過求得詩畫情境一致罷了。除柳作之〈江雪〉歷宋、元兩代爲隱括集句者所好之外，東坡之〈赤壁賦〉亦榜上有名。下引孫季昌之〈仙呂・點絳唇〉（集赤壁賦）爲例：

　　　　萬里長江。半空煙浪。驚濤響。東去茫茫。遠水天一樣。……

　　　　（天下樂）隱隱雲間見漢陽。荊襄。幾戰場。下江陵順流
　　　　金鼓響。旌旗一片遮。舳艫千里長。則落的漁樵每做話講。

　　　　（那吒令）見橫槊賦詩是皇家棟梁。見臨江釃酒是將軍虎

〔註27〕何寄澎認爲模擬大致有四種方式，分別是：同情共感、尊崇古典以附驥尾、強化經典的範式以及作者對新的美學規範之提出。錄自何寄澎講詞：〈模擬與經典詮釋〉，民國92年元月8日演講詞。

〔註28〕李德壎先生認爲題畫詩成爲中國繪畫藝術構圖的一部份乃起源於宋。見李德壎：《歷代題畫詩類編》（濟南：山東教育出版社，1987年初版），頁5。鄭因百先生在〈題畫詩與畫題詩〉一文則有「元人始行」的觀點。而這裡所謂的題畫詩，其實主要指畫作之落款，其風氣在元代方興，應該是可信的。

> 郎。見修文偃武是朝廷紀綱。如今安在哉。做一世英雄將。
> 空留下水國魚邦。……（下冊，頁 1242）

這一曲集作，沒有蘇子原作中對應水月之變而書之人生哲思，反而將
創作重心改易到對歷史興亡的人事喟嘆上，雖援引〈赤壁賦〉之佳句，
但總體思想主題已產生新意。再者，因曲之語言特徵，同時也導致這
首曲作較原賦更富有唱念之情韻。

三、藉物喻情、題序

　　最後，在元代漁父散曲的作品中，有極少數創作思想具特出寓意
者，亦徵引一二，以全其貌。漁人之活動，最明顯之特徵在其「釣」。
歷來的漁父創作中，多半將「釣」牽附上姜尚垂餌渭水之濱的典故，
以示雄圖壯志有待賢明之意。但元散曲因其狀物寫情無所不包，故也
有以「垂釣」隱喻男女愛戀往來的作品，讀來甚感俏皮。如：曾瑞的
〈商調・梧葉兒〉（贈喜溫柔）：

> 他垂釣。誰上鉤。休粧賴幾曾有。得你意。平生鉤。喜溫
> 柔。怎禁你行監坐守。（上冊，頁 499）

「喜溫柔」據散曲家的題贈小令多首看來，應當是元代前期炙手可熱
之名旦歌女。曾瑞的這一首創作，把男女於歌舞宴席上的歡愛的你情
我願，以一垂釣、一上鉤為其相看兩不厭的互動作了巧妙的註腳。再
把此名旦引人垂憐、迴旋於歌樓舞榭的身影，以「喜溫柔」一詞之音
義雙關，將其引人神思嚮往的精神面貌給勾勒出來。此作在喻意上推
陳出新，又在構詞上巧用音義，讀來頗有活潑尖新，別樹一幟的效果。
　　最後，再錄郑經的〈雙調・蟾宮曲〉（題錄鬼簿）一作：

> 可人千古風騷。如意珊瑚。蒼水黶鰲。紙上功名。曲中情
> 思。話裏漁樵。嘆霧閣雲窗夢窈。想風魂月魄誰招。裹驪
> 江淚冷鮫綃。續冰弦指凍鸞膠。傳芳名玉兔揮毫。（下冊，
> 頁 1376）

這首曲作中的漁樵，大抵不離前述所提及那些映照歷史時空的幫襯作
用。然而因其形態為序文，故而引錄究之。這一曲的價值，其實是對

《錄鬼簿》中所記載的諸作者予以正面肯定的評價。而曲文中「曲中情思，話裡漁樵」一句，筆者認為實在可以為元代漁父散曲創作數量之多、思想類型之歸趨，起例證之用。這些曲家在曲中所訴之情思，不只限於歡場風月之情，那些寄寓文士思索社會、人生、宇宙、彼我等等價值的作品，也曾依附在「漁樵」的形象、活動上得到紀錄與流傳。雖然創作的載體，於形貌體制上多生變化，創作思想也為了與時代潮流合拍而稍有轉易，但這正是漁父主題在此意義涵蘊深化後的生命，也是漁父散曲創作的價值所在。

第六章　元代「漁父」散曲的形式與風格

　　元曲，實際包含了兩大部分：一屬與唱作俱存的劇曲，在形式上乃歸諸於表演藝術之一環，一屬民間傳唱的散曲。散曲沒有舞台演出的過程，其形式在創作素材的選擇上可畫入傳統詩歌言志抒情的系統之中，在創作體裁的表現面貌與宋詞的歌詞樣式相類。於是詞有詞調、曲有曲牌，兩者均爲文學與音樂相合的新文體。因此，無論詞曲，定其音調的詞調、曲牌，一方面以其音律樂調對作品形式形成制約作用；再方面又透過詞調曲牌的聲情加強作品的音韻性質。元代的漁父散曲在題材選擇上已有限制，然而主題內容所抒發的情感與曲家選用的曲牌是否相符？抑或脫離曲牌的音律規範，純然從內容上化約歸入詩歌系統？再其次，韻調的選擇及押韻位置疏密，對於曲作的吟詠傳播效果，占有重要的決定作用。因此，關於漁父散曲的曲調聲情及押韻方式，是本章所欲處理的第一個形式問題。在這一部份，元代散曲的曲牌對於內容聲情效果雖然起限制規範的作用，但是因時代久遠及現有文獻的限制，並無法細窺彼此關係之全貌，僅能就現存資料作粗淺的計量分析；又因語音會隨著地域、時代產生變化，因此在細究押韻問題時，仍將發音方式對押韻的影響一併討論。

其次，作者所慣用的修辭方式，往往也決定著作品的風格。修辭方式除了有助於形式美的塑造之外，優秀的創作者仍能藉助修辭使詞義更明確地表達出來，這是選擇修辭方式作爲本章第二個形式探討重點的主因。再者，吾人慣常對元曲風格以「俚俗」一語帶過，究竟何種使用語言的方式，使得同樣依賴音樂爲傳播媒介的詞與曲產生不同的風格樣貌？修辭範疇裡的語言形式應該佔有重要的一環。因此要探究漁父散曲的風格特徵，就必須從語義、語用的角度加以推敲！

最後，本章將綜合「語音」（曲牌音韻）及「語用」（修辭方式）雙方面在元代漁父散曲作品中的運用及效果所得出的結論，來爲元代漁父散曲的總體風格定調。

第一節　「漁父」散曲使用宮調曲牌統計與分析

全元散曲中以「漁父」作爲創作主題的作品共計有二百五十三首，其中包括了二百二十二首小令（含帶過曲）、三十首散套以及一首殘曲。以下仍先依塡作之宮調及曲牌做分類歸納，再就其所押韻部之歸屬、句式結構來探究其聲情表現；最後從其使用詞彙之文化義、地域義、象徵義等總結分析元代漁父散曲之主體語言風格。

元代「漁父」散曲使用之曲牌及宮調，先以一簡表示之如下：

體製	宮　調	曲　牌　名　稱	創作數量	附　　註
散套	大石調	青杏子	1	
	小石調	惱煞人	1	
	中呂	粉蝶兒	3	包括北曲一首
	仙呂	賞花時	2	包括北曲一首
		點絳脣	2	
		八聲甘州	1	
		村里迓鼓	1	
	正宮	端正好	3	
		叨叨令	1	

	南呂	一枝花	6	
	般涉調	哨遍	4	
	越調	鬥鵪鶉	2	
	雙調	喬牌兒	1	
		喬木宣	1	
		新水令	1	
		夜行船	1	
		甜水令	1	
小令	不知宮調	豐年樂	1	
	黃鐘	人月圓	1	
	中呂	普天樂	10	
		山坡羊	6	
		陽春曲	2	
		滿庭芳	28	
		朝天曲	4	
		喜春來	2	
		朝天子	7	
		紅繡鞋	3	
		迎仙客	4	
		快活天三過朝天子	1	帶過曲
		快活天三過朝天子四邊靜	1	帶過曲
		齊天樂過紅衫兒	3	帶過曲
	仙呂	寄生草	2	
		遊四門	2	
	正宮	黑漆弩	1	
		滔滔令	5	
		鸚鵡曲	8	
		醉太平	3	
		小梁州	2	
		漢東山	2	

南呂	金字經	2	
	玉交枝	2	
	四塊玉	1	
	罵玉郎過感皇恩採茶歌	2	帶過曲
商調	梧葉兒	4	
越調	小桃紅	5	
	寨兒令	6	
	柳營曲	6	
	憑欄人	2	
	天淨沙	1	
雙調	快活年	1	
	沈醉東風	16	
	壽陽曲	7	
	湘妃怨	2	
	殿前歡	9	
	大德歌	1	
	慶東原	2	
	清江引	4	
	撥不斷	4	
	折桂令	27	
	百字折桂令	1	
	水仙操	1	
	水仙子	2	
	燕引雛	1	
	江兒水	2	
	落梅風	1	
	湘妃引	1	
	天香引	1	
	慶宣和	1	
	十棒鼓	2	
	阿納忽	1	
	一碇銀	1	
	雁兒落帶得勝令	4	帶過曲

　　經由上述簡表所示可以發現，在三十首散套中，不但所選用的曲牌較小令分散，而且各個宮調所填作的作品數量也較爲平均，除了〈南呂‧一枝花〉填作數量相形之下稍多（六次）以外，其它宮調及所屬曲牌均無明顯的偏好現象。至於小令部分，除去不知宮調的〈甜水令〉與〈豐年樂〉兩首外，在宮調的選擇方面以雙調奪冠（93 次），其次是中呂調（71 次），正宮（21 次）與越調（20 次）的填作數量平分秋色；再從曲牌方面來分析：小令部分以中呂〈滿庭芳〉（28 次）居首，其次爲雙調中的〈折桂令〉（15 次）、〈沈醉東風〉（14 次）、〈蟾宮曲〉（14 次）；再其次爲中呂調的〈普天樂〉（10 次）。

　　從對《全元散曲》中的「漁父」散曲之宮調及曲牌歸納，可以看出以下三種現象：

　　（一）在曲牌體制的選擇方面，偏向兩極，即不是小令，便是套曲，介於兩者之間的帶過曲僅作有十一首，屬於相對少數。

　　（二）在宮調的選擇方面，無論散套或小令，所選用的宮調均極爲多元，其中〈中呂〉、〈仙呂〉、〈正宮〉、〈南呂〉、〈越調〉、〈雙調〉等六個宮調，無論令、散套均曾填製作品；唯大石調之〈青杏子〉與小石調之〈惱煞人〉爲散套所獨填，商調之〈梧葉兒〉與黃鐘之〈人月圓〉爲小令所獨填。從總體宮調的選擇上發現以〈雙調〉作品最多，其次爲〈中呂〉，這一現象將於下一段落詳加分析此兩宮調的聲情表現。

　　（三）在曲牌的選用方面，比起散套，小令在曲牌的選擇上較爲多元。但這並不意味散套作品在音樂上的單一化，而僅能反映出散套基於同一宮調均可互相組合填製的結果。另外較值得注意的是現象是散套當中的〈南呂‧一枝花〉以及小令當中的〈中呂‧滿庭芳〉、〈雙調‧折桂令〉、〈雙調‧沈醉東風〉、〈中呂‧普天樂〉五個曲牌。這五個曲牌在所選用曲牌中佔相對多數，於下一段落亦將就其音韻、句式來探討聲情表現。

一、宮調的選擇與分析

元曲的音樂性在傳統詩歌系統中是最爲強烈者之一，除了曲牌的音樂形式之外，還附帶宮調的規定。曲牌的形式近於詞牌，對曲的字數、平仄等有限制作用；而宮調的規定是除曲之外、其它的韻文形式所少有的。那麼，究竟什麼叫做宮調？對曲作有什麼規範作用？是否影響其聲情表現？這些是本段所要廓清的問題。其次，再從這個基礎上來一探宮調的選用在漁父散曲創作上的效果。

什麼是宮調？雖然現今學界對於宮調的定義仍眾說紛紜，但是原則上是承認其「定調」的樂理作用。吳梅在《顧曲塵談·論宮調》便說：

> 宮調之理，詞家往往僅守舊譜中分類之體，固未嘗不是。但宮調究竟是何物件？舉世且莫名其妙，豈非一絕大難解之事。余以一言定之曰：宮調者，所以限定樂器管色之高低也。〔註1〕

趙義山也說：

> 宮，首先是作爲五音或七音的一個基本音，當「宮」與具體的律位結合，稱某某宮的時候，它具有表明調高而統攝其它各調的作用。其次，在一個同宮音系中，宮音本身也是一個音位，與同宮音系中其餘各音具有某種相同的性質；而具體到某一律位的某某宮或某某調又都具有既表明調高又表明調式〔註2〕的作用。〔註3〕

這兩位學者對於「宮」的基本定義，均著眼在其「定音高」的功能上。以現今樂理來說，就是確立該曲唱奏的宮（do）音應該放在音階上的哪一個位置，〔註4〕因爲宮音一旦確立，整首曲子旋律的高低便可以

〔註 1〕 吳梅：《顧曲塵談》（台北：廣文書局，民國 51 年初版），頁 6。
〔註 2〕 此處所言之「調高」，大致等同于現今的音高、音階概念；至於「調式」則類似於現今樂理所言的旋律。
〔註 3〕 趙義山：《元散曲通論》（成都：巴蜀書社，1993 年 7 月第一版），頁 40。
〔註 4〕 以中國傳統五聲音階配合現今西方音樂的調位，可以歸納簡表如下：

隨之定調。那麼宮要如何統攝調？所謂的「調」，根據筆者的理解，應該就是改換（do）音的音高調值，類似吾人今天所言的「升降調」。舉例來說，同屬 C 大調的（do）音，是指其「宮」，然此 C 大調可能是高音 C、也或許是低音 C，起音的高低就牽涉到音域的寬窄。因此，調的改換到最後仍然要遵從宮音（do）落於哪一音位的基本軌範。以此五聲音階作為宮調的定位基準，配合上「旋宮」（即：任何一音都可作為宮音）方式，曲的音律多樣性便得以彰顯。如此一來，就可以藉由音調的高低升降決定其譜式聲情。因此，周培維便說：

> 在戲曲曲譜中，宮調主要有三層涵意。首先，宮調是經緯一部曲譜的結構線索，所有曲牌與曲調格式，都必須在某一宮調的統轄下才能組合成譜。其次，宮調又是曲牌聯套的構成單位，任何一種曲譜的套數舉例、譜式分析以及理論總結，都必須在確定宮調的前提下進行。第三，宮調在最本質上又是一個音樂概念，它在曲譜中還標誌著某類音樂風格、某某程式化的戲曲聲情特徵。〔註5〕

這一段話對宮調所分析的前兩個「涵意」，仍屬「定音高」的範疇，值得注意的是第三點：「標誌音樂風格」以及「程式化的聲情特徵」。所謂「程式化的聲情特徵」較容易理解。舉例來說，當主音確立在半音的位置，因為音階的密度較為稠促，自然呈現出小調風情，也比較適合吟哦旖旎婉轉的曲情；反之，當主音音階為全音時，音階之間的密度較為寬疏，自然展現明快爽朗的音調特色。至於什麼樣的宮調適合表現哪一種「音樂風格」，這一部份即屬於「宮調聲情」的概念範疇，比起宮調概念更抽象難明。

五聲音階	宮	商	角	徵	羽
起　音	do	re	mi	sol	la
七聲音位名稱	C 大調	D 小調	E 大調	G 大調	A 小調

〔註 5〕周培維：《曲譜研究》（南京：江蘇古籍出版社，1999 年 9 月第一版），頁 260～261。

　　吾人當先承認，各個宮調有其特殊的聲情。而此處所言之「聲情」不單指音樂旋律所表現出來的特徵，更重要的是宮調的音色與文辭意義的配合緊密與否。換言之，宮調已經不純然管轄音樂旋律部分，還要與漢字語詞的四聲音調相調，才是完整的「聲情」。現今關於曲調聲情的最早紀錄，應當是燕南芝庵的《唱論》：

> 大凡聲音，各應於律呂，分于六宮十一調，共計十七宮調：
> 仙呂調唱清新綿紗，南呂宮唱感嘆傷悲，中呂宮唱高下閃賺，黃鐘宮唱富貴纏綿，正宮唱惆悵雄壯，道宮唱飄逸清幽，大石唱風流蘊藉。小石唱旖旎嫵媚，高平唱條物滉漾，般涉唱拾掇坑塹，歇指唱急進虛歇，商角唱悲傷宛轉，雙調唱健捷激梟，商調唱淒愴怨慕，角調唱嗚咽悠暢，宮調唱典雅沈重，越調唱陶寫冷笑。〔註6〕

其後曲家論及宮調聲情多依循《唱論》之說增刪改易，大抵不出其右。如：周德清《中原音韻》不過刪去每一句中的「唱」字、王世貞的《曲藻》〔註7〕除了「南宮」宜「感歎傷宛」、「高平」宜「修蕩滉漾」、「角調」宜「典雅沈重」三調稍有不同外，其餘均與《唱論》所述之聲情表現相符。但仔細尋繹不免發現，無論是《唱論》、《中原音韻》或是《曲藻》，所陳述的「聲情」其實是一種音樂的經驗感受，偏於印象式的敘述而缺乏精確的評價標準。例如：南呂的「感嘆傷悲」與商角的「悲傷宛轉」、商調的「淒愴怨慕」都呈現「悲」的音樂特徵，但這些宮調彼此之間所呈現的「悲情」理當有所不同，如此劃分才有意義可言。此外，哪一種聲情表現可以叫做「高下閃賺」？哪一種音樂風格稱為「陶寫冷笑」？這些都沒有明確的例證可以協助今人瞭解。但透過王季烈在《螾廬曲談》提到：「北曲各宮調之音節，亦其所宜曲情也。元人填北詞，殆無不守其規律，悲劇則用南呂商調，英雄豪傑則歌正

〔註6〕燕南芝庵：《唱論》。收於楊家駱主編：《歷代詩史長編二輯》（台北：鼎文書局，民國63年2月初版）第一冊，頁8。

〔註7〕王世貞：《曲藻》。收於楊家駱主編：《歷代詩史長編二輯》（台北：鼎文書局，民國63年2月初版）第四冊，頁27。

宮，滑稽嘲笑則歌越調」〔註8〕之述，筆者猜測，對於宮調聲情的敘述，
理應當與曲文內容相應，才能有較爲整體性的瞭解。但如此一來，《唱
論》所流傳下來對於宮調聲情的敘述是否就沒有價值呢？筆者不以爲
然。雖然曲調本身的音樂記錄已不復存，但是要廓清宮調聲情的全貌，
《唱論》所言的十七宮調聲情提供古樂復原的線索，同時在樂譜亡佚
的情形下，對於探討曲文內涵風格仍有裨益。再加上「宮調」之本義
即在訂定音高調值，固定的音色仍有其適合抒發的曲情。廓清宮調聲
情的意義並非本文探討的重心，而是要透過宮調選擇的角度，協助探
討漁父散曲的概括性聲情。因此，本文仍沿用《唱論》所論及的宮調
聲情表現，對元代漁父散曲慣用的幾種宮調探討聲情表現的關係。

　　下表所呈現的乃是從宮調分佈情形爲分類標準，對元代漁父散曲
所做的統計表：

體制　　宮調	散　套	小　令	總　計
大石調	1	0	1
小石調	1	0	1
中呂	3	71	74
仙呂	6	4	10
正宮	4	21	25
南呂	6	7	13
般涉調	4	0	4
越調	2	20	22
雙調	4	93	97
商調	4	0	4
黃鐘宮	1	0	1
不知宮調	2	0	2
總計	37	216	254

〔註8〕王季烈：《螾盧曲談》（台北：台灣商務印書館，民國 56 年初版），
　　　頁 26。

　　從上表中可以清楚看出以小令為主要創作形式的漁父散曲在宮調的選擇上，以「雙調」及「中呂」為宗，其次是正宮、再其次是越調。再對照《唱論》所述之聲情表現：雙調是「健捷激裊」、中呂是「高下閃賺」、正宮乃「惆悵雄壯」、越調為「陶寫冷笑」。就其字面意義來說，「健捷激裊」大致屬於高昂的音色、「惆悵雄壯」多半為沈鬱風格的形容，殆無疑義；但是「高下閃賺」、「陶寫冷笑」屬於何種聲情風格？吾人若從王驥德《曲律》所言入手，便較能明瞭其義：

> 又用宮調，須稱事之悲歡苦樂。如遊賞則用仙呂、雙調之類；
> 哀怨則用商調、越調之類。以調合情容易感動得人。〔註9〕

所謂「以調合情」主要就是在說明配合曲文主旨的意義脈絡，選擇恰當的宮調來配合表現。每一宮調無論從音色、節奏，都有較為適合的敘述主題。以漁父散曲來說，選用中呂宮所常用的幾個曲牌之作品，如〈山坡羊〉、〈普天樂〉、〈滿庭芳〉等，泰半是以奇數短句為主要句式，篇幅短、節奏輕快，故名之：「高下閃賺」。以越調來創作的作品，在主題內容以描寫「對紅塵俗世厭棄」之作品為多，〔註10〕實情也稱得上是冷眼旁觀的嘲諷。

　　因此，從元代漁父散曲所常用的宮調來看，「以調合情」的現象與創作主題比例實際雖然未必相符，元代漁父散曲多數仍然表現出疏朗明快的特色，即使是描寫個人不受重視、與現實扞格不入的情懷時，除了自嘆悲憐之音外，還以嘲謔戲諷的態度來抒解自己承受的壓力。這一部份，為元代漁父散曲的生命，開啟發展的新途徑，使得漁父散曲在描寫自我情志的自適逍遙之外，還附加上對現實的有意疏離及嘲弄。

二、曲牌的選擇與分析

　　曲有曲牌，猶如詞有詞牌，除了對文體的形式起字句長短的「定

〔註9〕王驥德：《曲律》收於楊家駱主編《歷代詩史長編二輯》（台北：鼎文書局，民國63年2月初版）第四冊，頁72。

〔註10〕此處以本文第五章的主題分類為依據。以越調作曲的作品中，半數以上的主題思想旨在抒發棄世歸隱的情志。

制」作用外，還因受到各個宮調的統轄作用，對曲的旋律、調式、調性起「聲音美聽」的作用。以現存的曲牌作品稍加比較，便可以發現，以同樣的曲牌所作的曲詞，往往是「句無定字，調無定句」，此一現象與曲的可加襯字不無關連。因此，現今學界對於曲牌的研究，多數在考其名稱淵源並試圖藉茲以助廓清曲譜本貌。例如：王國維在《宋元戲曲考》一書，言明曲牌的來源，乃出燕樂、詞調、諸宮調等，任訥先生於《散曲之研究》也考索出曲牌與教坊所存名稱相同，凡117種。此外，隨著曲的盛行，曲牌必然也吸收部分的俗謠俚曲。這一部份因涉及曲調形式、音樂、格律等問題，非本文所能或必須處理者。是故，在這一部份，乃根據任訥先生《散曲之研究》對南北小令的用調所收錄之常用曲牌，就元代漁父散曲所使用的曲牌名稱與之相聯繫，作初步整理功夫。

　　以元代漁父散曲所使用的曲牌（包含小令、帶過曲及散套）與元曲常用曲牌相對照後的結果是：

　　屬「小令」專用的曲牌，有中呂宮的〈山坡羊〉、正宮的〈黑漆弩〉（即：鸚鵡曲）、越調的〈寨兒令〉、〈憑欄人〉、黃鐘宮的〈人月圓〉、雙調的〈大德歌〉、〈大棒鼓〉；屬「令套兼用」的曲牌名稱則包含了中呂的〈普天樂〉、〈滿庭芳〉、〈喜春來〉、〈朝天子〉、〈紅繡鞋〉、〈迎仙客〉，仙呂的〈寄生草〉、〈遊四門〉，正宮的〈叨叨令〉、〈醉太平〉、〈小梁州〉，南呂的〈金字經〉、〈玉交枝〉、〈四塊玉〉，越調的〈小桃紅〉、〈寨兒令〉，雙調的〈沈醉東風〉、〈蟾宮曲〉、〈慶東原〉、〈清江引〉、〈撥不斷〉、〈水仙子〉、〈落梅風〉、〈慶宣和〉以及〈阿納忽〉等。由此觀之，漁父散曲所擇用的曲牌，與當代流行的曲牌應當是一致的。

　　再者，最常填製的曲牌有中呂的〈普天樂〉、〈滿庭芳〉以及雙調的〈沈醉東風〉與〈折桂令〉四曲。此四種曲牌之運用，與主題內容的關連性，主要關涉其句式的奇偶，留待探討「用韻」時一同分析。

（一）韻　部

詩詞曲之所以劃歸爲韻文系統，其共同特徵顯然是落在「押韻」的特色上。這些文體的用韻方式，一方面突顯詩歌與聲韻之間的關係，有助於理解、發揮文辭情感；再方面，語言聲韻經常隨著時代、地域而改易，詩詞曲雖均押韻，但其押韻位置、方式、韻部的分合等隨著語音變化有所改易。現今所使用的詩韻，基本上是本於六朝以來的中古音系統，參照的是《切韻》、《廣韻》等韻書；至於詞韻的發展，一開始借用詩韻，但限制較詩韻更爲寬泛，也有平上通押的情形。〔註11〕即便到了南宋以後、明清時期有正式的詞韻韻書整理，基本上也都是根據唐宋詞的用韻規律加以歸納，反映的是唐宋時期詞作押韻的實際情形。至於曲韻韻書，現存以周德清所著之《中原音韻》一書最早，元代以後的曲學家在標記音律押韻的著作中，也幾乎都以《中原音韻》爲本，如：王驥德在《曲律・論韻》中便說：「作北曲者守之，兢兢無敢出入。」〔註12〕再加上《中原音韻》所輯得之韻腳，主要依據是元代的散曲作品，〔註13〕以元代大都爲中心的北方語音爲主，同時反映元大德年間以後北曲中心南移的現象。因此，本節所言之韻部分合悉以《中原音韻》所做之韻部分類爲本。

《中原音韻》一書中將韻分爲十九部，平分陰陽，入派三聲。其

〔註11〕明人王驥德《曲律》便明：「古樂府悉繫古韻，宋詞尚沿用詩韻，入金未能盡變。至於元人譜曲，用韻始嚴。」清人毛奇齡謂：「詞韻可任意取押：支可通魚，魚可通尤，眞文元庚青蒸侵無不可通；其它歌之轉麻，寒之與鹽，無不可轉；入聲則一十七韻輾轉雅通，無有定紀。」轉引自趙誠：《中國古代韻書》（北京：中華書局，1979年10月第一版），頁105。

〔註12〕例如：徐于寶、鈕少雅《南曲九宮正始》在每調譜式之前標出《中原音韻》的韻部名稱、周祥鈺《九宮大成南北詞宮譜・凡例》中說明：「曲韻需遵周德清《中原音韻》。」吳梅《南詞簡譜》亦依《中原音韻》爲根據。

〔註13〕周培維：《曲譜研究》（南京：江蘇古籍出版社，1999年9月第一版），頁327。另參周培維：《論中原音韻》（北京：中國戲劇出版社，1990年第一版），第二章所述。

韻部分合的依據，主要是本於詩韻、詞韻，再參酌元代語言使用的實際情況而成。在〈中原音韻・前序〉中有言：

> 聲分平仄，字別陰陽。……平者最爲緊切，施之句中，不可不謹。……此自然之理也，妙處在此。初學者何由知之？乃作詞之膏肓，用字之骨髓，皆不傳之妙。〔註14〕

由此可證，北曲的押韻方式採平仄通押，平聲再細分爲陰平、陽平，缺乏入聲字。另外，散曲無論小令或套數均一韻到底，不避重韻。以下分就元代漁父散曲中的 212 首小令、帶過曲及散套的韻部分佈情形，分述說明之。先論小令部分，以圖表標示如下：〔註15〕

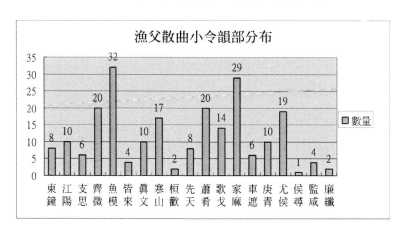

漁父散曲小令韻部分布

由上表可以得知：漁父散曲在小令部分以押第五部（魚模）爲多、次爲第十三部（家麻）、再其次爲第四部（齊微）與第十一部（蕭肴）韻。再以本文所論之漁父散曲小令之好用曲牌〔註16〕與其使用韻部比對之下，另可得出以下數量表：

〔註14〕〔元〕周德清《中原音韻・前序》（台北：弘道文化事業公司，民國62 年 8 月再版），頁 9～10。

〔註15〕小令部分因填作之曲牌名稱眾多，不暇備載，因此僅以韻部分佈繪圖示之。

〔註16〕這裡所謂之「好用曲牌」，係指填作作品數達 10 首以上之曲牌。請參閱本章第 166～168 頁之附表。

韻部＼曲牌	東鐘	江陽	支思	齊微	魚模	皆來	真文	寒山	桓歡	先天	蕭肴	歌戈	家麻	車遮	庚青	尤侯	監咸	廉纖	總計
（中呂）普天樂	1	1	0	2	2	1	0	2	0	0	0	0	1	0	0	0	0	0	10
（中呂）滿庭芳	1	3	1	2	2	1	1	0	2	1	2	1	4	1	1	2	1	1	28
（雙調）沈醉東風	0	0	1	4	3	1	1	1	0	0	0	1	0	2	0	2	0	0	16
（雙調）折桂令	2	0	0	0	2	0	0	1	0	1	3	4	5	0	3	6	0	0	27
總　計	4	4	2	8	9	3	2	4	2	2	5	6	10	3	4	10	1	1	81

　　由上表可以看到，漁父散曲的小令部分，好用曲牌所使用的韻部與整體韻部選擇的偏好大致相同：第五部之魚模韻與第十三部之家麻韻爲經常使用的韻腳。

　　以帶過曲形式創作的元代漁父散曲共計十一首。其押韻韻部之分佈如下表所示：

韻部＼曲牌	東鐘	江陽	支思	齊微	魚模	皆來	真文	寒山	桓歡	先天	蕭肴	歌戈	家麻	車遮	庚青	尤侯	侵尋	監咸	廉纖	總計
快活天三過朝天子	0	0	0	0	1	0	0	0	0	0	0	0	0	0	0	0	0	0	0	1
快活天三過朝天子四邊靜	0	1	0	0	0	0	0	0	0	0	0	0	0	0	0	0	0	0	0	1
齊天樂過紅衫兒	0	0	0	0	2	0	1	0	0	0	0	0	0	0	0	0	0	0	0	3
黑玉郎過感皇恩採茶歌	0	0	0	0	0	0	0	0	1	0	0	1	0	0	0	0	0	0	0	2
雁兒落帶得勝令	0	0	0	0	0	0	0	0	2	0	0	0	2	0	0	0	0	0	0	4
總計	0	1	0	0	3	0	1	0	3	0	0	1	2	0	0	0	0	0	0	11

　　由上表得知，帶過曲所喜用的韻部以第五（魚模）部、第九（桓歡）部爲多。在第五（魚模）部的押韻與小令部分是一樣頻繁的。再

來看散套部分：

宮調	曲牌	東鐘	江陽	支思	齊微	魚模	皆來	真文	寒山	桓歡	先天	蕭豪	歌戈	家麻	車遮	庚青	尤侯	侵尋	監咸	廉纖	總計
正宮	端正好	0	0	0	0	1	0	0	0	0	0	0	2	0	0	0	0	0	0	0	3
	六么令	0	0	0	1	0	0	0	0	0	0	0	0	0	0	0	0	0	0	0	1
小石	惱煞人	0	0	0	0	0	0	0	0	0	0	0	1	0	0	0	0	0	0	0	1
大石	青杏子	0	0	0	0	0	0	0	0	0	0	0	0	1	0	0	0	0	0	0	1
般涉	哨遍	0	1	0	0	0	0	0	3	0	0	0	0	0	0	0	0	0	0	0	4
雙調	喬牌兒	0	0	0	1	0	0	0	0	0	0	0	0	0	0	0	0	0	0	0	1
	新水令	0	0	0	0	0	0	0	0	0	0	0	0	0	1	0	0	0	0	0	1
	夜行船	0	0	0	0	0	0	0	0	0	0	1	0	0	0	0	0	0	0	0	1
越調	鬥鵪鶉	0	0	0	1	0	0	0	0	0	0	0	0	1	0	0	0	0	0	0	2
仙呂	賞花時	0	1	0	0	1	0	0	0	0	0	0	0	0	0	0	0	0	0	0	2
	點絳唇	0	1	0	0	0	0	0	0	0	0	0	0	0	0	0	1	0	0	0	2
	八聲甘州	0	1	0	0	0	0	0	0	0	0	0	0	0	0	0	0	0	0	0	1
	村里迓鼓	0	0	0	0	0	0	0	0	0	0	0	0	1	0	0	0	0	0	0	1
中呂	粉蝶兒	0	0	0	0	0	0	0	0	0	0	1	0	0	1	1	0	0	0	0	3
南呂	一枝花	0	0	1	1	1	0	1	0	0	0	1	0	0	0	0	0	0	1	0	6
	總　計	0	4	1	4	3	0	1	3	0	0	2	4	4	1	1	1	0	1	0	30

　　散套部分所喜用的韻部與小令、帶過曲有較大的差異，主要以第二（江陽）部、第四（齊微）部、第十二（歌戈）部以及第十三（家麻）部為主。散套在第十三（家麻）部的選用上，與小令有相近之處。綜合而論，元代漁父散曲所經常使用的韻部，是以第五部之魚模韻（15次）以及第十三部之家麻韻（16次）為主。

　　究其原因，主要有二。首先，從字義的選擇來看，先覆核「漁父」散曲作品中的用字，可以發現第五（魚模）部中的居、孤、夫、廬、

鱸、艫、魚、漁、湖、壺、櫓、父、鷺等字；第十三（家麻）部中的家、沙、花、霞、涯、怕、下、掛等字，與漁父散曲中經常出現的漁「父」、漁「家」、生「涯」、樂無「涯」、蓼「花」、紅「霞」、亂「沙」等常用字相符，自然出現的比例較高。其次，從語音的角度來說，家麻韻屬開口呼（-a），發音方式乃「啓口張牙」，〔註17〕結尾聲音屬寬廣宏亮的「放聲」，聲情與曲詞文情的開闊正可謂相得益彰；魚模韻（-u）、蕭肴韻（-au）及尤侯韻（-ou）雖然均屬撮口呼，但其發音口型乃「音出在喉」、所發之音響乃「甚清高」，〔註18〕故與散曲所表現的豪放風格相應。

（二）押韻位置的疏密、句式及效果

其次，從押韻的方式來探討。元曲韻例除上述已言之一韻到底、不避重韻之外，比較值得注意的現象是「平仄通押」，即同一韻部之陰平、陽平、上、去均同押一個韻組。這種平仄通押的方式，乍看之下遠比詩詞押韻寬泛，但因其為協音律之故，細分清濁，表現出來的聲情反倒比詩詞倍增抑揚頓挫的跌宕聲情。因此，任中敏於《散曲之研究》才說：

> 夫不換韻途徑雖窄，而平上互協則開展實多。……至於一韻到底，又自有其蓬勃充沛之善，不可誤以為難而廢之也。
> 〔註19〕

此外，從曲的押韻疏密及句式組構來看，散曲本就以「密韻」為主，幾乎句句用韻。本來密韻的使用，比較容易形成緊迫高昂、激越緊湊的聽覺效果，但還必須配合語言的運用、句式的表現形式，才得以全其風格。這裡，仍以漁父散曲所常用的五種曲牌，依其句式結構及押

〔註17〕參見〔明〕沈寵綏：《度曲須知・卷上・出字總訣》所示。收於楊家駱主編：《歷代詩史長編二輯》（台北：鼎文書局，民國63年2月初版）第五冊，頁205。

〔註18〕同上註。

〔註19〕任中敏：《散曲概論・卷二・作法》，頁3。收於其《散曲叢刊》第四冊（台北：台灣中華書局，民國73年6月臺三版）。

韻方式先表列如下，再作分析。

曲牌名稱	句式結構與押韻方式〔註20〕	附　註
（中呂）普天樂	3／3̊／4／4̊／3／3̊／7̊／7̊／4／4／4	單字句為主
（中呂）滿庭芳	4̊／4／4̊／7̊／4̊／7̊／7̊／3̊／4̊／5̊	密韻
（雙調）沈醉東風	6̊／6̊／3／3̊／7̊／7̊／7̊	句句用韻、單字句為主
（雙調）折桂令	6̊／4／4̊／4／4̊／4̊／6̊／6̊／4／4̊／4̊	偶字句為主
（雙調）雁兒落帶得勝令	5／5／5／5／ 5／5／5／5／2／5／2／5	帶過曲單字句為主
（南呂）一枝花	5／5／5／5／4／5／5／7／7 7／7／7／4／4／4／4／7／7／7／7／2／2／8／6／7／4 7／7／6／6／7／7	散套單字句為主

　　由上表可以清楚看到，元代漁父散曲的形式，無論在令、套還是帶過曲，基本上與散曲的既有形式體製是相同的：在句法上以單字句（三言、五言、七言）為主，韻腳也偏于密韻一類。

　　任訥有言：

　　　曲中長短句法，重在多用單數字之句──三言、五言、七言；……曲調於許多單數字之句中，間插一二雙數字之句法，……則通首句調，陡覺起落振蕩，抑揚頓挫，極盡搖曳生動之趣矣。〔註21〕

這種以單數句為主的長短形態，較吻合日常口語表達的習慣，再益以緊密接續的押韻方式，濟其流於口說形式之弊，又便於表現參差錯落

〔註20〕此處數字（3）表示該句為三字句，數字上若標有圈號，則表示該句需押韻。小令部分的句式及韻腳以唐圭璋：《元人小令格律》一書所示為準。收於《元曲研究・乙編》（台北：里仁書局，民國73年9月），頁1～98。帶過曲與散套則以實際作品為本。

〔註21〕任中敏：《散曲概論・卷二・作法》，頁2。收於其《散曲叢刊》第四冊（台北：台灣中華書局，民國73年6月臺三版）。

的音律效果，兩者相互搭配，確實達到了曲作形式的聲情效果。

第二節　「漁父」散曲的修辭方式及運用效果

　　李昌集在《中國古代散曲史》中提到：「曲是古代韻文體中最為靈活而開放的形式。」〔註22〕這裡所言的「形式」，除了句式得以自由長短伸縮之外，應當還包括語言使用的靈活度及新鮮感。隨意取一首曲文來看，其中泰半使用的是當時的方言俗語；再從現存元人作曲的資料檢視，幾乎少有推敲字詞的紀錄流傳，以元人夏庭芝《青樓集》中所記載的一段文字為例：

> 時有劉庭信者，南臺御史劉廷翰之旅弟，俗呼黑老五。落魄不羈，工於笑談，天性聰慧，至於詞章，信口成句。而街市俚近之談，變用新奇，能道人所不能道者。……所賦樂章極多，至今為人傳誦。〔註23〕

這一段記載說明了當時作曲的方式是「信口成句」、隨口而出的，自然是以平常使用的語言為媒介；其次「變用新奇」的根據，是以街市俚近之談為主要的題材，既是如此，脫離不了日常生活的行動範疇，而以一種新奇變化的語言形態呈現。更重要的是，這種以日常活動為素材，以信口成章的方式造語的作品，是廣為流傳、普受喜愛的，這說明了元曲的創作在語言方面的口語化特質。然而，曲之所以成為「一代文學」的代表體裁，自然不可能將純生活語言直接搬移至文學創作中，必然還是受限於體裁形式以及修辭技法的影響。散曲，在形式上承襲的是樂府以下至於詞的「長短句」句式形態，保留長短錯落的句法結構；另外，因其可加襯字的便利性，還吸收了古代散文結構的特徵，〔註24〕又因吸收方言俗語的形態，使得字音的誦讀產生口語化的

〔註22〕李昌集：《中國古代散曲史》（武漢：華中師範大學出版社，1991 年8 月第一版），頁 217。

〔註23〕夏庭芝：《青樓集》。收於楊家駱主編：《歷代詩史長編二輯》第二冊（台北：鼎文書局，民國 63 年 2 月初版），頁 37。

〔註24〕同註22。

鬆散效果，形成與詞有別的音律性。諸如此類，都是元曲有別於詩詞的特殊語言特徵。除此之外，散曲的創作，在修辭方式的運用既有承襲，也有創新。因其隸屬韻文形態的形式限制，它繼承了詩的「對句」形式及節奏。在曲文中可以看到：雖然襯字的運用拓展了主題意涵的涵攝度，但在音節韻律的對襯效果上，對偶形態的句組仍然佔有極高的比重。因此，本節對於元代漁父散曲修辭技巧的探究，仍以形式美的產生──對偶作為探討之重心。

　　此外，修辭技巧對於內容意義的呈現有強化語義、深化題材的作用。《文心雕龍‧通變》曰：「文辭氣力，通變則久，此無方之數也。名理有常，體必資于故實；通變無方，數必酌于新聲；故能騁無窮之路，飲不竭之泉。」〔註25〕元代漁父散曲雖然在「主題」上主要接續了漁父題材既定思想的規範，〔註26〕但是，文隨世變、詞隨世移，透過修辭方式的變化，仍可展現出新的價值。散曲在語言上的通俗化，使其描景述情，多用白描；但為濟其過度淺白直率之陋，又多以映襯的方式來加強字詞之間的張力，以凸顯對比、強化敘述重點。這是元代漁父散曲所在修辭形式上所開創出來的新途徑。以下，便分從修辭功能「形式美」的展現以及「主題意義的深化」兩方面，舉例說明其修辭運用及表現效果。

一、形式美的展現

　　散曲字句長短伸縮的自由度，在中國韻文系統裡是最為寬泛的。雖然如此，除了用韻的規定以資其聲情美聽外，對於形式美的要求，仍藉助幾種修辭格的幫助，使其不至於鋪敘如話、淡而寡味。任訥就曾說：

　　　　曲調於許多單數字之句中，間插一二雙數字之句法，再益
　　　　以對句、排句、疊句，則通首句調，陡絕起落振盪，抑揚

〔註25〕劉勰：《文心雕龍‧通變》（台北：開明書店，民國 82 年 5 月臺二版）。
〔註26〕請參照本文第三章、第五章之內容分類。元代漁父主題在內容上
　　　　大致不離既有的幾種典型，唯以「四時節序的點綴」一型稍有不
　　　　同。

頓挫，極盡搖曳生動之趣矣。〔註27〕

其中的「對句」、「排句」指的是對偶、排比的修辭方式；疊句則是所謂的類疊方法，這些形式均衡對襯的修辭方式，從形式上來說，可以增添變化；另一方面，還有助於意義的顯豁。以下分從對偶、類疊之形式塑造，一探使用效果。

（一）對　偶

「對偶」形式的運用，在修辭心理需求主要源出於對和諧、對襯的美感要求。傳統詩歌因其字數句數的嚴格規範，對偶句的形成是極為自然常見的；詞雖然句式長短不齊，但是在追求音律美聽的節奏之下，對偶也是常見的修辭方式。至於曲，吾人通常誤以為其重在口吻調利的節奏之下，以及活潑尖新的表現方式，不常以對偶之方式為形式修飾。但是，仔細翻閱元代散曲便可以發現，其中仍然有不少對偶齊整的字句出現，這些不但無礙其語言表達的流暢度，甚且增加文學的韻味。例如在寫景方面：

◎煙浮草屋梅近砌。水繞柴扉山對窗。（鮮于樞〈八聲甘州〉，
　上冊，頁 87）

◎帆收釣浦，煙籠淺沙。水滿平湖（姚燧〈滿庭芳〉，上冊，頁
　209）

◎山光濃似藍，水色明如練（任昱〈清江引〉，上冊，頁 1018）

◎一川楓葉，兩岸蘆花（徐再思〈普天樂〉，下冊，頁 1040）

◎水深水淺東西澗，雲去雲來遠近山（徐再思〈陽春曲〉，下
　冊，頁 1040）

◎恰簾前社燕忙。正枝頭楚梅黃（馬謙齋〈快活天三過朝天子
　四邊靜〉，上冊，頁 749）

透過對偶句式，把景致的美好，完整地呈現在讀者面前：山水掩映、煙雨相籠、花葉交織。除了物象的靜態擺置之外，作者還經常透過動

〔註27〕任中敏：《散曲概論・卷二・作法》，頁 2。收於其《散曲叢刊》第四
　　　冊（台北：台灣中華書局，民國 73 年 6 月臺三版）。

詞爲句義畫龍點睛：煙「浮」草屋、水「繞」柴扉，把樸實單調的屋舍罩上朦朧美；煙「籠」淺沙、水「滿」平湖，使景域開闊起來；以雲的飄浮對上水的漲落，整幅景致頓時被賦予生命，在讀者腦中產生躍動的畫面。

　　另外，也有以對句書寫人生境界的嚮往，例如：

◎新詩句，濁酒壺（貫雲石〈壽陽曲〉，上冊，頁 372）

◎有待江山信美。無情歲月相催。東里來。西鄰醉。（任昱〈沈醉東風〉，上冊，頁 1015）

◎簑笠度年華，詩酒作生涯（汪元亨〈雁兒落過得勝令〉，下冊，頁 1393）

在這些字句之中，以對句把人生無欲無求的瀟灑情態寫得生動可人。即便濁酒盈樽，徜徉詩句之中可以銷憂；無論歲月流逝幾何，醉入四方的逍遙處境還是令人神往。

　　除此之外，還有以對偶兼寫情景者，例如：

◎月底花間酒壺，水邊林下茅廬。避虎狼，盟鷗鷺。（胡祗遹〈沈醉東風〉，上冊，頁 69）

◎暮雲曇。曉山嵐。六合爲我一茅庵。富貴榮華難強攬，衣食飽暖更無貪。（曾瑞〈罵玉郎過感皇恩採茶歌〉，上冊，頁 480）

◎但樽中有酒。身外無愁。（不忽木〈點絳唇・辭朝〉，上冊，頁 75）

以上三例在句型上以對偶句表現，在句意上又呈現對比的效果。第一例連用兩對偶句，第一組以景物對偶，寫林泉之樂；緊接著第二組對句把避世的心態表現出來，並與第一組對偶句形成句意上的因果關係，更顯出居於水邊林下的避禍心理。第二例則把自我實現（富貴榮華）的需求壓縮到物質（衣食飽暖）的滿足，這在心理層次上是退縮的，〔註 28〕透過對偶加大現實與理想的差異性。第三例中的對偶，則

〔註 28〕馬斯洛對於人的心理需求分爲幾個層次：依序是：物質滿足、愛與關懷以及自我實現。在這首曲中，筆者以功成名就作爲作者「自我

陳述了人生之快，不假外在名欲的增飾：有酒、無愁在字義上看似相反，實則均以逃避拋擲人生的沈重負累。

綜觀上述句例，可以看到，雖然在字詞工對上不盡整麗，但在句義的表現上卻有互補之效，足可證明漁父散曲不悖語言明利的曲文特徵，又以對句濟其文意完足之效。至於，在聲響音律的「跌宕頓挫」之姿，是比較缺乏的。有待類疊再加補充。

（二）類 疊

類疊也可以看做是字句組構的重疊或反覆，經常產生「數大為美」的效應。疊字疊句的出現，具有加強語勢的作用；類字類句的穿插，產生連貫語氣的效果。從修辭心理來說，不斷重複意味著加強暗示、強化重點，對閱讀者心理帶來強烈的影響力。而類疊在細目分類上，區分為類字、疊字、類句、疊句四種，〔註29〕以下就依此四種分類，自漁父散曲中摘取例證說明之。

1. 疊 字

「疊字」意指以同樣字詞的重覆。在漁父散曲中多數是擺在名詞或形容詞詞尾，起加強形容的作用。例如：

◎<u>浪滂滂</u>。<u>水茫茫</u>。小舟斜纜壞橋<u>椿椿</u>（鮮于樞〈八聲甘州〉上冊，頁87）

◎<u>霧濛濛</u>，<u>雨細細</u>……故人<u>杳杳</u>……聽胡笳<u>歷歷</u>聲韻聒。（白樸〈小石調・惱煞人〉，上冊，頁205）

◎相看著<u>綠水悠悠</u>，回避了<u>紅塵滾滾</u>。……本是個<u>虛飄飄</u>天地閒人。<u>樂陶陶</u>江漢逸民。（無名氏〈一枝花〉，下冊，頁1809）

這些擺放在名詞詞尾的疊字，對所敘述的景產生強化述說的作用：第一例中的滂滂、茫茫，以音聲的悠揚疊復把江面壯闊鋪展開來；第二

實現」的頂點，那麼相對之下，「衣食飽暖」便是最低層次的物質滿足。是故，稱之為「退縮」。

〔註29〕黃慶萱：《修辭學》（台北：三民書局，民國88年增訂九版），頁413。

－186－

例中的濛濛、細細把雨景的視覺柔焦化，再重以故人遠行的身影杳杳，視覺愈見迷離不清，轉向聽覺的胡笳歷歷益發響亮；第三例把人身處場域以疊字形容其廣袤紛雜，再將個人處境以「虛飄飄」、「樂陶陶」鋪陳出遺世自處的景況，兩相對照之下，更見逍遙。

此外，在摹寫各種感官形容，也經常以疊字強化，例如：

◎鬧穰穰的急管繁弦、齊臻臻的藍舟畫舸、嬌滴滴粉黛相連、綠依依楊柳千株、清湛湛水光浮蘭碧、碧澄澄滿船雨笠共煙蓑（貫雲石〈粉蝶兒〉，上冊，頁 379）

◎飄飄好夢隨落花，紛紛世味嚼如臘（喬吉〈南呂・玉交枝〉，上冊，頁 575）

◎綠依依柳吐煙。紅馥馥桃噴火（薛昂夫〈端正好〉，上冊，頁 720）

透過疊字的陪襯，音聲的表現似乎更加紛鬧吵雜，柳更綠、桃更紅，天光水色益清澄。

最後，還有一類是作動詞詞尾的疊字，以及直接以動詞作疊詞之句。例如：

◎兩個笑加加的談今論古。

◎忙忙的逃海濱。急急的隱山阿（馬謙齋〈柳營曲〉，上冊，頁 751）

◎營營苟苟。紛紛擾擾。莫莫休休。厭紅塵拂斷歸山袖（張可久〈滿庭芳〉，上冊，頁 778）

這些動詞詞尾的疊字，對於動作的加強有積極的意義。其中，較值得注意的是第三例。在曲中連用數組疊字的情況並不多見，張可久的這一首曲算是特例，他以純疊字成句，先以四組疊字表現出人間世事的紛擾不安；營營苟苟是動作形態、紛紛擾擾是事物樣貌；再以兩組同義疊字（莫莫／休休）對這一切表示全盤否定。以此為曲冒起開頭，既直接表明厭棄世情之姿，又收震撼之效。

在這些運用疊字的作品裡，可以發現到，作為詞尾作用的疊字詞重覆性不算少（水即「茫茫」、「悠悠」；楊柳只「依依」；雪花則「飄

飄」、「紛紛」），這大抵是語言使用的習慣性使然，可以看做是元代俗
語、口語入曲的又一證據。至於純粹以疊字表義的詞組，表現文學語
詞的指謂特色，配合唱誦的語調，富有音義頓挫的效果。

2. 疊　句

除了以單字作爲反覆的單位之外，部分散曲曲牌在形式上已有疊
句的形式。例如，〈叨叨令〉五、六句重複，作（＊＊也麼哥）之句型：

> ◎困來一枕葫蘆架。您省的<u>也麼哥</u>。你省的<u>也麼哥</u>。煞強
> 如風波千丈驚怕。（鄧玉賓〈正宮・叨叨令〉，上冊，頁 304）
> ◎<u>眞箇醉也麼沙</u>。<u>眞箇醉也麼沙</u>。笑指南峰。卻道西樓。
> <u>眞箇醉也麼沙</u>。（馬致遠〈雙調・新水令〉，上冊，頁 266）
> ◎寫布袍麻條搭撒，撚衰鬢短髮查沙。<u>從人笑從人笑</u>。倒
> 咱甚娘勢雯。（朱庭玉〈青杏子〉，下冊，頁 1207）

這些疊字在整體曲文的作用上，無論重覆出現幾次，僅有加強語勢、
增強情感抒發的作用，與疊字的運用效果基本上是相同的。

3. 類　字

類字在古文的運用上極爲普遍，在連篇成章的文句中，改換部分
字面，使其在變化中又具有規律性。陳騤在《文則》便言：「用一類
字者不可偏舉，採經子適用者志之，可觸類而長矣。」〔註30〕這說明
了類字的使用，在文意上產生相乘的效用。古文中的類字通常連篇累
牘，貫串一氣，所以云：「觸類而長矣」，但是在散曲中的類字，字詞
相較之下顯得精簡不少，例如：

> ◎勸<u>漁家</u>，共<u>樵家</u>。（陳奕庵〈中呂・山坡羊〉，上冊，頁 145）
> ◎醒時<u>漁笛</u>，醉後<u>漁歌</u>。（馬致遠〈雙調・蟾宮曲〉，上冊，頁 242）
> ◎向人嬌<u>杏花</u>，撲人衣<u>柳花</u>，迎人笑<u>桃花</u>。（馬致遠〈雙調・
> 新水令〉，上冊，頁 266）

在這些例句中的類字，或擴張文意、或強調重點、或呈現豐繁之效，
對於文章句義表現起乘積作用。

〔註30〕陳騤：《文則》（台北：莊嚴出版社，民國 68 年影印本）。

4. 類　句

將類句引而伸之，形成相近句式的反覆，便是「類句」。部分曲牌固定類句形式，如〈山坡山〉之末句便是如此：

◎賢，<u>也在他</u>。愚，<u>也在他</u>。(陳草庵〈中呂·山坡羊〉，上冊，頁 145)

◎清，<u>也笑你</u>。醒，<u>也笑你</u>。(陳草庵〈中呂·山坡羊〉，上冊，頁 147)

此外，還有部分曲句中，喜以相同詞句重覆出現，例如：

◎<u>漁得魚</u>心滿意足，<u>樵得樵</u>眉開眼抒。(胡祇遹〈雙調·沈醉東風〉，上冊，頁 69)

◎先生樂道閒居。<u>半似歸山，半似歸湖</u>。……<u>人世何如</u>。<u>冷暖何如</u>。<u>也效張良</u>。<u>也效陶朱</u>。(湯式〈天香引〉，下冊，頁 1562)

◎<u>閒來時</u>看古書，<u>悶來時</u>繞村沽。(無名氏〈齊天樂過紅孩兒〉，下冊，頁 1716)

◎<u>有時</u>搖棹近白鷺洲笑採青蘋，<u>有時</u>推蓬向朱雀橋閒看晚雲。<u>有時</u>灣船在烏衣巷獨步斜暉。<u>有時</u>滿身衣襟爽透荷相潤。……作日離石頭城，今朝在桃葉渡。明日又杏花村。(無名氏〈一枝花〉，下冊，頁 1810)

以上這些例句一方面是類句，又重以排偶，在文義上有重疊語境的效果，把其中的身份、處境、感受、取法的典範一面模糊界線、再方面擴大敘述範疇，對於情感的表現有較大的擴約力，對景物的敘述安排產生散點透視的移動感。無論類字或類句的使用，都使曲文呈現活潑的動態美。

二、主題意義的深化

除了追求外在形式遣詞用字的修辭方法之外，散曲風格的呈現更重要的是在其內容。散曲的整體風格基本上是「俗」的。這裡的「俗」，在文句修辭的重要特徵便是不用典、少藻飾。但這些並不意味著散曲

的主題意義僅止於淺白如話、通俗無奇。假使果眞如此，散曲的價值
當隨文字的改易而湮沒不聞。

　　本段所要探討的，是在這些漁父散曲中，究竟以何種方式突顯主
題意識？以什麼手段來深化描寫對象的思想意涵？換言之，便是要探討
這些漁父散曲思想的特徵是以哪些方式烘托出來，並探究其操作效果。

（一）白　描

　　「白描」本是中國繪畫技法名稱之一，主要透過墨色線條的濃淡
粗細，勾勒繪畫對象，不務形似而著重傳神。修辭法中的白描，借用
了此一畫論術語，透過文學意象之筆，完成形神兼備的描述過程。魯
迅曾談到「白描」的技巧及效果：

　　　　它（白描）不尚修飾渲染，不事雕琢陪襯，用質樸簡法的
　　　　語言鮮明地勾勒出所描繪的對象，達到「寥寥幾筆，神情
　　　　畢效」的藝術效果。〔註31〕

這段話標明「白描」的特徵，雖在以簡筆敘事狀物，卻拿帶給讀者無
限大的聯想空間。在散曲的遣詞用字習慣裡，因其語言的通俗性使
然，對於人事物態的描寫，乍看之下是偏離傳統詩歌美文的「錘鍊」
功夫，但是正因爲語言的淺、直、精省，對物色的描寫反而更精確，
透過幾個關鍵品類的敘述，便能在虛設空間裡營造出作者預期的場景
情狀。以下分就「繪景」及「寫人」兩方面舉例說明之。

　　景物鋪排是作者最容易使用白描技巧之處。在漁父散曲中，通常
喜歡運用幾種特定的用具來營造作者希望的時空：

　　◎（勝葫蘆）竹籬折補苔牆。破設設柴門上張著破網。（楊
　　　果〈仙呂賞花時〉，上冊，頁8）

　　◎掛柴門幾家閒曬網。都撮在捕魚圖上。（馬致遠〈壽陽曲〉
　　　上冊，頁246）

　　◎看疏林噪晚鴉。黃蘆掩映清江下。斜攬著釣魚艖。（關漢

〔註31〕魯迅：《且介亭雜文二集‧五論》（北京：人民文學出版社，1973 年
　　　　第一版），頁 264。

卿〈大德歌〉，上冊，頁 167）

◎我則將這小舟撐。蘭棹舉。蓑笠為活計。(沈和〈賞花時〉，

上冊，頁 532)

◎……趁斜陽曬網收竿。又是南風催雨。(么)綠楊堤忘繫

孤樁，白浪打將船去。……(馮子振〈鸚鵡曲〉上冊，頁 343)

釣竿、漁網都是漁家必備的用具，撒網捕魚與曬網收竿就是漁人生活
的梗概。有趣的，是這些散曲家極少描寫撒網執竿的活動，反而較常
將眼光關注在收竿曬網的靜態場景。楊果的散套，就以「『補』苔牆、
張『破』網」描寫漁家物質困窘的情境；馬致遠則用閒掛柴門的一張
漁網摹寫漁家的閒澹，透過這些「靜」物的擺設，作者所要傳達那種
甘於平凡、對物質不過份強求的情味就自然地顯露出來了。除此之
外，還經常著筆於幽繫水畔的扁舟。一葉扁舟隨波輕颺蕩漾，映照著
「人」的悠閒心境；小船逐浪擺晃，寄寓局勢動盪、人心的浮沈。隱
身在這些以景物為要角的場景背後，其實是作者以善感細膩的心靈，
為物色增添自身以外的情意。

另外，在描寫人物方面，也經常以白描襯寫其外貌、年齡或心態，
例如：

◎（賺尾）見壁指一似桑榆侵著道旁。草橋崩柱摧梁。唱
道向紅蓼灘頭。見個黑足呂的漁翁鬢似霜。靠著那駝腰
拗椿，麼翠垂脖項。(楊果〈賞花時〉，上冊，頁 8)

◎沙三伴哥來嗏。兩腿青泥，只為撈蝦。……看蕎麥開花。
綠豆生芽。

◎無是無非，快活莊家。(盧摯〈蟾宮曲〉，上冊，頁 115)

◎江天晚霞，舟橫野渡。網曬汀沙。一家老幼無牽掛。恣
意喧嘩。新糯酒香橙藕芽。錦鱗魚紫蟹紅蝦。……(趙顯
宏〈滿庭芳〉，下冊，頁 1179)

◎拿來大黃皮嫩雞。蜜般甜白水新醅。蟹烹玉髓肥，膾切
銀絲細 (湯式〈沈醉東風〉，下冊，頁 1579)

在楊果的作品裡，霜鬢、駝腰、麼翠，三個具象的特徵，一個模樣龍

鍾的漁翁形象已經呼之欲出，再加上被泥水浸泡的黑漆漆的腳丫子，飽經風霜的特質已煥然成形；盧摯也以「兩腿青泥」，表現出漁人勞動的常態。這些真摯、不矯飾的文字，反而使得讀者似乎隨之下水入泥，捕魚撈蝦，產生莫名的親切感。此外，這些作家還擅以魚鮮佳餚，把漁家生活的富厚情味，點綴得生動可愛。

　　漁父散曲中，正因為有這些簡筆雋鏤，促使讀者以自我的先驗經驗，完足曲作中描寫的場景或人物形象。文字所寫的雖然極為簡約，但讀者意會的空間卻隨人而殊。這些白描的語句似是把重點都說得甚完足，但不過是將其欲表達的「神」以單筆草繪，至於細部微觀的功夫，既非作者所強調，自然也不是讀者所要捕捉的對象。藉此，創作者與欣賞者，達成釐清對象統一的目的，在脫除縟麗的裝飾語彙後，主題意境的呈現也隨之跳了出來。這是白描在曲作中，除了對創作客體「傳神」的捕捉之外，附隨而來，對意象境界之提煉效果。

（二）映　襯

　　若要將現實世界中的事物情理，作出純粹正反兩極對立的劃分是不可行的，所有事物情理幾乎都在價值評斷的兩極之間游移。不但是客觀事物面如此，主觀的情感面也經常存在相互矛盾衝突之處。然而，就文學創作的抒情作用來看，若要對某一特定對象做出強烈指涉的形容，最佳的辦法就是盡量增大表達對象與表達意涵之間的差異性，透過超於常理的懸殊，以試圖引起觀賞者的注意。「映襯」修辭的心理基礎就在於此。

　　黃慶萱在《修辭學》中對映襯做出如下的定義：

> 在語文中，把兩種不同的，特別是相反的觀念或事實，對
> 列起來，兩相比較，從而使語氣增強，使意義明顯的修辭
> 方法，叫做映襯。〔註32〕

在這裡強調了「對列」、「比較」的過程，換言之，映襯所要陳述的對

〔註32〕黃慶萱：《修辭學》（台北：三民書局，民國72年5月增訂一版），頁284。

象是單一概念，但透過單一概念相對兩極的敘述詮釋，突顯出作者的表述傾向。如此一來，比起單純的反語，對人的情感刺激更爲強烈，再透過適度的詞語轉折連接，更能烘托出作者的語意。漁父散曲中便經常使用這樣的方法，表現對於現實的輕忽態度。例如：

◎寧可身臥槽丘，賽強如命懸君手。……飲仙家水酒兩三甌，強如看翰林風月三千首。……（不忽木〈點絳脣·辭朝〉上冊，頁75）

◎封印公男伯子侯，也強如不識字煙波釣叟。（徐琰〈沈醉東風〉上冊，頁80）

◎不羨穿紅騎馬，准便玩水觀霞。……家徒四壁，詩書抵萬金價（朱庭玉〈青杏子〉，下冊，頁1207）

◎你便祿重官高。是非海萬頃風濤。不如俺絕利名麻鞋布襖。（無名氏〈迎仙客〉，下冊，頁1891）

◎紫綬金章鬧呵呵。不如我。芳草坡。釣魚蓑（張可久〈漢東山〉，上冊，頁851）

◎盡人間白浪滔天。我自醉歌眠去。到中流手腳忙時，則靠著柴扉深處。（馮子振〈鸚鵡曲〉，上冊，頁349）

◎揀溪山好處居。相府。帥府。那與別人住。（曾瑞〈快活三過朝天子〉，上冊，頁495）

◎相隨故友年年少，郊外新墳歲歲多。一枕南柯（薛昂夫〈端正好〉，上冊，頁719）

在這些曲作中，作者所要陳述的是處世態度，但從不明白說出棄絕現實之樂，而或以官爵名稱、或從生活情態、或以物質豐乏，兩相對立，重以否定詞作轉接，肯定世外紅塵的優遊。先透過映襯表述心之所志，再以「不如」、「強如」、「不羨」二度強化精神嚮往。透過兩次轉折的否定，作者心意的指向就很明確了！另外，值得注意的是薛昂夫的〈端正好〉一曲。曲中要說的是人生如夢的虛幻感，但卻以現實生死相對的情景來陳述。生與死、實與虛的兩組對應，將士人認知中的

陰陽兩隔模糊化，頗有莊周夢蝶，齊物同觀的哲思趣味。

此外，在論及懷古興亡的題材時，也特別喜歡以映襯說明「英雄而今安在」的意念，例如：

◎糟醃兩個功名字。醅瀋千古興亡事，麴埋萬丈虹霓志。（白樸〈寄生草‧飲〉，上冊，頁 193）

◎峻宇雕牆宰相家。夕陽芳草漁樵話。百年之下（張可久〈撥不斷〉，上冊，頁 925）

◎潮來潮去原無定，唯有青山萬古青（馬致遠〈壽陽曲〉，上冊，頁 253）

◎想起來連雲棧，不如璜溪垂釣岸（喬吉〈豐年樂〉，上冊，頁 634）

◎千古是非心，一夕漁樵話（白樸〈慶東原〉，上冊，頁 201）

◎白奪成四百年漢朝天下。……則落得漁樵人一場閒話（李愛山〈壽陽曲〉，下冊，頁 1186）

上述幾例都是以懷古興亡為歌詠素材。其中，除白樸的〈寄生草‧飲〉之外，都有「舊時王謝堂前燕，飛入尋常百姓家」的感慨。把物之不變與人事之變相互映照，眼前的爭權奪利，頓時顯得幼稚可笑。當時空的景深加深拉長之際，對眼前事物的執著竟如塵沙飛過眼際，功高震主、威嚇八方的英雄，終究無法逃脫生死的宿命，在這一層人生課題上，元代的曲家們似乎看得很開；其實，這卻顯出元代士人對於出處價值觀念的掙扎。雖然是流傳在凡夫俗子間的野史軼事，但終究是歷經數個朝代的傳述；但在蒙元的階級分等之下，士人的身份顯得既卑微、又尷尬。〔註33〕他們進不能與元人一爭統治的優先權，只得屈居下僚；退不能安於耕讀傳家，只得放浪山水，如此一來，傳統根植於心的「三不朽」，幾乎無一有達成的機會。這種擔憂「名不傳」的愁苦沮喪，反映在漁父散曲中的，通常是這種故作達觀語。想這些帝王英雄，不過白骨荒草；假使終其一生都無法成就蓋世功業，那麼何

〔註33〕元代士人所擔任的職位，多半是中下階層的技術性官僚，不與政策制度的決策權。詳參王明蓀：《元代的士人與政治》第二章所述。

不在當世讓自己活的快樂逍遙？所以，對常人羨慕的功利保持漠然的態度，無所求，自然也無所失。這種心情，在白樸的〈寄生草‧飲〉表現得特別明顯。求功名的遠大志向本是士人天性，但想起歷史軌跡的紀錄裡，這些霸主而今又如何呢？再加上時勢困頓的窘迫，只能把這些當糟粕，作「不過爾爾」的忽視。在這些句子裡所顯現出來的作者形象，是極窘迫、極壓抑的精神反應。

在漁父散曲中的映襯，將對比表現得極分明，也順利突顯出作品主題思想的歸趨。這些主題相近的作品中，雖然被作者選取來表現的思想是格式化了，但透過素材的翻新，表現出不同的趣味。

（三）誇　飾

語不驚人死不休！透過違常的誇張說法來陳述事理就是誇飾。它所追求的不是物理世界實存現象的呈現，而是文學心理的滿足。《文心雕龍‧夸飾》便已說過：

> 神道難摩，精言不能追其極；形器易寫，狀詞可得喻其真；
> 才非短長，理自難易耳。故自天地以降，豫入聲貌，文辭
> 所被，夸飾恆存。〔註34〕

文學雖然力圖事物情感的「再現」，但就現實處境來說卻不可得之。文學的動人之處，不在於重建作者心理運作的過程、或是事理發生的因果關係，再精準的語言也終究難以復原真實的面貌。所有的文學語言之所以呈現出撼動人心的情感張力，恰在於適度運用語言與現實的「有隔」，當這一層「隔」表現出異乎尋常的描述字眼，就是誇飾，並且，誇張的陳述方式通常會與比喻或借代兼用。散曲的語言特色之一是「尖新」，既要出奇制勝，自然經常使用誇飾來引起注意、加深印象。在使用誇飾的漁父散曲中，對表述對象的選擇基本上還是以時空的營造為主，例如：

◎乾坤一轉丸，日月雙飛箭。（鄧玉賓子〈雁兒落帶得勝令〉，

〔註34〕〔梁〕劉勰著，范文瀾注：《文心雕龍‧夸飾第三十七》（台北：台灣開明書店，民國82年5月臺17版）。

上冊，頁 399）

◎功名事一筆都勾。千里歸來，兩鬢驚秋。（張養浩〈雙調‧折桂令〉，上冊，頁 424）

◎轉回頭百年已過，急回首兩鬢班斒。花陰轉眼那，日光彈指過。（薛昂夫〈端正好〉，上冊，頁 718）

◎任平地波翻浪滾，恣中原鹿走蛇吞。……千古興亡費討論，總一段漁樵話本。（汪元亨〈沈醉東風〉，下冊，頁 1384）

◎儘紅塵千萬丈。飛不到釣魚灘。只一竿，釣出水中仙。（張養浩〈寨兒令〉，上冊，頁 432）

◎乾坤向漁父波中浡。日月在樵夫肩上擔（無名氏〈一枝花〉下冊，頁 1814）

在這些例句中，光陰似箭的匆促感是很明顯的，除了古來常用以「似箭」、「彈指」、「轉眼」等形容短暫、片刻的俗語之外，對於空間也用了「轉丸」來形容。這些詞彙所營造出來時間縱深是連續線段中的一點、空間寬度不過壓縮在彈丸之地，透過這些微渺的立足點來觀看，人生的大風浪都可以輕描淡寫了。以這些時空壓縮的場域為創作背景的漁父散曲，在主題上通常藉以襯托人世的蒼茫感；與之相較，無名氏的這一首〈一枝花〉裡頭的天地時光似可任漁樵優遊，比起那些感嘆生不逢時、棄捨功名的作品，就顯得豁達大器許多，這一首曲真正泯除人心對傳統教化的趨從，天地任我棲止、更無畏歲月流逝，生命的當下活得既自得又自樂。誇飾在這裡展現出甚佳的容納度。

此外，漁父散曲中還有一些誇飾手法用以狀情，也將人物的神態，刻畫至極精要處：

◎浪花中一葉扁舟，睡煞江南煙雨（白賁〈鸚鵡曲〉，上冊，頁 447）

◎扁舟灣住在垂楊處，鼾鼾似鼻息如雷。睡足了江南煙雨。（沈和〈賞花時〉，上冊，頁 532）

◎風，吹破頭。霜，皴破手（喬吉〈山坡羊〉，上冊，頁 584）

這些曲作中的漁父不但酣睡，而且把整個江南都作為他安睡的床鋪，

豈非表現出漁父隨遇而安的心態？其中，又以一葉扁舟來縱橫江南煙雨，把人浮於世的漂流感表現得淋漓盡致。另外，喬吉的作品裡，也利用夸飾將風霜之冷冽凍人寫的如在目前，讓讀者彷彿感受到一股寒意，穿透脊髓。

漁父散曲作家絕大多數都使用常見、易懂的字詞來創作，即便是表達抽象性的情感喟嘆，也不能免俗於此。因此，在不同漁父散曲中的例句中，可以發現套語反覆出現的頻率偏高，這似乎可以證明其源出民間、傳唱民間的傳播途徑，使作品不致有曲高和寡、孤芳自賞之弊。

此外，漁父散曲透過這些意義指涉的修辭方法，把口說直述的語體風格轉變成情感濃烈的文學風格。漁父散曲延續傳統詩學擅用對偶以追求均衡美，並習慣利用粗線條素描的方式勾勒出主旨輪廓。除此之外，無論是類疊、映襯或是夸飾，無一不以強調主題、凸顯思想爲最終目的，也獲得相當成功的效果。由此可以確定，漁父散曲的表現方式，其實是以鋪張揚厲的「賦」法來反覆陳述作者的思想意念，無論寫景、抒情，似乎都可以看到作者將心中之氣，一吐爲快，這一點，恰形成漁父散曲的「豪」。

第三節　「漁父」散曲的美感特徵

文學之所以晉身「藝術」領域的一環，除了人類對生命經驗產生直覺欣賞及心靈快慰作用外，更重要的是文學藉由某些特定作家的筆調，來概括承受人類生存價值的重量。因此，當吾人論及作品所呈現出來之美的力度，同時也就肯定了作品所彰顯之人的價值。從此創作的角度來看，文學就是人學，反映了千千萬萬個時代的靈魂。其次，文學作品經常爲生存在同一時代、或者相同經歷者，以「認同」的角度替眾人發聲，使其獲得心靈療癒。從這一觀點來看，作家執掌了某些相同（或相似）命運者對生命的詮釋權，把日常慣見的素材以文學

的方式進行加工，從而模糊其普遍性，並進而躍升至心靈的高度，重現人性的價值。從這一觀點來看，文學家試圖從心理層面對人的感官進行刺激及剖析的工作。因此，單獨的文學作品表現的雖然祇是看似毫無關連的點狀事件，但透過相似主題作品的拼湊，以俯角整體關照，有助於吾人繪出時代精神的輪廓。

西洋文學的精神分析理論將這一類一再重複表現的相近主題稱之爲「原型」，而原型的產生是從「集體無意識」的概念延伸而生。[註35] 據此，觀察元代漁父散曲的創作與審美心理，不難發現，在這些作品中，處處流露出文士群體對時代的嘲諷，表現出他們不同流俗的自傲性格；在漁父散曲作品裡，獲得個性與共性的互補調節。異於其他時代文學作品的是，在元代文士所創作的漁父作品裡，經常以耿介、傲俗的環伺高度來表達心中的情志。這與曲所使用的語言偏向俚俗方音有極大的關係，但是，時代環境的牽引也必須考慮其中。以下，將以元代文人對表達方式的選擇爲基礎，一探元代漁父散曲異於其他時代漁父作品之審美表現及其原因。

一、藉景暢情的言志宣洩

元代文人所遭遇的時代認同，遠超過中國歷來動盪不安的文人處境。他們所面對的不僅僅是單純改朝換代之際，是否過問朝祚的政

[註35] 「集體無意識」在精神分析學派的觀點中認爲是：「超個性的基礎」。個人在集體無意識之前，是客觀的存在。換言之，人（尤其是藝術創作者）經常受此支配而渾然不覺，集體無意識就像是人對外在的自然反應，彷彿是不自覺的。詳參容格著，馮川、蘇克編譯：《心理學與文學》（台北：久大出版社，民國79年初版），頁24～82。另外，心理分析學派也承認：「民族和時代也像個人一樣，有他們自己獨特的傾向和態度。」（同前書，頁93。）職是，筆者認爲，在創作的過程中，這些文學心理學家所認爲的「集體無意識」，其實是文化積澱的反射。換言之，當文學家在創作的同時，雖然恰巧「不約而同」的選擇某些原型意象來言志抒情，顯見文化的制約作用，但是其中必然也包含作家獨特的生命經歷，使其對原型的選擇，擇甲而棄乙。

事；也絕非單純對民族風俗衝突的適應問題。在以「文人」或「士」
做爲自我職業形象認同摹本之時，也決定了他們對於文化命脈延續的
當然職責。在這一點文化的價值認同及使命感上，元代文人有著遠超
過歷來朝代士子的矛盾與危機感。夏庭芝在《青樓集・序》中有言：

> 我皇元初併海宇，而金之遺民，若杜散人、白蘭谷、關已
> 齋輩，皆不屑仕進，乃嘲風弄月，流連光景，庸俗易之，
> 用世者嗤之。三君之心，固難識也。百年未幾，世運中否，
> 士失其業，志則鬱矣。沽酒載釀，詩禍巨測，何以抒其愁
> 乎？〔註36〕

所謂「士失其業，志則鬱矣」並非傳統儒生因仕進受挫，而生懷才不
遇的抑鬱悲憤。他們所面對的是整體時代潮流斷絕文化生路的悲憤與
煎熬。元朝廢科考的舉動，終止傳統士人以讀書求仕的出路，但更駭
人的警訊是異族文化與傳統價值之間的磨合與衝突。只要略讀元代散
曲作品，便可以發現，當中所選擇主題已非傳統抒情言志，表現方式
也脫離古來託喻諷諫的法則，而改以直爽辛辣的筆法，大筆揮寫心中
的情緒。在其中透露著似乎不顧一切的豪氣，但仔細閱讀再三，又不
難發現其中飽含對時代冷眼的曲折辛酸。探求元代散曲家的生命歷
程，不難發現，多數的曲家始終在江湖邊緣浮沈：張可久年近七十依
然沈淪下僚、張養浩爲當權所忌而歸隱、喬吉落魄於江湖、胡祗遹因
怒犯權貴被外調。因此，當吾人審視元代漁父散曲的作家群像，將他
們活動的時代與曲文體的興衰、政治的治亂相應，便呈現出下表所示
的現象：〔註37〕

〔註36〕夏庭芝：《青樓集・序》，收於楊家駱主編：《歷代詩史長編二輯》（台
　　　　北：鼎文書局，民國62年2月初版），第一冊，頁14。
〔註37〕元曲分期歷來均劃歸爲前後兩期。劉大杰於《中國文學發展史》中
　　　　以西元1300年（即：元朝統一中國）爲界；這種劃分方式較偏重於
　　　　傳統政治的觀點。實則朝代的興亡不必然代表文體的興衰，因此，
　　　　本文在此以散曲文體的發展爲分期依據，並參考李昌集之分期方
　　　　式，作爲分類標準。

曲體分期	政治分期與政爭〔註38〕	代表作家	「漁父」散曲作品數
元代前期	金末元初 ｜ 延祐至治 （政治衝突：漢化問題）	第一代：不忽木、胡祇遹……等人	9 首
		第二代：馬致遠、鄭光祖、盧摯、馮子振、曾瑞……等人	117 首
元代後期	延祐至治 ｜ 元末 （政治衝突：權力爭奪）	薛昂夫、張可久、徐再思……等人	126 首 〔註39〕

　　由上表可知，除了第一代文人創作的數量，相形之下偏於少數，終其蒙元，幾乎每一位散曲名家均有漁父散曲傳世，並且，這些作家群中也有非漢族血統者。〔註40〕再參酌政爭的主要議題便能發現：在蒙元統治下，漢籍士人的失勢自然不在話下，至於非漢籍的文士，在蒙元系統中也往往表現出某些程度上的無奈感。蒙元的選舉制度所任用的人才幾乎是技術性官僚，沒有實際的決策權。這與宋代優遊文士的背景大相逕庭，即便與其他朝代相比，士人的光環不免遜色許多。於是在動盪不安的時代環境下，文士傳統的仁人胸次一點一滴地消磨殆盡，「保生」成為安身立命的首要基礎，於是看待對事情的眼光逐漸黯淡，對於社稷人我的取捨標準也益發低下。當社會以不堪的眼光來對待文士時，他們無法從行動上以強烈的舉止抵抗，轉而從熟悉的文字中作出冷峻的批判。職此，避世心態成為文士態轉折的第一步。

　　不容否認的事實是，接受傳統漢族文化洗禮的多數曲家，在表現

〔註38〕元代政爭不同於漢人朝廷的政策論辯，而多為種族議題及蒙元人彼此間的權力分配。詳參王明蓀：《元代的士人與政治》（台北：台灣學生書局，民國81年3月初版）第三章所述。

〔註39〕其中包含無名氏之作品計25首。

〔註40〕據元史所傳：貫雲石為「畏吾兒人」、阿魯威乃蒙人、薛昂夫為「回鶻人」，均非漢人。

避世的主題時無法擺脫既定的思維框架，漁樵之隱成為他們既親近、又熟悉的素材反覆唱嘆是必然的現象。因此，元代漁父散曲的基調，仍是以隱逸主題為大宗。但漁父散曲的價值，不在於主題的複沓，而在表現方式的新變。歷來吟詠漁隱的作品，在寫景方面幾乎都是一片青綠山水、斜風細雨、鷗鷺翻飛；在寫人方面也多是被蓑帶笠、執竿獨釣，就形象的塑造上來說，的確是夠遺世獨立了，但卻缺乏一股市井的氣味。漁父散曲中也有這一類作品，甚至還形成一種「典範」，[註41] 但散曲中的趣味，卻不得不著眼於其敘志狀情的粗放筆調。當這些曲家以冷觀的態度來寫腸中熱情時，便經常表現出「直露」的酣暢感，述及紅塵過往是一勁兒的「笑」：

　　◎笑漁蓑學鷗鷺。（盧摯〈湘妃怨〉，上冊，頁 133）

　　◎只顧身安樂。笑了還重笑。沈醉倒。（盍西村〈快活年〉，上冊，頁 56）

　　◎從人笑我愚和憨。瀟湘影裡且粧呆。（鮮于樞〈八聲甘州〉，上冊，頁 87）

　　◎何需自苦風波際。泉下子房和范蠡。清，也笑你。濁，也笑你。（陳草庵〈山坡羊〉，上冊，頁 146）

　　◎山光濃似藍。水色明如練。漁童慣聽歌笑喧。（任昱〈折桂令〉，上冊，頁 1018）

　　◎笑公門屈脊低腰。厭聽喧鬧。甘心寂寥。拋卻功名。管領漁樵。（汪元亨〈折桂令〉，下冊，頁 1389）

無論是面對命運的嘲弄、出處的抉擇、湖光風景的沈浸乃至於歷史功名的論斷，無一不能以「笑」的態度來面對，即便歸隱山林的漁樵，亦是曲家嘲諷的對象。他們笑人，同時也自笑。他們的笑，不是縱情享樂的歡情，而是迫於無奈的釋然。以笑來面對無力改變的現實。除此之外更甚者另以「葫蘆提」的態度來裝瘋賣傻：

[註41] 元代漁父散曲中少了「蒻笠蓑衣」，卻多了「黃蘆白蘋」。創作關注焦點從人到景的改變值得注意，將留待下一章比較部分討論，茲不贅述。

◎一葫蘆提在花深處。任意狂疏。一葫蘆提也夠無。(盧摯〈殿前歡〉，上冊，頁 134)

◎盤中物。山肴野蔬。且盡葫蘆。(姚燧〈滿庭芳〉，上冊，頁 209)

◎閑來幾句漁樵話。困來一枕葫蘆架。(鄧玉賓〈叨叨令〉，上冊，頁 304)

◎終身休惹閑題目。裝箇葫蘆。行雨罷歸遠浦。(喬吉〈滿庭芳〉，上冊，頁 580)

◎酒葫蘆。醉模糊。也有安排我處。(張可久〈齊天樂過紅衫兒〉，上冊，頁 828)

◎醉了疏狂竟不知。睡倒在葫蘆架底。(湯式〈沈醉東風〉，下冊，頁 1579)

在這些文士眼中的世事已毫無軌範可言，是非顛倒的時代不免讓人有精神錯置的幻覺，不能以常理來面對，只好以糊塗態度處之。唯有如此，才能免除心中認同的焦慮，以似是而非模糊生命價值，文人以和稀泥式的處世哲學來逃遁自我價值的彰顯。在渾沌中痲痺自我，「避世」的過程也就顯得不那麼沈重，而帶有幾分趣味於其中。

他們對理想生命的典範追求是「閑」、這種「樂閑」不像漁父詞中帶有些許無奈的妥協意味，反而直剌剌地讚許「無事忙」的快樂：

◎作閑人，煙波濯進利名塵。(盧摯〈殿前歡〉，上冊，頁 134)

◎笑喧嘩。醉麻查。悶來閒訪漁樵話。(陳草庵〈山坡羊〉，上冊，頁 149)

◎荷蕩中。湖光內。款棹蘭舟閑遊戲。任無情日月東西(滕斌〈普天樂〉，上冊，頁 299)

另外，這些作者無論寫景述情，一概要說到盡——「煞」、「盡」、「絕」、「徹」、「傲」，是他們經常用來加強語勢的字眼：

◎牧童漁叟偏宜夏。清風睡煞。(盍西村〈小桃紅〉，上冊，頁 53)

◎傲然人間萬戶侯，不識字煙波釣叟。(白樸〈寄生草〉，上

　　　冊，頁）

◎清淡煞。衰柳纜漁槎。〈曾瑞〈喜春來〉，上冊，頁 491〉

◎蘆花夢西風吹徹。松茅煙夜火燒絕。〈喬吉〈滿庭芳〉，上冊，
　　頁 581〉

◎不戀朝章。歸釣夕陽。白眼傲君王。〈張可久〈寨兒令〉，上
　　冊，頁 874〉

◎醉醺醺。無何鄉裡好潛身。閑愁心上消磨盡。〈李伯瞻〈殿
　　前歡〉，下冊，頁 1290〉

無論醒睡，都要圖個快活；描寫風景也要說到極處，生命的沈重感全
數消磨殆盡，一切境界彷彿都要走到頂峰，才足以痛快淋漓地表達作
者內心的情志。元代曲家就是如此直率地表達他們的心聲，並從中迸
射旺盛的生命力量。他們努力地感受情感、追求表現方式的高峰經
驗，使得句勢、句意都以起伏不定的動能，潑灑作者的情意。這種表
現方式，與傳統含蓄、委婉的抒情方式極不相同。這不能單從作家的
民族文化屬性來論斷，畢竟，在創作漁父散曲的多數作家，仍舊具備
著漢民族的文化背景。

　　　促使他們以潑墨筆調來宣洩情志的，其實是內心不可遏抑的焦躁
情緒，是面對傳統價值無法約束的禮法衝突。他們在漁父曲作中表達
的激昂憤慨恰可以看做是對現實的反擊，曲中所寫的大笑正是認清現
實後的情緒抒解。因為對現實冷漠，所以可以笑看；因為置身動盪，
所以葫蘆裝呆；因為「不遇」，〔註42〕也為了全生，所以只好在「閑」
中重新建立自我認同的價值體系。這些，統而言之，是「異民族文化」
的衝擊，對元代士人來說，他們見證的是文明與野蠻角逐文化權力的
過程，是對自我文化認知強迫剝除的歷程。這種對文化失根的恐懼，
才是促使他們以大刀闊斧的氣勢，將內心的猶疑、掙扎，以不同傳統
的張狂表現出來。因此便不難理解，元代漁父散曲所表現出來的這種
幾近張牙舞爪的情志宣洩的文意氣勢。

〔註42〕元代士人的不遇，是終身志氣的禁錮，而非短暫仕宦的阻礙。

二、樸拙的審美傾向——由樸返眞、由拙見情

鄭騫先生在論及詞曲的特質時，曾經作出生動的比喻，道：「詞是翩翩佳公子，曲則多少有點惡少氣味。詞所表現的是中國文化的陰柔美，曲所表現的則是中國文化衰落時期一般文人對現實的反應。」〔註43〕這主要是從遣詞謀篇的欣賞角度相互比較所得出的結論。吾人一旦提到「曲」，腦海中便產生「俗」的審美價值判準。值得深入探究的是：曲之「俗」，究竟屬於文體的風格特徵？還是時代的精神反射？詞、曲並起於民間，何以詞得以走向「雅」的士人認同，而曲果眞始終無法跨入「雅」的風格系統？

多數的研究者同意，曲之俗，相當程度取決於創作主題的擴增。但就本論文所述及的文本範疇來說，作品在主題思想上具有一致性，無須再加探究；因此，本段主要探討的是漁父散曲的審美特質。首要目的，是透過作品的具體例證來定義漁父散曲之審美價值，並藉由創作心理的闡述，來探討其審美價值所呈現的意義。

漁父散曲的創作者所置身的時代環境，在接受傳統儒生仕進價值的文人眼中，是一個「天下沈濁」的況境，既然如此，又教他們如何以莊重的語言來描繪現實？對作家而言，文學是創作是現實的撫慰、心靈的昇華；同樣地，對社會的期待及針砭，也是文人的本能。但是，當他們面對的是一個不堪入筆的世俗、撥正爲反的社會背景，那麼，文學的崇高價值似乎自然退居其次。創作可以用顯筆來刻畫諸般醜惡，也能用隱筆作沈痛的指控。元曲家們在這兩方面均有所著墨，兩相比較之下，後者的表現更爲成功。在本論文所限定討論的主題創作群中，已初步限制了將文學創作的社會性。換言之，即便創作者高達數十人次，在他們筆下描寫的漁父樣貌殊異，但仍舊能歸納相同的一二特質，其原因就在於文學乃透過描寫一、二種個性鮮明的人物典型，來形塑時代的人物群象，這不是歷史的「眞」，而是文學之「眞」。

〔註43〕鄭騫：《詞曲的特質》，收於《景午叢編》（台北：台灣中華書局，民國 61 年 1 月初版），頁 59。

對漁父散曲，吾人也可作如是觀。

　　眾多的作品顯示，漁父散曲裡無論是嘲弄歷史、非議人世，其實飽含作者對人心之「真」的一點渴望，透露出曲家的真性情。即使散曲的創作在語言上本就好用俚俗方音，創作的表意方式也跳脫傳統言志載道的嚴肅性，改以趣味化代替之。這種表現方式不是元人首創，早在《莊子・天下》篇中便已言：

> 天下之沈濁，不可與莊語。以巵言為曼衍，以重言為真，
> 以寓言為廣。獨與天地精神往來，而不敖倪於萬物，不譴
> 是非以與世俗處。

在莊子的眼中看到的是壞朽濁漭的世界，若以批判言論嚴肅以對，容易陷入是非爭端，然而又不得不對世局做出回應，只好改頭換面，以另類的語言方式來記錄之。如此一來便可免除是非之爭。在歷經宋亡、金滅而入元的文士作品裡，經常可以看見國破家亡的沈痛，但是到了散曲第二代的作家群裡，便可以發現在作品裡流露的不但有民族認同的焦慮感，更多了文化價值的衝擊，而後者的力道更甚於前。元人初期的治理態度，基本上未脫草原部落性格，以力服人的情形極為普遍；即便到了統治的中後期，朝令夕改的情況依舊，蠻橫無理的例證仍多。散曲作家在創作時，自然會將這種情形寫入作品中。但頗堪玩味的是，除了無名氏外，多數名姓俱存的作者也喜用這種方式來表現。筆者認為，他們之所以逞嘲諷之能的目的，無非是試圖透過對理想的徹底消解，重新尋求自我價值的新定位。於是他們在內容的選擇上不避卑瑣猥賤，在創作的心態上也不避諱言語之俗。透過種種狂放、逍遙的筆調，寫出對於生命保「真」的追求。這種創作心態與道家的「自然」之美，在出發點上雖然不盡相同，但卻達到相近的表達效果。

　　即使，以「漁父」為主題的創作，在歷來作品的累積中，已經建立遺世獨立的瀟灑與遁世隱居的兩種基本典型，偏向優美脫俗的審美型態，但到了散曲家手中，總還是免不了「幽它一默」的命運。作者心中的憤怨也好、辛酸也罷、甚於命運的畸形變調，作家經常藉由反

語，來照見「眞我」的價值；以近於冷淡的樸實筆調，對現實拋出回應。因此，即便元代漁父作品中經常大嘆「歸去來兮」，但從來不會是主體自願選擇的結果。吸引他們的也許是水畔風光，細雨垂楊，但景物之美的吸引力，卻往往比不上必須割捨對世情關切的焦灼感。經常流連於作家心中的是「哀莫大於心死」的魅影，於是描情狀物的力道就顯得分外深刻。這種深刻，不是齜牙咧嘴般的狂怒，而是以悠悠之筆加以描述。當論及人生價值時，漁父不再是他們嚮往理想的典型，反倒回復平凡姿態。千古功過是非，都進入「漁樵話」裡，[註44]漁父對於現實的回應是遁離，對歷史的評價態度是閑說，因此也就反映了文人「冷淡」的處世心理；再者，散曲中的漁父不同於往常，著墨於或是執竿、或是乘舟一類「瀟灑背影」的描寫。多數作品中除了寫漁父活動外，還經常在表情、心態部分，經常帶上一筆。[註45]正因爲對人的表情動作加以著墨，顯見作家在創作時表現的冷淡，並非眞正的「萬事不關心」，而是流露其徹底放棄現實、以求獲得個體價值重生的眞意。樸淡、直白的形象塑造是手段，眞正的審美價值在對於人格眞、情意眞的闡發。

　　另外，漁父散曲中還特別喜歡描寫人物形象的拙態。對漁父的生活場域的繪飾，少有一整片煙波浩渺的空靈氣象，而是以景物意象的點來定位；對歷來的漁隱典型以「笑看」、「閑說」、「誰待」的心態來否定、揶揄，寫漁父幾多是醉醺醺或是貪睡齁齁：文學作品中的漁父從「理想我」降位至「現實我」，飄飄出塵的「仙」味減弱，但代之而起的是人

[註44] 比方說，馬謙齋〈快活三過朝天子四邊靜〉：「紅塵千丈，啓羨功名紙半張。漁樵閑訪」（上冊，頁749）、張可久〈滿庭芳〉：「漁樵話。從頭而聽他。白髮耐烏紗」（上冊，頁778）汪元亨：〈朝天子〉：「基業隋唐。干戈吳越。付漁樵閑説」（下冊，頁1381）等，都藉漁父之眼，笑看歷史的興亡功過。

[註45] 例如，盍西村〈快活年〉：「閑來乘興訪漁樵。……只顧身安樂，笑了還重笑，沈醉倒」（上冊，頁56）、滕斌〈普天樂〉：「江水清。遙山碧。喜駕孤舟瀟湘內」（上冊，頁300）、喬吉〈滿庭芳・漁父詞〉：「樵青拍手漁童笑」（上冊，頁581）等均是。

世間的氣味。從文學意境的創造來比較，漁父散曲的確可以定位爲偏向「俗」的一方，情境的創造與選擇、舉止的作爲、言談的論調，大半黏著在尋常景象中，即使是少數幾首使用典故的作品，也通常帶有否定意識，使得漁父散曲帶有特殊的親切感與人情味，散曲中的漁父極少執竿，多半撒網捕撈；一網打盡的不只是漁獲，還把紅塵俗世一併收進網中；散曲裡的漁父也愛飲酒談笑，但卻缺乏於時空蒼茫中爲人生定位的積極。由此反映出散曲作家關注的焦點，不再是千秋功業，甚或無關理想職志的實踐，也放棄對名君賢主的等待，漁父一職就指向隱遁之路。唯有如此，才能徹底拋除文化衝突所造成心役於物的執著，坦然面對動盪不安。因此，在漁父散曲中所抒發的情志，與其看做是士人失路的控訴，不如當成士人從世情與人性出發，重新省察自我的結果。如此一來方能理解漁父散曲中何以缺乏散曲中所謂的「俚俗」、「蒜酪味」，而以入於凡常的事物表現其「俗趣」的審美價值。

第四節　漁父散曲的總體風格──縱情放逸與簡淡樸拙的對立與統一

　　任中敏先生曾說：「唯散曲之重俳體，出於異常，而非尋常。」〔註46〕這裡所指的異常，無非是異民族首度入主中原，而在制度、文化、精神等方面所帶來的巨大衝擊。漁父散曲在主題的選擇上是屬於「隱逸」主題之一環。〔註47〕如果把創作主題之屬性二分爲剛、柔，隱逸主題以偏離塵俗軌道的定勢，自然劃向陰柔一途。但有趣的問題是：以漁父爲主題的創作的確多半屬於隱逸響往之類，漁父在中國文學中的角色定位也偏於無涉俗世的清高形象，這種柔性美的角色性格

〔註46〕任中敏：《散曲概論》（台北：台灣中華書局，民國73年6月臺三版）卷二。
〔註47〕部分學者對散曲主題的區別，概分爲兩類：隱逸與豔情。曲的題材雖然無所不包，幾乎是韻文體系中標準最爲寬鬆的文體，但隱逸與豔情的確在元代散曲中卻佔有相當份量。而漁父散曲以其屬性而言，泰半可歸入「隱逸」一類。

到了習慣直述表意之散曲作家手中，會產生何種變化？換言之，散曲家的語言習慣本是直抒胸臆：以排闥而來的氣勢灌注作品精神，用新奇而容易吸引人的誇張方式來創作，以此種語言習慣來處理罕有人間意味的漁父形象之素材，會交揉出何種風格樣貌？

　　正如前文所述，散曲的風格似乎爲「俗」字一言以蔽之。但是仔細閱讀漁父散曲作品，不難發現其中交織著「逸」的特殊風格。這種「逸」不是傳統概念上的逸韻、清逸，而展現出狂逸的趣味。這是與元曲的「本色」有密切的關連。《曲諧》有云：

> 元曲之號爲本色當行者，取材有時極瑣。遣辭有時及質。
> 而融裁必新，刻畫務盡，並所謂俗能涉趣，駁中寓純者。
> 〔註48〕

這段話主要言及《小山樂府》之風格，然其論及「本色」之言，極其精要。在語言方面要求直而能推陳出新，刻畫情意必要透徹盡闢，恰道出元曲創作的語言特質。曲之貼近常民、正以其「不吐不快」的快意趣味收服人心。無論選擇的創作素材在思想上的層次如何，都無法改變曲家操作語言的習慣。〔註49〕於是透過白描、誇飾，把心中的感受一股腦宣洩出來的「直率」，使得漁夫散曲雖然信筆勾勒意境場景，但免不了受到語言安排的影響，致使少有清逸出塵的況味產生，而多帶有幾分入世風味的彰顯。然而這些任性而作、率性而發的語言，卻使得漁父散曲帶有「快」意的俗趣，作品所揮灑出來的率眞情調，直指俗趣一途。準此，無法以豪放或清麗的二分之，卻頗能符應曲的「本色」說。

〔註48〕任中敏輯：《曲諧》卷二。收於任中敏輯《散曲叢刊》第四冊（台北：台灣中華書局，民國73年6月臺三版）。

〔註49〕張法論及中國傳統文化對「俗」的看法時，曾做出以下表示：「俗從意境中的意方面來說，表現爲狂、奇、趣，……從境與言方面看則爲直、露、俚、新。」張作並認爲中國文化之所以不贊同「俗」的價值，在於其無法「體道」，也就是無法合乎「道心」的崇高價值。詳見張法著：《中西美學與文化精神》（北京：北京大學出版社，1994年6月第一版）第八章所述。但漁父散曲不盡然同於傳統價值上的「俗」，筆者以爲主要是其思想層次與常民文化的落差所造成。以下詳述，茲不贅。

　　然而，這一點並無礙於漁父作品追求「韻」的精神導向。這是因爲漁父主題歷經數個時代的覆誦及創作，其主題精神已趨於定型。當作家選擇「漁父」做爲創作主體的同時，下意識裡也肯定了其文化上的意義。即使因時代背景造成文化落差，典範傳統的框架仍不容易被撼動。〔註50〕也因此，散曲中的漁父基本上仍依循傳統所塑造出來的隱逸象徵，也仍是多數文人追求心靈故鄉的首選。然而，元代文人對現實的抑鬱及不平顯然在強度上是異於其他朝代的。雖然從趨避心理的基礎可以理解對歸隱的嚮往，但同時縈繞在這些人的心頭，難以抹去對現實黑暗的嫌惡感卻也滲透在漁父散曲之中。他們的隱是毅然決然的，幾乎不見對出仕入世有太多的關注與留戀，作品中對那些假漁隱的揶揄必然是毫不留情。他們決心將自我閉鎖，唯有如此，惶惶不安的情緒才得以被安撫。因此，元代漁父散曲在思想層面上自我的剖析，比起漁父詞要深刻許多。筆者不全然否認其中有元人的自憐哀嘆，但多數的漁父散曲中對於漁隱，主要是以隨性率意的態度處之。「無憂」，是作品中最常流露的精神價值，但要達到「無憂」，曲作中要人忘卻功名、笑看史事、拋擲紅塵，但他們從未創造出「離俗」的理想世界，而只是從捕魚撈蝦、醉酒吃蟹、漁樵論話的敘述中傳神。無論是儒道對理想的修養，還是佛道宗教修練離塵的思想，對漁父散曲的滲透極其微妙。散曲中的漁父在精神上對現實可以「不顧返」，但在生活面卻處處依戀著常民而生愉悅之感。

　　因此，在漁父散曲中所窺見的，在主題沿襲上雖具延續性，卻受到語言創作的習慣轉向俗趣的價值，然而，這反倒爲漁父主題開啓了

〔註50〕龍協濤認爲：「文學讀解活動的心理定勢，是接受主體審美經驗內化和泛化作用的結果。……心理定勢可以劃分出個體定勢──群體定勢──社會定勢三個層級。」見龍著：《文學的解讀與美的再創造》（台北：時報文化出版公司，1993 年 8 月 15 日初版一刷），頁 216。筆者以爲：作家在創作既有主題的當下，同時也是該主題經驗的解讀者。準此，散曲作家在創作漁父散曲時，無論意識與否，文化積累已爲其創作在創作心理形成某種模式化的框架。

新的創作空間；另外，受到時代背景的影響，漁父散曲裡對歷來的隱逸典型給予偏向消極的評價，而改從人性存在價值的角度加以創發。簡言之，漁父散曲是以簡筆寫壯意，以淡筆書濃情，從而建立迥異於散曲的另一種「俗趣」風格。

第七章　宋元「漁父」詞曲之比較、影響與成就

　　總結上述各章，分別自宋元漁父詞曲之內容及其形式所展現出之風格兩個主要角度，探索漁父詞曲的內緣特質及外延樣貌。以下，首先要對於「漁父」主題在不同時代背景與相異文體發展中，無論在遣辭用字的習慣、主題思想，以至於外在風格，有哪些部分共同承襲歷來漁父主題創作的習慣？又有哪些部分呈現出創新、相異的面目？再進而將漁父詞曲的相異點一一指出，並說明其緣由，此為本章第一節所要處理的問題。

　　其次，以漁父詞曲的比較結果為基礎，分別就宋、元兩代漁父詞曲的作者與讀者雙方面角度，來探討宋元漁父詞曲分別在其「一代之文學」之特殊文體類分下的成就與影響。這一部份先行比較漁父詞曲名作之間，在語言修辭或美感經驗上，有哪些相似或相異之處？再者，採用「名家」與「名作」的形成，分別對宋元詞曲在文人意識中產生之創作效應加以探討，從而論及漁父詞曲彼此間是否有互相影響的情況發生。最後，總結上述，對漁父詞曲的文學地位做出評價。

第一節　宋元「漁父」詞曲的比較

　　無可諱言的，自先秦以迄宋元，漁父主題的創作在中國歷代文學

中都佔有舉足輕重的份量。本文在第二章已探索漁父原型主題之成因及影響，第三至第六章分別針對宋元兩代的漁父詞曲內容與形式方面論述。本節將從主題思想的分佈、形式技巧的展現以及風格的樣態三方面來比較漁父詞曲之間的異同。

一、主題思想方面：從「漁父家風」的成型到「即景詠懷」的喟嘆——由「出世」返「入世」的途徑

以下先就本文論述之漁父詞曲的主題思想數量及比例，表示如下：

漁父詞主題分佈比例表

主　題　類　型	細　　目	創作數量	總數量	百分比例
漁父生活的描摹	漁家活動的描繪	69	127	24%
	漁鄉景致的抒寫	58		
隱逸生活的嚮往	追隨漁隱典範	57	240	45%
	生命受挫萌生退隱之念	61		
	自然風光的召喚	122		
歲月年華的流逝	個人相應於宇宙的感嘆	53	113	22%
	老大無成，身世飄零	20		
	藉茲抒懷古興亡之情	40		
佛道思想的宣揚	僧人弘法	26	29	6%
	道士修練成仙	3		
其他	樂舞、檃括、缺漏字	14	14	3%

漁父散曲主題分佈比例表

主　題　類　型	細　　目	創作數量	總數量	百分比例
即景興懷的詠歎	對紅塵俗世的厭棄	84	125	45%
	對時空移易的感懷	41		

漁鄉村居的描繪	煙波水畔的景致描摹	25	108	43%
	純樸真摯的情意映照	20		
	樂閑逍遙的生命慕求	63		
四時節序的點綴	春景	3	12	5%
	夏景	7		
	秋景	1		
	冬景	1		
其他	尋仙訪道、檃括、題畫等	7	7	3%

　　從以上的主題思想分佈來看，對漁父生活的描摹以及藉茲引發隱逸生活嚮往的作品，同為漁父詞創作的主軸，但是從主題細目分類再比較，便能發現漁父詞的創作明顯受到「自然風光」的吸引，進而產生近似蒪鱸之思的感動，而隱沒在煙波浩渺，表現生命受挫的作品比較少；而漁父散曲的漁隱情結卻經常是作家主動棄絕紅塵煩累強作瀟灑。基於此，可以看到不同時空背景下對「漁父」形象之寄望與詮釋，具有相當大的差異性，更突顯元代士人精神受困之窘迫。另外，漁父詞曲均有檃括前人之作，張、柳二人塑造的瀟灑蓑笠翁，以及東坡〈赤壁賦〉中欲同乘舟者浮泛的興懷襟抱，正與主題思想的趨向一致相關，因此張志和、柳宗元與蘇軾三者作品成為檃括對象之首。

　　此外，漁父詞的作者層面分佈較為廣泛：文人藉以抒情、僧侶藉以弘法、道士藉以表現飄飄仙境、表演者藉以編派舞態、創製歌舞；漁父散曲的作者則集中在伶工以及失意文人，所以曲中的隱字謔詞經常出現，甚且出現以釣喻情的作品。足證作者的身份對漁父詞曲的風格，佔有舉足輕重的影響。漁父詞曲在創作思想的主軸雖然接近，但不同的時代氛圍及文體仍然會刺激出些許的差異：在宋代是佛道詞作的展現，在元代則為節序散曲的現身。前者導因於唐五代詞「以漁喻法」的承襲及發揚，散曲在創製之初便無此傳統，復以元代佛教不興，道教偏於內丹修練，自然在這一方面的作品較少。而元代漁父散曲開創出以四時節序配合漁家生態的作品，展現散曲描寫對象的平易化及親切感。

綜述上論，漁父詞曲似乎同中有異、各具擅場。但筆者以爲，辨析歧異產生之因果影響，恐怕才能眞正從異中見其變的主題演化過程。在第三章對漁父詞作的內容分析時已陳述漁父詞崇尚清逸放曠、形成「漁父家風」的過程，而漁父散曲「見與鄰叟近」的入世表現亦甚爲突出。這兩種幾近背道而馳的主題思想，卻有助於漁父詞曲生命活力的展現。筆者認爲，出世超脫的漁父作品猶如傳統漢文化的演進，到宋代已臻於顚峰，漁隱原型的典範，在漁父詞中交互錯綜，新生的典故﹝註1﹞基本上仍然延續原型的隱逸框架，清雅至極。但到了元代曲家手中，現實的殘酷，不單衹是出處進退的抉擇，甚且經常攸關性命的安危，他們不禁自問：退隱何處才是心靈的故鄉？只要執著於士人身份認同，幾乎就宣告生命尊嚴的死亡，何復談及心靈歸屬？這種社會條件逼使他們不得不徹底放棄歸隱的夢想，轉向積極地從俗世裡尋求解答。尋思根本，主題思想傾向的轉變，實則受社會風氣左右而成。

二、形式技巧之比較：形式美的堅持與表意結構的異化 ——「對偶」堅持與語詞表述的口語化現象

詞曲同爲韻文，這意味漁父詞曲在押韻的形式構造是相同的。然則，詞牌曲調及韻部的選擇，均關係到聲情、聯繫至風格的呈現；兩者在「形式美」之追求上是趨近抑或相反？又選擇哪一種表意方式來深化文意？筆者以此三點對漁父詞曲形式技巧加以比較。

首先談及詞曲形式之比較。固定的詞牌原則上亦限制創作的格式，曲卻因可增襯、可聯套，增加語言文字運用上的彈性。將漁父詞曲兩相比較，漁父詞的常用詞調幾爲令詞，漁父散曲常用的曲牌宮調亦爲小令。但不容忽略的是，漁父散曲有三十首散套作品，佔總作品數的十分之一強，這些散套作品的主題還是不離表現厭棄紅塵、追求樂閑生命兩大軸線。套曲提供了更多的語意空間，讓文人一唱數嘆，利用各種表現方式反覆敘述，的確俾利於漁父主題思想刻畫，縱使語

﹝註1﹞例如：「詠三高」類型的漁父詞。

言偏於淺白，但透過曲家不厭其煩的繪述，更完整地呈現漁父生命的眾多面向，這是漁父散曲在人物刻畫倍顯生動的又一因。至於韻部的選用，詞韻與曲韻不盡相同，筆者因此以現代語音學的標音方式為基準比較：漁父詞經常使用的韻腳為（i）、（u）、（n）、（ou）；漁父散曲常用韻表則是（a）、（u）、（au）、（ou），僅有（u）、（ou）兩者相同，同屬撮口音，在詞中表現情感的往復盤旋，在曲中則因其用語習慣使然，故基本上仍以詞的聲情配合較為妥貼合當。

其次，在形式美追求上，漁父詞曲雖然在句式的伸縮範圍逐漸擴增，但對於形式美的堅持仍本於詩的傳統。無論詞曲，「對偶」修辭顯然是詞曲創作的基本功，但要如何與詩的創作手法區隔，使其更適於表現放曠之姿？漁父詞曲同樣選擇單字句式，使辭意更添跌宕生姿；此外散曲順應白話語態的特徵，喜用類疊把表情神態述說地極盡痛快。而對意義深化的方式，漁父詞曲所選用的方法便大異其趣，各展奇妙：漁父詞好用典、喜借代、多象徵，配合著曲曲折折的情意表現；漁父散曲善白描、多映襯、盡誇飾，呈現通透酣暢的明快情調。這與文體先天的風格偏向是接近的。

三、風格樣態的展現：從「青箬笠綠蓑衣」到「黃蘆岸白蘋渡」——創作重心轉移的影響

比較兩者可以發現到，漁父詞所經常出現的意象在於「青箬笠綠蓑衣」的穿著打扮。這一漁父外貌的典型實奠基於張志和的〈漁歌子〉；而漁父散曲對人物外在形象則少用裝束借代來指謂，反而逕以漁翁、漁樵職業稱之。此外，漁父散曲中的形象描繪著重在表情神色，從漁翁一舉一動的直白勾勒，反映出情感表現的透徹。對於客觀環境的鋪述，漁父詞經常使用的是眺遠山、弄扁舟、泛清波、釣絲綸等，在漁父散曲中則是林泉下、醉吟蓬、沈醉倒、捕撈魚蝦等。兩者相比，詞中以精巧物色點狀落下、動作顯得相對輕盈；漁父散曲的物態則是塊狀的陳設、動作特別直率，這種現象，將詞以意象「傳情造境」的

特色表露出來，展現出詞曲文體風格的差異。

　　漁父詞中對人物描寫的留意處在其裝束，而且對裝束的陳述絕不會在單一形象的描寫後便停止作用，而是將形象外貌鋪排在前，從而逐步推衍出作者巧心安排的抒情意圖。而漁父散曲的作者同樣力書心中憤鬱之情、豁達之概，但表現的方式恰恰相反。曲家留意於人物行動的某些顯著特徵，唯有特過對言語行為的誇張描述，才能真正暢其欲言。兩相比較之餘再對應創作主題的細目分佈，便不難推知，漁父詞曲作者在選用「漁父」之主題或詞彙時，乃各取所需，盡暢其言。漁父詞的取景小，透過細膩心態的捕捉展現清逸的色彩，漁父散曲的取境壯，經由動態的連續焦點呈現疏放的特徵。王國維在《人間詞話》中有言：

> 有造境，有寫境，此理想與現實之所由分。然二者頗難分別。因大詩人所造之境，必合乎自然所寫之境，亦必鄰於理想故也。〔註2〕

準此，漁父詞善於「造境」，而漁父散曲長於「寫境」；漁父詞長於運用「意象」，而漁父散曲習於揭露「形象」。兩者對用情的態度同樣真摯誠懇，亦不能分優劣，不過各取所長，現其所能而已。散曲家習慣將事物本質直接展露在讀者面前，欲表現的意蘊衝口而出，毫無矯飾，即使創作漁父散曲的作家風格多半屬清麗一派也少有例外，詞家則習慣先透過觀物、再以個人情志涵詠予以轉化，凝聚特定情意後再現諸筆端，前者因而顯得直率，得「傳移摹寫之力」，表現出「現實我」；後者因此意蘊幽深，成就天造之妙，營造出「理想我」。從這一點可以尋繹漁父詞曲風格迥異的原點，也可證明以不同文體來創作相同主題，的確在風格上會造成先天的限制。詞同樣也逃脫不了文體本身的限制。宋代繚繞士人生命的，主要是三教融會的現象，此一重要的文化印記為詞體所吸收，經常表現在詞作中：漁父詞吸收佛道對虛靜空無境界的崇敬，處處流露出擺脫現實束縛、進入理想境界的進

〔註2〕王國維：《人間詞話》。唐圭璋編《詞話叢編》（台北：新文豐出版社，民國77年2月臺一版）第五冊，頁4239。

程，「情境」的塑造亦隨之開展，並發揮詞體擅於表現潛藏心靈幽微情感的長處，形成追求「雅趣」的美感傾向。元代盤據在作家心靈的是無處安頓的士人靈魂，他們在異族與正統的矛盾衝突裡翻滾，無從在宗教慰藉裡消憂，更無從於歷史輪迴印證中解悶，索性以狂者之姿爲自我生命的困境解套，藉嘲弄古來聖賢凡俗來平衡心理的酸楚，散曲的伸縮自由也適時提供其運思成章的空間，形成「俗趣」的美感需求；一者清逸、一者疏放，各得其所，盡展其美。

綜合上述，漁父詞曲除了主題思想深受時代環境及社會文化的影響有歧出的現象外，形式技巧的展現與風格的成形，基本上仍受文體的制約。換言之，主題的表現不離文體之本。然而難能可貴的是，眾多作家在創作漁父詞曲的當下，即使受限於文體自身的約束，也都能利用語境的轉換、語意的新變，突破既有的限制，展現新意。

第二節　宋元「漁父」詞曲的名家

筆者以爲，所謂的「名家」，當以其在此一「漁父」主題範圍內創作量最爲豐富者加以定義之；而「名作」則以歷代詞曲選集所收錄之頻率爲釐定篩選之標準，再輔以歷代選評者的眼光及標準探討其入選頻繁之因，以窺見「名作」之奠定成就。最後再將此三者結合，對宋元漁父詞曲之在總體「漁父」主題創作的歷史軸線及以橫向時代代表文體之剖析雙方面所表現出的成就及影響爲目的，做全面性的俯瞰。以下先行列出歷代詞曲選集中所收錄之漁父作品，再根據表列所得提出個人的看法。

一、宋代「漁父」詞的名家名作

根據本文所列之「宋代漁父詞總表」（見附錄表一）可以看到，宋代漁父詞的作品數量凡五百二十五闋，塡作人次計七十人次；[註3]

〔註 3〕無名氏作品記爲一個創作人次。

其中扣除無名氏之作品 16 闋，多數填作漁父詞的詞家平均創作量不過介於 2 至 3 闋間。創作達二十闋以上僅張炎（32）一人，創作達十五闋以上則有吳潛（18）、陸游（17）、蒲壽宬（16）以及高宗趙構（15），創作十闋以上則包括朱敦儒（12）、蘇軾（11）、張掄（11）、劉克莊（10）以及李彭（10），總計上述填作漁父詞數量較多者僅九人。其中蘇軾、朱敦儒、陸游、劉克莊四人在詞史發展上具有較大的成就、張炎以詞學理論名世之外，其餘在詞史上的定位並不特別引人注目。然而這九人在漁父詞的創作數量上，的確有其貢獻，故暫以漁父詞之「名家」稱之，探討其成就。

此外，單純從漁父詞的創作量來定其「名家」的地位，大概不甚具有可信度。因此，本段亦將嘗試從漁父主題遞嬗的關係，追溯宋代漁父詞作的幾種典範，以及典範的創作者，進一步嘗試勾勒出具有影響力的名家及名作。

（一）宋代「漁父」詞的名家

1. 大量創作漁父詞之詞家——張炎

張炎現存 32 闋漁父詞中，雖然有十闋作品缺漏字，但主題思想集中在表達對隱逸生活的嚮往，特別是詞中經常表露出深受自然風光吸引的情調；次為感嘆歲月年華的生命定位，再其次為對漁鄉景致的書寫。

在張炎的漁父詞作中可以發現，因其屬於南宋後期的詞家，在漁父詞的書寫主題較前期詞家寬廣。從形式上來看，其漁父詞俱標有題目，把作者寫作的心態一一提點。其中，三分之二以上乃「有感而發」：或送別行遊，書寄歸隱（如：〈南樓令‧送黃一峰遊靈隱〉、〈長相思‧贈別笑情〉）、或見圖抒懷（如〈如夢令‧題漁樂圖〉）、或述古名志（如〈漁歌子〉十闋），這一類型均經外物觸發而生抒情取向。其餘三分之一，則屬個人懷抱的表達。

由此可知，張炎之作容或有自悲心態的表述，但觸物生情的抒情

動力表現是非常深刻的。從張炎所流傳下來的漁父詞作裡，幾乎關關可考作者創作心境的煩愁，似乎想藉由漁父把自我從苦悶的生命裡超拔出來。這一點與漁父詞主動跳脫環境羈絆的主題傳統實在不甚相符。

2. 兼擅眾體，又青睞漁父之詞家——蘇軾、朱敦儒

蘇軾及朱敦儒二者，在漁父詞的創作領域，同樣以其清逸瀟灑的風格行世。在個性上，兩人均帶有較超然的人生觀，反映在作品中的，自然充盈著生命的體認反思。但是，東坡因一生宦途顛簸，失意之時反而能超越生命現實的框架，展現風雅橫傲的氣度；朱敦儒生當南渡交際，前期詞風雖已有清疏狂放的公子風範，但國勢動盪卻使其蛻化為優容自主的情調。這兩位詞家在面對現實的姿態上極為相近，然因時代環境的變化，作品自然展現出不同的價值。他們所創作的漁父詞同屬「清曠放逸」一脈漁父家風之宗，但從具體作品的呈現，仍然可以看到宋代漁父詞在詞風、思想脈絡演變上的意義與痕跡。

蘇軾乃宋代詞風「豪放」派之宗主。這與其個性、表現方式密切相關。但從蘇軾本人所創作的十一首漁父詞的主題分佈來看，大致別為二類：一是對宇宙生命的浩漢、一是寫漁父生活的樂態；〔註4〕前者緊扣住歷史輪迴中，省思「人」的定位，在表現方式上的確可見「以詩為詞」的痕跡，也印證東坡生命的高度；筆者以為這一類作品在漁父詞的主題上有突破傳統清逸詞旨的貢獻，「漁父」的文化義仍然存在，但歷史人物原型的表意張力相形之下卻削弱不少。這是東坡在運用漁父一詞的與眾不同。但在這一類作品中同時存在的現象是：自我生命起落的軌跡經常滲透其中。筆者以為這一部分容易減損漁父詞的主題意識，到宋代後期許多藉茲詠懷的漁父詞，便有一些陷入此種情形，但東坡這一類作品卻能捕捉神髓。至於描寫漁父生活樂態的詞作，倒把東坡隨順的作者個性發揮得淋漓盡致，詞作中先寫人物「神

〔註4〕蘇軾的〈浣溪沙・西塞山前白鷺飛〉與黃庭堅之作互見。《全宋詞》中別注：此首誤入黃庭堅豫章先生詞。筆者無從判別，暫從之。

態」，再推衍至環境，最終表現出精神。東坡在這裡表現不同於往漁父詞由遠處逐漸聚焦的敘述習慣，「人」的精神價值更優先於景物的描述，這是東坡在漁父主題詞作的開創之功。

朱敦儒的漁父詞，則又別是一類。其現存十二首以漁父為主題之詞作，有十首純以漁父做為主體描寫對象。〔註5〕這十首漁父詞中的主角形象鮮明，並非全然離俗的隱士，在描繪漁家生涯之際帶有幾分真實的筆觸。每一闋詞雖然都寫到漁父的閑放自在，但是其閒情的表現卻變化多端：無論是不計世俗的恬淡、短棹輕艇的悠哉、衝破浪花的狂放、月下泛流的閒情，雖然不是神仙，但卻過著神仙般的生涯。朱詞裡的漁父並非遺世高蹈，他也會有喜怒悲歡，但可貴的是不溺陷於情緒的泥淖，而在結尾都以消憂的恣態將主體精神重新昂揚。筆者將朱敦儒的〈好事近‧漁父詞〉視同一個創作組，從不同視角形塑出朱敦儒心目中的漁父，這一形象極其入世，很有鄰里風味，他不單純表現文謅謅的儒士典型，反而比較接近民間仕紳的情味。從這一點來看，朱敦儒不但表現漁父的精神主體，還更進一步將漁父的「人味」調得更濃厚，把漁父的形象巧妙地世俗化。

這兩者對漁父詞的主題表現有推進的作用，後來在宋詞之所以能形成「漁父家風」，在蘇、朱二人的詞作裡可以看到轉變的關鍵。

3. 奠定漁父詞的「崇雅範本」──趙構

從詞作創作的量化觀點來看，吳潛、陸游、蒲壽宬與高宗趙構在漁父詞的創作量不相上下。其中吳潛與陸游的漁父詞作不純然以「漁父」名，並且經常是藉該形象以達情表意；而蒲壽宬創作數量雖多，但基本上是遵從張志和的創作慣例，無論在藝術表現方式或主題的開新方面，並無太多的突破。其中較值得注意的是高宗趙構的十五首漁父詞。趙構除這十五首漁父詞傳世外，其餘均被《全宋詞》列為存目

〔註5〕朱敦儒〈好事近‧漁父詞〉十首，詳見《全宋詞》第二冊，頁1105
～1107。

詞（非其作品）。趙構以皇帝之姿來創作漁父詞，顯然代表了對其價值的肯定，在這一組詞作前有序，云：「因覽黃庭堅所書張志和漁父詞十五首，戲其同韻，賜辛永宗。」這一小段序文傳達了兩項訊息：第一，創作的動機是爲了酬和張志和的漁父詞作，這同時代表對張作典範的推崇。第二、高宗創作之後，將這十五首漁父詞賜予「辛永宗」，這一點代表了漁父詞之傳播意義。

　　雖然在序文中言「戲其同韻」，但從作品表現的內涵來看，其創作態度應該甚爲嚴謹。不過，限於身份的影響，詞作中所塑造的意境，畢竟不同於伶工之詞在情感鋪陳上的直率，也有別於文人之詞的溫婉，當然更不同於詩化、賦化之詞的豪邁超絕。不過，卻流露出皇室特有的擬景狀物的含蓄。詞作中當然離不開「閑」的意態，但是筆下的一景一物在保有其天性之外，還經常觸化作者對其投射主觀情感，帶有欣羨自由的氣氛，卻逃脫不了精心琢磨的宮闈格局。但同時反應的是漁父詞的「崇雅」傾向。〔註6〕源自民間漁唱的曲調，在受到文士青睞之後，更進一步晉身於帝王之手。這一點實在有助於奠定漁父詞在詞作主題上的地位。照理來說，世襲君主不會有出處的矛盾疑慮，然而，假使帝王本身性格上與統治身份有所衝突，整個家國責任加諸其肩上的重量，恐怕是遠勝於文士！但在高宗的作品中，筆者認爲除了〈漁父詞・暮暮朝朝多復春〉、〈漁父詞・誰云漁父是漁翁〉兩首較具有「不如歸去」之嘆外，其它詞作都以歡情閑適作爲基調。再從創作背景推論，這十五首漁父詞作於紹興元年（1131），已是宋室南渡，偏安局勢底定之際，重以高宗「性懦弱、無大志」的歷史評價，詞中的樂閑心態便不足爲奇了。

　　另外，高宗所創作的漁父詞卻在詞作的美學價值體系中佔有重要

〔註6〕《江行雜錄》記載：高宗親自制作「睿思雅正，宸文典贍」的祭享樂章以及「清新簡遠，備騷雅體」的漁父詞。所謂「備騷雅體」即是承襲詩經風雅與屈子離騷傳統的詞體，以作爲當時國勢動盪、人心難平之際，文人投託情感的對象。

的位置。高宗所創作的漁父詞與其他作品相較，在語言的運用上相對精巧，多數選擇清麗的景物來塑造詞作內容的意境。這一些詞作中所塑造出來的情境基本上趨近於宋詞雅化的軌跡。不過其「雅」在內容思想的「雅正」傾向較少，而多半強調創作者的韻度。〔註7〕這似乎說明了漁父詞，在「崇雅」的傾向上產生主題與作者精神分歧的現象。也就是說，作者開始選擇他們所認可的「清麗」景象來描摩客觀場景，而作者喜愛的清麗意象，同時傳達漁父詞是逐漸走向「結體於虛」、表現意趣的途徑上，向宋代審美文化的精神取向合流。就這一點來說，高宗的漁父詞就不單衹是皇帝的附庸風雅，而具有創作技法趨近雅尚的積極意義。

（二）宋代「漁父」詞的名作

本文以「宋代漁父詞總表」為本，從歷代十四種詞選著作中統計其入選作品及數量。包括：曾慥《樂府雅集及拾遺》、黃昇《花庵詞選》、趙聞禮《陽春白雪》、周密《絕妙好辭箋》、〔註8〕陳耀文《花草粹編》、朱彝尊《詞綜》、張惠言《詞選》〔註9〕等自宋至清之詞選七本，加上龍沐勛《唐宋名家詞選》、唐圭璋《唐宋詞簡釋》、胡雲翼《宋詞選》、俞平伯《唐宋詞選釋》、梁令嫻《藝蘅館詞選》、鄭騫《詞選》、盧元駿《詞選注》等近現代詞選著作七種，涵蓋範圍應盡周備。為便於討論，將以上十四本選集中包羅之漁父詞作，表列如下：

〔註7〕宋代詞作的「雅化」傾向基本上蘊含兩股勢力：一是從寫男女歡情轉至陶寫經世襟抱之「復雅」，如：鮦陽居士編《復雅歌詞》、王灼推尊詞體，以為「中正為雅」者均屬之；另一類則是從詞作風神之美來推崇其「雅」，例如白石追求「清空」者。詳參趙曉蘭：《宋人雅詞原論》（成都：巴蜀書社，1999年9月第一版），頁313～348。

〔註8〕以上為宋人選集。

〔註9〕明人詞選尚有楊慎《詞林萬選》、清人選集亦尚有陳廷焯《詞則》、王奕清等編《御選歷代詩餘》等，皆具有一定標準之選集著作，然其中因未選入漁父詞，故從缺。

※宋代漁父詞名家名作一覽表

作者	詞牌	首句	雅詞	花庵	陽春	絕妙	粹編	詞綜	張本	龍本	唐本	胡本	梁本	俞本	鄭本	盧本
柳永	滿江紅	暮雨初收		○												
柳永	望遠行	長空降瑞						○								
徐積	漁父樂	水曲水隈四五家						○				○				
蘇軾	滿庭芳	歸去來兮												○		
蘇軾	行香子	一葉舟輕		○												
黃庭堅	菩薩蠻	半煙半雨溪橋畔		○		○										
黃庭堅	鷓鴣天	西塞山前白鷺飛		○												
晁端禮	滿庭芳	天與疏慵	○													
李甲	吊嚴陵	蕙蘭香泛	○													
晁補之	迷神引	黯黯青山紅日暮										○				
周邦彥	一寸金	州夾蒼崖		○										○	○	
謝逸	漁家傲	秋水無痕清見底		○												
蘇庠	臨江仙	本是白蘋洲畔客	○													
徐俯	浣溪沙	西塞山前白鷺飛	○													
徐俯	浣溪沙	新婦磯邊秋月明	○		○											
徐俯	鷓鴣天	西塞山前白鷺飛	○													
徐俯	鷓鴣天	七澤三湘碧草連	○	○												
葉夢得	水調歌頭	渺渺楚天闊	○													
朱敦儒	好事近	搖首出紅塵						○	○			○	○		○	
朱敦儒	好事近	漁父長身來						○	○				○			
朱敦儒	好事近	撥轉釣魚船											○			
朱敦儒	好事近	短棹釣魚輕						○	○			○	○			

朱敦儒	好事近	猛向這邊來								○			
朱敦儒	好事近	失卻故山雪					○	○			○		
陳與義	臨江仙	惜昔午橋橋上飲	○				○	○			○	○	○
趙構	漁父詞	水涵微雨湛虛名	○				○						
陸游	鵲橋仙	華燈縱博		○			○			○			
陸游	鵲橋仙	一竿風月								○		○	
陸游	好事近	歲晚喜東歸		○							○		
陸游	好事近	溢口放船歸					○			○			
陸游	沁園春	懶向青門學種瓜											○
張孝祥	念奴嬌	星沙初下		○			○						
張孝祥	浣溪沙	已是人間不繫舟				○							
方有開	點絳脣	七里灘邊				○							
辛棄疾	瑞鶴仙	片帆何太急		○									
楊炎正	水調歌頭	把酒對斜月					○						
張鎡	漁家傲	拂拂春風生草際		○									
吳禮之	風入松	蘋汀蓼岸荻花洲		○									
史達祖	湘江靜	暮草堆青雲浸浦					○					○	
史達祖	八歸	秋江帶雨							○			○	○
盧祖臯	賀新郎	晚住風前柳		○	○		○			○			
嚴仁	歸朝歡	五月人間揮汗雨		○									
張輯	難浦月	來剪蓴絲				○	○						
張輯	一絲風	臥虹千尺界湖光		○									
葛長庚	摸魚兒	問蒼江					○						
葛長庚	賀新郎	且進杯中酒					○						
劉克莊	摸魚兒	怪新年		○			○						

作者	詞牌	首句								
劉克莊	滿江紅	落日登樓				○				
逄去非	喜遷鶯	涼生瑤渚		○						
吳潛	賀新郎	撲盡征山氣	○							
吳文英	聲聲慢	旋移輕鷗				○				
周密	宴清都	老去閒情懶				○			○	
張炎	西子妝慢	白浪搖天				○				
張炎	南樓令	重整舊漁蓑								○
張炎	壺中天	長流萬里					○		○	○
張炎	臺成路	扁舟忽過蘆花浦				○				
張炎	聲聲慢	百花洲畔					○			
閻次秋杲	朝中措	橫江一抹是平沙						○		
無名氏	水調歌頭	平生太湖上				○		○		
無名氏	風光好	柳陰陰				○				

　　在上述歷代詞集選本中，以次數來論，重複入選五次以上者，僅朱敦儒〈好事近‧搖首出紅塵〉以及陳與義〈臨江仙‧惜昔午橋橋上飲〉；前者寫漁父生活之瀟灑，後者則詠懷歷史興亡。重複入選三次以上者則包含周邦彥〈一寸金〉、朱敦儒五首〈好事近〉、陳與義〈臨江仙〉、陸游〈鵲橋仙〉、史達祖〈八歸〉、盧祖皋〈賀新郎〉以及張炎〈西子妝慢〉等十三首。這十三首從其思想主題來看，五首在歌詠漁父生活，五首感嘆歲月流逝，三首則謳歌漁隱生活。

　　在承認朱敦儒與陳與義兩者的漁父詞為「名作」之前提下，可以看到的是：若以朝代為界，朱敦儒、陳與義之作品入選次數雖多，但幾乎集中在清代以至近現代的選集；宋人詞選中所選入的漁父詞在主題思想上，多半宗主於漁父詞祖──張志和之作，〔註10〕這種選入的評價標準是大異其趣的。換言之，宋人對漁父詞的肯定，原則上不離張志和

〔註10〕例如：黃庭堅的〈鷓鴣天〉、徐俯的四首〈浣溪沙〉，思想與遣詞習慣上乃本於張志和之作，重新鎔鑄而成。

和建立「漁隱之樂」的傳統，清代以後對漁父詞的評價，則跳脫唐五代詞箬笠蓑衣等固定的符號象徵，開始對漁父形象琢磨新意，同時在主題思想的豐富性加以廣之。此一「典範」的轉變，說明後代的選集編者，對於作品評價的標準生「時代區隔」的概念，將唐人的漁父詞與宋人的漁父詞之典型區隔開來，這對於主題創作價值生命的延續有積極的意義。宋人的漁父詞即便在思想上還是寫漁隱之樂、還是寫忘卻世俗，還是經常感嘆自我的渺小，但作品中所呈現的實質精神樣貌，已截然不復以往。據此可以看出宋漁父詞典型的幾點端倪：

就創作動機來說，宋代前期大量追和張志和的作品，基本上屬「典範的推崇」，換言之，這一類作品的創作離不開漁父詞作的窠臼，從思想到字句之間的模擬，亦步亦趨，眾家皆然。北宋後期，則逐步脫離張志和的影響，宋代漁父詞的生命由此而起。

從接受角度來說，清代以後的選集對漁父詞的評價貢獻，主要在推舉出具有宋人特色的漁父詞作。這些選集所選出的作品裡，開始留意漁父詞的創作背景；換言之，開始關注詞作內容能否反應作者的創作動機（旨意）。宋漁父詞裡所呈現的「漁父家風」包羅的主題層次日趨豐繁。漁父詞可以視同作家對主體生命與周遭環境的另類投射。朱敦儒的〈好事近〉是作家生命情調的投影、陳與義的〈臨江仙〉是作家對世局觀察的總結，漁父的角色形象已跨越西塞山前的漁翁，直接上溯至漁父主題的典型，並且帶有時代環境的印記。

二、元代「漁父」散曲的名家

現全全元散曲中，以「漁父」為創作主題之作品共計 252 首。從「元代漁父散曲總表」（見附錄二）裡可以看到：元代以「漁父」作為散曲創作主題之作者總共有 61 位（無名氏計為一位），在這些作家所創作的漁父散曲，多數僅創作 1 至 4 首，無論就其自身作品主題比例或現存總體散曲作品量之比例來說，均偏少數。假使單從以「漁父」為創作主題的「量」來考量，則以張可久（40 首）、喬吉（26 首）兩

位作者的創作量最高；其次分別是盧摯（11 首）、馬致遠（10 首）、以及張養浩（10 首）。這樣的情況與吾人所熟知的「元曲四大家」之印象有所出入。〔註11〕

（一）元代漁父散曲的名家

以創作量來衡量元代漁父散曲的名家主要有兩位，一是散曲冠軍——張可久，〔註12〕另一位則是喬吉。如上所述，這兩位作家在漁父散曲的創作數量，遠遠高出其他諸人，而張可久所存之漁父散曲數量幾為喬吉之倍，兩者何以大量創製漁父散曲？是本段所要探討的第一個重點。此外，兩人的漁父散曲作品在形式、內容上是否有所偏好？達到何種成就？是本節的第二個重點。

1. 元代漁父散曲創作量之冠軍——張可久

元人鍾嗣成之《錄鬼簿》將張可久列於「方今才人相知者」，對其傳述僅寥寥數筆，曰：「有吳鹽、蘇堤漁唱等曲，編於隱語中。」此言至多僅見其創作主題的偏好，關於遣詞的運用、風格的表現無從得索。

然於貫雲石序小山的《今樂府》有言：「小山以儒家讀書萬卷，四十猶未遇。」可見張可久長年不遇，至多委身僚屬。功名上的失意沒有耗費他讀破萬卷書的功夫，反而在散曲創作上表現不同其他曲家超逸的才華，備受肯定。這兩項條件似乎可以為張可久大量創作漁父散曲下註腳。失意文人是元代士人的慣例，卻不見得每一位失意文人都時興創作大量的漁父散曲。小山以其學識文化的薰陶，擅以漁父作為抒情的象徵，應是合情合理的。

〔註11〕「元曲四大家」現存較為普遍的說法有兩種：一是關漢卿、白樸、馬致遠、王實甫；一是關漢卿、白樸、馬致遠、鄭光祖。而此四大家，雖多數以劇曲作品留名，然不失為探討元代曲家創作「大家」的標準。故此先暫時沿用「四大家」之名稱作為探討散曲名家的先行標準。

〔註12〕張可久現存作品全歸散曲，不雜戲曲，故名之。

　　張可久的漁父散曲僅有一首套曲，其餘均爲小令，這一點接近其創作習慣。另外，四十首漁父散曲中雜用各種曲牌宮調，在形式的選擇上具有變化。即便如此，在仔細閱讀張可久的作品後發現，其漁父散曲之作幾乎都是觸景生情、即事抒懷之作，漁父的形象雖仍是不問世俗，卻失去了瀟灑的風度，彷彿只是一個獨居水畔的老翁。例如：

◎漁翁蓑笠釣孤船。棹入蓬壺。湖山堂上柳千株。芭蕉綠。涼影翠扶疏。（么）東坡舊日題詩處。喜無人任我呼。半醉時。秋山暮。一行白鷺。萬朵錦芙蕖。（〈小梁州〉）

◎老翁婆娑處，清風安樂窩。十二闌干錦繡坡。多。好山橫翠娥，蘭舟過。月明聞棹歌。（〈金字經〉）

◎有客樽前談笑。無心江上漁樵。小壺新醞注仙瓢。梅花和月種。松葉帶霜燒。本清閒忙到了。（〈紅繡鞋〉）

這些曲作的表意方式，明顯與元曲的俚俗直率迥異。其中具現的是傳統文士儒雅的生命情調，漁父的勞動生命極度衰微。

　　即便是題爲「漁樂」的套曲，都無法直露地看到縱浪濤中、飲酒開懷的快樂，而只是心意通適而獲得滿足的閑情。這種格調與散曲的表意主軸大相逕庭，或許不受常民的喜愛，但卻容易在士人圈中引起共鳴。因此，終其元代，小山的作品也僅限於文士之間的品評，要到明代才對其有較爲正面積極的評價。例如朱權《太和正音譜》盛讚曰：「小山之詞如瑤天笙鶴，清而且麗，華而不豔，有不食煙火氣，可謂不羈之才。」《四庫全書總目提要》亦言：「遣詞命意，實能脫其塵蹊。」殊不知其「不食煙火氣」的風格，反倒對其傳播影響產生阻礙。因此，其創作數量雖多，但在漁父散曲的作品中並沒有獲得相應的評價。

2. 專力以「漁父」爲創作主題之第一人──喬吉

　　喬吉與張可久相同，均屬於「失意文人」之曲家。從《錄鬼簿》的記載裡可以窺見，喬吉在元代曲家中的社會地位頗類於詞家中的姜夔，絕大多數時間是公卿名士的座上賓，但這等身份在曲家之列往往

是孤單的。〔註13〕喬吉與張可久均為曲壇後期清麗派的代表，但兩者在漁父散曲的創作表現卻不盡相同。首先，張可久以多種曲調變化製曲，而在喬吉的二十六首漁父散曲裡，〈滿庭芳〉就占二十一首；其次，就表現手法來看，張可久的漁父散曲擅以靜態物象堆疊以顯其沈鬱，喬吉則多以動態形容來鋪陳漁父生命；在遣詞方面，張可久多以表述法直抒情懷，喬吉則以詩入曲；在意象的選擇上，張可久多半藉歷史興衰對比，喬吉則化用方音俗語來述說意象。透過這些比較，不難發現，喬吉雖被歸為清麗派的曲家，但其漁父散曲卻相當程度地反映出曲在用字方面的俚俗本色。

另一方面，喬吉的漁父散曲在暢情憨態的表現也不落俗套：其作品中的漁父，有殊狂逸客、江湖狀元、神仙蓑笠；有活魚旋打的人家，也有占遍五湖的隱者，彷彿欲將形形色色的漁父形象一網打盡，他筆下的漁父幾乎練就一番乘舟飛馳江上的好本領，個個都具有裝葫蘆傲世的隱身術，因此洋溢著一片歡欣無憂的形態。這或許與其周旋名士府間有關，在看盡世態炎涼之後，反而揮灑出清邁高絕的筆力。因此，稱喬吉為漁父散曲的「江湖狀元」，自是當之無愧吧！

大量創作漁父散曲的作家，以清麗派曲家為主。何以被視為元曲本色的「豪放」曲家，在以「漁父」為主題的創作量遠不如彼？筆者以為，漁父的文學形象偏於柔弱化應為主因。中國傳統文學中對漁父的描摹幾乎千篇一律是瘦骨嶙峋的白髮翁叟，在塑造仙風道骨面貌的當下，屬於庶民實際生活的活力面，長期以來被忽略了。而本色當行的豪放曲家在選擇對應物象時，不習慣以此來作為抒發的重心。在其次，元代士人共同面臨的是出仕進路的外力障礙，但豪放派的作者以直書胸臆，大力排闥鬱憤之氣，字字句句都直指情緒爆破的核心；清麗派作家則傾向傳統文士的思考邏輯，於是重拾藉漁父意象來抒懷的老路。這是創作心態始然，不妨其各自成就，

〔註13〕《錄鬼簿》中稱喬吉，曰：「平聲湖海少知音，幾曲宮商大用心。」把喬吉不流俗的名士風度及其務力曲的創作同時陳述出來。

也不代表豪放曲家就無漁父佳作。以下就從歷代選集入選作品，來探討漁父散曲影響層面。

（二）漁父散曲的名作——以入選頻率為標準的探討

隋樹森先生在《全元散曲・自序》中已言其編纂《全元散曲》所依據的幾本主要元人散曲集：《陽春白雪》、《太平樂府》、《樂府新聲》、《北宮詞紀》等，這些選集主要代表了元、明兩代對於前人散曲作品的蒐集及編選，但是編選者容或因為時代及社會背景、個人觀點與好惡等種種因素，對於所選的作者及作品因而產生差異。因此筆者將明代以降迄及現代兩岸所編之重要曲選選本中，列舉二十種曲選選本進行統計，羅列如下：元人楊朝英所編之《陽春白雪》、《新校朝野新聲太平樂府》、元人編之《樂府新聲》、胡存善所選之《樂府群玉》、明人編之《樂府群珠》、明人三徑草堂所編之《南九宮詞》、明人陳所聞編輯之《南北宮詞紀》、陳乃乾所編之《元人小令集》、盧前所編之《元曲別裁集》；民國以後則分別是任訥所編之《元曲三百首》、羅慷烈編箋之《元曲三百首箋》、錢南揚編著之《元明清曲選》、鄭騫編注之《曲選》、羊春秋選注之《元人散曲選》、盧潤祥選注之《元人小令選》、馮文樓、張強主編之《元曲觀止》、李長路編注之《全元散曲選擇》、隋樹森編選之《全元散曲簡編》。因為本論文所探討之範疇系以元代為斷代並以散曲為探討文體，因此各種曲選選集中凡是超出元代之時代斷限者，以及劇曲作品均不克採納。為探討方便，先表列如下，再說明於後。

元代漁父散曲名家名作一覽表

作者	曲牌	首句	陽春	太平	新聲	群玉	群珠	雍熙	小令集	詞紀	別裁	任本	羅本	元明清	鄭本	龍本	羊本	盧本	觀止	隋本	李本
楊果	賞花時（套）	秋水瀲瀲古岸蒼	○				○		○											○	○
盍西村	小桃紅	落花飛絮舞晴沙		○	○			○		○										○	
盍西村	小桃紅	淡煙微雨鎖橫塘						○		○	○									○	

作者	曲牌	首句	陽春	太平	新聲	群玉	群珠	雍熙	小令集	詞紀	別裁	任本	羅本	元明清	鄭本	龍本	羊本	盧本	觀止	隋本	李本
盍西村	小桃紅	綠陽堤畔蓼花香			○				○		○								○	○	○
胡祗遹	沉醉東風	月來花間酒壺	○						○				○							○	
胡祗遹	沉醉東風	漁得魚心滿意足	○		○				○										○		
不忽木	點絳唇（套）	寧可身臥糟丘	○																○		
徐琰	沉醉東風	御食飽清茶漱口																	○	○	○
鮮于樞	八聲甘州	江天暮雪（套）	○					○	○											○	○
盧摯	普天樂	岳陽來				○	○														
盧摯	蟾宮曲	碧波中范蠡乘舟	○																		○
盧摯	蟾宮曲	沙三伴哥來嗏				○				○						○		○			○
盧摯	蟾宮曲	笑邯鄲奇貨難居				○	○	○	○										○		
盧摯	蟾宮曲	慨星後隱者誰何				○	○	○	○										○		
盧摯	蟾宮曲	巢曲後隱者誰何				○	○		○									○	○		
盧摯	蟾宮曲	穎川難忘襄陽城				○			○										○		
盧摯	壽陽曲	詩難詠	○																		
盧摯	湘妃怨	眉梢雪霽月芽兒	○																○		
盧摯	殿前歡	作閑人	○						○											○	○
盧摯	殿前歡	酒頻沽	○					○													
陳草庵	山坡羊	風波實怕			○	○		○									○	○			
陳草庵	山坡羊	三閭當日			○	○		○													
陳草庵	山坡羊	江山如畫				○		○											○		
陳草庵	山坡羊	塵心撇下				○		○													
關漢卿	大德歌	雪粉華	○																		
關漢卿	喬牌兒	世情推物理			○													○			
白樸	寄生草	長醉後方何礙						○	○		○	○	○		○	○	○		○		

作者	曲牌	首句	陽春	太平	新聲	群玉	群珠	雍熙	小令集	詞紀	別裁	任本	羅本	元明清	鄭本	龍本	羊本	盧本	觀止	隋本	李本
白樸	陽春曲	張良辭漢全身計		○	○				○							○			○	○	
白樸	沉醉東風	黃蘆岸白蘋渡口							○		○		○	○	○	○			○	○	○
白樸	慶東原	忘憂草	○						○		○		○	○	○	○			○	○	○
白樸	惱煞人	又是紅輪西墜																	○		
白樸	喬木查	海棠雨初歇																		○	
姚燧	滿庭芳	帆收釣浦	○						○		○									○	
劉敏中	黑漆弩	村居遺興																○	○	○	
馬致遠	金字經	絮飛飄白雪	○		○				○		○		○	○		○			○	○	
馬致遠	蟾宮曲	東籬半世蹉跎		○	○				○					○						○	
馬致遠	清江引	樵夫覺來山月底		○					○		○	○		○						○	
馬致遠	清江引	綠蓑衣紫羅袍誰是主		○					○			○	○							○	
馬致遠	壽陽曲	夕陽下	○		○				○	○		○	○		○	○			○		
馬致遠	壽陽曲	鳴榔罷	○						○						○	○	○				
馬致遠	壽陽曲	天將暮	○						○												
馬致遠	撥不斷	浙江亭	○						○										○	○	○
馬致遠	新水令	四時湖水鏡無瑕			○			○												○	○
滕斌	普天樂	畫偏長			○			○	○												
滕斌	普天樂	晚天涼							○											○	
鄧玉賓	叨叨令	白雲深處青山下			○				○			○	○							○	
鄧玉賓	粉蝶兒	丫鬟環絛			○															○	
王伯成	哨遍	過隙駒難留時暫			○																
馮子振	鸚鵡曲	東家西舍隨處住		○					○												
馮子振	鸚鵡曲	沙鷗攤路禍依住	○						○											○	
馮子振	鸚鵡曲	茅廬諸葛親曾住	○						○						○	○	○		○	○	

作者	曲牌	首句	陽春	太平	新聲	群玉	群珠	雍熙	小令集	詞紀	別裁	任本	羅本	元明清	鄭本	龍本	羊本	盧本	觀止	隋本	李本
馮子振	鸚鵡曲	高人誰戀朝中住		○					○												
馮子振	鸚鵡曲	年光流水何曾住		○					○												
馮子振	鸚鵡曲	非熊無夢焉留住		○					○												
馮子振	鸚鵡曲	江湖難比山林住		○					○		○		○	○							
貫雲石	清江引	燒香掃地門半掩		○					○									○			
貫雲石	壽陽曲	新詩句	○						○												
貫雲石	村里迓鼓	我向這水邊林下																○			
鮮于必仁	普天樂	晚天昏			○	○	○		○												
鮮于必仁	普天樂	白蘋洲			○	○	○		○												
鮮于必仁	普天樂	水雲鄉			○	○	○		○												
鮮于必仁	普天樂	似屏圍				○	○		○												
鮮于必仁	普天樂	楚雲漢				○	○		○												
鮮于必仁	寨兒令	漢子陵								○											
鮮于必仁	折桂令	傲中興百二山河				○	○		○												
鄧玉賓子	雁兒落帶得勝令	乾坤一轉丸		○										○		○			○	○	○
張養浩	殿前歡	會尋思							○												
張養浩	雁兒落兼得勝令	也不學嚴子陵七里灘					○	○									○			○	○
張養浩	沉醉東風	筆硯琴書坐間					○	○													
張養浩	普天樂	芰荷衣				○														○	
張養浩	折桂令	功名事一筆都勾					○	○								○					

作者	曲牌	首句	陽春	太平	新聲	群玉	群珠	雍熙	小令集	詞紀	別裁	任本	羅本	元明清	鄭本	龍本	羊本	盧本	觀止	隋本	李本
張養浩	折桂令	功名百尺竿頭						○	○											○	○
張養浩	折桂令	呼童解纜開船			○			○	○											○	○
張養浩	朝天曲	柳溪。竹隈。						○	○										○	○	
張養浩	朝天曲	漁村。近村。						○	○												
張養浩	寨兒令	自掛冠。歷長安。						○	○												○
白賁	鸚鵡曲	儂家鸚鵡洲邊住	○					○				○			○	○		○	○		
白賁	百字折桂令	弊裘塵土壓征鞍邊臬蘆花						○												○	○
鄭光祖	蟾宮曲	弊裘塵土壓征鞍邊臬蘆花						○												○	
范康	寄生草	長醉後方何礙						○											○	○	
曾瑞	罵玉郎過感皇恩採茶歌	長天遠水秋光淡		○	○			○												○	
曾瑞	喜春來	牧牛惆嘆白石爛			○			○												○	
曾瑞	喜春來	女兒收網臨江哆			○			○										・		○	
曾瑞	快活三過朝天子	有見識越大夫			○			○												○	
曾瑞	梧葉兒	他垂釣。誰上鉤						○													
曾瑞	端正好	一枕夢魂驚		○																○	
曾瑞	哨遍	人性善惡皆由天命						○												○	
沈和	賞花時	休說功名																		○	

作者	曲牌	首句	陽春	太平	新聲	群玉	群珠	雍熙	小令集	詞紀	別裁	任本	羅本	元明清	鄭本	龍本	羊本	盧本	觀止	隋本	李本
周文質	叨叨令	築牆的曾入高宗夢							○		○						○	○			
周文質	鬥鵪鶉	棄職休官	○	○				○												○	
喬吉	醉太平	柳穿魚旋煮							○												
喬吉	玉交枝	山間林下																			
喬吉	玉交枝	無災無難																			
喬吉	滿庭芳	瀟湘畫中					○		○												
喬吉	滿庭芳	湘江漢江					○		○												○
喬吉	滿庭芳	吳頭楚尾					○		○												
喬吉	滿庭芳	江湖隱居					○		○												
喬吉	滿庭芳	山妻稚子					○		○												
喬吉	滿庭芳	疏狂逸客					○		○												
喬吉	滿庭芳	湖平棹穩					○		○				○						○		
喬吉	滿庭芳	扁舟棹短					○		○												○
喬吉	滿庭芳	沙堤纜船					○		○				○							○	○
喬吉	滿庭芳	扁舟最小					○		○											○	○
喬吉	滿庭芳	綸竿送老					○		○							○				○	○
喬吉	滿庭芳	漁家過活					○		○										○		
喬吉	滿庭芳	活魚旋打					○		○							○					
喬吉	滿庭芳	漁翁醉也					○		○												
喬吉	滿庭芳	江天晚涼					○		○												
喬吉	滿庭芳	秋江暮景					○		○							○					
喬吉	滿庭芳	攜漁喚酒					○										○	○			
喬吉	滿庭芳	江聲撼枕					○									○	○	○			
喬吉	滿庭芳	輕鷗數點					○									○					
喬吉	滿庭芳	蓬窗半龕					○		○												
喬吉	山坡羊	冬寒前後		○		○					○					○					
喬吉	沉醉東風	萬樹枯林凍折							○							○			○	○	
喬吉	豐年樂	世事艱難鬢毛斑							○												
蘇彥文	鬥鵪鶉	地冷天寒						○											○	○	

作者	曲牌	首句	陽春	太平	新聲	群玉	群珠	雍熙	小令集	詞紀	別裁	任本	羅本	元明清	鄭本	龍本	羊本	盧本	觀止	隋本	李本
劉時中	四塊玉	泛綵舟				○		○	○		○								○		
劉時中	朝天子	月明					○		○										○	○	
劉時中	山坡羊	煙波漁父					○	○											○		
劉時中	折桂令	鱖魚桃花流水					○												○		
劉時中	水仙操	人言不向武昌居					○												○		
劉時中	殿前歡	醉顏酡		○					○							○	○				
阿魯威	蟾宮曲	鷗夷後那箇清閒	○														○				
薛昂夫	朝天曲	子牙。鬢華。																	○	○	
薛昂夫	朝天曲	子陵。價輕。																	○		
薛昂夫	殿前歡	浪滔滔																	○		
薛昂夫	端正好	訪知音習酬和																	○		
吳弘道	撥不斷	暮雲遮			○				○												
吳弘道	撥不斷	泛浮槎			○				○				○								
趙善慶	梧葉兒	絕榮辱						○	○												
馬謙齋	快活三過朝天子四邊靜	冶簾社前社燕忙			○	○			○			○					○		○		
馬謙齋	柳營曲	手自搓									○					○	○				○
張可久	人月圓	三高祠下天如鏡							○							○					
張可久	折桂令	滄浪可以濯纓				○	○														
張可久	滿庭芳	窮通異鄉					○		○												
張可久	滿庭芳	西風瘦馬	○				○		○												
張可久	滿庭芳	營營苟苟	○				○											○			
張可久	寨兒令	愁鬢斑					○		○												
張可久	寨兒令	種藥田					○		○												
張可久	殿前歡	倚吟篷					○		○												
張可久	朝天子	罷手					○		○										○		

作者	曲牌	首句	陽春	太平	新聲	群玉	群珠	雍熙	小令集	詞紀	別裁	任本	羅本	元明清	鄭本	龍本	羊本	盧本	觀止	隋本	李本
張可久	朝天子	瓜田邵平					○		○						○				○		
張可久	紅繡鞋	談世事漁樵閑問	○				○	○	○												
張可久	沉醉東風	凋裘敝誰憐倦客	○						○				○								
張可久	沉醉東風	笑白髮猶纏利索	○						○								○				
張可久	慶東原	庭前樹							○												
張可久	憑欄人	遠水晴天明落霞	○		○										○					○	
張可久	齊天樂過紅衫兒	人生底事辛苦				○											○	○			
張可久	齊天樂過紅衫兒	浮生擾擾紅塵				○															
張可久	醉太平	陶朱公釣船						○	○												
張可久	小梁州	漁翁蓑笠釣孤船							○										○		
張可久	金字經	老翁婆娑處							○										○		
張可久	漢東山	西村小過活							○												
張可久	漢東山	神仙張志和							○												
張可久	水仙子	鐵衣披雪紫金蘭		○					○			○	○								
張可久	水仙子	竿頭爭把錦標奪		○					○												
張可久	折桂令	石帆山下有吾廬				○			○												
張可久	滿庭芳	光陰有幾			○																
張可久	天淨沙	嗈嗈落雁平沙	○														○				
張可久	叨叨令	則見青帘高掛垂楊樹			○		○	○		○						○			○		
張可久	寨兒令	紅紫場		○					○											○	○

作者	曲牌	首句	陽春	太平	新聲	群玉	群珠	雍熙	小令集	詞紀	別裁	任本	羅本	元明清	鄭本	龍本	羊本	盧本	觀止	隋本	李本
張可久	寨兒令	寡見聞	○						○												
張可久	殿前歡	水晶宮	○						○								○			○	
張可久	紅繡鞋	有客尊前談笑	○			○			○												
張可久	紅繡鞋	白草磯頭獨釣	○			○			○						○						
張可久	醉太平	裹白雲紙襖	○																		
張可久	撥不斷	墓田鴉			○				○			○									
張可久	湘妃怨	篷低小似白雲龕																		○	
張可久	折桂令	小闌干高入雲霞																		○	
張可久	梧葉兒	鴛鴦浦							○	○											
任昱	小梁州	結廬移石動雲根					○		○									○			
任昱	沉醉東風	嘆朝暮青霄用捨					○		○				○								
任昱	沉醉東風	有待江山信美					○		○						○	○					
任昱	折桂令	對池邊幾樹梅花			○	○															
任昱	清江引	芙蓉岸邊移畫船					○														
任昱	小桃紅	山林鍾鼎未謀身					○						○				○				
任昱	一枝花	纖雲曳曉紅																	○		
徐再思	普天樂	水痕收	○		○				○												
徐再思	陽春曲	水深水淺東西澗	○		○		○						○							○	
徐再思	天淨沙	忘形雨笠煙蓑	○						○								○				
孫周卿	蟾宮曲	浪花中一葉扁舟	○						○												
孫周卿	罵玉郎過感皇恩採茶歌	唧泥燕子穿簾幕					○		○												

作者	曲牌	首句	陽春	太平	新聲	群玉	群珠	雍熙	小令集	詞紀	別裁	任本	羅本	元明清	鄭本	龍本	羊本	盧本	觀止	隋本	李本
王仲元	江兒水	扁舟五湖越范蠡					○														
王仲元	江兒水	紅塵不來侵釣磯					○														
董君瑞	哨遍	十載驅馳逃竄		○																	
呂侍中	六么令	華亭江上	○					○												○	
查德卿	柳營曲	煙艇閑		○				○					○						○	○	
查德卿	蟾宮曲	問從來誰是英雄		○		○							○			○			○	○	○
趙顯宏	滿庭芳	江天晚霞		○				○		○											○
唐毅夫	一枝花	不出六呈祥					○		○											○	
李愛山	壽陽曲	項羽爭雄霸		○				○											○		○
朱庭玉	青杏子	紫塞冒風沙		○				○													
孫季昌	點絳唇	萬里長沙																		○	○
李伯瞻	殿前歡	駕扁舟		○				○												○	○
李伯瞻	殿前歡	醉醺醺		○																	
楊朝英	叨叨令	昨日蒼鷹黃犬齊飛放		○															○		
宋方壺	梧葉兒	黃州地		○				○													
陳德和	落梅風	寒江暮						○												○	
王舉之	折桂令	北邙山多少英雄				○	○	○												○	
周德清	沉醉東風	桃花流水鱖美		○				○												○	
周德清	沉醉東風	羊續高高掛起			○			○												○	
邾經	蟾宮曲	可人千古風騷																		○	○
汪元亨	朝天子	功名辭鳳闕						○							○						
汪元亨	朝天子	雲林遠市朝						○													
汪元亨	朝天子	逐東風看花						○												○	

作者	曲牌	首句	陽春	太平	新聲	群玉	群珠	雍熙	小令集	詞紀	別裁	任本	羅本	元明清	鄭本	龍本	羊本	盧本	觀止	隋本	李本
汪元亨	朝天子	結構就草庵						○													
汪元亨	朝天子	紗帽短粧些樣子						○													
汪元亨	朝天子	任平地波翻浪滾						○													
汪元亨	折桂令	傍煙霞蓋座團標				○		○													
汪元亨	雁兒落過得勝令	至如富貴驕						○													
汪元亨	雁兒落過得勝令	性情甘淡雅						○													
倪瓚	小桃紅	陸莊風景又蕭條							○										○		
倪瓚	小桃紅	五湖煙水未歸身							○					○					○		
無名氏	叨叨令	溪邊小徑舟橫度			○			○	○	○									○		
無名氏	叨叨令	則見淡煙籠罩西湖路			○			○	○	○					○						
無名氏	遊四門	前程萬里古相傳	○						○												
無名氏	遊四門	琴書筆硯作生涯	○						○												
無名氏	滿庭芳	霜天月滿	○						○												
無名氏	朝天子	早霞										○	○								
無名氏	閱金經	一竿爲活計			○											○					
無名氏	柳營曲	一葉舟		○					○										○		
無名氏	柳營曲	達聖顏		○					○										○		
無名氏	憑欄人	風燭功名釣竿上			○				○												
無名氏	壽陽曲	彤雲布	○						○												
無名氏	慶宣和	七曲灘邊古釣台			○																
無名氏	十棒鼓	將家私棄了							○												

作者	曲牌	首句	陽春	太平	新聲	群玉	群珠	雍熙	小令集	詞紀	別裁	任本	羅本	元明清	鄭本	龍本	羊本	盧本	觀止	隋本	李本
無名氏	十棒鼓	將茅庵蓋了							○											○	
無名氏	一錠銀	范蠡歸湖識進退			○				○												
無名氏	一枝花	和風動草芽																○	○		
無名氏	一枝花	不沾朝野名						○													
無名氏	一枝花	公行天理明						○													
無名氏	粉蝶兒	自嘆浮生	○					○													
雲龕子	迎仙客	混元珠				○															
雲龕子	迎仙客	沒機關				○															
雲龕子	迎仙客	范蠡翁				○															
雲龕子	迎仙客	穿草鞋				○															

　　就「散曲選本」的選擇而言，依各選集之成書年代，大略劃分為三個大的時間斷限，即：元人選集、明人選集以及民國以後選集。從附表中可以歸納出幾個值得注意的現象。首先是各選集入選作品的分佈。在入選作品的「量」方面，總計有237首作品，與《全元散曲》中所收錄的漁父散曲總數（252首）相去無幾，這反映出各選本在選錄作品時的涵蓋面極廣，並不受限於漁父散曲的某一類型。又再從各散曲作品於曲選入選次數之多寡差異較大，故將其入選次數由多至寡亦分為三等級：入選十次以上、入選六至十次以及入選五次以下。凡入選曲選之作品低於五次以下者，顯見其受重視的程度較低，不足以構成該作品在曲學演變上之影響及意義，故不予探討。然則，入選次數之眾寡，能否直指該作品之影響及成就？筆者並不以為然。因此，除了從入選「頻率」之多寡作初步篩選標準之外，筆者再從其入選選集之時代分佈，參酌漁父散曲作品在辭藻、內容、思想性等諸多因素匯集形成之風格的影響力及轉變，以仔細探討諸元代漁父散曲之名家名作典範的確立。

1. 入選十次以上之散曲作品

入選次數達十次以上之散曲作品，計有作家兩人，作品五首，均是散曲小令形式，分別是：白樸的〈寄生草・長醉後方何礙〉、〈沈醉東風・黃蘆岸白蘋渡口〉、〈慶東原・忘憂草〉；馬致遠的〈金字經・絮飛飄白雪〉、〈壽陽曲・夕陽下〉。從作家角度來看，馬致遠的兩首作品，從元代選集中就被選入，而白樸僅〈慶東原・忘憂草〉一首爲《陽春白雪》所選。然自明代及至民國以後之選集，白樸作品的入選的頻率有逐漸凌越馬致遠之上的傾向。假使選集之「選錄標準」代表了對文學作品的評價，那麼顯然在元代選集者對漁父散曲的作品主題，傾向於表現時空移易的興懷之作。這反映出身處同一時代士人的命運，表現士人千古一嘆的沈痛，從這一點來理解，可以凸顯其代表性。

至於白樸曲作的成就奠定，就元人選集而言，與馬致遠入選的理由應該相差無幾，但明代以後逐漸受到重視，甚至超越了馬致遠的創作。關於此現象，筆者以爲白樸運詩筆於曲的技巧，對情緒的拿捏遠比馬致遠來的含蓄而精準。透過幾個千古人物的形神消逝，便輕易批駁對功名的熱切，再加上兩者映襯之下所產生的想像空間，餘韻回味之際，還能立判高下。

2. 入選五次以上的作品

入選五次以上的漁父作品計有二十位創作人次、三十七首。其中較值得探討的依序是白賁的〈鸚鵡曲・儂家鸚鵡洲邊住〉、查德卿〈蟾宮曲・問從來誰是英雄〉、鄧玉賓子〈雁兒落帶得勝令・乾坤一轉丸〉、盧摯〈蟾宮曲・沙三哥伴來嗏〉。

白賁的〈鸚鵡曲〉在元代漁父散曲之地位與白樸的〈沈醉東風・黃蘆岸白蘋渡口〉不相上下。前者經常有追和之作，〔註14〕〈鸚鵡曲〉甚至成爲創作漁父散曲的當然曲牌，〔註15〕後者則奠定漁父散

〔註14〕《全元散曲》於白賁小傳有述：「所做小令鸚鵡曲極有名，後多和之者。」

〔註15〕根據李昌集的考證，白賁的〈鸚鵡曲〉原來的曲牌名稱叫做〈黑漆

曲寫景的典範，扭轉長期以來務力於人物形象塑造的傳統。這一首
鸚鵡曲結尾：「算從前錯怨天公，甚也有安排我處」，對漁父生涯的
接受，有幾分無理而妙的自嘲。這種俗而帶趣的況味，接納度極高，
雅者從其雅，俗者喜其俗，是該作品的成功之處。盧摯的〈蟾宮曲〉
寫漁家快活生涯，文句毫不矯飾，大刺刺地寫撈蝦嗑瓜的行為活
動，它俗得真摯、可愛，曲活潑、尖新的本色一覽無遺，難怪歷代
選集不曾錯失。另外，查德卿與鄧玉賓子之作詞時代，有時代的悲
涼滄桑，反映出曲作避世傳統，筆者認為，倒未必是因為描寫漁父
之主題而被選入。

　　從被選錄的頻率與選集時代背景來看，筆者認為漁父散曲的名作
在主題的傾向，主要以當代文人共同命運的悲嘆最能引起共鳴。這與
漁父主題創作的隱逸傳統在表現心態及風格上是相近的，但在接受的
態度上則相左。漁父是失意文人心靈的歸宿，但元代文人對這樣的歸
宿似乎顯得半推半就。雖然意圖表現率真豁達，但總免不了摻雜時不
我予的低嘆。能夠跳脫既定現實，以旁觀者的靜默眼光來省視的，首
推白樸的〈慶東原・寄生草〉，因此成為漁父散曲的首選名作。至於
白賁的〈鸚鵡曲〉，在語言上或許承襲「不識字漁父」、「一葉扁舟」、
「綠蓑歸去」等套語成篇，但在漁父主題的傳播上形成類似張志和漁
父詞的唱和現象，亦不容小覷。

　　因此，元代漁父散曲在主題上有別清曠疏放的漁父詞風，而帶有
較沈重的歷史感，但又以詼諧筆調濟其彈緩，表現出笑中帶淚的酸
處。無論是否真正肯定漁父形象，卻都在「漁隱」的行為上作文章。
元代漁父可謂在主題上具有傳統意義，而表現上極盡創新。

　　弩〉，因該曲首句而易名。李昌集並認為傳為白賁所做的〈鸚鵡曲〉，
實際上是改化宋人田不伐的〈黑漆弩〉而成。詳見李昌集：《中國古
代散曲史》，頁 560。然筆者以為：使用他人成句，本是曲家慣常手
法，同時代的作者對相同成句互相轉用，在元曲中並非特例。因此，
筆者仍將此作認定為白賁之作。唯其若確實改化田不伐之詞，則可
證詞曲內容傳襲關係，不無參考價值。

第三節　宋元「漁父」詞曲的影響與成就

透過上述對漁父詞曲的比較，可以做出以下結論：

宋代漁父詞的創製，乃有所前承，必須從詞史意義上推聯繫至唐五代之漁父詞作，才能顯現其價值。在主題思想方面歷經三個階段：宋人在填漁父詞之初始，仍然倍受張志和〈漁歌子〉的影響，〔註16〕經常以和作、擬作的形式表示尊崇，此外取材的典範還跨及詩歌領域，其中以柳宗的〈江雪〉爲多。其後，逐漸回歸漁父在中國文學中的文化評價，詞作裡慣於指數對歷來漁隱典範，有沿襲（屈原、姜尙、范蠡）也有創新（三高）。「詠三高」詞作的出現，說明詞人對漁隱生活的總結。最末，跳脫傳統漁隱陳典的束縛，開展出宋代漁父詞的「漁父家風」，充分反應宋人對漁人生活的美化及嚮往。在作者方面，朱敦儒是宋代漁父家風的「先行者」，其平素修養的個性及遭逢南渡動盪的經歷，使宋代漁父詞跨越了擬和的規範，呈現宋人特有的風清俊神；高宗趙構特意創作漁父詞以示「雅詞」典範，所描寫的漁父雖屬宮闈情調，然字句清雋，不失本意。在美學風格與文化意義方面，漁父詞的大量創作，表現作者對主體自由精神意識的自覺觀照，透過詞人的眼、筆，投射宋型文化在形上抽象思考的風雅淵源。

元代漁父散曲呈現截然不同的面向。首先，在主體思想方面，絕少對典範作品唱和、追擬與承襲。關於此現象，筆者以爲客觀環境的重大改變是主要因素。漁父散曲不過援用「漁父」一詞，但無論在形貌、還是精神，都以另一種姿態傲視古今：雖然散曲中的漁父多數仍披著「文化涵義」的外衣，但骨子裡卻彈著相反的調子。比起漁父詞，漁父散曲關心的層面顯得平易近人，不再細細訴說文人心曲，反而將

〔註16〕張志和的〈漁歌子〉不僅在宋代詞壇造成風靡，甚至渡海到日，影響了日人填詞之濫觴，也造成日人填詞之盛。參見〔日〕神田喜一郎著，程郁綴、高野雪譯：《日本填詞史話》（北京：北京大學出版社，2000 年 10 月第一版），頁 7～10。

眼見的直覺真實大聲嚷嚷出來。在作者方面，白樸無疑是漁父散曲首屈一指的名家，先天的家世背景及文化薰陶使他的漁父散曲多了幾分俊秀氣息；從另一個角度來看，漁父主題為元代清麗派曲家所喜愛，文化意涵的滲透應該脫不了關係。

蘇珊・朗格在《藝術問題》中已言：「如果想要使某種創造出來的符號激發人們的美感，它就必須以情感的形式展示出來；也就是說，它就必須使自己成為一個生命活動的投影或符號呈現出來，必須使自己成為一種與生命的基本形式相類似的邏輯形式……但是，我們必須記住，所謂類似就是不等同，與生命相類似的事物不一定與生命本身的圖示絲毫不差。」〔註17〕筆者以為，若將「漁父」等同於符號義，在不同的文化中就會產生相對應的文化義與審美義，此為漁父詞曲的第一項成就。在中國傳統文化裡，漁父的文化義早已成形，但其審美義卻有待漁父詞曲的大量創作才逐漸廓清（即使在宋元兩代的美感特徵不盡相同，卻無損其審美義的豐富），在漁父詞曲中，「漁父」的「所指」對象不變，但「能指」之範圍與時俱增，從藝術創作的觀點來看，有如滾滾活水，時時充盈。

漁父詞曲的作品對「漁父」主題之創作生命有刺激作用，除了作者創作經驗的累積，時代精神與文化印記對此傳統主題重新加工，使舊題新說仍備受歡迎，此乃漁父詞曲的第二個成就。假使將文學視為生命形式，文人的生命灌注其中成為個人生命的明鏡，時代文化精神澆沃其上照鑑出同一時代的群像身影，漁父詞曲印證文學與社會間不可分割的關連性。

漁父詞曲將漁父主題的創作推向高峰，本論文站在漁父主題創作的高峰上瀏覽其興起、躬逢其盛況，也看到其反應一代文學在主觀價值認同與客觀環境投射下的真實面貌，至於元代以後的漁父佳作，無論詩詞曲文，均應還有值得探討之處：是否有所新變？或者日趨凋

〔註17〕蘇珊・朗格著，滕守堯、朱疆源譯：《藝術問題》（北京：中國社會科學出版社，1983年第一版），頁132。

零？抑或以新的文體披露？都是值得探討的課題。但可以肯定的是：「漁父」一詞在宋元詞曲中，以凌駕現實的姿態進入文學家之手，反映出當代文學的眞實以及政爭動亂的史跡，確實有助於剖析當代文人心態。

第八章　結　論

　　從「主題學」論述的角度來看，某類型主題文學之產生及流衍，深受民族文化在民俗、地理、人文……等方面之影響；至於該類主題以何種文體形式表現則取決於該民族論述抒情之偏好。中國是以「詩」閃耀於文學星空的國度，在單純的吟詠諷誦以言志的詩本質之外，更結合外來的樂舞型製發展出詞曲之新興文體。此舉擴大了詩的音律性，同時在思想內容的表現上增衍其抒情的精細度。中國文學中之「漁父」主題的產生，除了表現中華民族概念思維的專長外，更表現出中國人在抒情文學以象徵互喻的特質。

　　中國「漁父」主題的文學作品源於先秦，從江澤羅布的江南誕生其超脫世俗的浩渺形象，並以「老而謀智」之姿爲凡塵俗人指點方向：或成爲輔佐君王的得力助手、或爲凡庸困惑者指點迷津，無論是前者著眼於拋擲外物的層次、或是後者以自我心靈的歸復的追求爲目標，中國漁父性格在「智」的隱喻特徵是很明顯的；這與西方文學描寫漁父，對「力」與「勇」強化，呈現迥異的生命情調。藉此可以窺見中、西文學及文化在精神訴求上的差異。正因爲中國文學中對漁父以「智」的框架予以特徵化，因此除了煙波水畔的飄渺形象外，不與世俗同流，自我精神之滿足以及個體精神之逍遙三項特質鼎足而立，成爲「漁父」主題在中國文學裡之典型形象。

　　主題文學除了反映民族文化的特色之外，另一項重要特徵便是隨著時空的移易，不斷以時代意義豐富其主題內涵。以後設角度觀之，不同時代之相同主題彼此間的差異性，適足以堪爲吾人探究特定時代思想潮流歸趨之指標。以「漁父」詞曲而言，除了前段所論及之「智」、「隱」兩大思想主軸外，唐宋以來，佛教思想（尤其是禪宗）的滲透，乃至宋代儒釋道三教的融會現象，不但在漁父詞的內容中有所呈現，對漁父詞的美感特徵亦產生影響：僧侶道士在「以禪喻詩」的形式創作之餘，亦好以漁父詞作爲宣道弘法的另一途徑，除強化漁父飄然出塵、不受拘累的鮮明形象外，還爲漁父賦予超越凡俗的「樂」，進而在本有之隱逸基調上創出樂閒、樂世的生命境遇。至及漁父散曲，在元代草原文化的統治下，非但沒有削弱漁父主題的創作，甚且在文士儒生心靈備受煎熬的壓力下，反而彈奏出更苦壯的漁父作品。此時，「漁父」或「漁樵」成爲文學語言之優勢、文人唱嘆之套語以及信手拈來的心靈依歸。以形象塑造的觀點來看，散曲中的漁父形象與前代相較，似乎沒有太大的變化；然而卻以「針砭諷喻」的表現特色見長，因此，元代「漁父」散曲之貢獻並不在形象塑造之變異，而是以其表意方式所新生的詮釋價值爲特點。

　　在形式表現方面，「漁父」詞曲對各自之文體特長，皆有所發揮：漁父詞擅長以「象徵」的方式，娓娓道出文人心聲，委婉含蓄地表現作者的心志、情感歸趨；漁父散曲以大量的白描方式，直刺刺地吞吐胸中抑鬱。表意方式與文體特徵相輔相成，塑造出特定的示意風格。然而，這兩者對於詩歌音律和諧的基本需求仍有所照應，無論詞曲，在其長短錯落的句法規範中，以「對偶」修辭來均衡其韻律美。至於標誌詞曲音樂特徵的詞牌、曲牌以及宮調，今日雖受限於詞曲譜之亡佚，無法得出精確之統計結果，然若逆向思之：歸納漁父詞曲所擅用特定詞牌、曲牌、宮調，實有助於吾人辨析該詞牌、曲牌、宮調所呈現之聲情，或可逐漸廓清其音樂特質。

　　本論文乃是從「主題」之成形、增衍的觀點，取出漁父主題創作

的時間斷限，試圖從主題成形的過程串連出「漁父」在中國文學中的
樣貌及意涵。另外從「文人心理──題材選擇」的角度來探討漁父之
所以備受文人喜好之由。從思想分類、形式、風格之綜合探究，將宋
元「漁父」詞曲的特質加以條分縷析，從中尋求主題文學之產生及蛻
變過程，以及影響主題文學新變之因素。漁父主題之所以倍受中國文
人喜愛，歷來傳誦不絕，除了該典型創立所引起的共鳴之外，更重要
的是對自由心靈境界嚮往所產生之助力使然。「漁父」在中國文學中
從來不是與自然搏鬥的勇士、或沾染腥味的市集小販，文學的筆恰如
一席新織的衣裳，為漁父著上與世隔絕的妝。漁父，是逃遁塵俗的捷
徑，是中國文學文化中特有的精神故鄉！

參考書目

一、叢刻、別集、選集

1. 《全唐五代詞》，曾昭岷等編，北京，中華書局，1999 年 12 月。

2. 《全宋詞》，唐圭璋編、王仲聞參訂、孔凡禮補輯，北京，中華書局，1999 年 1 月。

3. 《東坡樂府編年箋注》，石聲淮、唐玲玲箋注，台北，華正書局，1993 年 8 月。

4. 《稼軒詞編年箋注》，鄧廣銘箋注，台北，華正書局，1989 年 3 月。

5. 《樵歌》，〔宋〕朱敦儒撰、鄧子勉校注，上海，上海古籍出版社，1998 年 7 月。

6. 《草堂詩餘》，〔宋〕佚名編，台北，台灣商務印書館，影印文淵閣四庫叢書本冊 1489，1986 年 3 月。

7. 《樂府雅詞及拾遺》，〔宋〕曾慥，台北，台灣商務印書館，影印文淵閣四庫叢書本冊 1489，1986 年 3 月。

8. 《花庵詞選及續集》，〔宋〕黃昇，台北，台灣商務印書館，影印文淵閣四庫叢書本冊 1489，1986 年 3 月。

9. 《絕妙好詞箋》，〔宋〕周密編箋，台北，台灣商務印書館，影印文淵閣四庫叢書本冊 1490，1986 年 3 月。

10. 《花草粹編》，〔明〕陳耀文，台北，台灣商務印書館，影印文淵閣四庫叢書本冊 1490，1986 年 3 月。

11. 《南北宮詞紀》，〔明〕陳所聞輯，台北，學海書局，1971 年 10 月。

12. 《詞綜》，〔清〕朱彝尊，台北，台灣商務印書館，影印文淵閣四庫

叢書本冊 1493，1986 年 3 月。

13. 《唐五代兩宋詞選擇》，俞陛雲，上海，上海古籍出版社，1985 年 9 月。

14. 《唐宋名家詞選》，龍沐勛，台北，台灣開明書店，1975 年 4 月。

15. 《藝蘅館詞選》，梁令嫻，台北，台灣中華書局，1970 年 10 月。

16. 《詞選註》，盧元駿，台北，正中書局，1988 年 10 月。

17. 《詞選》，鄭騫，台北，中國文化大學出版部，1982 年 5 月。

18. 《全元散曲》，隋樹森輯，台北，漢京文化事業有限公司，1983 年 12 月。

19. 《全元散曲簡編》，隋樹森選編，上海，上海古籍出版社，1984 年 10 月。

20. 《全元散曲選釋》，李長路編注，北京，書目文獻出版社，1989 年 8 月。

21. 《陽春白雪》，〔元〕楊朝英編，台北，台灣中華書局《散曲叢刊》本，1984 年 6 月。

22. 《樂府新聲》，〔元〕元人編，台北，世界書局，1967 年 8 月。

23. 《新校朝野新聲太平樂府》，〔元〕楊朝英編，台北，世界書局，1980 年 9 月。

24. 《樂府群珠》，明人編，盧前校，台北，世界書局，1968 年 2 月。

25. 《元曲三百首箋》，羅慷烈編箋，台北，漢京文化事業公司，1970 年 6 月。

26. 《元曲別裁集》，盧元駿編，台北，台灣開明書店，1975 年 3 月。

27. 《元人小令選》，盧潤祥選注，成都，四川人民出版社，1981 年 2 月。

28. 《元人散曲選》，羊春秋選注，長沙，湖南人民出版社，1982 年 10 月。

29. 《元人散曲選詳註》，曾永義、王安祈選注，台北，學海出版社，1992 年 2 月。

30. 《元明清曲選》，錢南揚編注，台北，正中書局，1990 年 3 月。

31. 《曲選》，鄭騫編注，台北，中國文化大學出版社，1992 年 9 月。

32. 《元曲觀止》，馮文樓、張強主編，西安，陝西人民出版社，1998 年 2 月。

二、詞　話

1. 《復雅歌詞》，〔宋〕鯛陽居士撰，收於唐圭璋編《詞話叢編》第一

冊，台北，新文豐出版社，1988 年 12 月。

2. 《古今詞話》，〔宋〕楊湜撰，收於唐圭璋編《詞話叢編》第一冊，台北，新文豐出版社，1988 年 12 月。

3. 《碧雞漫志》，〔宋〕王灼撰，收於唐圭璋編《詞話叢編》第一冊，台北，新文豐出版社，1988 年 12 月。

4. 《能改齋詞話》，〔宋〕吳曾撰，收於唐圭璋編《詞話叢編》第一冊，台北，新文豐出版社，1988 年 12 月。

5. 《詞源》，〔宋〕張炎撰，收於唐圭璋編《詞話叢編》第一冊，台北，新文豐出版社，1988 年 12 月。

6. 《樂府指迷》，〔宋〕沈義父撰，收於唐圭璋編《詞話叢編》第一冊，台北，新文豐出版社，1988 年 12 月。

7. 《藝苑巵言》，〔明〕王世貞撰，收於唐圭璋編《詞話叢編》第一冊，台北，新文豐出版社，1988 年 12 月。

8. 《窺詞管見》，〔清〕李漁撰，收於唐圭璋編《詞話叢編》第一冊，台北，新文豐出版社，1988 年 12 月。

9. 《填詞雜說》，〔清〕沈謙撰，收於唐圭璋編《詞話叢編》第一冊，台北，新文豐出版社，1988 年 12 月。

10. 《遠志齋詞衷》，〔清〕鄒祇謨撰，收於唐圭璋編《詞話叢編》第一冊，台北，新文豐出版社，1988 年 12 月。

11. 《歷代詞話》，〔清〕王弈清等撰，收於唐圭璋編《詞話叢編》第二冊，台北，新文豐出版社，1988 年 12 月。

12. 《張惠言論詞》，〔清〕張惠言撰，收於唐圭璋編《詞話叢編》第二冊，台北，新文豐出版社，1988 年 12 月。

13. 《介存齋論詞》，〔清〕周濟撰，收於唐圭璋編《詞話叢編》第二冊，台北，新文豐出版社，1988 年 12 月。

14. 《蓮子居詞話》，〔清〕吳衡照撰，收於唐圭璋編《詞話叢編》第三冊，台北，新文豐出版社，1988 年 12 月。

15. 《填詞淺說》，〔清〕謝元淮撰，收於唐圭璋編《詞話叢編》第三冊，台北，新文豐出版社，1988 年 12 月。

16. 《蓼園詞評》，〔清〕黃氏撰，收於唐圭璋編《詞話叢編》第四冊，台北，新文豐出版社，1988 年 12 月。

17. 《賭棋山莊詞話》，〔清〕謝章鋌撰，收於唐圭璋編《詞話叢編》第四冊，台北，新文豐出版社，1988 年 12 月。

18. 《藝概·詞概》，〔清〕劉熙載撰，收於唐圭璋編《詞話叢編》第四冊，台北，新文豐出版社，1988 年 12 月。

19. 《白雨齋詞話》，〔清〕陳廷焯撰，收於唐圭璋編《詞話叢編》第四冊，台北，新文豐出版社，1988 年 12 月。

20. 《歲寒居詞話》，〔清〕胡薇元撰，收於唐圭璋編《詞話叢編》第五冊，台北，新文豐出版社，1988 年 12 月。

21. 《詞徵》，〔清〕張德瀛撰，收於唐圭璋編《詞話叢編》第五冊，台北，新文豐出版社，1988 年 12 月。

22. 《人間詞話》，王國維撰，收於唐圭璋編《詞話叢編》第五冊，台北，新文豐出版社，1988 年 12 月。

23. 《蕙風詞話》，況周頤撰，收於唐圭璋編《詞話叢編》第五冊，台北，新文豐出版社，1988 年 12 月。

24. 《忍古樓詞話》，夏敬觀撰，收於唐圭璋編《詞話叢編》第五冊，台北，新文豐出版社，1988 年 12 月。

25. 《詞苑叢談校箋》，徐釚著、王百里校箋，台北，文史哲出版社，1989 年 6 月。

26. 《宋代詞學資料彙編》，張惠民撰，汕頭，汕頭大學出版社，1993 年 11 月。

三、詞史、曲史

1. 《詞曲史》，王易，台北，廣文書局，1988 年 8 月。

2. 《中國詞學史》，謝桃坊，成都，巴蜀書社，1993 年 6 月。

3. 《唐宋詞史》，楊海明，高雄，麗文文化事業公司，1996 年 5 月。

4. 《唐宋詞通論》，吳熊和，杭州，杭州古籍出版社，1985 年 3 月。

5. 《唐宋詞流派史》，劉揚忠，福建，福建人民出版社，1999 年 3 月。

6. 《唐五代詞史論稿》，劉尊明，北京，文化藝術出版社，2000 年 10 月。

7. 《北宋十大詞家研究》，黃文吉，台北，文史哲出版社，1995 年 3 月。

8. 《宋南渡詞人》，黃文吉，台北，台灣學生書局，1985 年 5 月。

9. 《南宋詞史》，陶爾夫、劉敬忻，哈爾濱，黑龍江人民出版社，1992 年 12 月。

10. 《南宋詞研究》，王偉勇，台北，文史哲出版社，1987 年 9 月。

11. 《宋南渡詞人群體研究》，王兆鵬，台北，文津出版社，1992 年 3 月。

12. 《日本填詞史話》，〔日〕神田喜一郎／程郁綴、高野雪譯，北京，北京大學出版社，2000 年 10 月。

13. 《中國散曲史》，羅錦堂，台北，中國文化大學出版部，1983 年 8 月。

14. 《中國古代散曲史》，李昌集，上海，華東師範大學出版社，1991 年 8 月。

15. 《中國散曲學史研究》，楊棟，北京，高等教育出版社，1998 年 10 月。

16. 《元明散曲史論》，王星琦，南京，南京師範大學出版社，1999 年 10 月。

四、史部、子部

1. 《吳越春秋》，〔漢〕趙曄撰，台北，台灣商務印書館，影印本文淵閣四庫全書，1986 年 3 月。

2. 《新唐書》，〔宋〕歐陽修、宋祈奉敕撰，台北，台灣商務印書館，影印本文淵閣四庫全書，1986 年 3 月。

3. 《宋史》，〔元〕脫克脫等撰，台北，鼎文書局，1978 年 9 月。

4. 《元史》，〔明〕宋濂等撰，台北，鼎文書局，1978 年 9 月。

5. 《宋史紀事本末》，陳邦瞻撰，台北，三民書局，1974 年 4 月。

6. 《文心雕龍》，〔梁〕劉勰撰，台北，台灣開明書店，1993 年 5 月。

7. 《教坊記箋訂》，〔唐〕崔令欽撰、任半塘箋訂，台北，宏業書局，1973 年 1 月。

8. 《東京夢華錄》，〔宋〕孟元老，台北，台灣商務印書館，影印本文淵閣四庫全書，1971 年 1 月。

9. 《武林舊事》，〔宋〕周密撰，台北，台灣商務印書館，影印本文淵閣四庫全書，1986 年 3 月。

10. 《鶴林玉露》，〔宋〕羅大經，北京，中華書局，1983 年 8 月。

11. 《夢梁錄》，〔宋〕吳自牧撰，北京，北京中華書局叢書集成初編本，1985 年。

五、通 論

1. 《中國文學論集》，徐復觀，台北，台灣學生書局，1980 年 9 月。

2. 《宋代文學通論》，王水照主編，高雄，復文圖書出版社，2000 年 6 月。

3. 《宋代文學研究年鑑（1997～1999）》，劉揚忠、王兆鵬、劉尊明主編，武漢，武漢出版社，2001 年 10 月。

4. 《宋代文學研究年鑑（2000～2001）》，劉揚忠、王兆鵬、劉尊明主編，武漢，武漢出版社，2002 年 10 月。

5. 《宋元文學史稿》，吳組緗、沈天佑，北京，北京大學出版社，1989
   年 5 月。

6. 《中國詩歌文化》，李善奎，濟南，齊魯書社，1999 年 11 月。

7. 《詞學研究書目（1901～1992）》，黃文吉編，台北，文津出版社，
   1993 年 4 月。

8. 《詞學論著總目（1901～1992）》，林玫儀主編，台北，中央研究院
   文哲所，1995 年 6 月。

9. 《詞學通論》，吳梅，台北，台灣商務印書館，1969 年 12 月。

10. 《詞學漫談》，夏紹堯，台北，自印本，1981 年 9 月。

11. 《詞學研究年鑑（1995～1996）》，劉揚忠、王兆鵬、劉尊明主編，
    武漢，武漢出版社，2001 年 10 月。

12. 《詞學通訊第一期》，湖北大學詞學中心主辦，1996 年 6 月。

13. 《詞學通訊第二期》，湖北大學詞學中心主辦，1997 年 9 月。

14. 《詞學概說》，吳丈蜀，北京，中華書局，2001 年 4 月。

15. 《讀詞常識》，夏承燾、吳熊和，北京，中華書局，2001 年 4 月。

16. 《唐宋詞研究》，〔日〕青山宏著，程郁綴譯，北京，北京大學出版
    社，1995 年 1 月。

17. 《宋詞與佛道思想》，史雙元，北京，今日中國出版社，1992 年 11
    月。

18. 《群體的選擇》，蕭鵬，台北，文津出版社，1992 年 11 月。

19. 《唐宋詞與唐宋歌妓制度》，李劍亮，杭州，浙江大學出版社，1999
    年 5 月。

20. 《宋人雅詞原論》，趙曉蘭，成都，巴蜀書社，1999 年 9 月。

21. 《元散曲通論》，趙義山，成都，巴蜀書社，1993 年 7 月。

22. 《顧曲麈談》，吳梅，台北，台灣商務印書館，1969 年 2 月。

23. 《詞曲》，蔣伯潛、蔣祖怡，上海，上海書店出版社，1997 年 5 月。

六、詞學專論

1. 《唐五代北宋詞研究》，〔日〕村上哲見著，楊鐵嬰譯，陝西，人民
   出版社，1987 年。

2. 《唐五代詞的文化觀照》，劉尊明，台北，文津出版社，1995 年 12
   月。

3. 《唐代文人詞之研究》，楊肅衡，台大中文研究所碩士論文，民國 88
   年。

4. 《晚唐迄北宋唐詞體演進與詞人風格》，孫康宜著，台北，聯經出版事業公司，2001 年 11 月。

5. 《唐宋詞・本體意識的高揚與深化》，錢鴻瑛、喬力、程郁緻合著，桂林，廣西師範大學出版社，2000 年 12 月。

6. 《唐宋詞主體探索》，楊海明，高雄，麗文文化公司，1995 年 10 月。

7. 《唐宋詞社會文化學研究》，沈松勤，杭州，浙江大學出版社，2000 年 1 月。

8. 《婉約詞派的流變》，艾治平，瀋陽，遼寧大學出版社，2000 年 5 月。

9. 《淺酌低唱：宋代詞人的文化精神與人生意趣》，張玉璞，濟南，濟南出版社，2002 年 10 月。

10. 《宋代僧人詞研究》，謝惠菁，中興中文研究所碩士論文，民國 87 年。

11. 《詞學集刊》，台北台灣省立師範大學國文系出版，1966 年 6 月。

12. 《詞學新詮》，弓英德撰，台北，台灣商務印書館，1982 年 9 月。

13. 《葉嘉瑩說詞》，葉嘉瑩，上海，上海古籍出版社，1999 年 12 月。

14. 《中國詞學的現代觀》，葉嘉瑩，台北，大安出版社，1999 年 7 月。

七、曲學專論

1. 《曲藻》，〔明〕王世貞，收於楊家駱主編《歷代詩史長編二輯》，台北，鼎文書局，1973 年 6 月。

2. 《曲律》，〔明〕王驥德，收於楊家駱主編《歷代詩史長編二輯》，台北，鼎文書局，1973 年 6 月。

3. 《作詞十法疏證》，〔元〕周德清，台北，台灣中華書局《散曲叢刊》本，1984 年 6 月。

4. 《曲學》，盧元駿，台北，國立編譯館，1980 年 11 月。

5. 《曲諧》，任中敏輯，台北，台灣中華書局《散曲叢刊》本，1984 年 6 月。

6. 《元曲研究》，賀昌群、孫凱第，台北，里仁書局，1974 年 9 月。

7. 《散曲概論》，任中敏，台北，台灣中華書局《散曲叢刊》本，1984 年 6 月。

8. 《元散曲所反映之文人思想》，尹壽榮，政大中文研究所博士論文，民國 74 年。

9. 《元曲散套研究》，劉若緹，東海中文研究所碩士論文，民國 76 年。

10. 《元散曲隱逸思想研究》，簡隆全，東海中文研究所碩士論文，民國84年。

11. 《張可久散曲研究》，崔鳳燮，政大中文研究所碩士論文，民國83年。

12. 《元代散曲論叢》，王忠林，台北，文津出版社，1997年1月。

13. 《元明散曲——大俗之美的張揚與泛化》，王星琦，桂林，廣西師範大學出版社，1999年11月。

14. 《粉墨功名：元代曲家的文化精神與人生意趣》，門歸，濟南，濟南出版社，2002年10月。

八、格　律

1. 《詩詞格律》，王力，北京，中華書局，2001年4月。

2. 《詩詞曲的格律和用韻》，耿振生，鄭州，大象出版社，1997年4月。

3. 《詩詞曲格律淺說》，呂正惠，台北，大安出版社，1998年11月。

4. 《詩詞曲語詞匯釋》，張相，台北，洪業文化事業有限公司，1993年4月。

5. 《唐宋詞格律》，龍沐勛，台北，里仁書局，2001年9月。

6. 《王力詞律學》，王力，太原，山西古籍出版社，2003年1月。

7. 《詞律探原》，張夢機，台北，文史哲出版社，1981年11月。

8. 《詞林正韻‧詞調辭典》，楊家駱主編，台北，世界書局，1981年11月。

9. 《詞譜格律原論》，徐信義，台北，文史哲出版社，1995年1月。

10. 《詞調溯源》，夏敬觀，台北，台灣商務印書館，1972年4月。

11. 《詞牌彙釋》，聞汝賢，台北，自印本，1963年5月。

12. 《詞牌故事》，蔣韶，西安，陝西師範大學出版社，2002年1月。

13. 《宋人擇調之翹楚——浣溪沙詞調研究》，林鍾勇，台北，萬卷樓圖書公司，2002年9月。

14. 《唱論》，〔元〕燕南芝庵，收於楊家駱主編《歷代詩史長編二輯》，台北，鼎文書局，1973年6月。

15. 《中原音韻》，〔元〕周德清，板橋，藝文書局，1972年5月。

16. 《曲譜研究》，周維培，南京，江蘇古籍出版社，1999年9月。

九、美學與文學批評

1. 《美學範疇論》，彭修銀，台北，文津出版社，1993 年 6 月。

2. 《美學理論》，〔德〕阿多諾著，王柯平譯，成都，四川人民出版社，1998 年 10 月。

3. 《中西美學與文化精神》，張法，北京，北京大學出版社，1994 年 6 月。

4. 《中國古代文藝美學範疇》，曾祖蔭，台北，文津出版社，1987 年 8 月。

5. 《範疇論》，汪涌豪，上海，復旦大學出版社，1999 年 3 月。

6. 《中國美學思想史（三卷本）》，敏澤，濟南，齊魯書社，1989 年 8 月。

7. 《中國美學史》，葉朗，台北，文津出版社，1996 年 1 月。

8. 《中國文學九大意象》，王立，台北，文史哲出版社，1993 年 10 月。

9. 《中國文學十大主題》，王立，台北，文史哲出版社，1994 年 7 月。

10. 《中國詩詞風格研究》，楊成鑒，台北，漢葉文化事業公司，1995 年 12 月。

11. 《詩學美論與詩詞美境》，韓經太，北京，北京語言文化大學出版，2000 年 1 月。

12. 《詩詞例話——風格篇》，周振甫，台北，五南圖書出版公司，1994 年 5 月。

13. 《詩詞論風格》，林淑貞，台北，文津出版社，1999 年 7 月。

14. 《唐宋詞的風格學》，楊海明，台北，木鐸出版社，1987 年 6 月。

15. 《風格縱橫談》，顏瑞芳、溫光華，台北，萬卷樓圖書公司，2003 年 2 月。

16. 《興的源起——歷史積澱與詩歌藝術》，趙沛霖，台北，谷風出版社，1989 年 9 月。

17. 《佛教美學》，王海林，合肥，安徽文藝出版社，1992 年 9 月。

18. 《宋代美學思潮》，霍然，長春，長春出版社，1997 年 8 月。

19. 《元代文學批評之研究》，朱榮智，台北，聯經出版事業公司，1982 年 3 月。

20. 《審美心理描述》，滕守堯，台北，漢京文化事業公司，1987 年 3 月。

21. 《審美心理學》，楊恩寰，台北，五南圖書出版公司，1993 年 11 月。

22. 《境界的探求》，柯慶明，台北，聯經出版事業公司，1988 年 2 月。

23. 《探索非理性的世界》，葉舒憲，四川，成都四川人民出版社，1988

年 5 月。

24. 《詩歌意象論》，陳植鍔，北京，中國社會科學出版社，1990 年 7 月。

25. 《神與物遊——論中國傳統審美方式》，成復旺，台北，商鼎文化出版社，1992 年 4 月。

26. 《文學解讀與美的再創造》，龍協濤，台北，時報文化出版公司，1993 年 8 月。

27. 《心理學與文學》，卡爾・古斯塔夫・榮格原著，馮川、蘇克編譯，台北，久大文化有限公司，1990 年 10 月。

28. 《文藝心理學》，朱光潛，台北，台灣開明書店，1999 年 1 月。

29. 《情感與形式》，蘇珊・朗格著／劉大基等譯，台北，商鼎文化出版社，1991 年 10 月。

30. 《二十世紀西方文藝文化批評理論》，朱剛，台北，揚智文化，1992 年 6 月。

31. 《接受美學理論》，Robert. C. Holub 著／董之林譯，板橋，駱駝出版社，1994 年 6 月。

32. 《讀者反應理論批評》，Elizabeth Freund 著／陳燕谷譯，板橋，駱駝出版社，1994 年 6 月。

33. 《詩歌與人生——意象符號與情感空間》，吳曉，台北，書林出版社，1995 年 3 月。

34. 《比較文學與中國文學闡釋》，王寧，台北，淑馨出版社，1996 年 2 月。

35. 《原人論》，黃霖、吳建民、吳兆路合著，上海，復旦大學出版社，2000 年 5 月。

十、論文集

1. 《中國古典文學比較研究》，葉維廉主編，台北，黎明文化事業有限公司，1977 年 10 月。

2. 《詩詞曲論卷》，王鍾陵主編，石家莊，河北教育出版社，2001 年 1 月。

3. 《宋代文學研究叢刊・第四期》，張高評主編，高雄，麗文文化事業公司，1998 年 12 月。

4. 《宋代文學研究年鑑——（1997～1999）》，中國宋代文學學會、中國社會科學院文學研究所、武漢大學人文學院、湖北大學人文學院主辦，武漢出版社，2000 年 3 月。

5. 《詞學論叢》，唐圭璋，台北，宏業書局，1988 年 9 月。

6. 《景午叢編》，鄭騫，台北，台灣中華書局，1972 年 1 月。

7. 《迦陵談詩二集》，葉嘉瑩，台北，東大圖書公司，1985 年 2 月。

8. 《詞學論薈》，趙爲民、程郁綴主編，台北，五南圖書出版公司，1989年 7 月。

9. 《詞曲散論》，賴橋本，台北，文津出版社，1983 年 10 月。

10. 《詞學考詮》，林玫儀，台北，聯經出版事業有限公司，1987 年 12月。

11. 《龍榆生詞學論文集》，龍榆生，上海，上海古籍出版社，1997 年 7月。

12. 《詹安泰詞學論文集》，詹安泰，汕頭，汕頭大學出版社，1997 年 10 月。

13. 《中國古典詩歌的晚暉——中國第二屆古代散曲研討會論文集》，門歸主編，天津，天津古籍出版社，1994 年 12 月。

14. 《主題學研究論文集》，陳鵬翔主編，台北，東大圖書公司，1983 年 11 月。

15. 《主題學理論與實踐》，陳鵬翔，台北，萬卷樓圖書有限公司，2001年 5 月。

十一、其 它

1. 《先秦兩漢的隱逸》，王仁祥，台大歷史研究所，碩士論文，民國 82年。

2. 《吳文化概況》，許伯明主編，南京，南京師範大學出版社，1997年 10 月。

3. 《楚文化史》，張正明，台北，南天書局，1990 年 4 月。

4. 《青樓集》，〔元〕夏庭芝，收於楊家駱主編《歷代詩史長編二輯》，台北，鼎文書局，1973 年 6 月。

5. 《錄鬼簿》，〔元〕鍾嗣成，收於楊家駱主編《歷代詩史長編二輯》，台北，鼎文書局，1973 年 6 月。

6. 《唐人隱逸風氣及其影響》，劉翔飛，台大中文研究所碩士論文，民國 67 年。

7. 《現代詩論衡》，張漢良，台北，幼獅文化公司，1977 年 2 月。

8. 《文學新論》，李辰冬，台北，東大圖書公司，1975 年 5 月。

9. 《南宋社會生活史》，馬德程譯，台北，中國文化大學出版社，1982年 3 月。

10. 《宋人軼事彙編》，丁傳靖輯，台北，源流文化事業有限公司，1982
    年9月。

11. 《意象的流變》，蔡英俊主編，台北，聯經出版事業公司，1982年9
    月。

12. 《抒情的境界》，蔡英俊主編，台北，聯經出版事業公司，1982年9
    月。

13. 《理想與現實》，黃俊傑主編，台北，聯經出版事業公司，1982年
    10月。

14. 《文化模式》，R. Benedict 著、黃道琳譯，台北，巨流圖書公司，1983
    年2月。

15. 《雅俗之間──通俗與上層文化比較》，Herbert J. Gans 著，韓玉蘭、
    黃絹絹譯，台北，允晨文化實業股份有限公司，1984年4月。

16. 《中國詩的追尋》，李正治，台北，業強出版社，1990年7月。

17. 《元代的士人與政治》，王明蓀，台北，台灣學生書局，1992年3月。

18. 《中國古代的「士」》，延濤林聲，鄭州，河南人民出版社，1992年
    8月。

19. 《隱士生活探秘》，馬華、陳正宏，濟南，山東文藝出版社，1992年
    12月。

20. 《道家文化與現代文明》，葛榮晉主編，台北，新文豐出版社，1993
    年4月。

21. 《兩宋詞人年譜》，王兆鵬，台北，文津出版社，1994年5月。

22. 《社會學概論》，彭懷真，台北，洪葉文化事業有限公司，1995年4
    月。

23. 《中國文學主題學》，王立，北京，中州古籍出版社，1995年8月。

24. 《漢語詞彙與文化》，常敬寧編，北京，北京大學出版社，1995年8
    月。

25. 《宋代文化史》，姚瀛艇等編，台北，雲龍出版社，1995年3月。

26. 《隱逸人格》，陳洪，武漢，長江文藝出版社，1996年11月。

27. 《文化的總譜與變奏》，龔卓軍，台北，台灣書店，1997年1月。

28. 《當代文學與地域文化》，樊星，武漢，華中師範大學出版社，1997
    年1月。

29. 《雅俗之辨》，孫克強，北京，華文出版社，1997年2月。

30. 《北宋佛教論史稿》，黃啟江，台北，台灣商務印書館，1997年4月。

31. 《道家及其對文學的影響》，李生龍，長沙，岳麓書院，1998年3月。

32. 《山情逸魂——中國隱士心態史》，許建平，北京，東方出版社，1996
年 6 月。

33. 《記號‧概念與典範》，何秀煌，台北，東大圖書公司，1999 年 10
月。

34. 《社會心理修辭學導論》，陳汝東，北京，北京大學出版社，1999 年
12 月。

35. 《古代文學中人物形象論稿》，轟石樵主編，北京，北京師範大學出
版社，2000 年 3 月。

36. 《宋代文化與文學研究》，張海鷗，北京，中國社會科學出版社，2002
年 4 月。

37. 《東籬樂府語言風格研究》，周碧香，高雄，復文圖書出版社，1998
年 6 月。

38. 《元朝吳鎮漁父圖之研究》，李淑美，台大歷史研究所碩士論文，民
國 74 年。

39. 《元代仕隱劇研究》，譚美玲，輔大中文研究所碩士論文，民國 77
年。

40. 《元代文人心態》，堯書儀，北京，文化藝術出版社，2000 年 5 月。

41. 《挑戰與抉擇——元代文人心態史》，徐子方，河北，河北教育出版
社，2001 年 11 月。

42. 《叢生的文體》，劉明華，南京，江蘇教育出版社，2000 年 8 月。

43. 《斯文：唐宋思想的轉型》，〔美〕包弼德著，劉寧譯，南京，江蘇
人民出版社，2001 年 1 月。

44. 《中國傳統文人審美生活方式之研究》，羅中峰，台北，洪葉文化事
業有限公司，2001 年 2 月。

45. 《雅與俗的跨越》，鍾濤，成都，巴蜀書社，2001 年 3 月。

46. 《中國古代詩人的仕隱情結》，木齋、張愛東、郭淑雲合著，北京，
京華出版社，2001 年 6 月。

47. 《宋元老學研究》，劉固盛，成都，巴蜀書社，2001 年 9 月。

48. 《審美意識型態的文本分析》，馮憲光、馬睿合著，成都，四川大學
出版社，2001 年 11 月。

49. 《郭熙《林泉高致》與韓拙山水純全集之繪畫美學及時代意義》，張
瀛太，台大中文研究所碩士論文，民國 81 年。

十二、單篇期刊及學術論文

1. 〈中國文人的漁父情結〉，吳曉，古今藝文，第 26 卷第 3 期，民國

　　89 年 5 月。

2. 〈話説漁父形象〉，于翠玲，文史知識，1996 年 6 月。

3. 〈論漁樵〉，王春庭，漳州師院學報，1998 年第 2 期。

4. 〈漁父・園林及其隱逸的象徵〉，曹麗環，學術交流，1998 年第 6 期。

5. 〈隱士與智者──中西文學漁父形象比較〉，倪正芳、唐湘叢，湖南工程學院學院，2001 年 6 月，第 11 卷第 1 期。

6. 〈「莊子漁父」篇之解析〉，鄒湘齡，哲學與文化，第 25 卷第 8 期，民國 87 年 8 月。

7. 〈説屈原、話漁父〉，李正治，鵝湖，第 2 卷第 4 期，民國 65 年 10 月。

8. 〈屈原漁父一文的探究〉，唐文德，逢甲學報，第 13 期，民國 69 年 10 月。

9. 〈「卜居」「漁父」人生對話之辨析〉，王淑禎，興大文史學報第 19 期，民國 78 年 3 月。

10. 〈屈原漁父〉，江舉謙，明道文藝，228 期，民國 84 年 3 月。

11. 〈試探漁父的清濁之辨〉，傅正玲，中國語文，第 77 卷第 6 期，民國 84 年 12 月。

12. 〈「漁父」正偽、思想意識、藝術技巧的探究〉，黃智群，雲漢學刊第 4 期，民國 86 年 5 月。

13. 〈漁父詞的研析〉，方延豪，中國文化復興月刊，第 12 卷第 11 期，民國 68 年 11 月。

14. 〈在詩律和詞律之間──漁歌子詞調分析〉，謝俐瑩，東吳中文研究集刊，第 2 期，民國 84 年 5 月。

15. 〈張志和的漁父〉，陳滿銘，國文天地，第 11 卷第 10 期，民國 85 年 3 月。

16. 〈張志和的漁歌子的逍遙世界〉，劉明宗，國教天地，第 123 期，民國 86 年 9 月。

17. 〈「漁父」在唐宋詞中的意義〉，黃文吉，台北，第一屆詞學國際研討會論文集，中央研究院中國文哲研究所籌備處主辦，1994 年。

18. 〈唐代華亭德誠禪師撥棹歌初探〉，蔡榮婷，第五屆唐代文化學術研討會論文集。

19. 〈唐宋時期禪宗漁父詞的流衍〉，蔡榮婷，台北，國立台灣師範大學，現代佛教學會，2002 年年會「佛教研究的傳承與創新」學術研討會

會議論文，2002 年 3 月 2～3 日。

20. 〈唐代華亭德誠禪師撥棹歌所呈現的意涵〉，蔡榮婷，香港浸會大學中國文學系主辦，唐代文學與宗教研討會會議論文，2002 年 5 月 30 日。

21. 〈宋代禪宗漁父詞研究〉，周裕鍇，中國俗文化國際學術研討會，四川大學中國俗文化研究所／樂山師範學院主辦。

22. 〈詩詞文體風格辨析〉，楊有山，信陽師範學院學報 2000 年 7 月第 20 卷第 3 期。

23. 〈宋人雅俗詞鑒照〉，許興寶，西北第二民族學院學報，1995 年第 4 期。

24. 〈從主題──評論的觀點看唐宋詩的句法與賞析〉，曹逢甫，中外文學，第 17 卷第 1 期。

25. 〈詞的接受美學〉，趙山林，收錄於《詞學》第八輯，頁 24～40，上海，華東大學出版社，1990 年 10 月。

26. 〈朱敦儒詞綜觀〉，張而今，文學遺產，1997 年第 3 期。

27. 〈元代散曲研究論目錄〉，何貴初，書目季刊，第 23 卷第 3 期，民國 78 年 12 月。

28. 〈從歷史淵源論元散曲中的漁樵鷗鷺〉，王熙元，中國學術年刊，第 16 期，民國 84 年 3 月。

29. 〈從吳鎮的漁父圖探討中國的隱士思想〉，熊碧梧，復興崗學報第 55 期，民國 84 年 9 月。

30. 〈元散曲寫景作品中的景物、心態與創新〉，許金榜，河北師範大學學報 1994 年第二期。

31. 〈現實、傳統和自我的鬧劇──論元散曲中的審醜內容〉，王乙，雲南教育學院學報第 10 卷第 6 期，1994 年 12 月。

32. 〈元代隱逸散曲中的自慰心理〉，吳國富，杭州大學學報第 27 卷第 4 期，1997 年 12 月。

33. 〈試論元散曲中的道家審美意蘊〉，孫虹，學術界，1997 年第 3 期。

34. 〈略論於散曲中的恬退隱逸之作〉，奚海，青海師專學報，1999 年第 4 期。

35. 〈論元代文人的異端性格及其文化底蘊〉，李日星，湘潭大學社會科學學報，第 23 卷第 5 期，1999 年 10 月。

36. 〈在夾縫中自我掙扎──從元代文人精神價值的裂變看元曲隱逸意識〉，韋德強，廣西右江民族師專學報，2001 年第 3 期。

37. 〈古代美學中的藝術人格論〉，陳德禮，北京大學學報，1997 年第 2 期。

38. 〈中國古代的隱士與隱逸文化〉，趙映林，歷史月刊，99 期，民國 85 年 4 月。

39. 〈先秦時期隱士的名稱及其分類〉，劉淑梅，齊齊哈爾師範學院學報，1997 年第 2 期。

40. 〈中國士大人隱逸文化的興衰〉，王毅，文藝研究，1989 年 3 月。

41. 〈游士‧隱者‧道家〉，朱喆，華北水利水電學院學報社科版 2000 年 3 月。

42. 〈有關道家美學的幾點省思〉，高柏園，台灣宗教學會通訊第六期，民國 89 年 9 月。

43. 〈道禪對儒家美學的衝擊〉，張節末，哲學研究，1999 年第 9 期。

44. 〈論儒家理想人格模式的歷史演變〉，薛伯成，松江學刊，1995 年第 4 期。

45. 〈中國傳統理想人格設計的回溯與思考〉，陳勇、胡正強、黎軍，青海師範大學學報，1994 年第 3 期。

46. 〈時代變遷與理想人格的構建〉，朱開君、馮譯英，四川師範學院學報社會科學版，2000 年 1 月第 1 期。

47. 〈山水審美中的生命精神〉，章尚正，中國文化研究總號 21 期，1998 年秋之卷。

48. 〈從居住環境看中國古代文人士大夫的審美追求〉，王延東，學術交流，1999 年第一期。

49. 〈雅俗變異文學價值轉換的一種方式〉，張永剛，曲靖師範學院學報第 20 卷第 1 期，2001 年 1 月。

50. 〈比喻的心理基礎〉，張少雲，平頂山師專學報，2000 年 8 月 15 卷第 3 期。

51. 〈語言風格系統論〉，黎運漢，錦州師範學院學報，1996 年第 3 期。

52. 〈論中國古代文學的審美特徵〉，湯谷，內蒙古社會科學，1997 年第 4 期。

53. 〈語言風格與表達主體和接受主體〉，黎運漢，雲夢學刊，1998 年第 3 期。

54. 〈古今圖書集成博物彙編藝術典漁部引書考〉，葉程義，中華學苑，第 38 期，民國 78 年 4 月。

55. 〈類書的大成——古今圖書集成〉，黃秀政，書評書目，第 57 期，

民國 67 年 1 月。

56. 〈類書的體式、編輯作用、侷限與普遍性〉，陳一弘，圖立編譯館館刊，第 29 卷第 1 期，民國 89 年 6 月。

57. 〈中國兩大類書「永樂大典」及「古今圖書集成」的四個論題〉，唐素珍，輔仁大學中文研究所學刊，第 4 期，民國 84 年 3 月。

附表一　類書選取篇目比較一覽表

類書選取篇目	類書書目	古今圖書集成博物編藝術典·漁部	淵鑑類涵產業部四漁釣	太平御覽資產部漁	藝文類聚產業部釣
尚書	大傳			○	
易經	繫詞下傳	○		○	
禮記	月令季多	○	○	○	
周禮	天官	○		○	
范蠡·養魚經	九洲神守	○			
吳越春秋	魚池	○			
	太子建…	○			
岳陽風土記	取江豚	○			
	取巨魚	○			
齊東野語	簾	○			
蟹譜下篇	採捕	○			
	盪浦搖江	○			
吳中紀聞	蟹斷	○			
三才圖會		○			
〔周〕屈原	漁父	○			
	楚辭		○		○
〔漢〕許慎	說文·漁		○	○	
〔漢〕黃憲	漁論	○			
	遇漁	○			
〔晉〕郭璞	江賦			○	

〔晉〕潘尼	釣賦	○	○		○
〔唐〕駱賓王	釣磯映詔文	○	○		
〔唐〕李君房	獨繭綸賦	○	○		
〔唐〕周鍼	釣魚盈舟賦	○	○		
〔唐〕王起	呂望釣玉璜賦	○	○		
〔唐〕李德裕	元眞子漁歌記	○			
〔唐〕柳宗元	設漁者對智伯	○			
〔宋〕邵雍	漁樵問答	○			
魏文帝	釣竿行	○			
〔南朝宋〕漁父	答孫緬歌	○			
〔南朝梁〕劉孝綽	釣竿篇	○			
〔南朝梁〕戴暠	釣竿	○			
〔南朝陳〕陰鏗	觀釣	○	○		○
〔南朝陳〕張正見	釣竿篇	○	○		
〔隋〕李巨仁	釣竿篇	○	○		
〔唐〕沈佺期	釣竿篇	○	○		
〔唐〕高適	自淇涉黃河途中作	○			
	漁父歌	○			
〔唐〕王昌齡	題灞池	○			
〔唐〕常建	漁浦	○			
〔唐〕儲光羲	釣魚灣	○			
	漁父詞	○	○		
〔唐〕岑參	漁父	○	○		
〔唐〕李	漁父歌	○	○		
〔唐〕張志和	漁父歌	○			
	漁父	○			
〔唐〕劉長卿	江中晚釣寄荊南一二相識	○			
	贈湘南漁父	○			
〔唐〕錢起	藍田溪與漁者宿	○			
〔唐〕柳宗元	漁父	○			
〔唐〕司空曙	江村即事	○			
〔唐〕張籍	夜宿漁家	○			

〔唐〕陳陶	閑居雜興	◯			
〔唐〕陸龜蒙	漁具詠序	◯	◯		
	和襲美添漁具‧五篇	◯			
〔唐〕皮日休	添漁具詩		◯		
〔五代〕和凝	漁父	◯			
〔宋〕宋高宗	漁父詞‧三首	◯	◯		
〔宋〕黃庭堅	鷓鴣天‧漁父	◯			
〔宋〕張仲宗	漁家傲‧漁父	◯			
〔宋〕秦觀	滿庭芳‧漁舟	◯			
〔宋〕謝逸	漁家傲‧漁父	◯			
〔宋〕葛長庚	漁父詞‧五首	◯			
〔金〕密國公璹	漁父詞‧二首	◯	◯		
〔金〕李節	漁父詞	◯	◯		
〔元〕耶律楚材	小溪詩‧二首	◯			
〔元〕郭鈺	漁詩		◯		
〔元〕周權	漁翁	◯			
〔元〕陳旅	題子昂江天釣艇圖	◯			
〔元〕歐陽元	題捕魚圖	◯			
〔元〕范亨	秋江釣月	◯			
〔元〕揭溪斯	漁父	◯			
〔元〕貢性之	夜聞漁歌	◯			
〔元〕李存	叉魚	◯			
〔元〕杜本	漁隱圖詩爲程子純賦	◯			
〔元〕王冕	雪麓漁舟圖	◯			
〔元〕曹文晦	螺溪釣艇	◯			
〔元〕郭翼	漁莊	◯			
〔元〕傅若金	楚漁父度伍胥辭劍圖歌	◯			
〔元〕李孝光	釣魚	◯			
〔元〕張恂	明溪漁唱	◯			
〔元〕徐世榮	明溪漁唱	◯			
〔元〕丘弘	賴溪漁歌	◯			

作者	篇名					
〔明〕明太祖	竹籟青樂釣	○				
〔明〕劉基	題太公釣魚圖	○				
〔明〕高啓	捕魚詞	○	○			
〔明〕李東陽	漁家	○				
〔明〕徐渭	賦得漁人網集澄潭下	○				
〔明〕沈周	題錢舜舉漁樂圖	○				
〔明〕徐賁	漁父篇贈瞿敬夫·五首	○				
〔明〕陳繼儒	漁父辭	○				
〔明〕吳伯宗	巨網叟漁魚應制	○				
〔明〕沈眞	吳淞漁樂	○				
〔明〕王世貞	鷓鴣天·漁	○				
〔明〕劉茹蔬	黃鶯兒·漁	○				
尸子		○			○	
史記	三皇本紀	○				
史記	五帝本紀	○				
史記	齊太公世家	○				
史記	龜策傳	○				
竹書紀年		○				
穆天子傳		○				
左傳	隱公五年	○				
左傳	公羊傳		○			
論語			○			○
墨子						○
禮樂志			○			
家語		○			○	
家語		○				
莊子	外物	○	○			
莊子	漁父	○				
莊子	秋水	○	○			
列子	殷湯	○	○			
列子	賢奕	○				
呂氏春秋					○	○

孔叢子	抗志	○			
越絕書	伍子胥南奔	○			
新序		○	○	○	
列仙傳			○		
神仙傳			○		
呂子	上德篇	○			
搜神記		○			
戰國策		○			
漢書	韓信傳	○			
	彭越傳	○			
	張耳傳	○			
三秦記		○			
三輔故事		○			
黃憲外史		○			
後漢書				○	○
	嚴光傳	○			
	郭玉傳	○			
	劉般傳	○			
	左慈傳	○			
謝承・後漢書	鄭敬隱居	○			
汝南先賢傳		○			
魏志		○			
鮮卑傳		○			
拾遺記		○			
晉書				○	
	郭翻傳	○			
	石秀傳	○			
	翟湯傳	○			
	夏統傳	○			
	孟陋傳	○			
異苑		○			
桃花源記		○			
謝元與兄書		○	○		

宋書	王弘之傳	○	○		
逃異記		○			
述異記		○	○		
世說		○			
陳書	王固傳	○			
陳書	張昭傳	○			
魏書	太祖本紀	○			
隋書	乞伏慧傳	○			
北史	陸法和傳	○			
北史	裴俠傳	○		○	
唐書	太宗觀魚	○			
唐書	武后本紀	○			
唐書	敬宗本紀	○			
唐書	列女傳	○			
山堂肆考			○		
合璧事類		○	○		
北夢瑣言		○			
西陽雜俎		○			
江行雜錄		○			
雲溪友議		○			
稽神錄		○			
遼史	太宗本紀	○			
遼史	穆宗本紀	○			
宋史	呂端傳	○			
宋史	孫守榮傳	○			
委巷叢談		○			
歸田錄		○			
松江漁翁傳		○			
函史		○	○		
夷堅志			○		
東齊記事		○			
乾淳起居注		○			
茅亭客話		○			

		○	○	○	○
三柳軒雜識		○			
使遼錄		○			
演繁露		○	○		
岳陽風土記		○			
雲林遺事		○			
壟起雜識		○			
澹山雜識		○			
太平清話		○			
詩經	召南	○			○
	衛風・竹竿	○			
	齊風・敝筍	○	○		
	小雅・采綠	○	○		
管子	禁藏	○	○	○	
魯連子				○	
尸子				○	
闕子		○	○		
文子		○	○	○	
呂子	義賞篇	○			
	功名篇	○			
	觀世篇	○			
	離俗篇	○			
韓非子	外儲說	○			
淮南子	原道訓	○			
	俶眞訓	○	○		
	時則訓	○			
	人間訓	○			
	說山訓	○			
	說林訓	○	○		
說苑		○	○		
（魏）陳思王	答崔文始書	○			
應璩	報東海相梁季然書	○			
葛洪	抱朴子	○	○		
中論		○			

桓範	世論	◯	◯		
酉陽雜俎		◯			
嶺表錄異		◯			
槁簡贅筆		◯			
後山叢談		◯			
老學庵筆記		◯			
野客叢談		◯			
能改齋漫錄		◯			
雞肋編		◯	◯		
竹溪逸民傳		◯	◯		
考槃餘事		◯			
太平清話		◯			
漁父圖		◯			
田家雜占		◯			
列子	湯問篇	◯	◯		
列仙傳		◯			
三峽記		◯			
宋二老堂雜志			◯		
郁離子			◯		

附表二　唐五代漁父詞一覽表

編號	作者	詞牌	題目	首句	頁碼	附註
1	張志和	漁父	漁父	西塞山前白鷺飛	25	
2	張志和	漁父		釣臺漁父褐爲裘	25	
3	張志和	漁父		雪溪灣裡釣魚翁	25	
4	張志和	漁父		松江蟹舍主人歡	26	
5	張志和	漁父		青草湖中月正圓	26	
6	無名氏	漁父		遠山重疊水縈紆	28	
7	無名氏	漁父		釣得紅鮮劈水開	28	
8	無名氏	漁父		桃花浪起五湖春	29	
9	無名氏	漁父		五嶺風煙絕四鄰	29	
10	無名氏	漁父		雪色髭鬚一老翁	29	
11	無名氏	漁父		殘霞晚照四山明	29	
12	無名氏	漁父		極浦遙看兩岸花	30	
13	無名氏	漁父		洞庭湖上晚風生	30	
14	無名氏	漁父		舴艋爲舟力幾多	30	
15	無名氏	漁父		垂楊灣外遠山微	30	
16	無名氏	漁父		衝波棹子檝頭傳	30	
17	無名氏	漁父		料理絲綸欲放船	31	
18	無名氏	漁父		風攪長空浪攪風	31	

19	無名氏	漁父		舴艋爲家無姓名	31	
20	無名氏	漁父		偶得香餌得長鱏	31	
21	張松齡	漁父		樂在風波釣是閑	33	
22	釋德誠	撥棹歌		有一魚兮偉莫裁	38	
23	釋德誠	撥棹歌		千尺絲綸直下垂	38	
24	釋德誠	撥棹歌		莫學他家弄釣船	39	
25	釋德誠	撥棹歌		大釣何曾離釣求	39	
26	釋德誠	撥棹歌		別人只看探芙蓉	39	
27	釋德誠	撥棹歌		靜不須禪動即禪	39	
28	釋德誠	撥棹歌		莫道無修便不修	40	
29	釋德誠	撥棹歌		水色春光處處新	40	
30	釋德誠	撥棹歌		獨倚蘭橈入遠灘	40	
31	釋德誠	撥棹歌		揭卻雲篷進卻船	41	
32	釋德誠	撥棹歌		蒼苔滑靜坐望機	41	
33	釋德誠	撥棹歌		外形卻骸放卻情	41	
34	釋德誠	撥棹歌		世知我懶一何嗔	41	
35	釋德誠	撥棹歌		都大無心罔象間	42	
36	釋德誠	撥棹歌		棹鼓高歌自適情	42	
37	釋德誠	撥棹歌		浪宕從來水國間	42	
38	釋德誠	撥棹歌		一葉虛舟一副竿	42	
39	釋德誠	撥棹歌		一任孤舟正又斜	43	
40	釋德誠	撥棹歌		愚迷未識主人翁	43	
41	釋德誠	撥棹歌		古釣先生鶴髮垂	44	
42	釋德誠	撥棹歌		一片江雲倏忽開	44	
43	釋德誠	撥棹歌		不妨輪線不妨鉤	44	
44	釋德誠	撥棹歌		釣下俄逢赤水珠	45	
45	釋德誠	撥棹歌		臥海拏雲勢莫知	45	
46	釋德誠	撥棹歌		雖慕求魚不食魚	45	
47	釋德誠	撥棹歌		香餌針頭也不無	45	
48	釋德誠	撥棹歌		乾坤爲舸月爲篷	46	

49	釋德誠	撥棹歌		終日江頭理棹間	46	
50	釋德誠	撥棹歌		有鶴遨翔四海風	46	
51	釋德誠	撥棹歌		釣頭未曾曲曲些	46	
52	釋德誠	撥棹歌		吾自無心無事間	47	
53	釋德誠	撥棹歌		情川清瀨水橫流	47	
54	釋德誠	撥棹歌		歐冶舐鋒價最高	47	
55	釋德誠	撥棹歌		動靜由來兩本空	47	
56	釋德誠	撥棹歌		問我生涯只是船	48	
57	釋德誠	撥棹歌		媚俗無機獨任眞	48	
58	釋德誠	撥棹歌		逐愧追歡不識休	48	
59	釋德誠	撥棹歌		二十年來江上游	48	
60	釋德誠	撥棹歌		三十餘年坐釣臺	49	
61	李夢符	漁父引		村寺鐘聲渡遠灘	440	
62	李夢符	漁父引		漁弟漁兄喜到來	441	
63	歐陽炯	西江月		月映長江秋水	461	
64	和凝	漁父		白芷汀寒立鷺鷥	477	
65	薛昭蘊	浣溪沙		紅蓼渡頭秋正雨	494	
66	顧夐	漁歌子		曉風清，幽沼綠	566	
67	閻選	定風波		江水沈沈帆影過	575	
68	李珣	漁歌子		楚山青，湘水綠	596	
69	李珣	漁歌子		荻花秋，瀟湘夜	597	
70	李珣	漁歌子		柳絲垂，花滿樹	597	
71	李珣	南鄉子		九疑山，三湘水	598	
72	李珣	南鄉子		雲帶雨，浪迎風	601	
73	李珣	南鄉子		漁市散，渡船稀	601	
74	李珣	漁父		水接衡門十餘里	609	
75	李珣	漁父		避世垂綸不記年	609	
76	李珣	漁父		棹警鷗飛水濺袍	609	
77	李珣	定風波		志在煙霞暮隱淪	611	
78	李珣	定風波		十載逍遙物外居	612	

79	孫光憲	漁歌子		草芊芊，波漾漾	637	
80	孫光憲	漁歌子		泛流螢，明又滅	637	
81	李煜	漁父		闐院有情千里雪	766	
82	李煜	漁父		一棹春風一葉舟	766	
83	無名氏	漁家傲		二月江南山水路	780	以上上冊
84	各卷曲子詞	浣溪沙		浪打青舡雨打篷	842	
85	各卷曲子詞	浣溪沙		倦卻詩書上釣舡	843	
86	元結	欸乃曲		獨存名跡在人間	969	
87	元結	欸乃曲		湘江二月春水平	969	
88	元結	欸乃曲		千里楓林煙雨深	970	
89	元結	欸乃曲		零陵郡北湘水東	970	
90	元結	欸乃曲		下瀧船似入深淵	970	
91	顧況	漁父詞		新婦磯邊月明	977	
92	柳宗元	阿那曲	原題作《漁翁》	漁翁夜傍西巖宿	1005	
93	呂巖	洞仙歌		飛梁敬水，虹影清曉	1343	漁父詞18首

附表三　宋代漁父詞一覽表

編號	作 者	詞 牌	首　　句	頁碼	附註
1	柳永	滿江紅	暮雨初收，長川靜、征帆夜落	52	第一冊
2	柳永	望遠行	長空降瑞，寒風剪，淅淅瑤花初下	54	
3	柳永	鳳歸雲	向深秋，雨餘爽氣肅西郊	56～57	
4	晏殊	浣溪沙	紅蓼花香夾岸稠	113	
5	徐積	漁父樂	水曲山偎四五家	276	
6	徐積	無一事	見說紅塵罩九衢	276	
7	徐積	堪畫看	討得漁竿買釣船	276	
8	徐積	誰學得	飽即高歌醉即眠	276	
9	徐積	君看取	管得江湖占得山	277	
10	徐積	君不悟	一酌村醪一曲歌	277	
11	蘇軾	滿庭芳	歸去來兮，吾歸何處，萬里家在岷峨	358～359	
12	蘇軾	行香子	一葉舟輕	391	
13	蘇軾	南歌子	冉冉中秋過，蕭蕭兩鬢華	378	
14	蘇軾	瑞鷓鴣	碧山影裡小紅旗	381	
15	蘇軾	浣溪沙	西塞山前白鷺飛	405	

16	蘇軾	調笑令	漁父。漁父	411	
17	蘇軾	漁父	漁父飲，誰家去	425	
18	蘇軾	漁父	漁父醉，蓑衣舞	426	
19	蘇軾	漁父	漁父醒，春江舞	426	
20	蘇軾	漁父	漁父笑，輕鷗舉	426	
21	蘇軾	踏莎行	山秀芙蓉	429	互見：賀鑄
22	李之儀	朝中措	臘窮天際傍危欄	447	
23	蘇轍	調嘯詞二首	漁父。漁父	459	
24	董義	望江南	縹緲煙中漁父槳	479	
25	黃裳	瑤池月	微塵濯盡，栖真處、群山排在雲漢	491	
26	黃裳	瑤池月	扁舟寓興，江湖上、無人知道姓名	491～492	
27	黃庭堅	菩薩蠻	半煙半雨溪橋畔	515	
28	黃庭堅	鷓鴣天	西塞山前白鷺飛	509	
29	黃庭堅	撥棹子	歸去來	514	
30	黃庭堅	訴衷情	一波才動萬波隨	514	
31	黃庭堅	浣溪沙	新婦灘頭眉帶愁	514	
32	黃庭堅	漁家傲	蕩漾生涯身已老	537	
33	晁端禮	滿庭芳	天與疏慵，人憐憔悴	543	
34	晁端禮	一叢花	謫仙海上駕鯨魚	553	
35	晁端禮	水調歌頭	憶昔紅顏日	549	
36	晁端禮	臨江仙	今夜征帆何處落，煙村幾點人家	555	
37	鄭僅	調笑轉踏	調笑。楚江渺	575	
38	秦觀	漁家傲	門外平湖新雨過	616	
39	秦觀	漁家傲	江上掠飀情緒煥	617	
40	秦觀	念奴嬌	中流鼓楫，浪花舞，正見江天飛雪	620	
41	李甲	吊嚴陵	蕙蘭香泛，孤嶼潮平，驚鷗散雪	630	

42	賀鑄	釣船歸	綠淨春深好染衣	649	
43	賀鑄	桃源行	流水長煙何縹渺	650	
44	賀鑄	續漁歌	中年多辦收身具	651	
45	晁補之	迷神引	黯黯青山紅日暮	724	
46	晁補之	滿江紅	莫話南征，船頭轉、三千餘里	724	
47	晁補之	一叢花	碧山無意解銀魚	730	
48	周邦彥	一寸金	州夾蒼崖，下枕江山是城郭。	791	
49	淨端	漁家傲	斗轉星移天漸曉	820	
50	淨端	漁家傲	浪靜西溪澄似練	820	
51	淨端	漁家傲	七寶池中堪下釣	820	
52	淨端	漁家傲	一只孤舟巡海岸	821	
53	謝逸	漁家傲	秋水無痕清見底	834	
54	晁沖之	臨江仙	萬里彤雲密布，長空瓊色相加。	846	
55	蘇庠	臨江仙	本是白蘋洲畔客	848	
56	李彭	漁歌十首	南院嫡孫唯此個	847	
57	李彭	漁歌	掌握千差都照破	847	
58	李彭	漁歌	孤硬雲峰無計較	847	
59	李彭	漁歌	萬古黃龍眞禿矯	847	
60	李彭	漁歌	寶覺禪河波浩浩	847	
61	李彭	漁歌	貶剝諸方眞淨老	847	
62	李彭	漁歌	積翠十年丹鳳穴	848	
63	李彭	漁歌	罵佛罵人新孟八	848	
64	李彭	漁歌	絕唱靈源求和寡	848	
65	李彭	漁歌	選佛堂鍾川磊苴	848	
66	毛滂	浣溪沙	本是青門學灌園	861	
67	惠洪	述古德遺事作漁父詞八首	玉帶雲袍童頂露	919	
68	惠洪	述古德遺事作漁父詞八首	不怕石頭行路滑	920	

69	惠洪	述古德遺事作漁父詞八首	來往獨龍岡畔路	920	
70	惠洪	述古德遺事作漁父詞八首	畫餅充飢人笑汝	920	
71	惠洪	述古德遺事作漁父詞八首	野鶴精神雲格調	920	
72	惠洪	述古德遺事作漁父詞八首	講虎天華隨玉塵	920	
73	惠洪	述古德遺事作漁父詞八首	急雨飄風花信早	921	
74	惠洪	述古德遺事作漁父詞八首	萬疊空青春杳杳	921	
75	葛勝仲	西江月	晚路交游綠酒，平生志趣青霞	931	
76	吳則禮	虞美人	從來強作游秦計。	951	
77	徐俯	浣溪沙	西塞山前白鷺飛	963	
78	徐俯	浣溪沙	新婦磯邊秋月明	963	
79	徐俯	鷓鴣天	西塞山前白鷺飛	964	
80	徐俯	鷓鴣天	七澤三湘碧草連	964	
81	王安中	安陽好	安陽好，千里鄴台都。	974	
82	張繼先	望江南	西源好，雲霽斂紅紗。	987	
83	葉夢得	水調歌頭	渺渺楚天闊	991	
84	葉夢得	水調歌頭	今古幾流傳	992	
85	葉夢得	應天長	松陵秋已老	996	
86	葉夢得	虞美人	梅花落盡桃花小	1006	
87	葉夢得	鷓鴣天	天末殘霞捲暮紅	1008	
88	葉夢得	菩薩蠻	經年不踏斜橋路	1012	
89	周銖	驀山溪	松溪江上	1015	
90	周銖	水調歌頭	兵氣暗吳楚	1016	
91	劉一止	水調歌頭	千古嚴陵瀨	1032	
92	朱敦儒	滿庭芳	鵬海風波，鶴巢雲水。夢殘寄身雲寰	1085	

93	朱敦儒	好事近	搖首出紅塵，醒醉更無時節。	1105	
94	朱敦儒	好事近	眼裡數閒人，只有釣翁瀟灑。	1106	
95	朱敦儒	好事近	漁父長身來，只共釣竿相識。	1106	
96	朱敦儒	好事近	撥轉釣魚船，江海盡為吾宅。	1106	
97	朱敦儒	好事近	短棹釣魚輕，江上晚煙籠碧。	1106	
98	朱敦儒	好事近	猛向這邊來，得個信音端的。	1106	
99	朱敦儒	好事近	綠泛一甌云，留住欲飛蝴蝶。	1106	
100	朱敦儒	好事近	失卻故山雲，索手指空為客。	1107	
101	朱敦儒	好事近	深住小溪春，好在柳枝桃葉。	1107	
102	朱敦儒	好事近	我不是神仙，不會煉丹燒藥。	1107	
103	朱敦儒	減字木蘭花	無知老子。	1111	
104	周紫芝	西江月	髮白猶敧旅枕，溪深未挂煙莎。	1136	
105	周紫芝	漁家傲	遇坎乘流隨分了	1142	
106	周紫芝	漁家傲	月黑波翻江浩渺	1142	
107	周紫芝	漁歌子	好個神仙張志和。平生只是一漁蓑	1157	
108	周紫芝	漁歌子	禁中圖畫訪玄眞。晚得歌詞獻紫辰	1158	
109	周紫芝	漁歌子	解印歸來暫結廬。有時同釣水西魚。	1158	
110	周紫芝	漁歌子	趁梅尋得水邊枝，獨釣漁船卻過溪。	1158	
111	周紫芝	漁歌子	人間何物是窮通，終向煙波作釣翁。	1158	
112	周紫芝	漁歌子	花姑溪上鷺鷥灘，辜負漁竿二十年。	1158	
113	李綱	江城子	曉來江口轉南風。	1175	
114	李綱	望江南	雲棹遠，南浦綠波春	1176	
115	李綱	望江南	清晝永，幽致夏來多	1176	
116	李綱	望江南	煙艇穩，浦漵正清秋。	1176 ～ 1177	

117	李綱	望江南	江上雪，獨立釣魚翁。	1177	
118	李綱	六么令	長江千里，煙澹水雲闊	1177	
119	李綱	漁家傲	幾日北風江海立	1180	
120	李祁	鵲橋仙	春陰淡淡，春波渺渺	1180	
121	趙鼎	醉蓬萊	破新正春到，午夜堯暮	1228	
122	向子諲	西江月	見處莫教認著，無心慎勿沈空	1244	
123	沈與求	江城子	華燈高宴水晶宮	1273	
124	蔡伸	踏莎行	落日歸雲，寒空斷雁。	1323	
125	王以寧	念奴嬌	晚煙凝碧	1381	
126	王以寧	踏莎行	我自山中，漁樵冷族。	1384	
127	陳與義	臨江仙	憶昔午橋橋上飲，座中多是豪英	1389	
128	張元幹	水調歌頭	落景下青嶂，高浪捲滄洲	1398	
129	張元幹	水調歌頭	雨斷翻驚浪，山暝擁歸雲	1399	
130	張元幹	漁家傲	釣笠披雲清障繞	1414	
131	鄧肅	菩薩蠻	騎鯨好向雲端去	1437	
132	呂渭老	水調歌頭	撫床多感慨，白髮困風煙	1455	
133	馮時行	驀山溪	艱難時世	1517	
134	史浩	採蓮舞	珠露薄薄清玉宇	1624	
135	史浩	太清舞	武陵自古神仙府	1625	
136	史浩	太清舞	須臾卻有人相顧	1625	
137	史浩	太清舞	漁舟之子來何所	1626	
138	史浩	漁父舞	濟涉還渠漁父子	1633	
139	史浩	漁父舞	莫惜清尊長在手	1633	
140	仲并	念奴嬌	練江風靜，臥冰奩百尺，朱闌飛入	1670	
141	趙構	漁父詞	一湖春水夜來生	1671	
142	趙構	漁父詞	薄晚煙林澹翠微	1671	
143	趙構	漁父詞	雲灑清江江上船	1671	
144	趙構	漁父詞	青草開時已過船	1672	

145	趙構	漁父詞	扁舟小纜荻花風	1672	
146	趙構	漁父詞	儂家活計豈能明	1672	
147	趙構	漁父詞	駭浪吞舟脫巨鱗	1672	
148	趙構	漁父詞	魚信還催花信開	1672	
149	趙構	漁父詞	暮暮朝朝多復夏	1672	
150	趙構	漁父詞	遠山無涯山有鄰	1673	
151	趙構	漁父詞	誰云漁父是愚翁	1673	
152	趙構	漁父詞	水涵微雨湛虛名	1673	
153	趙構	漁父詞	無數菰蒲間藕花	1673	
154	趙構	漁父詞	春入渭陽花氣多	1673	
155	趙構	漁父詞	清灣幽鳥任盤紆	1673	
156	李石	西江月	一脈分溪淺綠，數枝約崖敧紅	1684	
157	李石	八聲甘州	向吳天萬里，一葉歸舟。	1684	
158	倪偁	蝶戀花	長羨東林山下路。	1727	
159	葛立方	水龍吟	九州雄傑溪山，遂安自古稱佳處。	1738	
160	洪適	句南呂薄媚舞漁家傲引	正月春風初解凍	1775	
161	洪適	句南呂薄媚舞漁家傲引	八月紫蕈浮綠水	1776	
162	洪適	句南呂薄媚舞漁家傲引	漁父飲時花作蔭	1777	
163	洪適	句南呂薄媚舞漁家傲引	漁父醉時收釣餌	1777	
164	洪適	句南呂薄媚舞漁家傲引	漁父醒時清夜永	1777	
165	洪適	句南呂薄媚舞漁家傲引	漁父笑時鶯未老	1777	
166	張掄	朝中措	吳松江影漾清輝	1837	第三冊
167	張掄	朝中措	湖光染翠□□□	1837	
168	張掄	朝中措	碧波深處錦鱗游	1837	

169	張掄	朝中措	沙明波靜小汀洲	1837	
170	張掄	朝中措	松江西畔水連空	1837	
171	張掄	朝中措	鳴榔驚起鷺鷥飛	1837	
172	張掄	朝中措	午陰多處□□□	1837	
173	張掄	朝中措	紅塵光景事如何	1838	
174	張掄	朝中措	蕭蕭蘆葉暮寒生	1838	
175	張掄	朝中措	慕名人似蟻貪羶	1838	
176	張掄	訴衷情	閑中一葉小漁舟	1841	
177	侯寘	漁家傲	本是瀟湘漁艇客	1862	
178	趙彥端	點絳脣	秋入闌干，亭亭波面虹千丈	1874	
179	趙彥端	鷓鴣天	天外秋雲四散飛	1883	
180	李流謙	醉蓬萊	正紅疏綠密，浪軟波肥，放舟時節	1924	
181	李流謙	滿庭芳	歸去來兮，春歸何處，舊山閑卻岷峨	1926	
182	李流謙	滯人嬌	痴本無，悶寧有火	1926	
183	袁去華	水調歌頭	天下最奇處，綠水照朱樓	1934	
184	袁去華	滿庭芳	馬上催歸，枕邊喚起，謝他閑管閑愁	1938	
185	法常	漁父詞	此事楞嚴常露布	1962	
186	向滈	西江月	流水斷橋衰草，西風落日清笳	1967	
187	向滈	朝中措	平生此地幾經過	1969	
188	程大昌	浣溪沙	乾處緇塵濕處泥	1973	
189	曹冠	風入松	瑤煙斂散媚晴空	1985	
190	曹冠	哨遍	壬戌孟秋，蘇子夜遊，赤壁舟輕漾	1995	
191	曹冠	青玉案	煙村茂樾灣溪畔	1997	
192	葛郯	滿庭霜	歸去來兮	1999	
193	葛郯	念奴嬌	蓬萊一島，臥長煙千柳，西溪幽趣	2001	
194	葛郯	洞仙歌	櫓聲伊軋，影轉雲間樹	2002	

195	葛郯	水調歌頭	年來慣行役，楚尾又吳頭	2003	
196	陸游	青玉案	西風挾雨聲翻浪	2044	
197	陸游	好事近	歲晚喜東歸	2047	
198	陸游	好事近	湓口放船歸	2047	
199	陸游	鷓鴣天	懶向青門學種瓜	2049	
200	陸游	沁園春	孤鶴歸飛，再過遼天，換盡舊人	2054	
201	陸游	洞庭春色	壯歲文章，暮年勳業，自昔誤人	2060	
202	陸游	桃源憶故人	一彈指頃浮生過	2061	
203	陸游	鵲橋仙	華燈縱博，雕鞍馳射，誰記當年豪舉	2063	
204	陸游	鵲橋仙	一竿風月，一簑煙雨，家在釣臺西住	2064	
205	陸游	長相思	橋如虹，水如空。	2064	
206	陸游	長相思	暮青山，暮霞明	2065	
207	陸游	菩薩蠻	江天淡碧雲如掃	2065	
208	陸游	點絳脣	採藥歸來，獨尋茅店沽新釀	2066	
209	陸游	一落索	識破浮生虛妄	2067	
210	陸游	漁父	石帆山下雨空濛	2070	
211	陸游	漁父	晴山滴翠水挼藍	2070	
212	陸游	漁父	鏡湖俯仰兩青天	2070	
213	陸游	漁父	湘湖煙雨長純絲	2070	
214	陸游	漁父	長安拜免幾公卿	2070	
215	范成大	滿江紅	冪畫溪山，行欲遍，風蒲還舉	2085	
216	范成大	朝中措	海棠如雪殿春餘	2087	
217	范成大	念奴嬌	吳波浮動，看中流翻月，半江金碧	2091	
218	范成大	惜分飛	易散浮雲難再聚	2092	
219	范成大	酹江月	浮生有幾，嘆歡愉常少，憂愁相屬	2105	

220	游次公	滿江紅	雲接蒼梧，山茫茫、春浮澤國	2107	
221	王質	滴滴金	陰陰濕霧霜無計	2120	
222	王質	長相思	山青青	2117	
223	王質	鷓鴣天	一只船兒任意飛	2120	
224	王質	滿江紅	莽莽雲平，都不辨、近山遠水	2126	
225	陳居仁	水調歌頭	重過釣臺路	2155	
226	李洪	滿江紅	梅雨成霖，倦永晝，暑行岩曲	2156	
227	朱熹	鷓鴣天	已分江湖寄此生	2164	屈原
228	朱熹	水調歌頭	富貴有餘樂，貧賤不堪憂	2165	范蠡
229	朱熹	水調歌頭	不見嚴夫子，寂寞富春山	2167	嚴光
230	張孝祥	水調歌頭	隴中三顧客，圯上一編春	2180	三顧茅廬
231	張孝祥	踏莎行	萬里扁舟，五年三至	2197	
232	張孝祥	念奴嬌	星沙初下，望重湖遠水，長雲漠漠	2186	
233	張孝祥	浣溪沙	已是人間不繫舟	2200	
234	張孝祥	浣溪沙	灩灩湖光綠一團	2202	
235	張孝祥	西江月	十里輕紅自笑	2218	
236	張孝祥	水調歌頭	湖海倦游客，江漢有歸舟	2223	
237	王自忠	念奴嬌	扁舟夜泛	2235	嚴光
238	李處全	卜算子	春事憶松江，江上花無數	2243	
239	邱宗	水調歌頭	小隊擁龍節，三度過鱸鄉	2248	
240	呂勝己	南鄉子	斗笠棹扁舟	2270	
241	呂勝己	滿庭芳	丹臉浮空，琉璃耀日，上雲樓閣眈眈	2275	
242	呂勝己	好事近	風景好樵川	2276	
243	呂勝己	木蘭花慢	對軒轅古鏡，照華髮、短刁騷	2277	姜尙
244	呂勝己	點絳脣	一葉扁舟，浮家來向江邊住	2280	

245	林外	洞仙歌	飛梁壓水，虹影澄清曉	2285	
246	方有開	點絳唇	七里灘邊，江光漠漠山如戢	2364	
247	方有開	滿江紅	跳出紅塵，都不顧是非榮辱	2364	
248	許及之	賀新郎	舊俗傳荊楚	2365	
249	楊冠卿	霜天曉角	漁舟簇簇	2404	
250	楊冠卿	前調	曳仗羅浮去，遼鶴正南翔	2409	
251	辛棄疾	六么令	倒冠一笑，華髮玉簪折	2424	
252	辛棄疾	定風波	聽我尊前醉後歌	2452	
253	辛棄疾	虞美人	一杯莫落吾人後	2455	
254	辛棄疾	賀新郎	覓句如東野	2470	
255	辛棄疾	賀新郎	濮上看垂釣	2489	
256	辛棄疾	瑞鶴仙	片帆何太急	2497	
257	辛棄疾	洞仙歌	婆娑欲舞，怪青山歡喜	2498	
258	趙善括	水調歌頭	雨霽彩虹臥，半夜水明樓	2564	
259	趙善括	沁園春	千里風湍	2556	
260	程垓	一剪梅	舊日心期不易招	2573	
261	何澹	桃源憶故人	拍堤芳草隨人去	2604	
262	陳三聘	滿江紅	薄日輕雲，天氣好、將相祈谷	2605	
263	陳三聘	千秋歲	當年漁隱，路轉桃西匯	2606	
264	陳三聘	朝中措	求田何處是生涯	2607	
265	陳三聘	念奴嬌	扁舟此計，問當年、誰與尋盟鷗鳥	2612	
266	趙師俠	水調歌頭	世態萬紛變，人事一何忙	2673	
267	趙師俠	醉江月	曉風清暑，映湖光如練，山色如染	2677	
268	趙師俠	風入松	西山佳處是湘中	2679	
269	趙師俠	鷓鴣天	風定江流似鏡平	2682	
270	趙師俠	柳稍青	煙斂雲收	2683	
271	趙師俠	菩薩蠻	扁舟又向蕭灘去	2685	
272	趙師俠	南柯子	水落千山瘦，風微一水澄	2700	

273	陳亮	訴衷情	獨憑江檻思悠悠	2713	
274	楊炎正	水調歌頭	買得一航月，醉臥出長安	2721	
275	楊炎正	水調歌頭	把酒對斜月，無語問西風	2722	
276	楊炎正	滿江紅	典盡春衣，也應是、京華倦客	2723	
277	連久道	清平樂	陣鴻驚處	2730	
278	張鎡	木蘭花慢	年年三月二，是居士、始生朝	2751	
279	張鎡	漁家傲	拂拂春風生草際	2755	
280	劉過	行香子	佛寺雲邊	2779	
281	盧炳	西江月	殘雪猶餘遠嶺	2780	
282	盧炳	念奴嬌	晚天清楚，掃太虛扦翳，涼生江曲	2780	
283	盧炳	水調歌頭	富貴本何物，底用苦趨奔	2792	
284	汪莘	驀山溪	金風玉露，洗出乾坤體	2820	
285	汪莘	菩薩蠻	漁翁家住寒潭上	2822	
286	汪莘	水調歌頭	欲覓存心法，當自盡心求	2824	
287	汪莘	行香子	野店殘多。綠酒春濃。	2826	
288	汪莘	行香子	策杖溪邊。倚仗峰前。	2826	
289	韓淲	水調歌頭	今古釣台下，行客繫扁舟	2883	
290	韓淲	浣溪沙	莫問星星鬢染霜	2890	第四冊
291	韓淲	洞仙歌	溪山好處，贏得題新曲	2898	
292	韓淲	醉桃源	固窮齋俚語吾生	2903	
293	韓淲	鷓鴣天	莫笑身閑老態多	2907	
294	吳禮之	風入松	蘋汀蓼岸荻花洲	2932	
295	汪晫	賀新郎	田舍爐頭語	2942	
296	汪晫	賀新郎	夜對燈花語	2943	
297	程珌	西江月	天上初秋挂子，亭前八月丹花	2956	
298	戴復古	漁父四首	漁父飲，不須錢。柳枝斜貫錦鱗鮮。	2971	

299	戴復古	漁父之二	漁父醉，釣竿閑。柳下呼兒牢繫船。	2971	
300	戴復古	漁父之三	漁父醒，荻花洲。三千六百釣魚鉤。	2971	
301	戴復古	漁父之四	漁父笑，笑何人。古來豪傑盡成塵。	2971	
302	薛師石	漁父詞	十載江湖不上船	2990	
303	薛師石	漁父詞	鄰家船上小姑兒	2990	
304	薛師石	漁父詞	平明霧霧雨初晴	2990	
305	薛師石	漁父詞	船繫蘭芷鱠長鱸	2991	
306	薛師石	漁父詞	春融水暖百花開	2991	
307	薛師石	漁父詞	夜來采石渡頭眠	2991	
308	薛師石	漁父詞	莫論輕重釣竿頭	2991	
309	史達祖	賀新郎	綠帳南城樹	3002	
310	史達祖	湘江靜	暮草堆青雲浸浦	3009	
311	史達祖	八歸	秋江帶雨，寒沙縈水，人瞰華閣愁獨	3009	
312	高觀國	西江月	小舫半帘山色	3035	
313	魏了翁	念奴嬌	固陵江上，暮雲急，一葉打頭風雨	3050	
314	魏了翁	滿江紅	逢著公卿，誰不道、人才難得	3076	
315	盧祖皐	滿庭芳	盤古居成，輞川圖就，便從鷗鷺尋盟	3099	
316	盧祖皐	賀新郎	挽住風前柳	3103	
317	孫居敬	臨江仙	觸事老來情緒懶	3107	
318	孫居敬	好事近	買斷一川雲，團結樵歌漁笛	3108	
319	鄭夢協	八聲甘州	大江流日夜，客心愁、不禁晚來風	3109	
320	可旻	漁家傲	（序）我家漁父，不比泛常……	3113 ～ 3119	
321	劉學箕	松江哨遍	木葉盡凋，湖色接天，雪月明江水	3122	

322	劉學箕	臨江仙	人在空江煙浪裡	3129	
323	劉學箕	漁家傲	漢水悠悠還漾漾	3129	
324	林正大	括摸魚兒	泛松江、水遙山碧，清寒微動秋浦	3146	
325	方千里	滿庭芳	山色澄秋，水光融日，浮萍飄碎還圓	3192	
326	王邁	沁園春	首尾四年，台省好官，都做一回	3225	
327	黃機	木蘭花慢	問功名何處，算只合、付悠悠	3236	
328	黃機	西江月	漠漠波浮雲影，遙遙天接山痕	3243	
329	嚴仁	歸朝歡	五月人間揮汗雨	3253	
330	張輯	南浦月	來剪蓴絲	3262	
331	張輯	月上瓜洲	江頭又見新秋	3263	
332	張輯	一絲風	臥虹千尺界湖光	3264	
333	張輯	念奴嬌	嫩涼生曉，怪今朝湖上，秋風無跡	3265	
334	葛長庚	水調歌頭	吃了幾辛苦，學得這些兒	3281	
335	葛長庚	水調歌頭	一個清閑客，無事掛心頭	3282	
336	葛長庚	水調歌頭	一葉飛何處	3284	
337	葛長庚	摸魚兒	問蒼江、舊盟鷗鷺，年來景物誰主	3286	
338	葛長庚	賀新郎	且盡杯中酒	3290	
339	劉克莊	沁園春	我所思兮，延陵季子，別來九春	3312	
340	劉克莊	念奴嬌	自塡曲子，自歌之、豈是行家官樣	3325	
341	劉克莊	木蘭花慢	病翁將耳順，牙齒落、鬢毛疏	3327	
342	劉克莊	木蘭花慢	海濱養笠叟，駝背曲、鶴形臞	3327	
343	劉克莊	摸魚兒	怪新年、倚樓看鏡，清狂渾不如舊	3329	

344	劉克莊	長相思	勸一杯，復一杯	3332	
345	劉克莊	滿江紅	落日登樓，誰管領、倦游狂客	3333	
346	劉克莊	水龍吟	不須更問旁人	3342	
347	劉克莊	滿江紅	著破青鞋，渾不憶，踏他龍尾	3336	
348	劉克莊	柳梢青	申白苛留	3366	
349	馮取洽	沁園春	一雨霈然，六合全清，空無點埃	3384	
350	趙以夫	桂枝香	青霄望極	3403	
351	黃載	洞仙歌	吳宮故墅，是天開圖畫	3424	
352	吳淵	滿江紅	秋後鍾山，蒼翠色、可供餐食	3428	
353	劉清夫	水調歌頭	殘臘卷愁去，春至莫閑愁	3435	
354	夏元鼎	水調歌頭	我有一竿竹	3450	
355	夏元鼎	滿江紅	人世何為，江湖上、漁蓑堪老	3454	
356	黃師參	沁園春	谷口高人，偶泝明河，近尺五天	3457	
357	馮去非	喜遷鶯	涼生遙渚	3462	
358	吳潛	水調歌頭	皎月亦常有，今夜獨娟娟	3471	
359	吳潛	水調歌頭	宛水才停棹，一舸又澄江	3471	
360	吳潛	賀新郎	撲盡征山氣	3473	
361	吳潛	摸魚兒	滿園林，綠肥紅瘦，休休春事無幾	3477	
362	吳潛	千秋歲	水晶宮裡，有客閑遊戲	3478	
363	吳潛	青玉案	人生南北如歧路	3479	
364	吳潛	望江南	家山好，百事盡如如	3487	
365	吳潛	小重山	溪上秋來晚更宜	3488	
366	吳潛	滿江紅	瑪瑙網頭，左釃酒、右持螯食	3492	
367	吳潛	賀新郎	宇宙原無外	3494	
368	吳潛	賀新郎	燕子呢喃語	3495	

369	吳潛	洞仙歌	冠兒遍簇，那時人消瘦	3514	
370	吳潛	南鄉子	野思浩難收	3519	
371	吳潛	行香子	世事塵輕	3519	
372	吳潛	水調歌頭	已是三堪樂	3520	
373	吳潛	水調歌頭	若說故園景，何止可消憂	3521	
374	吳潛	水調歌頭	且進一杯酒，莫問百年憂	3521	
375	吳潛	水調歌頭	便作陽關別	3522	
376	周晉	點絳脣	午夢夜回，捲帘盡放春愁去	3528	
377	李曾伯	沁園春	軒冕倘來，功名杯水，行藏倚樓	3548	
378	李曾伯	沁園春	天下奇觀，江浮兩山，地雄一州	3551	
379	李曾伯	水調歌頭	締好恨不早，○面雅相知	3558	姜尚
380	李曾伯	蘭陵王	甚天色。	3578	
381	李曾伯	滿江紅	今歲垂弧，欲自壽、一辭莫措	3590	
382	方岳	沁園春	子盍觀夫，商丘之木，有○不才	3602	
383	方岳	最高樓	溪南北，本自一漁舟	3614	
384	李昴英	摸魚兒	敞茅堂、茂林環翠，苔磯低蘸煙浦	3638	
385	吳文英	大鋪	峭石帆收，歸期差，林沼年銷紅碧	3667	
386	吳文英	聲聲慢	旋移輕鷗，淺傍垂虹，還因送客遲留	3702	
387	吳文英	柳稍青	翠帳圍屏	3713	
388	潘坊	滿江紅	築室依涯，春風送，一帘山色	3737	
389	王諶	漁父詞	蘭芷流束水亦香	3742	
390	王諶	漁父詞	翁嫗齊眉婦亦賢	3743	
391	王諶	漁父詞	湘妃淚染竹痕斑	3743	
392	王諶	漁父詞	滿湖飛雪攪長空	3743	

393	王諶	漁父詞	離騷讀罷怨聲聲	3743	
394	王諶	漁父詞	白髮鬖鬆不記年	3743	
395	王諶	漁父詞	只在青山可卜鄰	3743	
396	李演	聲聲慢	輕○繡谷	3777	
397	楊澤民	渡江雲	漁鄉回落照，晚風勢急，霧露集汀沙	3801	
398	楊澤民	滿庭芳	春過園林	3808	
399	楊澤民	蘭陵王	翠竿直。一葉扁舟漾碧	3819	
400	柴望	摸魚兒	問長江，幾分秋色	3833	
401	陳著	浪淘沙	有約泛溪篷	3868	
402	陳允平	瑞鶴仙	故廬元負郭	3961	第五冊
403	陳允平	一寸金	吾愛吾廬，甬水東南半村郭	3960	
404	李玨	木蘭花慢	故人知健否	3973	
405	馬廷鸞	水調歌頭	老子早知退	3975	
406	何夢桂	八聲甘州	自遼東鶴去，算何人、插得翅能非	3989	
407	蕭元之	水龍吟	人生何必求名，身閑便是名高處	4020	漁父家風
408	趙時行	望江南	霜月濕，人睡矮蓬秋	4021	
409	劉辰翁	水調歌頭	此夕酹江月，猶記濁纓秋	4098	中秋詞
410	劉辰翁	金縷曲	錦岸吳船鼓	4106	屈原事
411	劉辰翁	金縷曲	一笑披衣起	4108	
412	劉辰翁	摸魚兒	醒復醒、行吟澤畔，焉能忍此終古	4112	
413	周密	宴清都	老去閒情懶	4144	
414	周密	乳燕飛	波影遙連*	4150	
415	蒲壽宬	漁父詞	萬里長江一釣絲	4177	
416	蒲壽宬	漁父詞	江渚春風澹蕩時	4177	
417	蒲壽宬	漁父詞	煙浦回環幾百灣	4177	
418	蒲壽宬	漁父詞	野纜閑移石尹江	4177	
419	蒲壽宬	漁父詞	葭笛橫披眾木東	4177	

420	蒲壽宬	漁父詞	飄忽狂風一霎間	4177	
421	蒲壽宬	漁父詞	清曉朦朧古渡頭	4177	
422	蒲壽宬	漁父詞	搔首推篷曉色新	4177	
423	蒲壽宬	漁父詞	明月愁人夜未央	4177	
424	蒲壽宬	漁父詞	白首漁郎不解愁	4177	
425	蒲壽宬	漁父詞	琉璃爲地水精天	4178	
426	蒲壽宬	漁父詞	江上浪花飛灑天	4178	
427	蒲壽宬	漁父詞	遠入茫茫無盡邊	4178	
428	蒲壽宬	漁父詞兩首	白水塘邊白鷺飛	4178	
429	蒲壽宬	漁父詞兩首	岩下無心雲自飛	4178	
430	蒲壽宬	欸乃曲	白頭翁	4178	
431	文天祥	念奴嬌	同雲籠覆，遍郊原、一望蒼茫無際	4184	
432	汪元量	六州歌頭	綠蕪城上，懷古恨依依	4224	
433	詹玉	漢宮春	吟髮蕭蕭	4236	
434	詹玉	一萼紅	泊沙河。	4238	
435	詹玉	桂枝香	沈雲別浦	4239	
436	韋居安	摸魚兒	繞苕城，水平波渺	4266	
437	趙必	齊天樂	東南半壁乾坤窄	4277	
438	趙必	宴清都	遠遠漁村鼓	4277	
439	趙必	賀新郎	繡口琅玕復	4279	
440	趙必	念奴嬌	中年怕別，唱陽關未了，情懷先惡	4281	
441	黎廷瑞	青玉案	巨舟雙櫓鳴鵝鶻	4287	
442	黎廷瑞	酹江月	遠山如簇，對樓前、濃抹淡妝新翠	4287	
443	仇遠	摸魚兒	愛青山，去紅塵遠	4292~4293	
444	仇遠	訴衷情	渚蓮香貯一房秋	4293	
445	仇遠	金縷曲	仙骨清無暑	4298	
446	仇遠	小秦王	水拍長堤沒軟沙	4301	

447	孫銳	漁父詞	平湖千頃浪花飛	4325	
448	孫銳	水調歌頭	漁調有遺逸，天子寵玄眞	4325	
449	蔣捷	賀新郎	浪涌孤亭起	4343	
450	蔣捷	如夢令	夜月溪篁鷺影	4356	
451	蔣捷	摸魚子	殢吟鞭、雁峰高處	4361	
452	陳德武	水龍吟	問津揚子江頭，滔滔潮汐東流去	4379	
453	陳德武	望海潮二調	水國浮家，漁村古隱，浪游慣占花深	4389	
454	張炎	瑤臺聚八仙	帶雨春潮	4395	
455	張炎	聲聲慢	門當竹徑，鷺管苔磯，煙波自有閑人	4397	
456	張炎	西子妝慢	白浪搖天，青陰漲地，一片野懷幽意	4397	
457	張炎	一萼紅	制荷衣	4405	
458	張炎	清波引	江濤如許。更一夜聽風聽雨。	4414	
459	張炎	南樓令	重整舊漁蓑	4418	
460	張炎	瑤臺聚八仙	楚竹閑挑	4421	
461	張炎	摸魚子	向天涯、水流雲散，依依往事非舊	4422	
462	張炎	南鄉子	風月似孤山	4422	
463	張炎	如夢令	不是瀟湘風雨	4424	
464	張炎	壺中天	長流萬里	4427	
465	張炎	台成路	扁舟忽過蘆花浦	4428	
466	張炎	浪淘沙	萬里一飛蓬	4432	江景
467	張炎	小重山	淡色分山曉氣浮	4435	
468	張炎	浪淘沙	拂袖入山阿	4435	
469	張炎	木蘭花慢	二分春到柳，清未了，欲婆娑	4436	
470	張炎	南樓令	湖上景消磨	4436	
471	張炎	水調歌頭	白髮已如此，歲序更駸駸	4438	
472	張炎	長亭怨	跨匹馬，東瀛煙樹	4445	

473	張炎	聲聲慢	□聲短棹，柳色長條，無花但覺風香	4449	
474	張炎	聲聲慢	百花洲畔，十里湖邊，沙鷗未許盟寒	4449	
475	張炎	木蘭花慢	二分春是雨，采香徑，綠陰鋪	4449	
476	張炎	漁歌子	□卯灣頭屋數間	4451	
477	張炎	漁歌子	□□□□□溪流	4451	
478	張炎	漁歌子	□□□□白雲多	4451	
479	張炎	漁歌子	□□□□半樹梅	4451	
480	張炎	漁歌子	□□□□□子同。更無人識老漁翁	4452	
481	張炎	漁歌子	□□□□□求魚。釣不得魚還自如	4452	
482	張炎	漁歌子	□□□□□濁塵纓	4452	
483	張炎	漁歌子	□□□□□浮家。蓬底光陰鬢未華	4452	
484	張炎	漁歌子	□□□□□孤村。路隔塵寰水到門	4452	
485	張炎	漁歌子	□□□年酒半酣。知魚知我靜中參	4452	
486	劉將孫	金縷曲	我老無能矣	4461	
487	黃子行	小重山	一點斜陽紅欲滴	4500	
488	劉省齋	沁園春	男子才生	4537	姜子牙*
489	曹遇	驀山溪	鑒湖千頃，四序風光好	4541	
490	劉原*	水調歌頭	幾載滄江夢	4545	
491	曾中思	水調歌頭	有客泛輕舸，迤邐到桐廬	4545	
492	黃子功	水調歌頭	縹緲釣台下，斂衽謁嚴陵	4545	
493	張嗣初	水調歌頭	名節本來重，軒冕亦何輕	4546	
494	沈明叔	水調歌頭	漢室正猶豫，足跡正瑿然	4546	
495	闍秋次杲	朝中措	橫江一抹是平沙	4550	

496	無名氏	鳳棲梧	姑射仙人游汗漫	4622	
497	無名氏	宴桃源	落日霞消一縷	4628	
498	無名氏	浣溪沙	雲銷柴門半掩關	4632	
499	無名氏	浣溪沙	一副釣竿一只船	4632	
500	無名氏	浣溪沙	釣罷高歌酒一杯	4632	
501	無名氏	浣溪沙	雨氣兼香泛芰荷	4632	
502	無名氏	定風波	雨霽雲收望遠山	4633	
503	無名氏	水調歌頭	平生太湖上，短棹幾經過	4638	
504	無名氏	賀新郎	步自雪堂去	4748	
505	無名氏	風光好	柳陰陰，水深深	4663	
506	無名氏	朝中措	宦游欲賦歸休	4665	
507	無名氏	酹江月	陽春歌闋，正玉梅翻雪，江濤如海	4751	
508	無名氏	水調歌頭	久雨忽開霽，花醫鬥春嬌	4773	
509	無名氏	滿江紅	不作三公，歸來釣，桐廬江側	4840	
510	無名氏	長相思	去年秋，今年秋，湖上人家樂復憂	4856	
511	無名氏	鷓鴣天	不貪名利樂悠遊	4874	
512	呂岩	促拍滿路花	秋風吹渭水，落葉滿長安	4896	依託神仙鬼怪詞
513	郭新	漁父	山光青，水色綠	4950	吳題撰人姓名詞存目
514	李彌遜	魚歌子	一葉扁舟漾廣津	5002	以下補輯
515	李彌遜	魚歌子	釣挺夷猶一葦橫	5002	
516	李彌遜	魚歌子	撇棹歸來起暮涼	5003	
517	李彌遜	魚歌子	木落漁村載酒過	5003	
518	李彌遜	魚歌子	玉樹瓊田瑩滑清	5003	
519	李彌遜	魚歌子	臥月眠風樂有餘	5003	

520	俞國寶	臨將仙	落落江湖三島	5047	
521	趙處澹	漁歌子	丁山煙雨晚濛濛	5066	
522	趙處澹	漁歌子	雨晴山色靜堆藍	5067	
523	丁無悔	滿庭芳	偃屋霜清，陵層煙碧，玲瓏移在人間	5077	
524	霍安人	滿庭芳	桐葉霜乾，蘆花風軟，曉來一色新秋	5097	

附表四　元代「漁父」散曲一覽表

編號	作者	宮調	曲牌	令／套	題目	首　句	頁碼	冊數
1	楊果	仙呂	賞花時	套		秋水粼粼古岸蒼	8～9	上
2	盍西村	越調	小桃紅	令	臨川風——金堤風柳	落花飛絮舞晴沙	53	上
3	盍西村	越調	小桃紅	令	雜詠	淡煙微雨鎖橫塘	55	上
4	盍西村	越調	小桃紅	令	雜詠	綠陽堤畔蓼花香	55	上
5	盍西村	雙調	快活年	令		閑來乘興訪漁樵	56	上
6	胡祇遹	雙調	沈醉東風	令		月底花間酒壺	68～69	上
7	胡祇遹	雙調	沈醉東風	令		漁得魚心滿意足	69	上
8	不忽木	仙呂	點絳唇	套	辭朝	寧可身臥糟丘	75～78	上
9	徐琰	雙調	沈醉東風	令	贈歌者吹簫	御食飽清茶漱口	80	上
10	鮮于樞	仙呂	八聲甘州	套		江天暮雪	87	上
11	盧摯	中呂	普天樂	令	湘陽道中	岳陽來。湘陽路。	107	上
12	盧摯	雙調	蟾宮曲	令		碧波中范蠡乘舟	114	上
13	盧摯	雙調	蟾宮曲	令		沙三伴哥來嗏	115	上
14	盧摯	雙調	蟾宮曲	令	潁川懷古・潁川	笑邯鄲奇貨難居	121	上

15	盧摯	雙調	蟾宮曲	令	江陵懷古·古荊州	慨星槎兩度南遊	124	上
16	盧摯	雙調	蟾宮曲	令	箕山感懷	巢由後隱者誰何	125	上
17	盧摯	雙調	蟾宮曲	令	陽翟道中田家即事	潁川南望襄城	127～128	上
18	盧摯	雙調	壽陽曲	令		詩難詠。畫怎描	131	上
19	盧摯	雙調	湘妃怨	令	西湖	梅梢雪霽月芽兒	133	上
20	盧摯	雙調	殿前歡	令		作閑人	134	上
21	盧摯	雙調	殿前歡	令		酒頻沽	134	上
22	陳草庵	中呂	山坡羊	令		風波實怕	145	上
23	陳草庵	中呂	山坡羊	令		三閭當日	146	上
24	陳草庵	中呂	山坡羊	令		江山如畫	148	上
25	陳草庵	中呂	山坡羊	令		塵心撇下	149	上
26	關漢卿	雙調	大德歌	令		雪粉華。舞梨花。	167	上
27	關漢卿	雙調	喬牌兒	套		世情推物理	188	上
28	白樸	仙呂	寄生草	令	飲	長醉後方何礙	193	上
29	白樸	中呂	陽春曲	令	知幾	張良辭漢全身計	194	上
30	白樸	雙調	沈醉東風	令	漁父	黃蘆岸白蘋渡口	200	上
31	白樸	雙調	慶東原	令		忘憂草。含笑花。	201	上
32	白樸	小石調	惱煞人	套		又是紅輪西墜	205	上
33	白樸	雙調	喬木宣	套	對景	海棠初雨歇	207	上
34	姚燧	中呂	滿庭芳	令		帆收釣浦	209	上
35	劉敏中	正宮	黑漆弩	令	村居遣興	吾廬卻近江鷗住	218	上
36	馬致遠	南呂	金字經	令		絮飛飄白雪	238	上
37	馬致遠	雙調	蟾宮曲	令	嘆世	東籬半世蹉跎	242	上
38	馬致遠	雙調	清江引	令		樵夫覺來山月底	243	上
39	馬致遠	雙調	清江引	令		綠蓑衣紫羅袍誰是主	243	上
40	馬致遠	雙調	壽陽曲	令	遠浦帆歸	夕陽下。酒斾閑	245	上
41	馬致遠	雙調	壽陽曲	令	漁村夕照	鳴榔罷。閃暮光	246	上
42	馬致遠	雙調	壽陽曲	令	江天暮雪	天將暮。雪亂舞	246	上
43	馬致遠	雙調	撥不斷	令		浙江亭。看潮生	253	上
44	馬致遠	雙調	新水令	套	題西湖	四時湖水鏡無瑕	266～267	上

45	馬致遠	雙調	夜行船	套		酒病花愁何日徹	268～271	上
46	馬致遠	黃鍾	女冠子	殘曲		枉了閑愁	273	上
47	滕武	中呂	普天樂	令	氣	晝偏長。人貪睡	299	上
48	滕武	中呂	普天樂	令		晚天涼。薰風細	300	上
49	鄧玉賓	正宮	叨叨令	令		白雲深處青山下	304	上
50	鄧玉賓	中呂	粉蝶兒	套		丫髻環絛。急流中棄官修道	309～312	上
51	王伯成	般涉調	哨遍	套	贈長春宮雪庵學士	過隙駒難留時暫	328～330	上
52	馮子振	正宮	鸚鵡曲	令	愚翁放浪	東家西舍隨緣住	341	上
53	馮子振	正宮	鸚鵡曲	令	漁父	沙鷗灘鷺褸依住	343	上
54	馮子振	正宮	鸚鵡曲	令	赤壁懷古	茅廬諸葛親曾住	345	上
55	馮子振	正宮	鸚鵡曲	令	處士虛名	高人誰戀朝中住	345	上
56	馮子振	正宮	鸚鵡曲	令	洞庭釣客	年光流水何曾住	345	上
57	馮子振	正宮	鸚鵡曲	令	磻溪故事	非雄無夢淹留住	346	上
58	馮子振	正宮	鸚鵡曲	令	感事	江湖難比山林住	349	上
59	貫雲石	雙調	清江引	令	知足	燒香掃地門半掩	369	上
60	貫雲石	雙調	壽陽曲	令		新詩句。濁酒壺	372	上
61	貫雲石	中呂	粉蝶兒〔北〕	套		描不上小扇輕羅	378～379	上
62	貫雲石	仙呂	村裏迓鼓	套	隱逸	我向這水邊林下	387～388	上
63	鮮于必仁	中呂	普天樂	令	江天暮雪	晚天昏。寒江暗	390	上
64	鮮于必仁	中呂	普天樂	令	瀟湘夜雨	白蘋洲。黃蘆岸	390	上
65	鮮于必仁	中呂	普天樂	令	遠浦歸帆	水雲鄉。煙波蕩	391	上
66	鮮于必仁	中呂	普天樂	令	山市晴嵐	似屏圍。如圖畫	391	上
67	鮮于必仁	中呂	普天樂	令	漁村落照	楚雲寒。湘天暮	391	上
68	鮮于必仁	越調	寨兒令	令		漢子陵。晉淵明	392	上

69	鮮于必仁	雙調	折桂令	令	嚴客星	傲中興百二山河	392	上
70	鄧玉賓子	雙調	雁兒落帶得勝令	令	閒適	乾坤一轉丸	399	上
71	張養浩	雙調	殿前歡	令	村居	會尋思。過中年便賦去來詞	407	上
72	張養浩	雙調	雁兒落兼得勝令	令		也不學嚴子陵七里灘	408	上
73	張養浩	雙調	沈醉東風	令		筆硯琴書坐間	416	上
74	張養浩	中呂	普天樂	令		芰荷衣。松筠蓋	421	上
75	張養浩	雙調	折桂令	令		功名事一筆都勾。	424	上
76	張養浩	雙調	折桂令	令		功名百尺竿頭。	424	上
77	張養浩	雙調	折桂令	令	通州水舟	呼童解纜開船	426	上
78	張養浩	中呂	朝天曲	令		柳堤。竹溪。	427	上
79	張養浩	中呂	朝天曲	令	詠四景·春	漁村。近村	429	上
80	張養浩	越調	寨兒令	令		自掛冠。歷長安	432	上
81	白賁	正宮	鸚鵡曲	令		儂家鸚鵡洲邊住	447	上
82	白賁	雙調	百字折桂令	令		弊裘塵土壓征鞍鞭倦裊蘆花	448	上
83	鄭光祖	雙調	蟾宮曲	令	夢中作	弊裘塵土壓征鞍鞭倦裊蘆花	463	上
84	范康	仙呂	寄生草	令		常醉後方何礙	467	上
85	曾瑞	南呂	罵玉郎過感皇恩採茶	令	漁父	長天遠水秋光淡	479～480	上
86	曾瑞	中呂	喜春來	令	隱居	牧牛惘嘆白石爛	491	上
87	曾瑞	中呂	喜春來	令	江村即事	女兒收網臨江哆	491	上
88	曾瑞	中呂	快活三過朝天子	令	警世	有見識越大夫。	495	上
89	曾瑞	商調	梧葉兒	令	贈喜溫柔	他垂釣。誰上鉤	499	上
90	曾瑞	正宮	端正好	套	自序	一枕夢魂驚	505～507	上
91	曾瑞	般涉調	哨遍	套	村居	人性善皆由天命	521～522	上
92	沈和	仙呂	賞花時〔北〕	套	瀟湘八景	休說功名。皆是浪語。	531～533	上
93	周文質	正宮	叨叨令	令	自嘆	築牆的曾入高宗夢	551	上

94	周文質	越調	鵪鶉	套	自悟	棄職休官	563～564	上
95	喬吉	正宮	醉太平	令	漁樵閑話	柳穿魚旋煮	574	上
96	喬吉	南呂	玉交枝	令	閒適二曲	山間林下	575	上
97	喬吉	南呂	玉交枝	令	閒適二曲	無災無難	576	上
98	喬吉	中呂	滿庭芳	令	漁父詞	瀟湘畫中	579	上
99	喬吉	中呂	滿庭芳	令	漁父詞	湘江漢江	579	上
100	喬吉	中呂	滿庭芳	令	漁父詞	吳頭楚尾	579	上
101	喬吉	中呂	滿庭芳	令	漁父詞	江湖隱居	580	上
102	喬吉	中呂	滿庭芳	令	漁父詞	山妻稚子	580	上
103	喬吉	中呂	滿庭芳	令	漁父詞	疏狂逸客	580	上
104	喬吉	中呂	滿庭芳	令	漁父詞	湖平棹穩	580	上
105	喬吉	中呂	滿庭芳	令	漁父詞	扁舟棹短	580	上
106	喬吉	中呂	滿庭芳	令	漁父詞	沙堤纜船	580	上
107	喬吉	中呂	滿庭芳	令	漁父詞	扁舟最小	580	上
108	喬吉	中呂	滿庭芳	令	漁父詞	綸竿迭老	581	上
109	喬吉	中呂	滿庭芳	令	漁父詞	漁家過活	581	上
110	喬吉	中呂	滿庭芳	令	漁父詞	活魚旋打	581	上
111	喬吉	中呂	滿庭芳	令	漁父詞	漁翁醉也	581	上
112	喬吉	中呂	滿庭芳	令	漁父詞	江天晚涼	581	上
113	喬吉	中呂	滿庭芳	令	漁父詞	秋江暮景	581	上
114	喬吉	中呂	滿庭芳	令	漁父詞	攜魚喚酒	582	上
115	喬吉	中呂	滿庭芳	令	漁父詞	江聲撼枕	582	上
116	喬吉	中呂	滿庭芳	令	漁父詞	清鷗數點	582	上
117	喬吉	中呂	滿庭芳	令	漁父詞	蓬窗半龕	582	上
118	喬吉	中呂	山坡羊	令	冬日寫懷	冬寒前後	584	上
119	喬吉	雙調	沈醉東風	令	題扇頭隱括古詩	萬樹枯林凍折	596	上
120	喬吉	不知宮調	豐年樂	令		世事艱難鬢毛斑	634	上
121	蘇彥	越調	鵪鶉	套	冬景	地冷天寒	648～649	上
122	劉時中	南呂	四塊玉	令		泛綵舟。攜紅袖	651	上
123	劉時中	中呂	朝天子	令	同文子方鄧永年泛洞庭	月名。浪平	654	上

124	劉時中	中呂	山坡羊	令	懷武昌次郭振卿韻	煙波漁父	658	上
125	劉時中	雙調	折桂令	令	漁	鱖魚肥桃花流水	661	上
126	劉時中	雙調	水仙操	令	寓意武昌元貞	人言不向武昌居	665	上
127	劉時中	雙調	殿前歡	令	道情	醉顏酡。水邊枕下且婆娑	668	上
128	阿魯威	雙調	蟾宮曲	令		鴟夷後那箇清閑	685	上
129	薛昂夫	中呂	朝天曲	令		子牙。鬢華	705	上
130	薛昂夫	中呂	朝天曲	令		子陵。價輕	705	上
131	薛昂夫	雙調	殿前歡	令	冬	浪淘淘	717	上
132	薛昂夫	正宮	端正好	套	高隱	訪知音習酬和	718	上
133	吳弘道	雙調	撥不斷	令	閑樂	暮雲遮。雁行斜	734	上
134	吳弘道	雙調	撥不斷	令	閑樂	泛浮槎。寄生涯	734	上
135	趙善慶	商調	梧葉兒	令	隱居	絕榮辱。無是非	742	上
136	馬謙齋	中呂	快活三過朝天子四邊	令	夏	恰簾前社燕忙	749	上
137	馬謙齋	越調	柳營曲	令	嘆世	手自搓。劍頻磨	751	上
138	張可久	黃鍾	人月圓	令	客垂虹	三高祠下天如鏡	757	上
139	張可久	雙調	折桂令	令	讀史有感	滄浪可以濯纓	767	上
140	張可久	中呂	滿庭芳	令	過釣臺	窮通異鄉	778	上
141	張可久	中呂	滿庭芳	令	金華道中二首	西風瘦馬	778	上
142	張可久	中呂	滿庭芳	令	金華道中二首	營營苟苟	778	上
143	張可久	越調	寨兒令	令	舟行感興	愁鬢斑。怕春殘	784	上
144	張可久	越調	寨兒令	令	小隱	種藥田，小壺天	785	上
145	張可久	雙調	殿前歡	令	秋日湖上	倚吟篷	787	上
146	張可久	中呂	朝天子	令	山中雜書	罷手。去休	794	上
147	張可久	中呂	朝天子	令	野景亭	瓜田邵平	795	上
148	張可久	中呂	紅繡鞋	令	天台桐柏山中	談世事漁樵閑問	799	上
149	張可久	雙調	沈醉東風	令	釣臺	貂裘敝誰憐倦客	802	上
150	張可久	雙調	沈醉東風	令	幽居	笑白髮猶纏利鎖	803	上
151	張可久	雙調	慶東原	令	越山即事	庭前樹。籬下菊	808	上

152	張可久	越調	憑欄人	令	湖上	遠水晴天明落霞	811	上
153	張可久	中呂	齊天樂過紅衫兒	令	道情	人生底事辛苦	828	上
154	張可久	中呂	齊天樂過紅衫兒	令	道情	浮生擾擾紅塵	829	上
155	張可久	正宮	醉太平	令	無題	陶朱公釣船	844	上
156	張可久	正宮	小梁州	令	湖山堂上醉題	漁翁蓑笠釣孤船	849	上
157	張可久	南呂	金字經	令	湖上小隱	老翁婆娑處	849	上
158	張可久	正宮	漢東山	令		西村小過活	851	上
159	張可久	正宮	漢東山	令		神仙張志和	852	上
160	張可久	雙調	水仙子	令	樂閑	鐵衣披雪紫金蘭	856	上
161	張可久	雙調	水仙子	令	樂閑	竿頭爭把錦標奪	859	上
162	張可久	雙調	折桂令	令	幽居次韻	石帆山下吾廬	866	上
163	張可久	中呂	滿庭芳	令	感興簡王宮質	光陰有幾	867	上
164	張可久	中呂	滿庭芳	令	山居	塵埃野馬	869	上
165	張可久	越調	寨兒令	令	過釣臺	紅紫場。名利鄉	874	上
166	張可久	越調	寨兒令	令	山中	寡見聞。樂清貧	880	上
167	張可久	雙調	殿前歡	令	苕溪遇雪	水晶宮。四圍添上玉屏風	882	上
168	張可久	中呂	紅繡鞋	令	仙居	有客樽前談笑	893	上
169	張可久	中呂	紅繡鞋	令	尋仙簡霞隱	白草磯獨釣	893	上
170	張可久	正宮	醉太平	令	山中小隱	裹白雲紙襖	903	上
171	張可久	雙調	撥不斷	令	會稽道中	墓田鴉。故宮花	925	上
172	張可久	雙調	燕引雛	令	桐江即事	掛詩瓢，騎牛閑過問松梢	941	上
173	張可久	雙調	湘妃怨	令	瑞安道中	篷低小似白雲龕	956	上
174	張可久	雙調	折桂令	令	姑蘇懷古	小闌干高入雲霞	959	上
175	張可久	越調	柳營曲	令	自會稽遷三衢·之一	疊錦箋。卷青氈	967	上
176	張可久	越調	柳營曲	令	自會稽遷三衢·之三	詩酒緣。醒吟篇	967~968	上
177	張可久	商調	梧葉兒	令	次韻	鴛鴦浦。鸚鵡洲。	984	

178	張可久	正宮	端正好	套	漁樂	釣艇小占寒波	987～988	上
179	任昱	正宮	小梁州	令	閑居	結廬移石動雲根	1005	上
180	任昱	雙調	沈醉東風	令	隱居	嘆朝暮青霄用捨	1013	上
181	任昱	雙調	沈醉東風	令	信筆	有待江山信美	1015	上
182	任昱	雙調	折桂令	令	同友人聯句	對池邊幾樹梅花	1016	上
183	任昱	雙調	清江引	令	湖上九日	芙蓉岸邊移畫船	1018	上
184	任昱	南呂	一枝花	套	題東湖	纖雲曳曉紅	1021	上
185	徐再思	中呂	普天樂	令	吳江八景·雪灘晚釣	水痕收。平沙凍	1039	下
186	徐再思	中呂	陽春曲	令	皇亭晚泊	水深水淺東西澗	1040	下
187	徐再思	越調	天淨沙	令	漁父	忘形雨笠煙蓑	1045	下
188	孫周卿	雙調	蟾宮曲	令	漁父	浪花中一葉扁舟	1062	下
189	孫周卿	南呂	罵玉郎過感皇恩採茶歌	令	夏日	唧泥燕子穿簾幕	1069	下
190	王仲元	雙調	江兒水	令	嘆世	扁舟五湖越范蠡	1098	下
191	王仲元	雙調	江兒水	令	嘆世	紅塵不來侵釣磯	1098	下
192	董君瑞	般涉調	哨遍	套	硬謁	十載驅馳逃竄	1106～1108	下
193	呂侍中	正宮	六么令	套		華亭江上。	1153	下
194	查德清	越調	柳營曲	令	江上	煙艇閑。漁蓑乾	1161	下
195	查德清	雙調	蟾宮曲	令	懷古	問從來誰是英雄	1062	下
196	趙顯宏	中呂	滿庭芳	令	漁	江天晚霞	1179	下
197	唐毅夫	南呂	一枝花	套	怨雪	不呈六出祥	1185	下
198	李愛山	雙調	壽陽曲	令	懷古	項羽爭雄霸	1186	下
199	朱庭玉	大石調	青杏子	套	歸隱	紫塞冒風沙	1207	下
200	孫季昌	仙呂	點絳脣	套	集赤壁賦	萬里長江	1241	下
201	李伯瞻	雙調	殿前歡	令	省悟	駕扁舟	1291	下
202	李伯瞻	雙調	殿前歡	令	省悟	醉醺醺	1291	下
203	楊朝英	正宮	叨叨令	令	嘆世	昨日倉鷹黃犬齊飛放	1292	下

204	宋方壺	商調	梧葉兒	令	懷古	黃州地。赤壁磯	1300	下
205	陳德和	雙調	落梅風	令	雪中十事・寒江釣叟	寒江暮。獨釣歸	1313	下
206	王舉之	雙調	折桂令	令	讀史有感	北邙山多少英雄	1321	下
207	周德清	雙調	沈醉東風	令	有所感	桃花流水鱖美	1340	下
208	周德清	雙調	沈醉東風	令	有所感	羊續高高掛起	1340	下
209	郯經	雙調	蟾宮曲	令	題錄鬼簿	可人千古風騷	1376	下
210	汪元亨	中呂	朝天子	令	歸隱	功名辭鳳闕	1381	下
211	汪元亨	中呂	朝天子	令	歸隱	雲林遠市朝	1381	下
212	汪元亨	中呂	朝天子	令	歸隱	逐東風看花	1382	下
213	汪元亨	中呂	朝天子	令	歸隱	結構就草庵	1382	下
214	汪元亨	雙調	沈醉東風	令	歸田	紗帽短粧些樣子	1383	下
215	汪元亨	雙調	沈醉東風	令	歸田	任平地波翻浪滾	1384	下
216	汪元亨	雙調	折桂令	令	歸隱	傍煙霞蓋座團標	1389	下
217	汪元亨	雙調	雁兒落過得勝令	令	歸隱	至如富便驕	1393	下
218	汪元亨	雙調	雁兒落過得勝令	令	歸隱	性情甘淡雅	1393	下
219	汪元亨	南呂	一枝花	套	閑樂	新栽數畝瓜	1395	下
220	倪瓚	越調	小桃紅	令		陸莊風景又蕭條	1416	下
221	倪瓚	越調	小桃紅	令		五湖煙水未歸身	1416	下
222	湯式	雙調	湘妃引	令	山中樂四闋送友人	千章喬木播奇芳	1557	下
223	湯式	雙調	天香引	令	送任先生歸隱	先生樂道閑居	1562	下
224	湯式	雙調	沈醉東風	令	江村即事	抱甕汲清泉灌浦	1579	下
225	湯式	雙調	沈醉東風	令	江村即事	拳來大黃皮嫩雞	1579	下
226	無名氏	正宮	叨叨令	令		溪邊小徑舟橫度	1661	下
227	無名氏	正宮	叨叨令	令		則見淡煙籠罩西湖路	1661	下
228	無名氏	仙呂	遊四門	令		前程萬里古相傳	1667	下
229	無名氏	仙呂	遊四門	令		琴書筆硯作生涯	1667	下
230	無名氏	中呂	滿庭芳	令		霜天月滿	1688	下
231	無名氏	中呂	齊天樂過紅衫兒	令		閑來時看古書	1716	下

232	無名氏	越調	柳營曲	令	范蠡	一葉舟。五湖遊	1733	下
233	無名氏	越調	柳營曲	令	子陵	達聖顏。布衣間	1734	下
234	無名氏	越調	憑欄人	令		風燭功名魚竿上	1738	下
235	無名氏	雙調	壽陽曲	令	江天暮雪	彤雲布。瑞雪飄	1748	下
236	無名氏	雙調	慶宣和	令		七里灘邊古釣臺	1750	下
237	無名氏	雙調	十棒鼓	令		將家私棄了	1764	下
238	無名氏	雙調	十棒鼓	令		將茅庵蓋了	1764	下
239	無名氏	雙調	阿納忽	令		越范蠡功成名遂	1767	下
240	無名氏	雙調	一碇銀	令		范蠡歸湖識進退	1767	下
241	無名氏	南呂	一枝花	套	春雪	和風動草芽	1807 ～ 1808	下
242	無名氏	南呂	一枝花	套	漁隱	不沾朝野名	1809 ～ 1810	下
243	無名氏	南呂	一枝花	套	道情	公行天理明	1814 ～ 1815	下
244	無名氏	中呂	粉蝶兒	套	閱世	自嘆浮生	1817 ～ 1819	下
245	雲龕子	中呂	迎仙客	令		混元珠。無價寶	1883	下
246	雲龕子	中呂	迎仙客	令		沒機關。沒做作	1883	下
247	雲龕子	中呂	迎仙客	令		范蠡翁。曾佐越	1885	下
248	雲龕子	中呂	迎仙客	令		穿草鞋。繫麻條	1887	下
249	無名氏	雙調	折桂令	令		浪花中一葉扁舟	1891	下
250	無名氏	雙調	折桂令	令		到大來散誕逍遙	1891	下
251	無名氏	雙調	折桂令	令		人生如落葉辭柯	1891	下
252	無名氏	雙調	折桂令	令		子是虛飄飄水上浮漚	1891	下